MARIO ESCOBAR

NOS
PROMETIERON
LA GLORIA

 HarperCollins *Español*

Nos prometieron la gloria

© 2018 por Mario Escobar Golderos
Publicado por HarperCollins Español en Nashville, Tennessee, Estados
Unidos de América.

Esta obra es una novela histórica.

Editora en Jefe: *Graciela Lelli*
Edición: *Juan Carlos Martín Cobano*
Diseño interior: *Grupo Nivel Uno, Inc.*

ISBN: 978-1-41859-792-4

Impreso en Estados Unidos de América

18 19 20 21 22 LSC 9 8 7 6 5 4 3 2 1

LAS GENERACIONES SE SUCEDEN SIN DESCANSO, pero no todas parecen sufrir el mismo destino. *Nos prometieron la gloria* trata sobre una de ellas, la de los jóvenes de los años treinta y cuarenta del siglo XX, que vivieron en la época más turbulenta y agitada de los últimos doscientos años. Una generación que había nacido antes de la Gran Guerra y que creció en un mundo lleno de incertidumbre y desasosiego, que, tras sufrir la mayor crisis económica de la historia reciente y el nacimiento de un nuevo ideal político, el fascismo, que aunaba algunos valores socialistas con un nacionalismo extremo, tuvo que batirse en los duros campos de batalla de la Segunda Guerra Mundial.

Nos prometieron la gloria es una novela sobre el poder de la amistad, el amor y la verdad frente a la barbarie que supusieron el Tercer Reich y la ideología nazi. Sus protagonistas se verán inmersos en los frenéticos años treinta, cuando el mundo se puso patas arriba y aun los grandes ideales parecían tener sentido.

En los años treinta y cuarenta, centenares de latinoamericanos, como Eduardo y Mario Collignon, los protagonistas de este relato, se vieron atrapados en una Europa en crisis, donde el ultranacionalismo llevó al desastre la precaria paz firmada tras la Gran Guerra en el Tratado de Versalles.

La grave crisis financiera de 1929, la falta de respuestas de las débiles democracias europeas y la ceguera extrema de millones de personas en Alemania, que, por temor, convicción u oportunismo, apoyaron al régimen nacionalsocialista, condujeron a un estado opresivo, racista, antisemita y dictatorial. Hoy el mundo se encuentra de nuevo ante los mismos terribles presagios. ¿Seremos capaces de aprender las lecciones de la Historia?

Eduardo y Mario Collignon representan a esa generación perdida que tuvo que pagar con su vida, salud y libertad el espejismo creado por aquellos que únicamente desean destruir el mundo.

Unas generaciones destruyen lo que otras construyeron con mucho esfuerzo.

Una conmovedora historia acerca del amor imperecedero, las segundas oportunidades y los imprevisibles lazos que unen el pasado con el presente.

¿Qué hará nuestra generación ante los retos de la extrema derecha, la extrema izquierda, el ultranacionalismo, el racismo y el odio al diferente?

A mis próximas generaciones, Alejandro y Andrea, para que no se conformen con el mundo que heredan ni con las mentiras de los que les precedieron.

A Elisabeth, soñábamos con cambiar el mundo y lo estamos haciendo con las palabras.

A la generación de jóvenes a quienes se les prometió la gloria, que acariciaron la idea de crear un mundo mejor, pero sucumbieron ante la seducción del mal.

A todos aquellos que creen aún en el hombre y no se han rendido.

«Los que vivís seguros
En vuestras casas caldeadas
Los que os encontráis, al volver por la tarde,
La comida caliente y los rostros amigos:
Considerad si es un hombre
Quien trabaja en el fango
Quien no conoce la paz
Quien lucha por la mitad de un panecillo
Quien muere por un sí o por un no».

Primo Levi, superviviente italiano en Auschwitz

«Esta Nación, mi juventud, sois vosotros, en el futuro. La juventud hoy tiene unos ideales distintos a los que poseía en tiempos anteriores. En lugar de una juventud que antaño era educada para el placer, crece hoy una juventud que es educada para la entrega, para el sacrificio».

Discurso de Adolf Hitler en Núremberg, 1931, «A la juventud alemana»

«Y ahora nos vamos. Duerman bien, descansen y prepárense para mañana. Porque habrá un mañana».

Winston Churchill, 1940 a los franceses ante la inminente derrota

«Todas las guerras son civiles, porque todos los hombres son hermanos».

François Fénelon

«Son los hombres viejos los que declaran la guerra.
Pero son los jóvenes los que luchan y mueren».

Herbert Hoover

«El amor es la única fuerza capaz de transformar
a un enemigo en un amigo».

Martin Luther King, Jr.

«En todo tiempo ama el amigo, y el hermano nace
para tiempo de angustia».

Proverbios 17.17

ÍNDICE

PRÓLOGO

Guadalajara (México), 29 de enero de 1945

NI LOS POETAS SABEN LO QUE un corazón puede soportar. Nadie ha logrado medir la amistad, el liviano peso que inclina el corazón hacia un desconocido y lo convierte en alguien especial. Los lazos que unen a almas aparentemente contradictorias, a seres creados para sobrevivir y morir en soledad, pero que, en el camino entre las dos muertes, la preexistencia y la postexistencia, descubren que otras almas vagan descarnadas por el mismo camino de sufrimiento y alegrías.

La llegada de mi amigo Óscar Böeck, unos días antes de la Navidad, me recordó aquellos diez años en Alemania, prácticamente toda mi juventud. Mi viaje a finales del verano de 1929 con mi madre María de la Peña y Arias a la pequeña localidad costera de Schwerin, cerca de Rostock, donde se hunden las raíces de mi familia paterna hasta finales del siglo XVI, me llevaría a vivir una de las décadas más turbulentas de la historia, dentro del mismo corazón del mal. Muy pocas personas pueden contar que han mirado a los ojos al mismo diablo y han vivido para contarlo; yo tuve que enfrentarme a él con apenas diecinueve años. Aquellos ojos todavía me persiguen en las largas noches de insomnio y en las pesadillas que, como sombras, siempre acucian a los hombres valientes. Digan lo que digan los poetas, la valentía es una forma sofisticada de cobardía.

Los Collignon parecemos condenados a la maldición de siempre escapar de nosotros mismos, como si nos persiguieran nuestros propios fantasmas familiares. Escapamos a finales del siglo XVII de una Francia acosada por las guerras de religión, nos asentamos en Berlín y, cuando la crisis azotaba en una Alemania a punto de unificarse por primera vez en su historia, partimos para México, escuchando las quiméricas ensoñaciones del emperador Maximiliano, que imaginó un país imposible y murió ante un pelotón de fusilamiento al grito de «¡Viva México!».

Mi bisabuelo, Eduardo Federico Collignon Hindrichs, llegó a Guanajuato en 1866. Al poco tiempo se instaló en Guadalajara, donde era más fácil triunfar creando un pequeño negocio. Al ver este magnífico lugar, tuvo la sensación de que América era tan nueva que muchas cosas carecían de nombre. Mi bisabuelo y sus tres hermanos varones únicamente trajeron a esta bella tierra sus cabezas repletas de conocimiento y la desesperación de los que nunca encuentran su lugar en el mundo. Mi compañero Óscar Böeck me recordó que era tan vagabundo como mis antepasados.

El Viejo Mundo supuso para mí una pesada carga. Hasta aquel entonces, las historias de mi familia, sus misteriosas palabras en alemán, parecían exorcizadas por los gritos de los chavalos[1] en la calle donde me crie. Aquel misterioso sobre con mi nombre, *Eduardo Collignon de la Peña*, escrito con una apretada caligrafía en alemán, hizo que me inquietara. La carta desesperada de Óscar, unos meses antes, me había devuelto a la realidad de la guerra en Europa y de aquella Alemania que conocí, que ahora era escombros de un país que quiso dominar el mundo olvidando el poder de la compasión.

A mi llegada en 1929, el país se encontraba sumido en una especie de histeria colectiva, la vida parecía mejorar por momentos y los alemanes parecían olvidar la derrota de la Gran Guerra. La República de Weimar era odiada por la mayoría, pero al mismo tiempo había logrado que toda una generación se olvidara de la guerra despiadada de trincheras interminables, como tumbas lineales, en las que el fango y la sangre se confundían hasta convertirlo todo en una amalgama

---

1. De esta forma se denomina en México a los niños o jovencitos.

de dolor y miedo. La hiperinflación había pasado y la burguesía recuperaba parte de la confianza perdida, la única nota disonante eran las arengas del Partido Nacionalsocialista Obrero Alemán y las respuestas de los comunistas. Sin embargo, tales disonancias se habían convertido en aquel momento en un rasgo pintoresco de Alemania.

Tras una etapa en la escuela pública de Schwerin, en un mundo gris, de colores plomizos y en el que añoraba el hermoso cielo de México, llegué a Múnich, la ciudad más bella de Baviera. Mientras terminaba la preparatoria, mi hermano Mario llegó de Guadalajara, para comenzar sus estudios. Estábamos en 1933 y, justo aquel año, Alemania iba a cambiar por completo. Afortunadamente, el grupo de amigos latinoamericanos que había formado iba a multiplicar mis alegrías y a dividir las angustias por la mitad.

Óscar, medio hundido en el asiento del salón de mi casa, con su semblante pálido y sus rasgos surcados por el inexorable arado de la guerra y el hambre, me habló de la suerte de aquel viejo grupo de amigos con el que pasaba las tardes de los sábados jugando al fútbol, para engañar a la añoranza.

Pero fue la historia de Hanna, Ernest y Ritter la que me hizo sentir un fuerte pinchazo en el pecho. Ellos habían sido las personas que más había querido en Alemania. En ese momento recordé a los tres despidiéndome en la estación de la Friedrichstrasse de Berlín en agosto de 1939, justo cuando el mundo estaba a punto de entrar en el invierno más largo de la historia.

En aquellos años, los jóvenes pensábamos que, para que todo cambiara, el mundo debía volver a quedar desnudo, lo que no comprendimos en aquel momento era que los harapos con los que nos cubriría el Tercer Reich serían el patriotismo y la lealtad, y que nos despojaría del pudor, que es el alma de la conciencia. Nos prometieron la gloria, pero años después todos añorábamos la honradez, la decencia y la civilización, que son los verdaderos valores que nos convierten en seres humanos y que pueden llevarnos hasta el mismo umbral de la eternidad.

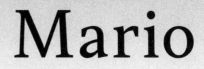

PRIMERA PARTE

Mario

CAPÍTULO 1

Berlín, *27 de febrero de 1933*

EDUARDO PARECÍA MUY DIFERENTE DE LA última vez que nos vimos en México. Mientras avanzaba por el andén atestado de gente, su altura sobresalía de la del resto de los viajeros. Agitaba su mano derecha con fuerza, como si estuviera jugando un partido de polo, caminaba hacia mí con los pantalones bombachos de color gris, los calcetines altos hasta las rodillas, la corbata oscura y una camisa impoluta. Sobre el traje, un abrigo de cachemir que se bamboleaba como los cientos de esvásticas colocadas en la alargada pared de la estación. El maletero me seguía a corta distancia, llevaba más de un mes y medio fuera de casa y comenzaba a sentirme como un caracol, siempre con la casa a cuestas.

Antes de que mi hermano me abrazara, sentí el aire cálido que desprendía a su paso, el intenso aroma a perfume y su sonrisa complaciente. Pasamos más de un minuto sin soltarnos, mientras los pasajeros nos rebasaban molestos, incómodos, más que porque les interrumpiésemos el paso, porque no entendían ese afecto espontaneo y cálido que siempre mostramos los latinoamericanos.

Mi hermano me agarró la mano como si aún fuese un niño, pero a mis quince años era ya un jovencito espigado, más alto que algunos adultos y con los rasgos desdibujados de mi padre en el rostro.

No hablamos, nos mantuvimos en silencio, dejando que los sentimientos se asentaran como la tierra removida por una turbulenta ola. Antes de que alcanzáramos el gran *hall* de la estación, dos hombres vestidos con gabardinas grises y gorros calados hasta las cejas nos detuvieron y nos pidieron educadamente que nos echásemos a un lado. El más alto nos solicitó cortésmente los pasaportes sin dejar de observarnos con curiosidad. Seguramente descubría en nosotros los rasgos raciales de dos alemanes, pero nuestra sonrisa constante nos delataba como extranjeros. Nadie sonreía en Alemania, al menos mientras la nieve cubriera con su fría y lúgubre capa las calles y los campos del país. El policía secreta nos devolvió los documentos y con un gesto nos indicó que continuáramos nuestro camino. No era la primera vez que me detenían para que me identificase; desde que el tren había traspasado la frontera de Holanda y se había adentrado en Alemania, en dos ocasiones me habían parado e interrogado brevemente. Ahora, al lado de mi hermano, me sentía de nuevo a salvo. Aquel viaje por el Atlántico había sido la aventura más increíble de mi breve vida, había descubierto que viajar es ponerse en riesgo, hacerse vulnerable, como un ciego al que le cambian los muebles de sitio y comienza a tropezarse con todo lo que encuentra a su paso.

Salimos a la plaza y mi hermano paró un taxi, un viejo Renault conducido por un anciano de barba casi completamente blanca. Si no hubiéramos estado en marzo, hubiera pensado que se trataba del mismo San Nicolás. En cuanto nos sentamos, Eduardo me puso la mano derecha sobre la pierna y me dijo en español, un idioma que apenas había escuchado en las últimas semanas:

—Cada ciudad del mundo tiene su propia melodía. Berlín tiene un sonido diferente al de nuestra ciudad natal, y el de Guadalajara es distinto al de París o Londres. Lo vas a comprobar muy pronto. Nuestro hotel está en la avenida Kurfürstendamm, un bulevar amplio en el que casi todo el día hay actividad, pero, a diferencia de otros países, el ruido aquí es armonioso. Pasan tres líneas de tranvía por la avenida, justo por delante de nuestro hotel, pero aun en verano, cuando el calor te obliga a abrir las ventanas, los vagones de tono crema apenas hacen ruido, como si intentasen no desentonar, hasta que salta algún chispazo y suena como el golpe de platillos al final de un concierto. En cambio, los tranvías en México son como una estampida de ganado, la gente grita, canta y salta de ellos como si escaparan de las fauces de un dragón temible. Ya verás que aquí todo funciona a la perfección. Los alemanes son puntuales, pulcros, limpios y sus calles siempre ordenadas, brillan como el suelo de la cocina de nuestra casa.

Mi hermano me miró con un gesto enternecedor, sabía que intentaba infundirme aliento, yo no tenía a nuestra madre para que me ayudara a adaptarme, como le había sucedido a él. Echaba de menos Guadalajara, a la familia y la comida. Nada me gustaba, la cocina extranjera no me sentaba bien o, al menos, en la larga travesía no había logrado que se me asentase el estómago.

—Hermano, no hace falta que me estés cuenteando. Ya no soy un chamaco. Me afeito todas las mañanas y...

—De acuerdo, Mario. Simplemente quería explicarte que las cosas son diferentes aquí. Madre estuvo conmigo un mes, pero después me dejó en ese pueblo aislado del norte, al menos en Múnich estaremos juntos. Nos tenemos el uno al otro. Nada malo puede sucedernos.

Aquel deseo me asustó más que animarme. Me giré, dejando por un momento de observar la nieve casi negra, tintada por el hollín de los coches y la grasa de los tranvías, fruncí el ceño hasta que se me formó en el entrecejo el paréntesis que tanta gracia le hacía a mi madre.

—Me estás asustando. He leído los periódicos durante el viaje; apenas cargué tres libros y para una travesía tan larga me quedé sin lectura al llegar a Inglaterra. Allí subieron periódicos atrasados en varios idiomas. Todo el mundo parecía revuelto por el nuevo canciller. ¿Por qué hay banderas por todos lados con esa cruz? La policía me detuvo dos veces antes de llegar a Berlín y ahora tú intentas tranquilizarme.

Eduardo se apoyó en el respaldo, como si necesitara tomar distancia de la pregunta o ganar tiempo. A los adultos, sobre todo cuando acaban de serlo, les cuesta explicar las cosas a los adolescentes; sienten que, con su cuerpo a medio hacer, tienen la mente abotargada.

—Bueno, llevo aquí cinco años. Llegué en plena depresión; gracias a Dios, el peso estaba fuerte en ese momento. No la pasé mal, pero la gente aquí se moría de hambre, las colas en los comedores sociales y las iglesias daban la vuelta a la cuadra. Los niños mendigaban por la calle. A veces, de la mañana a la tarde, el precio del pan o de la leche se había multiplicado por cuatro. En Schwerin las cosas estaban más tranquilas, pero en las grandes ciudades fue terrible.

Me quedé en silencio. Eduardo no había contado nada de eso en sus cartas. Las esperábamos con anhelo. Cada vez que el cartero, con su zurrón de cuero, llamaba a nuestra puerta y daba los sobres a la criada, corríamos a quitárselas de las manos. Nos sentábamos mis padres y yo en la butaca del salón y mi madre, con su voz suave y dulce, comenzaba a leernos las novedades. Antes de llegar al tercer párrafo ya le notaba la voz algo rota, como si los sentimientos se le atravesaran en la garganta y un ligero carraspeo tuviera que limpiarle las cuerdas vocales, dejando que la pena le bajara de nuevo al pecho. Hasta mi padre, un verdadero prusiano, no podía evitar que se le aguaran los ojos. Al fin y al cabo, todos los Collignon varones habíamos pasado la prueba de iniciación a la edad adulta de la misma manera, regresando a nuestra tierra natal, como Abraham había enviado a su esclavo a Ur para buscar una esposa para su hijo Isaac en la Biblia. Cada generación debía mantener viva la llama de la germanidad en la familia, aunque nuestros orígenes más remotos fueran franceses.

—Ahora gobierna el Partido Nacionalsocialista Obrero Alemán. El viejo presidente Hindenburg tuvo que aceptar a Adolf Hitler como canciller y las cosas parecen estar cambiando muy deprisa. Aunque yo ya estoy acostumbrado, Múnich es la cuna de los nazis. Pero dejemos de hablar de política. Estamos llegando al hotel, está muy cerca del Zoo, pensé que te gustaría dar un paseo antes de que vayamos a cenar.

Eduardo recuperó la sonrisa y de repente todos los temores y angustias del viaje se disiparon, como la niebla en las historias de Conan Doyle ante la llegada de su mítico personaje Sherlock Holmes.

Después de dejar el equipaje en el hotel Zoo, uno de los más elegantes de la ciudad, con una impresionante fachada en la que se observaban las cariátides de la Acrópolis de Atenas, nos adentramos en la noche berlinesa, que parecía más peligrosa y amenazadora de lo que mi hermano se había atrevido a contarme. Pasamos junto al restaurante Alte Klause, una célebre cervecería alemana, y mi hermano entró en el salón. La atmósfera se encontraba cargada de humo. Las mesas, colocadas de forma desordenada y muy pegadas unas a otras, nos indicaron que aquel lugar era popular, pero que se comía muy bien.

Cenamos algo ligero antes de ir al Zoo. He de confesar que en aquel lugar tomé la primera cerveza de mi vida. Después nos adentramos en el Jardín Zoológico de Berlín por unas impresionantes puertas chinescas sustentadas por dos grandiosos elefantes. En el interior había una ligera bruma, formada por la densa vegetación y el frescor de la tarde. Se escuchaban los gruñidos de los animales, que intentaban descansar después de un largo día. El recinto se encontraba casi desierto, apenas nos cruzábamos con ningún visitante. Nuestros pasos retumbaban sobre el suelo empedrado, no vimos a ningún animal, pero los intuíamos entre las sombras, como fantasmas amenazantes. Estuve un par de veces tentado a pedirle que nos volviésemos al hotel, pero la curiosidad de la juventud venció al temor. Salimos a un puente y lo cruzamos, mientras el frío húmedo de la noche nos calaba los huesos. Caminamos por una amplia avenida rodeados de árboles hasta la puerta de Brandeburgo y apenas nos habíamos detenido frente a ella para admirar su belleza cuando escuchamos unos camiones de bomberos, con sus sirenas y luces rojas, girar a toda velocidad por la calle a nuestra izquierda. Al volvernos pudimos contemplar un edificio que ardía a unos cuatrocientos metros. Nos miramos sorprendidos y comenzamos a caminar hacia el lugar.

—¡Vamos! —gritó Eduardo corriendo hacia la calle.

A medida que nos acercábamos, el fuego iluminaba el cielo oscuro y las llamas crepitaban, lanzando chispazos por todas partes. Pequeñas explosiones avivaban el fuego y la multitud comenzó a agolparse a nuestro lado. Antes de que llegásemos, dos camiones de bomberos ya estaban arrojando agua a la fachada, mientras la policía comenzaba a acordonar la zona. Nos quedamos hipnotizados mirando el fuego color naranja, que nos mostraba su belleza destructiva. El fuego siempre ha ejercido un poder ancestral sobre los hombres, fue lo que nos permitió dominar la naturaleza y crear la civilización, aunque muchas veces también sirvió para convertirla en cenizas. Sentí en ese momento una especie de placer inconfesable. Hay algo hermoso en la devastación, sobre todo cuando eres joven. De alguna manera deseaba que el mundo tuviera un nuevo comienzo, para encontrar mi lugar y sentir que encajaba.

—¡Dios mío, es el Reichstag! —gritó con los brazos levantados mi hermano. Su rostro se iluminaba por la luz de las llamas; en sus pupilas, el fuego brillaba de una forma terrorífica.

Yo lo miré inquieto, parecía un ahogado sacudiendo sus brazos en ese océano de oscuridad, mientras observaba cómo la última isla del mundo se convertía en cenizas y polvo. Algo estaba a punto de comenzar, pero antes el fuego tendría que purificarlo todo.

CAPÍTULO 2

Múnich, 6 de mayo de 1933

LA RUTINA ES LA MISMA EN cualquier país del mundo. En cierto sentido, es la forma que tenemos de hacer nuestro lo que nos rodea. Cada mañana, mi hermano Eduardo y yo tomábamos un desayuno ligero en la cocina de la viuda que regentaba la pensión en la que vivíamos, la amable y siempre bondadosa señora Chomsky. Después salíamos a la calle y yo me dirigía a mi escuela, que apenas estaba a unas pocas cuadras de la casa, y mi hermano tomaba el tranvía para su escuela preparatoria, aún le quedaba un año para poder ingresar en la Facultad de Ingeniería. Nos volvíamos a reunir por la tarde, ya que el almuerzo lo realizábamos en las respectivas escuelas, por lo que prácticamente todo el día lo pasaba solo, exceptuando las noches y los fines de semana. No tardé mucho en adaptarme a la escuela. En ella había tres reglas básicas: no sonreír nunca, no llamar la atención y no incumplir las normas. Al poco tiempo hice dos buenos amigos, sobre todo mis inseparables Roth y Yohann. Solíamos regresar juntos a casa, aunque siempre nos entreteníamos haciendo algunas travesuras o hablando de nuestros sueños. Uno de mis profesores favoritos era el señor Newman. Siempre entraba en clase con su sonrisa, algo de por sí provocativo en una escuela alemana del Tercer Reich. Tras su capa negra llevaba un traje gris viejo y desgastado, una camisa blanca con los cuellos y puños comidos por el roce y unos zapatos ajados de color negro. Su maletín de cuero negro se encontraba rayado y dentro traía siempre una manzana, el periódico del día y un viejo cuaderno en el que llevaba escritos unos apuntes para dar clase, que rara vez ojeaba. Nos daba Literatura y Lengua. Últimamente se le veía alicaído y con poco entusiasmo, pero cuando comenzaba a hablar de literatura, recuperaba la energía hasta describirnos de forma extasiada las grandes joyas de la literatura alemana o los clásicos greco-latinos. Su voz suave y melodiosa parecía acariciar el templado viento de la primavera cada vez que comenzaba la lección.

—Nunca hemos sido un pueblo de poetas, nuestra lengua tardó mucho en saber expresarse por escrito, en cierto sentido éramos y somos un pueblo de trasmisión oral. Sentados alrededor del fuego, contando viejas historias germánicas y dejando que el mundo conti-núe en su interminable proceso de odio, ambición y poder. Tuvimos que esperar a deshacernos de los lazos de la Iglesia de Roma y a tener la hermosa Biblia de Martín Lutero para convertirnos en una lengua digna de tal nombre. Eso no significa que en la Edad Media no se dieran en las bellas tierras germanas grandes obras literarias. La poesía épica de *Helian,* que describe de una forma legendaria la vida de Jesucristo, el heroico *Ludwigslied* o la bellísima Oración de Wessobrunn:

Esto aprendí entre los hombres mortales como la mayor maravilla
Que no había ni la tierra ni el cielo arriba
No había ni árbol ni montaña
Ni ninguna estrella, ni el sol brillaba
Ni la luna brillaba , ni [estaba allí] el glorioso mar.
Cuando no había nada, ni límites,
había el Dios Todopoderoso.[2]

»En el siglo XII, las cortesanas estrofas del *Mittelhochdeutsche Blütezeit,* pero sobre todo el *Parzival* del siglo XIII, donde Wolfram von Eschenbanch nos describe la búsqueda del Santo Grial, nos mostraron la necesidad de una búsqueda interior del bien y de la justicia. Los ale-manes siempre nos encontramos en esa búsqueda. Deseando crear un mundo mejor, sin la pesada carga de la civilización.

2. Fragmento de la Oración de Wessobrunn

Las últimas palabras resonaron en la sala con el eco que produce el silencio y la incómoda respuesta de varios chasquidos de labios, incómodos por la belleza de las palabras del profesor.

—Decía al principio que nuestro pueblo no es un pueblo de poetas, pero sí es un pueblo de filósofos. No perseguimos la belleza, ya lo hicieron mejor que nosotros los griegos y los romanos, anhelamos algo más alto y sublime: la Verdad.

El profesor miró por unos segundos los árboles del patio, como si necesitara que su mente se refrescase a través de sus ojos melancólicos.

—Goethe o Schiller no eran poetas, eran sobre todos buscadores de la Verdad. La estética sin verdad se convierte en una grosera y espantosa mentira. Algunos dicen que nuestra literatura se ha ido desmoronando hasta convertirse en un monstruo anti alemán, pero yo os digo que un pueblo sin literatura es un pueblo esclavo.

Desde las últimas filas, un murmullo fue creciendo hasta convertirse en un estruendo.

—¡Maldito viejo! ¡Tú, judío, sí que eres un antialemán! Dentro de poco todos los judíos de Alemania estaréis muertos o fuera del Reich —dijo Klaus. El líder del Servicio de Patrulla de la Juventud Hitleriana del colegio.

—¡Jovencito, regrese a su asiento!

Klaus se puso en pie y comenzó a romper su libro de texto en mil pedazos, dejando que las hojas revolotearan hasta rodar por el suelo y los pupitres; otros chicos de las Juventudes se levantaron e imitaron a su líder.

Yohann se puso en pie y colocó su cara a menos de un centímetro de la de Klaus. No tenía mucho que hacer contra un musculoso espécimen de raza aria de casi un metro noventa de altura y cien kilos de puro músculo, pero mi amigo no soportaba a los nazis. Yo dudé por unos instantes. Miré al profesor, con el rostro enrojecido de rabia e impotencia, y me puse de pie al lado de su amigo; Roht se levantó también. Éramos tres contra más de una docena.

Yohann apretó los puños y toda la clase comenzó a jalearlos para que se pelearan.

—No, tranquilos. La literatura es lo contrario de todo esto. Es libertad, respeto por el otro y amor a la verdad —dijo el profesor poniéndose en medio.

Klaus levantó el puño y golpeó al señor Newman. Las gafas se doblaron con el puñetazo y la sangre le brotó de la nariz manchando su vieja camisa.

Aquello nos dejó a todos paralizados. No esperábamos una acción tan brutal ni siquiera de Klaus, hasta aquel momento los nazis de la escuela se habían limitado a pegar carteles, molestar a otros alumnos, intentar reclutar a algunos chicos para su causa y robar algunos libros de la biblioteca para «purgarlos». El director, afecto a las ideas de Hitler, no había puesto coto a sus bravuconadas; tampoco habría servido de mucho, todos los profesores debían ingresar en la Liga Nacionalsocialista de Profesores, mientras se hacía una paulatina purga de maestros judíos, socialistas y comunistas. El profesor Newman no era ninguna de esas cosas. Su familia se había convertido al cristianismo tres generaciones antes, era conservador y un buen luterano, pero también mantenía una postura social pacifista y librepensadora, a la que muchos habían renunciado tras la llegada de los nazis al poder.

Klaus dio una risotada y todos sus acólitos le imitaron en un coro ensordecedor. Tomaron las hojas y el resto de los libros, arrojándolos por la ventana al suelo fangoso del patio.

El señor Newman cruzó su mirada de una manera fugar conmigo, sus ojos expresaban una mezcla de estupefacción y vergüenza. La misma expresión de un animal asustado, que no entiende porque recibe los golpes, pero intuye que no son justos.

—No te han echado porque te quedan unos meses para jubilarte, maldito vejestorio, pero, si regresas, te rajaremos esa barriga de borracho de arriba abajo. Vamos a crear un mundo nuevo y tu literatura decadente no tiene cabida en él. Os dejaron el mundo y ¿qué hicisteis con él? Llevasteis a Alemania a la derrota, pervertisteis nuestra cultura con la judía y arruinasteis a las honradas familias alemanas. Vuestra libertad egoísta e individual no sirve para nada, vuestros valores burgueses están a punto de desaparecer. ¡*Heil* Hitler!

El coro de voces comenzó a repetir el saludo nazi cada vez más fuerte, hasta que poco a poco comenzó a extenderse por toda la escuela, como una ráfaga de viento impetuoso en un mar de gargantas enfervorecidas.

* * *

Después de la escuela nos dirigimos a casa. La gente parecía inquieta aquella tarde. En diferentes lugares observamos hogueras. Algunos miembros de las Juventudes sacaban los libros comunistas y pacifistas para quemarlos en pequeñas piras improvisadas. Los estudiantes, con sus uniformes de camisas pardas y pantalones cortos de color negro, tenían un aspecto imponente. Las hebillas relucientes, los correajes de cuero y sus gorras negras les convertían en todo un espectáculo. El resto de los chicos los mirábamos con una mezcla de admiración, terror y envidia. Los servicios de patrulla de las Juventudes Hitlerianas eran temidos por todos los ladronzuelos y adolescentes rebeldes, pero también por los niños gitanos y judíos, que eran el principal centro de sus burlas y ataques. La violencia formaba parte de la vida cotidiana, pero no lográbamos acostumbrarnos a ella. Bajo un leve halo de tranquilidad y educada cortesía, la agresividad contenida de los nazis podía desbordarse fácilmente en cualquier momento.

Cuando llegamos a la explanada de Marienhof, nos sentamos en un banco para charlar un momento. Los jóvenes nazis se movían por toda la plaza. Un grupo de chicos ayudó a una anciana a cargar con sus bolsas, la mujer los miró complacida, y su ajado rostro brilló por unos segundos. Al otro lado, unos miembros de las Juventudes controlaban el tráfico y la Liga de Muchachas Alemanas regalaban flores a los transeúntes o animaban con sus delicadas sonrisas a otras chicas para que se unieran a su grupo.

Yohann levantó los hombros y tiró la cartera al suelo.

—¡Odio a esa gente! Os lo juro. Esos uniformes con los que se pavonean por todas partes, esa actitud altiva y, sobre todo, su estupidez... Los nazis no piensan, tienen el cerebro lleno de serrín.

—No hables tan alto —le recriminó Roth. Yo tampoco quería problemas. En las últimas semanas se habían producido varios altercados con estudiantes latinos, en especial en la universidad. Muchos amigos de mi hermano temían salir a la calle solos, normalmente iban en grupos de cuatro o cinco para evitar las agresiones. Afortunadamente, mi hermano y yo teníamos un aspecto mucho más ario y la gente no se metía con nosotros. Intentaba disimular mi acento y mostrarme más frío, imitando la amable y cordial distancia bávara.

—¿Que no hable tan alto? Ese es el problema, mientras todos callemos, ellos se harán más fuertes. Mi padre me ha contado que casi todos sus viejos camaradas del KDP están en la cárcel o han desaparecido —comentó Yohann con el ceño fruncido.

—No hables de los amigos comunistas de tu padre. ¿Te has vuelto loco? —le recriminó en un susurro Roth.

Yo ya estaba acostumbrado a los comentarios de mi amigo y sabía que era peor discutir con él, de otro modo llegaba a soliviantarse y era más difícil que dejara sus interminables discursos antinazis.

—A mí tampoco me gusta esa gente, pero enfrentarte a ellos no te servirá de nada —le aseguré mientras tomaba la cartera. Quedaba muy poco para la hora de la cena y mi hermano ya debía estar en casa. Cada día esperaba ese momento con expectación. Era un verdadero placer poder hablar en español y comentar lo que había sucedido en la jornada.

Nos encaminamos hacia la Promenadeplatz y apenas habíamos avanzado unos pocos metros cuando observamos a tres nazis de guardia en la puerta de un establecimiento judío. Desde abril se boicoteaban todas las tiendas hebreas, la mayoría tenía escrita la palabra «judío» o dibujada la estrella de David en los escaparates. A pesar de las presiones, muchos se saltaban el boicot y entraban a comprar en las tiendas como lo habían hecho toda la vida, pero en los últimos días patrullas de camisas pardas vigilaban los comercios e increpaban a los clientes.

Una mujer elegantemente vestida se dirigió a la pastelería judía y abrió la puerta delante de las narices de los tres nazis.

—¡Señora, ese es un establecimiento judío! ¿No sabe que estamos haciendo un boicot a esa peste hebrea? Ellos son los culpables de los males de Alemania, no debemos ayudarlos. Lo mejor es que se marchen todos del país.

—Yo no me meto en política, jovencito, pero en esta pastelería se fabrican los mejores dulces de Múnich. Mi madre y mi abuela han comprado aquí durante décadas. No entiendo por qué yo debería dejar de hacerlo —comentó la señora mirando de reojo al camisa parda.

Su pelo rubio algo canoso le cubría la mitad de la cara, su porte elegante pareció intimidar al principio a los camisas pardas. La mujer tomó el pomo y tiró con sus largos guantes blancos de la puerta, se escuchó una campanilla y el aroma a pan recién horneado. Entonces el nazi puso su bota negra y reluciente delante, para que la anciana no pudiera acceder.

—Le he dicho que no puede entrar, a no ser que sea usted judía —comentó el hombre con una sonrisa maliciosa. Sus ojos negros brillaron y sus dos compañeros se echaron a reír.

—Yo soy más aria que el Káiser, pero compro los pasteles donde quiero. Aparte su pezuña de la puerta.

El nazi se quedó confundido por unos segundos. La mayor parte de la gente evitaba el enfrentamiento, pero aquella señora parecía a punto de explotar. No sabía cómo reaccionar. No tenía aspecto de judía ni gitana, tampoco parecía una proletaria recalcitrante. Podían buscarse un buen lío si se metían con la persona equivocada.

—Por favor, señora —dijo el camisa parda de una forma tan amable que los dientes parecían rechinarle dentro de su mandíbula cuadrada.

La mujer tiró con fuerza, pero, antes de que la puerta se abriera, una mujer vestida con un sencillo traje de flores y un bolso viejo y desgastado, le tiró del pelo recogido con fuerza y estampó su cara contra el cristal. La frente de la mujer comenzó a sangrar copiosamente y la estrella de David quedó salpicada con su sangre roja y espesa.

—Camaradas, veo que esta zorra socialdemócrata no os está obedeciendo. No se puede tratar bien a estos burgueses orgullosos y estúpidos; la violencia es el único idioma que entienden —comentó la mujer sin soltarle el pelo a la señora. Tiró para abajo hasta que su víctima se puso de rodillas. Cuando estuvo en el suelo comenzó a patearla con sus zapatos negros, mientras los tres camisas pardas la jaleaban.

Yohann hizo un gesto de disgusto, dejó la cartera en manos de Roth y caminó en largas zancadas hasta el grupo. Lo agarré de un brazo e intenté frenarlo.

—¿Qué haces? ¿No ves lo que están haciendo a esa señora?

—Déjalo, ella se lo ha buscado —le dije muy serio, aunque apenas habían salido las palabras de mi boca ya estaba sorprendido de mi comentario.

—Únicamente quería comprar unos pasteles. ¿Ahora eso es un crimen? —me preguntó con el rostro encendido.

—No puedes solucionar todos los problemas de la gente —le contesté.

La mujer logró ponerse en pie, tenía el abrigo de pieles sucio, el rostro cubierto de sangre y un zapato roto, se alejó aturdida de la puerta de la tienda, mientras los nazis la insultaban y le escupían.

Aquella escena me dejó paralizado, pero lo que realmente me horrorizó fue la indiferencia del resto de los transeúntes. Familias al completo, hombres de negocios, obreros y madres con los carritos de los niños pasaban por el lado de la mujer sin mediar palabra, ni siquiera se detenían a mirarla. De alguna manera, se había vuelto invisible para la multitud, yo no quería convertirme en un paria como ella, me aterraba la sola idea de salirme del rebaño y encontrarme expuesto a las fauces de los lobos.

Nos alejamos de la plaza. Me despedí en la puerta de mi edificio. Subí las escaleras del portal a toda prisa, cargaba un desasosiego que no había experimentado desde el viaje en barco desde México; me sentía perdido, como un niño que se ha soltado de la mano de su madre y que de alguna manera ha comprendido que está solo en el mundo.

Llamé a la puerta y la señora Chomsky me abrió mientras se secaba las manos en el mandil desgastado que usaba siempre que estaba cocinando.

—¿Qué te sucede, muchacho? Estás pálido como la muerte.

—Nada, señora Chomsky. He subido corriendo y me falta el aire.

La mujer frunció el ceño y me dejó pasar. Caminé hasta nuestra habitación y llamé antes de entrar. Mi hermano me había enseñado que, aunque aquel pequeño lugar era el único sitio verdaderamente nuestro, debíamos respetar la intimidad el uno del otro. En cuanto dejé la cartera en el suelo, mi hermano se levantó de la cama y me dio un abrazo.

—¿Estás bien? —me preguntó al verme sudando y con la mirada extraviada.

—Sí —contesté lacónicamente, más por contener las lágrimas que por evitar contarle cómo me sentía.

Eduardo me abrazó fuerte. Nunca imaginé que unos brazos pudieran cubrir tanta desesperación; tal vez me recordaron el tierno regazo de mi madre, la vieja sensación de pertenecer a otro cuerpo, ser la extensión de otro ser.

—Cuéntame lo que ha pasado.

Le narré brevemente el incidente en la clase, la agresión al profesor Newman y lo que había sucedido en la calle con la señora que quería entrar en la pastelería judía. Eduardo me apartó un poco, me sentó en el borde de la cama y se puso de rodillas. Me miró de frente, con una calma que logró apaciguar mi llanto y que recuperara en parte la calma.

—El mundo está cambiando, Mario, yo tampoco lo entiendo a veces. Nos enseñaron una serie de valores y principios, pero ya no sirven, ¿comprendes? En Alemania está naciendo un mundo nuevo, dicen que esto es una revolución, como las que estudiamos en los libros: la Revolución francesa o la rusa. Un cambio, el mundo viejo está muriendo y puede que ciertas cosas que amamos desaparezcan, pero es necesario para que las nuevas surjan.

—¿Pegar a un viejo profesor y a una anciana en la calle es algo revolucionario? —pregunté sorprendido.

—No, no lo es. Son actos execrables, pero, en la nueva Alemania, los que no pertenecen al Volksgemeinschaft, a la «comunidad popular», no tienen derechos, para los nazis no son ni humanos, al menos humanos como nosotros —dijo Eduardo, como si estuviera recitando una de las clases obligatorias de ideología nazi de la escuela.

—¿Nosotros sí pertenecemos a la comunidad? ¿No somos acaso latinos? Muchos de tus amigos han sufrido agresiones —le recordé.

Eduardo dio un largo suspiro antes de contestar, dejó que su flequillo rubio cayese a un lado y volvió a mirarme a los ojos.

—Yo no creo eso, al menos de una manera tan extrema, pero ellos lo creen y estamos en su mundo, no en el nuestro.

—Entonces ¿cómo debo actuar? ¿Debo dejar que golpeen a mis amigos, a los ancianos, a una mujer embarazada?

Mi hermano se quedó en silencio, su rostro parecía ahora más confundido y triste que el mío. La oscuridad comenzó a extenderse por la habitación. En la calle, un silencio sepulcral anunciaba que la gente estaba cenando en sus hogares. Nosotros nos encontrábamos muy lejos de casa. Aquel día aprendí que Alemania no era nuestro hogar. Se sentó a mi lado en la cama y volvió a abrazarme mientras, con voz entrecortada, me decía:

—No lo sé, Mario, no lo sé.

CAPÍTULO 3

MIENTRAS CAMINABA EN FILA HASTA LA plaza sentía cómo las piernas me pesaban, como si no quisieran obedecerme. Llevaba una pequeña pila de libros en los brazos. Una obra de teatro de Bertolt Brecht, la novela de *Adiós a las armas* de Ernest Hemingway, libros de relatos de Jack London y algunas obras políticas de Karl Marx. Tenía la sensación de que percibía el peso de las historias, como si aquellos escritos se negaran a morir entre las llamas de las hogueras nazis. No quería asistir, pero todos los alumnos de las escuelas y facultades debían presentarse en la Königsplatz justo cuando el sol se ocultara en el horizonte. La inmensa plaza estaba a rebosar de jóvenes y niños. Muchos de ellos vestían sus uniformes perfectamente arreglados y esperaban en formación frente a la inmensa pila de libros, mientras se aproximaban otros jóvenes que arrojaban ejemplares de los más variopintos autores y épocas. Los nazis se habían encargado de expurgar bibliotecas públicas, privadas y librerías de la ciudad. La gente a veces entregaba los ejemplares de forma voluntaria; otras, por temor o por el deseo de pasar desapercibidos. Lo mismo estaba sucediendo en toda Alemania, como repetía machaconamente la radio cada media hora. Lo llamaban: «Acción contra el espíritu no alemán».

Ya estaba oscuro cuando se produjo el desfile de antorchas. En medio de la noche muniquesa, las luces parecían representar una constelación macabra que, más que iluminar, provocaría una larga y oscura noche sobre Alemania.

Mientras los grupos de estudiantes permanecíamos en pie, sudando por el calor de la gran hoguera y las apretadas filas, comenzó a sonar la canción «Hermanos adelante». Un coro de varios millares de voces se unió, formando una sola voz que tronaba en aquella amplia plaza, construida a imagen y semejanza de Adolf Hitler. Me resultaba paradójico que aquellos templos de estilo griego, que en cierto sentido representaban lo más altos valores de la cultura occidental, el arte y el pensamiento humano se convirtieran en testigos mudos de la destrucción de algunas de las obras literarias más importantes de la humanidad.

Alrededor de la gran plaza, hombres y mujeres, algunos con niños pequeños, observaban el espectáculo con una mezcla de excitación y terror. El miedo siempre es el motor de las mejores y peores acciones humanas.

Se hizo un largo silencio, únicamente se escuchaba el chisporroteo de la hoguera y el sonido del viento, que pasaba acariciándonos el rostro hasta encenderlo.

Kurt Ellersiek, el líder de la Asociación de Estudiantes Alemanes, se subió a una pequeña pasarela y acercó el micrófono a su cara pálida, que parecía brillar iluminada por la gran hoguera, como la de un diablo malicioso.

—¡Camaradas y compañeros estudiantes, hoy estamos realizando la purificación de nuestra nación! Durante años, el mestizaje y el libertinaje han ensuciado a nuestra cultura milenaria. Autores judíos, pacifistas y marxistas han contaminado el sagrado río de nuestra raza y nuestro idioma. Este año conmemoramos los 450 años de la quema de la bula papal por parte del profesor Martín Lutero, queremos realizar este acto simbólico de desprecio a la cultura judía y antinacional. Hoy escribimos unas nuevas tesis, una proclama de fuego que exorcice a todos los demonios que hay dentro de esos libros. Nuestra primera proclama es contra la lucha de clases y el materialismo, por ello entregamos a las llamas a Marx y Kautsky; contra la decadencia y la ruina moral, quemamos a Heinrich Mann, Ernt Glaesser y Erich Kästner; contra el destructivo exceso del valor de la carnalidad, al judío Sigmund Freud;

contra el desprecio del valor alemán en la Gran Guerra, a Erich María Remarque. Sus abominables palabras serán destruidas por el fuego y de las cenizas dispersas de sus infames proclamas resurgirá una cultura racial, poderosa y verdaderamente alemana.

Sus palabras aún flotaban en el viento cuando los estudiantes desfilaron hasta la hoguera arrojando los libros a las llamas.

—¡Vosotros, llevad los libros hasta las piras y echadlos al fuego! —nos ordenó el director del centro.

A pesar de que no llevábamos uniformes, o precisamente por eso, el director quería mostrar que todo el cuerpo docente de su escuela estaba de acuerdo con la medida. Libros de Jack London, Helen Keller, Max Brod o Thomas Mann circulaban de mano en mano para ser arrojados a la pira, que comenzaba a arder lentamente, como si no tuviera prisa en devorar las páginas de los polvorientos tomos y las amarillentas hojas de los libros.

Me acerqué a la hoguera, delante de mí se encontraba mi amigo Roth, que arrojó los libros al montón. Me paré frente al fuego y los observé fascinado durante unos segundos, sentí la presión del resto de la fila y me dispuse a arrojar el primer volumen. El libro flotó apenas un segundo antes de caer sobre las llamas. La portada comenzó a deshacerse delante de mis ojos, el lomo desnudo de color azul se ennegreció con rapidez y lancé el segundo volumen. En aquel momento había perdido el control de mis actos, era como un autómata, movido por la masa que rugía a mi alrededor. Tomé con mis dedos fríos el último ejemplar, la novela *Sin novedad en el frente* de Remarque. La había leído en México para familiarizarme con el idioma antes de viajar a Alemania. La prosa desgarradora y desnuda del autor me ayudó a conocer la verdadera cara de la guerra, más allá de los relatos heroicos de los libros de Historia.

—¡Arrójalo! —gritó el director fuera de sí.

Klaus tomó el libro de mis manos y lo lanzó al fuego, después me miró con desprecio y me escupió en la cara. No reaccioné, me puse a un lado y, sin secarme la cara, contemplé el fuego, hechizado por su poder destructor.

Unos gritos entre el público me hicieron reaccionar, un hombre enfundado en un abrigo gris corrió hacia la hoguera rompiendo las filas de las Juventudes Hitlerianas. Algunos estudiantes intentaron detenerlo, pero no lograron frenarlo hasta que estuvo frente al fuego. Por unos segundos, todo el mundo se quedó quieto, sin saber cómo reaccionar. El hombre miró a uno y otro lado; entonces lo reconocí. Era el profesor Newman. La cara le brillaba por el sudor y el esfuerzo, sus gafas estaban un poco empañadas, pero su mirada se posó en mí unos segundos antes de agacharse. El hombre tomó un libro del fuego y lo agarró con fuerza entre sus manos. El volumen aún ardía cuando lo golpeó contra su pecho para apagarlo. Parecía encontrarse en trance, no sentía dolor, únicamente la desesperación de un padre salvando de las olas de fuego a sus hijos medio ahogados.

Dos nazis lo agarraron del abrigo y lo sacaron de la hoguera a rastras. El profesor Newman no soltó el ejemplar, se aferró a él mientras se abría un pasillo a su paso. No pude evitar seguirlos, temía por el pobre anciano, pero sobre todo parecía hipnotizado por su heroica y absurda acción. Nadie podía enfrentarse a aquella masa irracional y sobrevivir.

Los dos nazis lo llevaron a un callejón apartado y comenzaron a darle patadas y puñetazos. El profesor apenas se quejaba, simplemente se movía con espasmos musculares producidos por los golpes, pero lo vi apretando el volumen entre sus manos. Uno de los nazis se agachó para arrancarlo de sus brazos, pero Newman, con el rostro cubierto de sangre y las manos abrasadas por las llamas, gritaba y gemía para que no se lo quitasen.

—¡Chicos, dejadme ese viejo a mí! Os estáis perdiendo el acto por su culpa.

En ese momento, la banda de música comenzó a sonar con fuerza, los dos hombres me miraron y se encogieron de hombros. Uno de ellos le propinó una última patada antes de caminar de nuevo hasta la plaza. En cuanto desaparecieron, me acerqué al viejo profesor y lo apoyé en la pared. Aún se aferraba a su libro.

—Profesor Newman, tranquilo, soy Mario Collignon, esos tipos ya se han marchado —le susurré al oído para tranquilizarlo mientras intentaba que se incorporase un poco.

—¿Mario? ¿Qué haces aquí? —preguntó con la voz entrecortada.

No había vuelto a ver al profesor desde el incidente de clase; el director lo había expulsado de manera fulminante y no le habían permitido ni regresar por sus cosas. Tras treinta años de servicio en la escuela, lo habían arrojado a la calle como a un perro.

—Venga, será mejor que me lo lleve de aquí antes de que termine el mitin. Como algunos de esos fanáticos le vean, terminarán con usted.

—Se han vuelto locos, quieren quemar nuestro pasado. No podemos permitírselo —dijo el profesor colocándose las gafas medio dobladas y apoyándose en el chico.

Roth apareció al fondo del callejón, corrió hasta nosotros y me ayudó a cargar con el anciano.

—¿Dónde está su casa? —le pregunté, con la esperanza de que no viviese muy lejos.

—Llevadme a la parroquia de San Miguel, el padre Schult, él sabrá que hacer —comentó el anciano con hilo de voz. Después escupió algo de sangre.

Salimos a la calle principal y nos dirigimos hasta la parroquia. No tardamos mucho en pararnos ante la imponente fachada de blanco, empujamos la puerta de madera y nos introdujimos en la imponente basílica barroca, totalmente pintada de blanco. Caminamos por el largo pasillo hasta la rectoría, el profesor sangraba copiosamente y dejaba un pequeño reguero de sangre a su paso. Entramos sin llamar y un hombre de poco más de sesenta años nos miró inquieto, después nos ordenó entrar y echó una mirada a ambos lados de la puerta antes de que lo siguiéramos por un estrecho pasillo. Abrió una habitación con llave y dejamos al profesor sobre la cama. El anciano se lamentaba, mientras continuaba aferrado al libro.

—¿Qué ha sucedido? —preguntó el sacerdote.

Le expliqué brevemente lo que había pasado en la plaza. El párroco se tocó la frente horrorizado y apuntó algo en un papel.

—Que uno de vosotros vaya a avisar al doctor Leví.

Ambos nos miramos inquietos, teníamos prohibido acudir a la consulta, bufete o despacho de cualquier judío.

—¡Vamos! El profesor está muy grave —dijo el hombre sacudiendo el pequeño papel delante de nuestros ojos.

Roth tomó el papel y salió corriendo. El sacerdote comenzó a quitar el abrigo del profesor, me pidió ayuda y juntos logramos dejarlo únicamente con su camiseta sin mangas. Tenía el cuerpo repleto de hematomas y cortes. El sacerdote se fue a un baño para buscar algo con lo que limpiar las heridas.

—Mario —dijo el profesor, que recuperó en parte la consciencia.

Intenté aguantar la respiración, sentía que las lágrimas comenzaban a acumularse en mis ojos.

—No haga esfuerzos, enseguida llegará el doctor —le dije, con mi mano sobre su hombro. Tenía el cuerpo frio y sudoroso, su piel arrugada parecía un papel arrojado al suelo.

—Guarda el libro, no dejes que esos bestias lo quemen. ¿Me lo prometes?

Me entregó el volumen aún caliente. Tenía las tapas quemadas y el borde de las hojas chamuscado, pero se encontraba en buenas condiciones. Al abrirlo pude comprobar que se trataba de *Adiós a las armas*, de Ernest Hemingway, uno de los libros que yo había arrojado al fuego. Lo abrí y mis ojos recayeron enseguida en una frase subrayada: «El cobarde sufre mil muertes, pero el valiente sólo una».

El sacerdote llegó de nuevo con un lebrillo de agua caliente y unos paños blancos. Comenzó a repasar las heridas con cuidado, después miró las manos del hombre. La piel de los dedos estaba completamente quemada, enrojecida y repleta de ampollas terribles. Vi cómo las repasaba con una delicadeza que me emocionó.

—Pobre hombre. Debió haber dejado que esos vándalos hicieran lo que quisieran —comentó el sacerdote. El anciano se había vuelto a desvanecer debido al intenso dolor.

—El profesor Newman es un héroe —le contesté, algo molesto.

—No es tiempo de heroicidades, no para un anciano. Sois los jóvenes los que debéis parar toda esta locura —dijo el sacerdote levantando la vista. Por primera vez contemplé sus ojos verdes y brillantes. Su pelo cano muy corto acentuaba el color de su piel morena.

—¿Qué podemos hacer nosotros? —pregunté con el ceño fruncido.

—Oponeros, esos nazis van a destruir el mundo. Que Dios nos ayude.

—Yo no soy alemán —le contesté. Era la primera vez en mi vida que lo decía en voz alta. En México, muchos me llamaban el «alemán» y mi familia se sentía muy orgullosa de su procedencia, hasta yo había soñado muchas veces con venir a Alemania, pero todo lo que estaba sucediendo me horrorizaba.

—Esto no es una cuestión de alemanes o no alemanes, está en juego el futuro de Europa. Personas dispuestas a quemar libros no tardarán mucho en quemar a otros seres humanos.

Agarré con fuerza el libro y después lo metí debajo de mi abrigo. En ese momento llegó el médico con mi amigo Roth. El doctor se quitó la chaqueta y tomó el pulso al anciano. Después miró al sacerdote y negó con la cabeza.

Al principio no entendí el gesto, pero cuando el sacerdote cruzó los brazos del profesor y le cerró los párpados sentí que me faltaba el aire. Parecía como si alguien hubiera robado todo el oxígeno del cuarto y mi boca se abría y cerraba como la de un pez fuera de la pecera.

El sacerdote nos miró con los ojos acuosos y recitó una breve oración. Roth se quitó la gorra y agachó la cabeza, yo permanecí quieto, incrédulo aún de lo que acababa de ocurrir. Nunca había visto morir a nadie. Lo había imaginado terrible, pero el rostro del viejo profesor, a pesar de las heridas, únicamente reflejaba una gran paz.

Salimos de la iglesia y el aire fresco de la noche logró en parte despejarme. Respiré hondo y me pregunté cómo todo parecía igual que antes de la muerte del viejo profesor. ¿Tan poco valor teníamos? ¿Tan fútil era nuestra vida?

Roth me acompañó en silencio hasta el portal de mi casa. Nos despedimos con un ligero movimiento de cabeza, subí los escalones despacio, con las manos en los bolsillos, sintiendo el libro bajo el abrigo y preguntándome si había merecido la pena morir por un tomo medio chamuscado.

Entré en la casa sin saludar a la señora Chomsky y me dirigí a la habitación, esperaba encontrar a mi hermano, pero no había regresado todavía. Seguramente aún estaba en la ceremonia de la quema de libros. Saqué el ejemplar medio quemado y lo dejé sobre la cama. Lo observé un rato y pensé en la frase que había leído. ¿Era un cobarde o un valiente? Posiblemente no era ninguna de las dos cosas. Ojeé el libro intentando descubrir que era tan peligroso, para que los hombres quisieran quemarlo. Una historia de amor entre un soldado y una enfermera, una crítica a la guerra, el patriotismo y la violencia. Una simple novela. Entonces comprendí por qué los nazis consideraban que los libros eran objetos peligrosos. Cada vez que nos atrevemos a adentrarnos por las puertas entreabiertas de sus tapas, cuando nos sumergimos en las olas majestuosas de sus páginas, somos libres. Los alemanes ya no eran libres, habían elegido ser esclavos, y aquellos que aún se resistían eran sometidos con violencia o eliminados. Los alemanes únicamente podían aspirar a ser libres en sus sueños, donde los censores y delatores no podían penetrar, y en las páginas de los libros escondidos en los rincones de las casas. Al destruir la literatura, los nazis pretendían amputarle el alma a Alemania, arrancarle su conciencia y convertirla en una simple sierva de sus instintos ancestrales más bajos. Comencé a leer las primeras páginas y mi corazón comenzó a apaciguarse, como si, en la eterna lucha entre la tinta y el papel, lo único que nos separara de la muerte fuera el tiempo.

CAPÍTULO 4

Múnich, 27 de mayo de 1933

TODOS LOS SÁBADOS ORGANIZÁBAMOS PARTIDOS DE fútbol cerca de la escuela de mi hermano Eduardo. Nos juntábamos un pequeño grupo de veinte estudiantes latinos y nos pasábamos la mañana dando patadas al balón y olvidándonos por unos momentos de que estábamos tan lejos del hogar. Los hijos de los emigrantes siempre arrastrábamos esa sensación de no pertenecer a ningún lugar, aunque en Alemania todos los latinos nos sentíamos unidos por la misma lengua y un pasado común. Uno de los estudiantes más antiguos de la ciudad había fundado hacía unos años la Asociación Latinoamericana de Estudiantes de Múnich y, hacía apenas unas semanas, la junta había nombrado presidente a mi hermano. Una de nuestras actividades favoritas, además de jugar al fútbol, era reunirnos después del partido en una cervecería cercana para celebrar la victoria o la derrota. Ambas nos parecían igual de buenas razones para tomar cerveza y comer codillo de cerdo.

Aquella mañana estaba algo nublada, pero ni la lluvia podía pararnos. Nos quedamos en pantalones cortos y comenzamos a formar los equipos. Normalmente, mi hermano era el capitán de uno de ellos y me elegía portero, pero aquella mañana se acercó un grupo de alemanes y nos propuso participar. Dos eran compañeros de clase de Eduardo, aunque apenas había cruzado algunas palabras con ellos. Ernest

Urlacher y Ritter Frey estaban preparándose también para entrar en la facultad de Química. Sus familias eran berlinesas, aunque originarias de Baviera. Tras formar los equipos de estudiantes alemanes contra estudiantes latinos, comenzó el partido.

Nuestros dos mejores delanteros eran Jorge y Felipe, dos hermanos argentinos hijos de un importante naviero. El medio, Luis, siempre lograba dar los mejores pases a nuestros puntas, y Eduardo solía dirigir como capitán las jugadas. Yo observaba desde la portería con los guantes puestos y una gorra ladeada, hasta que los alemanes contratacaban.

El césped se encontraba tan empapado aquella mañana que los jugadores se escurrían y la trayectoria del balón se desviaba por el agua. Tras el primer tiempo íbamos perdiendo uno a cero. En ese momento, un grupo de miembros de las Juventudes Hitlerianas y camisas pardas se sentaron en la grada y comenzaron a jalear a los alemanes y a insultarnos. Ya estábamos acostumbrados, desde hacía unos meses algunos compañeros de mi hermano sufrían el acoso de otros estudiantes y se habían producido algunas peleas, sobre todo si observaban a algún latino cerca de una chica alemana. En la escuela de mi hermano no había muchas mujeres, por eso las pocas que acudían siempre tenían una corte de pretendientes que no las dejaban en paz.

El segundo tiempo fue más emocionante. Mi hermano logró llegar con la pelota hasta el medio del campo y pasársela a Luis, que corrió como alma que persigue el diablo hasta el lateral derecho y le dio un pase corto a Jorge, que se deshizo de dos defensas antes de lanzar la pelota a la red. Gritamos gol a coro y comenzamos a saltar y abrazarnos.

Cinco minutos antes de que finalizara el partido mi hermano recuperó la pelota de un pase y corrió campo arriba con todas sus fuerzas. Debido a su estatura, era difícil pararlo. Se enfrentó a dos defensas, se acercó a la portería y el guardameta se lanzó a sus pies, pero él logró evitarlo y, con un pase corto, marcó el gol de la victoria.

Los camisas pardas y los chicos de las Juventudes se lanzaron al campo y nos rodearon amenazantes, muchos de ellos llevaban porras, dagas y hasta armas de fuego. Desde la llegada al poder de Hitler servían de policía auxiliar y se creían con el derecho de amedrentar a cualquiera que se cruzase a su paso.

Guillermo se puso delante de todos nosotros y el líder de los nazis, un tipo alto y fuerte, con la cara repleta de pecas grandes y marrones, lo miró directamente a los ojos.

—¡Sois basura extranjera! No sé qué hacéis en mi país —le gritó a la cara.

El equipo de alemanes, que se había marchado para cambiarse, regresó corriendo y Ernest y Ritter se interpusieron entre los dos grupos.

—¿Se puede saber qué estáis haciendo? —preguntó Ritter con los puños apretados.

—Estos latinos de mierda no pueden ganar a jugadores de raza aria, sois la vergüenza de la ciudad —le espetó girándose hacia él.

—Siempre estáis buscando camorra. Será mejor que os marchéis a vuestros desfiles de paso de ganso —le dijo Ritter, mientras levantaba los puños. Su pelo rubio, casi blanco, brillaba empapado por la fina lluvia que caía en ese momento.

Los nazis dieron un paso atrás, su líder se giró, pero apenas habían caminado un paso cuando se dieron la vuelta, sacaron las armas y comenzaron a golpear a los estudiantes. Algunos de los alemanes huyeron, pero Ritter y Ernest se unieron a nosotros.

Dos de los jóvenes nazis corrieron hacia mí con sus puñales en las manos. Tomé el balón y paré la primera puñalada, el cuchillo se quedó clavado en la pelota y tiré de ella con fuerza, después pegué una patada en la entrepierna del nazi y este cayó de rodillas. El otro pasó su puñal justo delante de mis ojos, pero logré esquivarlo, se escurrió por la hierba y me senté en su espalda, le retorcí el brazo y comencé a tirar con fuerza hasta que dejó caer el cuchillo. Después le golpeé contra el suelo y me puse en pie. Cuando miré al resto de mis amigos, los nazis corrían de nuevo hacia los graderíos. Algunos con la cabeza ensangrentada y otros con los uniformes desgarrados.

—Espero que aprendan la lección —dijo Eduardo mientras se limpiaba el barro de la camisa naranja.

—Esa gente se cree alguien por llevar un uniforme —comentó Ernest.

—Gracias por la ayuda. Vamos a comer algo. Estáis invitados a cerveza y codillo en la cervecería Löwenbräukeller —comentó Eduardo, mientras nos dirigíamos a los vestuarios.

Tras cambiarnos, nos dirigimos a la cervecería. Habíamos reservado una mesa en nuestra zona favorita. Nos sentamos en una larga fila. Eduardo presidía y a su lado estaban sentados Ernest y Ritter; cerca de ellos, Jorge, Felipe, Luis y yo.

—Casi nunca hablamos en clase, pero he oído que sois mexicanos —comentó Ernest, mientras comenzaba a mirar a los músicos, que tocaban muy cerca de nuestra mesa.

—Bueno, somos de varios países. Mi hermano y yo somos de Guadalajara, en México, pero Jorge y Felipe son de Buenos Aires, Argentina, y Luis es chileno, el resto son de Perú, Brasil, Uruguay y Cuba.

—Perdona mi ignorancia, no conozco mucho sobre América —se disculpó Ernest con una sonrisa tímida.

—Aunque todos somos de origen alemán, la mayoría de ambos padres, otros únicamente de padre alemán. Mi familia lleva ya tres generaciones en México, somos de origen francés, pero mis antepasados llegaron a Berlín en el siglo XVII escapando de las guerras de religión en Francia, eran hugonotes —comentó mi hermano, que no solía dar tantas explicaciones sobre los orígenes de la familia.

—¿Calvinistas? En Alemania se unificaron luteranos y calvinistas hace poco tiempo. Mi amigo y yo somos luteranos de Berlín —dijo Ernest, mientras tomaba un vaso de agua.

—No os he visto por la iglesia —comentó Eduardo. No la frecuentábamos mucho, pero procurábamos ir un par de veces al mes. Mi madre era anglicana y nos había educado en la fe protestante, aunque mi padre no era muy religioso y vivíamos en un país católico.

—Nosotros no asistimos a la iglesia luterana del centro, vamos a una pequeña congregación cerca de nuestra casa —dijo Ritter atusándose el tupé rubio.

En cuanto llegó la cerveza y la comida, todos nos dedicamos a devorarla con verdadero ímpetu. Estábamos hambrientos. Era mi comida preferida de la semana. La señora Chomsky, que era de origen polaco, nos tenía toda la semana a base de legumbre y verdura, la carne de cerdo me parecía una delicia. Después de varias cervezas, un pequeño grupo de músicos se subió a una tribuna y comenzó a tocar diferentes canciones regionales. Algunos comensales de las mesas más cercanas comenzaron a cantar y el ambiente fue llenándose del humo del tabaco y de las risas de los bávaros animados por el alcohol y la melancolía. Aquel divertimento era uno de los pocos que los nazis no controlaban. Aunque Hitler era abstemio y vegetariano, los alemanes continuaban disfrutando de la cerveza, la carne y las salchichas.

Ernest levantó su jarra y brindó por América. Apenas nos habíamos sentado de nuevo cuando cuatro agentes vestidos de paisano se acercaron a nuestra mesa.

—Documentación —dijo el más viejo, después examinó nuestros pasaportes y se quedó observando a los hermanos Frey.

—Ustedes tienen que acompañarnos —dijo a los dos señalándolos con el dedo.

—Pero, agente, nosotros no hemos hecho nada —contestó Jorge, nervioso.

—Arriba, si no quieren que los llevamos por la fuerza. Usted también tendrá que acompañarnos —le ordenó a Felipe.

Nuestros amigos se pusieron de pie y Eduardo los imitó.

—¿A dónde va? —le preguntó el agente, malhumorado.

—Soy el presidente de la Asociación de Estudiantes Latinos. Debo acompañarlos —dijo muy serio. Lo miré asustado y tiré de su brazo para que se sentara.

—Si insiste, pero tendremos que interrogarlo a usted también.

—¿Por qué quiere interrogarlos? —preguntó mi hermano mientras se ponía la chaqueta.

—Muchos estudiantes de origen judío están llegando de América y tenemos que vigilarlos.

Los hermanos Frey se enfurecieron.

—Nosotros no somos judíos, somos alemanes. Nuestra familia es muy importante en Argentina.

El agente no les prestó la más mínima atención, les hizo un gesto para que salieran y, ante la mirada expectante de todas las personas que se encontraban en el salón, desaparecieron por la puerta principal.

Yo me puse en pie y los seguí de cerca hasta la puerta de la comisaría, me metí debajo de un soportal y esperé hasta la noche. Cuando vi aparecer a mi hermano de nuevo, logré recuperar la calma. Su rostro estaba pálido y dos ojeras negras le empequeñecían los ojos. Me miró sorprendido, como si no esperase encontrarme allí.

—Esto es inadmisible —dijo mientras regresábamos a casa. Su rostro mostraba una determinación que me asustó, pero cuando llegamos logró sosegarse. Después de descansar un poco, me miró y dijo:

—Tenemos que hacer algo—, después volvió a sumergirse en sus pensamientos y se quedó dormido. Mientras, yo me dirigí hasta la estantería y tomé el libro quemado que me había entregado el profesor Newman. Estuve un rato leyendo, era lo único que lograba devolverme la calma, hasta que poco a poco logré descansar.

CAPÍTULO 5

EL VERANO SE ACERCABA LENTAMENTE, LOS días eran más largos y el frío parecía darnos algo de tregua. Mis padres nos habían prometido que intentarían venir a vernos, aunque prefería no hacerme demasiadas ilusiones. Los echaba mucho de menos. A veces, por la tarde, me tumbaba un rato en la cama y comenzaba a recordar las comidas familiares de los domingos, los paseos a caballo o las Navidades. De vez en cuando, sacaba sus fotos de mi diario y las ojeaba por un largo rato, intentando memorizar sus rostros, que poco a poco comenzaban a disiparse en mi memoria, como si los recuerdos fueran una playa de arena barrida por las olas.

Mi hermano parecía algo pensativo en las últimas jornadas. La presión contra los estudiantes latinos crecía de día en día y no sabía cómo actuar. Había escrito cartas al director del partido nazi en Múnich, a los embajadores de los diferentes países latinoamericanos y a la oficina del Reich en Berlín, pero no había obtenido ninguna respuesta. Por eso, cuando aquella tarde apareció con una sonrisa en los labios y me anunció que acudiríamos esa tarde a un mitin de Hitler en la Bürgerbräukeller, no podía creérmelo. ¿Qué íbamos a hacer nosotros en un acto nazi? Al parecer, le había costado mucho encontrar entradas, pero su amigo Ernest había conseguido siete, gracias a un primo que estaba en las SA.

—¿Quieres que asistamos a un mitin de Hitler? —le pregunté, sorprendido y algo indignado. Si en los primeros meses había albergado algunas dudas sobre los nazis, lo sucedido en mayo había terminado por producirme un desprecio profundo hacia Hitler y sus secuaces.

—Sí, es la solución. Intentaré hablar con el Führer, le contaré lo que está sucediendo con los estudiantes latinos. Ayer encerraron y torturaron a un pobre chico paraguayo, cualquier día de estos matarán a alguien y no podría perdonármelo.

—Solo es cuestión de tiempo que nos suceda lo mismo, tal vez deberíamos hablar con nuestros padres y regresar a México —le comenté. En las últimas semanas, aquella idea no dejaba de rondar por mi mente. Estaba casi seguro de que, si nuestra madre supiera lo que estaba ocurriendo, no dudaría en pedirnos que volviésemos.

—¿Volver? Las aguas regresarán a su cauce, simplemente hay que esperar a que todo se normalice. Alemania ha estado al borde de un golpe de Estado bolchevique, los comunistas son más peligrosos que los nazis. ¿No te acuerdas de lo que ha sucedido en México con los guerrilleros revolucionarios? Buscan justicia social, pero nunca se sacian de sangre y riquezas. Los nazis han hecho una limpieza a fondo de comunistas y gente indeseable —comentó Eduardo mientras se sentaba en la silla del pequeño escritorio. Quería redactar una breve nota para Hitler, por si no podía hablar con él en persona. Se inclinó sobre el escritorio y comenzó a escribir con su mejor letra.

—No voy a ir al mitin, Eduardo. No participaré en algo así —dije con los brazos cruzados, mientras miraba por encima de su hombro la carta.

—Vendrás, necesito que estéis todos vosotros. Ya te he comentado que la violencia es pasajera. Sé que te afectó la muerte del profesor Newman, pero fue un error meterse en medio de la multitud para salvar un libro de las llamas. Son simples novelas y libros perjudiciales para la juventud. ¿Merece la pena morir por algo así?

—¿De veras? Mira —dije, sacando de la estantería el libro de *Adiós a las armas* y lanzándolo sobre la hoja que estaba escribiendo.

—Un libro de un gringo hablando sobre una guerra que ya pasó —dijo mi hermano y apartó la novela bruscamente.

—Es mucho más que eso. En ella se hace un alegato por la paz. Las guerras las producen los viejos, para que nosotros los jóvenes vayamos a ellas.

—¿Quién mete todas esas ideas en tu cabeza? ¿No serán tus amigos? Peor aún, ¿cuántos libros prohibidos tienes? —preguntó mi hermano, que se puso en pie y comenzó a registrar la estantería.

—¿Ahora perteneces a la policía política? —le dije mientras le daba un empujón.

—¡Maldita sea, esto no es un juego, Mario! Están registrando las casas de algunos estudiantes, es únicamente cuestión de tiempo que lo hagan en este lugar. Además, la señora Chomsky es judía, como varios de sus huéspedes. Después del verano nos trasladaremos a un colegio mayor —dijo mi hermano mientras continuaba mirando los lomos de los libros.

—¿Es judía? —le pregunté extrañado.

—¿No has visto su cuarto al pasar? Tiene uno de esos candelabros judíos.

—¿Una menorá? —le pregunté. En Guadalajara tenía algunos amigos judíos y las había visto en el salón de sus casas.

El afirmó con la cabeza. Escuchamos en ese momento que la merienda estaba preparada y salimos hacia la cocina. La señora Chomsky estaba sentada a la mesa frente a una jarra de leche caliente, algunos pasteles y cuatro tazas de café. Nos sirvió café con leche y escuchamos los pasos de otro de los huéspedes, el señor Adamík. El hombre, extremadamente delgado, de ojos pardos y barba negra, nos hizo un gesto amable y ocupó la silla aún libre.

—Señor Adamík, entonces es cierto que nos deja. Será una pena, lleva en esta casa más de diez años —dijo la mujer, algo apesadumbrada.

—Me temo que sí. Alemania ya no es un buen país para mis negocios, no quiero terminar en Dachau. Dos de mis amigos ya han pasado por allí, uno por ser un conocido periodista de un partido de izquierdas y otro por hablar contra los nazis en una sinagoga. Me han contado cosas terribles, cosas que pondrían el pelo de punta a cualquiera —dijo el hombre mientras tomaba uno de los pastelitos.

La mujer nos observó inquieta, no le gustaba que se hablara de aquellos temas en la mesa, cualquiera podía estar escuchando y los casos de denuncias anónimas aumentaban cada día.

—No se preocupe, señora Chomsky, nosotros no vamos a decir nada a nadie —comenté para tranquilizarla.

—Ya lo sé, hijo —dijo, mirándome con su tierno rostro. Aquella viuda solitaria y apagada podría haber sido una madre excelente. Siempre nos trataba con dulzura y nos daba hasta el más mínimo capricho.

Eduardo frunció el ceño y no abrió la boca. El señor Adamík cambió de tema y antes de que terminásemos se escuchó el timbre de la puerta. La dueña de la casa fue a abrir y mi hermano me hizo un gesto para que nos fuésemos. Yo intenté resistirme, pero terminé por obedecerle. En la puerta nos esperaban Jorge, Luis y Felipe. Ninguno de los tres parecía muy animado, pero mi hermano también ejercía mucha influencia sobre ellos. Lo cierto era que Eduardo era capaz de hacer cambiar de opinión al mismo Hitler si se lo proponía, o al menos esa broma solían decirle sus amigos.

Bajamos las escaleras en silencio y nos dirigimos hasta el río Isar y cruzamos el puente hacia la calle Rosenheimer. Observamos la fila de asistentes que casi daba la vuelta a la manzana. Recorrimos la fila hasta encontrar a Ernest y Ritter; afortunadamente, los alemanes son más puntuales que los latinos y en pocos minutos estábamos dentro, sentados en una de las primeras filas. El salón era enorme, con mesas redondas, sillas simples de madera y lámparas grandes que daban una luz suave, pero suficientemente clara para observar el escenario. De las paredes colgaban los estandartes nazis y la mayor parte de los jóvenes vestía uniformes de las Juventudes Hitlerianas o de los camisas pardas. En los palcos estaban algunos de los líderes nazis más importantes de Múnich y sus esposas, que vestían pomposos trajes de noche nada favorecedores.

Ocupamos nuestros lugares y durante unos minutos pareció una simple fiesta. Pedimos cerveza y los amigos de mi hermano comenzaron a charlar con soltura, en especial Ernest y Ritter, que, a pesar de no simpatizar con los nazis, tenían muchos conocidos y familiares en el partido.

Ernest era aún más rubio que mi hermano, de grandes ojos pardos y una belleza griega, con los rasgos marcados y masculinos. Su voz era suave y solía alterarse con facilidad, sobre todo a la hora de defender sus opiniones; en eso parecía más bávaro que sajón. Ritter era todo lo contrario, de cara aniñada y facciones suaves, ojos azul intenso y el pelo casi albino. Se conocían desde los cinco o seis años, sus padres eran amigos y se dedicaban al mismo oficio. Ambos eran comerciantes de pieles, un lucrativo negocio, que parecía haber crecido desde la llegada de los nazis al poder, ya que, desde el mismo Göring hasta las mujeres de todos los jerarcas nazis, adoraban los abrigos de pieles, como si quisieran mostrar a todos que eran los nuevos bárbaros dispuestos a dominar el mundo.

—Espero no dormirme —dijo en tono bajo Ritter, después de reírse.

—Seguro que no puedes, el Führer grita como un diablo en el infierno —le contestó Jorge con el rostro malhumorado.

Eduardo les lanzó una mirada asesina. Aquel no era el mejor lugar para hacer bromas sobre Hitler. Las risotadas y el murmullo comenzaron a apagarse de repente, subió al estrado Hermann Göring, uno de los mejores amigos de Hitler y héroe de la Gran Guerra, lo presentó brevemente y todos recibieron al ministro de Hitler con una fuerte ovación.

—Camaradas, esta es una noche especial. En muchos sentidos, aquí empezó todo, entre estas cuatro paredes comenzamos a imaginar un mundo que ahora hemos logrado alcanzar, pero todavía queda mucho por soñar. Alemania apenas está despertando del letargo en el que el comunismo y el judaísmo internacional la han querido mantener durante décadas. Temían que el león dormido volviera a rugir, pero su peor pesadilla se está haciendo realidad. Una Alemania nueva y fuerte volverá al lugar que le corresponde en el mundo y la historia. Vosotros, los miembros de las juventudes alemanas, lo veréis. Qué envidia me dais, muchachos, sois escandalosamente jóvenes —dijo la mano derecha de Hitler.

La sala se llenó de aplausos y Göring sonrió con su cara de alemán bobalicón y retorcido. Todo el mundo lo adoraba por su carácter campechano y sus formas sencillas.

—Nuestro amado Führer quiere dirigirse a vosotros, ahora que nuestra hora suena, ya nada podrá detener el Reich de los Mil Años.

La gente se puso en pie para aplaudir, nosotros los imitamos más por temor que por entusiasmo. Hitler subió al púlpito como un inspirado predicador y se nos quedó mirando muy fijo. Su rostro no expresaba emoción alguna. El silencio se extendió como un relámpago mudo y, salvo por alguna tos o la pata de una silla al moverse, todos podíamos sentir cómo nuestras pulsaciones se aceleraban y nuestros sentidos se ponían en guardia. Hitler comenzó a hablar en susurros, con palabras cortas y secantes, apenas podíamos escucharlo, afinamos el oído sin dejar de observar sus ojos, que, a medida que la voz comenzaba a ascender, se encendían con un fuego glaciar.

—Sois afortunados, nacidos en un Mundo Nuevo, pertenecientes a una raza superior, una raza de superhombres, dispuestos a conquistar el mundo, pero sobre todo a conquistar algo más importante, a vuestras almas indóciles y salvajes. Si yo hubiera tenido una Alemania como esta en mi niñez, a líderes como los vuestros, hubiera sido el hombre más feliz de la tierra, pero la Providencia me pasó por el crisol del fuego y la prueba, donde las almas puras se funden hasta convertirse en algo mucho más importante que los intereses individualistas de los comerciantes de ideas, de los capitalistas judíos que dominan el mundo.

Eduardo apoyó sus codos sobre las rodillas y comenzó a escuchar atentamente, no quitaba el ojo del estrado, miré a mi alrededor y todos parecían extasiados. Yo juzgaba cada una de sus palabras, intentaba ver la doblez de sus comentarios y las mentiras descaradas que de vez en cuando soltaba, para satisfacción de la mayoría del auditorio, que parecía disfrutar con la visión enfermiza de su líder.

—El mundo os contempla con asombro, la juventud alemana conseguirá lo que ninguna otra ha podido, crear un mundo nuevo sin clases sociales, diferencias políticas ni divisiones religiosas. Un pueblo, un Reich y un líder.

El público se puso en pie para aplaudir, parecía como si la euforia fuera contagiosa, una especie de epidemia imparable de irracionalidad y sentimentalismo. Volví a observar los rostros de mis amigos y ya no tuve duda, parecían convencidos tras más de una hora de mitin. Únicamente Ritter se mostraba algo indiferente y de vez en cuando miraba el reloj.

Al terminar el acto, Hitler salió rápidamente por la parte trasera, ante la frustración de mi hermano, que pensaba hablar con él antes de que dejara la sala. Ernest le puso una mano en el hombro y le dijo que esperara un momento. Regresó unos minutos más tarde. Al parecer, un hermano de su padre había conseguido que nos recibiera brevemente. Nos llevaron entre la multitud hasta un pasillo y por allí, casi en total oscuridad, hasta una puerta en la que estaban de guardia dos miembros de las SS. El hombre que nos acompañaba llamó a la puerta y después nos hizo pasar. La sala era grande, pero estaba únicamente iluminada en la parte final. Marchamos hacia la luz, mientras notaba cómo me temblaban las manos y sudaba sin parar. No veía los rostros de los demás, pero sí distinguía una mesa redonda en la que estaban sentados Hitler, Göring y el jefe de su guardia personal, Himmler. En el centro, Hitler, con la cabeza gacha, se secaba el sudor de la frente, mientras esperaba que se enfriara una infusión.

—¡*Heil* Hitler! —dijo el hombre y todos respondimos al unísono.

—El Führer está agotado, por favor, les rogamos que sean breves —dijo Göring en un tono tan amable que me quedé sorprendido por primera vez desde el comienzo de la velada.

Mi hermano dio un paso al frente e hizo un ensayado saludo nazi, después se puso firme y comenzó a hablar con voz temblorosa:

—Mi Führer, gracias por recibir a esta modesta Asociación de Estudiantes Latinoamericanos. Soy Eduardo Collignon, estudiante de preparatoria. Mi familia es de origen alemán y, aunque llevamos tres generaciones viviendo fuera de la patria, no hemos olvidado nuestras raíces ni apagado el fuego del amor por Alemania. Cada generación, mi familia manda a sus hijos varones a estudiar aquí, para que esos lazos no se rompan jamás.

Hitler levantó la mirada y se quedó observando al grupo, hasta centrarse en mi hermano, que parecía recuperar seguridad por momentos.

—Vengo a transmitirle mi admiración y a pedirle por los estudiantes latinoamericanos. Desde hace semanas, algunos de mis compañeros han sufrido interrogatorios y detenciones. Al parecer, la policía sospecha que algunos de ellos puedan ser de origen judío, pero le aseguro, mi Führer, que todos ellos son de ascendencia alemana e hijos de familias de reconocido prestigio en sus países. Permítanos que nos convirtamos en embajadores de este gran Tercer Reich cuando regresemos a nuestros países. Por favor, le rogamos que interceda por nosotros.

Hitler bebió un sorbo de la taza y se tomó su tiempo antes de contestar. Al final volvió alzar la vista y con voz pausada, casi inaudible, comenzó a decir:

—Sé que hay buenos alemanes al otro lado del océano. Yo mismo, en mi juventud, pensé en esa opción, sobre todo animado por las novelas de Karl May. Qué tiempos aquellos en los que mis únicas obligaciones eran leer y asistir a la escuela. Disfruten de su época de estudiantes, no regresará jamás. América es un gran continente y ustedes son la avanzadilla de la nueva Alemania allí. El nacionalsocialismo necesita profetas que lleven nuestro mensaje hasta el fin del mundo. ¿Han tomado nota? —dijo a sus colaboradores—. No queremos que se moleste a los estudiantes latinoamericanos, sobre todo si son de origen alemán. Es digno de admiración que ellos y su familia no se hayan mezclado con los indígenas y se mantengan puros.

Hitler se puso en pie y colocó la mano fría sobre el hombro de mi hermano, que sudaba copiosamente.

—Es usted un joven muy valiente, necesitamos más personas como usted en el partido.

—Gracias, mi Führer —contestó mi hermano nervioso.

—Amigos, no olvidemos que cada día es una oportunidad para hacer nuevos camaradas. La Asociación de Estudiantes Latinoamericanos pasa a formar parte de las Juventudes Hitlerianas y de la Asociación de Estudiantes Alemanes.

El pequeño grupo aplaudió la decisión de Hitler, ante la atónita mirada de todos nosotros, que terminamos por aplaudir también. Nos enviaron a una mesa en la sala principal y todos salimos como miembros del partido y de las Juventudes Hitlerianas. Mientras abandonábamos la cervecería, yo estaba que no me lo podía creer, ahora era miembro de eso que tanto odiaba, era un nacionalsocialista. Salimos a la fresca noche muniquesa y nos dirigimos al centro de la ciudad. En el camino apenas cruzamos una palabra. Nadie parecía estar muy a gusto con nuestra nueva situación. Nos detuvimos enfrente de nuestro portal y Eduardo intentó animarnos.

—Veamos la parte positiva, ya ningún estudiante latino tendrá ningún problema en Alemania. Ser miembros del partido no significa mucho, cientos de miles de personas se han inscrito desde marzo en las filas de los nazis. Sin duda, eso nos facilitará el camino, terminaremos los estudios y podremos ejercer nuestras profesiones en el futuro. No nos hemos hecho nazis, simplemente hemos rellenado un formulario.

Todos lo miramos sorprendidos. Ritter cruzó los brazos y se encaró a mi hermano.

—Eso es oportunismo, yo no estoy en desacuerdo con algunas de las ideas de Hitler, como la recuperación de los territorios perdidos en Versalles o dejar de pagar las compensaciones de guerra, pero no me identifico con sus matones camisas pardas ni con esos niñatos de las Juventudes Hitlerianas.

—Bueno, no sé qué conlleva estar dentro del partido, pero nos mantendremos al margen todo lo que podamos —comentó Ernest, que se sentía responsable por lo ocurrido.

—¿Al margen? Ya nadie está al margen. Ese es el gran error de muchos alemanes, se creen que no participan de la barbarie por no estar en el partido, desfilar por las calles o perseguir a los judíos, pero todos somos cómplices de mirar a otro lado —contestó Ritter, furioso.

—Lo siento, amigos, será mejor que intentemos calmarnos, discutir no cambiará la situación —dijo mi hermano, intentando calmar los ánimos.

—Algún día vosotros os marcharéis, pero ¿a dónde iremos nosotros? ¡Este es nuestro país! —gritó Ritter fuera de sí. Tenía el rostro rojo de rabia y no dejaba de agitar los brazos.

Al ver la discusión, dos policías se acercaron hasta nosotros y nos pidieron la documentación. Felipe, Jorge y Luis sacaron los recién estrenados carnés del partido y los policías se despidieron de todos ellos con un saludo.

—¿Visteis? Lo que os decía —comentó Eduardo, mientras agitaba en su mano el carné.

Ritter se marchó furioso, después Ernest se despidió y, en unos minutos, subíamos a nuestro apartamento. Eduardo tenía el rostro muy serio, con un rictus en el labio superior que yo conocía muy bien y que indicaba que era mejor no hablar con él hasta que se calmara. Entramos en casa y comprendí que de alguna manera todo había cambiado, que, me gustase o no, ya estaba en el otro lado de la línea que separaba a las víctimas de los verdugos.

CAPÍTULO 6

Núremberg, 20 de agosto de 1933

AQUEL LARGO VERANO NO FUE EXACTAMENTE como lo había planeado. Mis padres no pudieron salir de Guadalajara. Las cosas no marchaban muy bien en México, muchos productores de trigo le debían enormes cantidades de dinero y se habían hecho con un molino que les había ofrecido uno de sus morosos. Eduardo se pasó buena parte del verano en Rostock, con algunos familiares nuestros, y yo tuve que ir a un campamento de las Juventudes Hitlerianas. Afortunadamente, me acompañaron mis amigos Yohann y Roth. El primero había entrado en las Juventudes presionado por su padre, que como viejo comunista intentaba pasar lo más desapercibido posible en el nuevo régimen. Roth, en cambio, quería pasar el verano con nosotros y escapar de la vida monótona con su madre, una viuda siempre melancólica que apenas lo dejaba respirar.

La primera semana fue terrible: como nuevos, tuvimos que soportar algunas novatadas y sufrir la dura disciplina del campo, aunque, a los casi dieciséis años, las hogueras, las tiendas de campaña, armas y desfiles todavía son muy atractivos para la mayoría de los adolescentes. En la segunda semana me encontraba más adaptado, y la última casi no recordaba la vida de Múnich ni los duros acontecimientos que habían sucedido en el invierno y la primavera. Una de las grandes virtudes de la juventud es la capacidad para olvidar, a los jóvenes nos parece como si el mundo fuera desapareciendo a cada paso que damos y como si, en cierto sentido, tampoco hubiera nada más adelante si nosotros mismos llegamos a descubrirlo. Hasta Yohann parecía disfrutar con las marchas, los cuentos nocturnos y las competiciones por equipos. Sin saberlo, habíamos encontrado un lugar en el mundo, precisamente a la edad en la que por primera vez eres consciente de tu individualidad y experimentas el sabor amargo que siempre produce la soledad.

Los últimos días fueron apasionantes. Nuestro uniforme recién estrenado ya estaba marcado por las huellas de la veteranía y el *Leistungsbuch*, la cartilla en la que se anotaban nuestros logros en las diferentes materias, estaba repleto de menciones y honores.

El final del campamento lo íbamos a pasar en Núremberg, junto a otros miles de jóvenes, celebrando el V Congreso del partido. Llevábamos casi cuatro días ensayando el desfile inaugural. Después del acto, Eduardo vendría a recogerme a la ciudad y juntos regresaríamos Múnich.

Nos albergamos en una escuela a las afueras de Núremberg, sobre colchones muy finos, pero no nos importaba, todo nos parecía una aventura apasionante. Estábamos embriagados de orgullo y convencidos de que pertenecíamos a un pueblo admirable. Llevaban semanas diciéndonos que éramos especiales, la élite de Alemania, y que el Tercer Reich nos necesitaba. Al principio, todo aquello me parecía propaganda burda, pero la camaradería, el contacto con nuestros líderes y la convivencia habían logrado que al menos tolerara los discursos e ideas nazis, sin pararme a pensar tanto en lo que decían.

Aquella mañana nos vestimos con las mejores galas y el líder nos entregó por primera vez nuestra daga con los símbolos nazis. Los tres nos quedamos boquiabiertos mientras mirábamos los puñales brillantes en su funda de cuero negro.

—¡*Dios mío*, cómo relucen! —dije mientras sacaba la hoja pulida.

—Salimos en autobús en cinco minutos —nos anunciaron. Buscamos tres asientos por la parte delantera y observamos emocionados desde la ventanilla las calles de Núremberg. Se veía a miles de miembros del partido, todo el mundo nos saludaba alegre y los transeúntes nos alcanzaban golosinas o refrescos. Cuando llegamos al estadio nos quedamos asombrados. Era tan colosal que apenas podíamos abarcarlo con la mirada. Nos hicieron formar y esperamos algo menos de dos horas hasta que el rumor de que Hitler había llegado hizo que las fuerzas de todos se recuperaran.

—Yo lo conocí en persona en Múnich —le dije a mis amigos, orgulloso. Hasta ese momento había ocultado aquel incidente por *vergüenza*, *pero*, al ver la expectación que levantaba la presencia de Hitler, no pude evitar contarles mi experiencia. Mis amigos y los que nos rodeaban quedaron fascinados y comenzaron a hacerme todo tipo de preguntas.

Entonces, un grito ensordecedor inundó el estadio, todos parecieron volverse como locos. Los tambores comenzaron a sonar y se escuchó con gran fuerza el himno por los inmensos altavoces. A mi lado, los chicos lloraban, mientras que los más grandes coreaban palabras de alabanza a Hitler o cantaban a pleno pulmón. Después se hizo un gran silencio y Hitler, acompañado por dos de sus hombres de confianza, atravesó el estadio para honrar a los caídos, cuando regresó al increíble palco con una gigantesca águila, todos comenzamos a gritar de nuevo. No recuerdo ni una sola palabra de aquel discurso. Mis amigos, al lado, lloraban y alababan al Führer en cada pausa; al final yo me había unido a sus gritos de una manera tan desesperada que desde fuera hubiera parecido que me hubiese convertido en el nazi más fanático del mundo.

Al día siguiente, mi hermano y yo partimos para Múnich. Mis amigos se quedaron, pero nosotros teníamos que hacer la mudanza a la residencia de estudiantes. Eduardo había embalado las cajas durante el verano y ya estaba casi todo listo. Por un lado, lo prefería, podríamos conocer a más gente y tener horarios más acordes con los estudios, pero echaría de menos la cordialidad de la señora Chomsky y, sobre todo, sus deliciosas comidas. En cierto sentido, era romper definitivamente el cordón umbilical de mi infancia y convertirme en un joven independiente.

Llegamos al apartamento y abrimos con la llave, no parecía haber nadie dentro, todo se encontraba revuelto. Nos asustamos y comenzamos a recorrer toda la vivienda. Al final encontramos a la señora Chomsky en el suelo de la cocina, con los brazos amoratados y el labio partido. La ayudamos a incorporarse y la sentamos en una de las sillas donde solíamos desayunar cada mañana.

—*¿Qué ha sucedido?* —le pregunté mientras me inclinaba hacia ella, sin soltarle las manos heladas.

La mujer comenzó a llorar de nuevo, tenía los ojos rojos y apenas podía articular palabra.

—Se llevaron a dos de mis huéspedes. Según la policía, eran terroristas, pero no lo creo, llevaban años conmigo. Los han detenido por ser judíos —comentó la anciana. Su rostro magullado tenía una expresión de horror y tristeza.

—Puede que estuvieran involucrados en algún partido o que un enemigo los haya delatado —dije muy serio. Después calenté agua y preparé un té para que la señora Chomsky lograra templar los nervios.

La mujer nos miró con una ternura a la que no estábamos acostumbrados, pero que nos recordó vivamente a nuestra madre. Después posó su mano sobre mi cabeza y me dijo:

—*¿Dónde está el libro?*

—*¿Qué libro?* —le pregunté.

—El del profesor Newman —me contestó sin cambiar su tono calmado y dulce.

En ese momento me eché a llorar, se borró de mi mente toda la euforia de Núremberg y las semanas de camaradería en el campamento de las Juventudes Hitlerianas.

—*¿No lo tienes?* —me preguntó—. Me contaste que se lo guardarías al viejo profesor, que mientras el libro existiera él no habría muerto en vano.

Mi corazón se rompió en mil pedazos. Lo había llevado al campamento de verano como un pequeño acto de rebeldía, pero la última noche, embriagado por aquel maléfico espíritu que me hacía sentirme seguro y feliz, lo arrojé secretamente a una de las hogueras.

—*¿Enviaste tú la carta?* —preguntó la anciana, pero en su rostro no había enfado ni ningún tipo de reproche.

Al final afirmé con la cabeza, luego lloré tan desconsoladamente que sentía que el pecho me iba a estallar. Mi hermano me abrazó y me preguntó:

—*¿Por qué lo hiciste?*

Al principio las lágrimas me impedían hablar, pero, entre sollozos, logré articular palabra y aquella confesión fue tan liberadora que nunca más he ocultado un secreto a mi hermano mayor.

—A la segunda semana del campamento nos pidieron que ofrendáramos algo a nuestro Führer, que aún había demasiados traidores en nuestra patria. Nuestro grupo era apenas de seis personas, nos dieron papel y lápiz. Me temblaban las manos y sentía que el corazón me latía con fuerza. No sabía a quién apuntar, al final puse los nombres de los compañeros de la pensión, pero no escribí el de la señora Chomsky, el de ella no podía ponerlo.

Mi hermano me lanzó una mirada de decepción, pero al mismo tiempo de culpa. Él nos había inscrito en el partido, también había insistido en que permaneciéramos en Alemania, ahora se le veía confuso y roto por dentro.

—Querido niño —dijo la mujer abrazándome entre lágrimas. Su amor me redimió, porque el amor tiene ese poder de hacer insignificantes los más viles crímenes, ya que nos desnuda y nos convierte de nuevo en los tiernos recién nacidos que aún no han experimentado la copa amarga de la traición, el odio y la venganza.

Aquel día aprendí que no es fácil perdonar, pero que lo es aún menos perdonarse uno mismo. Entonces me vino el rostro de Yohann entregando con orgullo su papel, en él estaba escrito el nombre de su padre, la persona que más admiraba y quería en el mundo. El líder del grupo sonrió y le dio una palmada en la espalda. Yohann le devolvió la sonrisa y, por un segundo, pude vislumbrar que el mayor pecado que puede cometer un hombre es deshumanizarse y que no hay un acto más deshumanizador que traicionar a tu propia familia. Me sentía culpable de haber ido a ese campamento y de haber arrastrado, en cierta manera, a mis amigos. Nuestros actos siempre tienen consecuencias, pero en la edad en la que apenas me comenzaba a afeitar, tuve que aprenderlo de la forma más terrible.

En las culturas antiguas, los jóvenes tenían que superar un rito de iniciación, una especie de ceremonia ancestral que los convertía en hombres. Aquella tarde en la cocina de la señora Chomsky, mientras la luz comenzaba a apagarse por las ventanas, abrazado a mi hermano y con un profundo vacío en mi alma, me hice un hombre, aunque las cosas que estaban destinados a vivir Eduardo, Jorge, Felipe, Luis, Ritter y Ernest pondrían a prueba esa fuerza mágica que une dos almas para toda la vida, esa que todos llamamos amistad verdadera.

SEGUNDA PARTE

Eduardo

CAPÍTULO 7

Berlín, 1 de agosto de 1936

LAS CIUDADES SE TRANSFORMAN, NO SE conforman con ser eternas. Pero nosotros también cambiamos, en cierto sentido, nunca regresamos al mismo sitio, aunque ya hayamos estado allí con anterioridad. El paisaje, los edificios, incluso las personas que nos parecen simplemente el telón de fondo de nuestra existencia, ya no son los mismos. En la gran comedia humana, los actos no se detienen y nos conducen inevitablemente hacia el desenlace, cuando el telón final devora las esperanzas y ensoñaciones de nuestro particular drama personal y este toca a su fin.

Acabábamos de regresar de México, con esa mezcla de tristeza y alivio que produce la madurez, al separarte de tus progenitores y continuar con tu vida. Soportar la férrea mano de mi padre durante tres meses casi me había logrado sacar de quicio, al igual que su insistente requerimiento para que acelerara el estudio de mi carrera y regresara cuanto antes al hogar. Mi hermano Mario, en cambio, parecía complacido de recibir las atenciones de mi madre, a punto había estado de quedarse en Guadalajara, pero la insistencia de mi padre, que no quería que perdiese la oportunidad de estudiar una carrera en Alemania, y la resignación de mi madre lo habían animado a volver conmigo.

Desde nuestra salida del apartamento de la señora Chomsky, mi hermano ya no había vuelto a ser el mismo. Naturalmente, era joven y alegre, tenía toda la vida por delante y una capacidad arrolladora de enfrentarse al futuro. Además, había aprendido una gran lección: el mundo nos devora. Nos gustaría pensar que somos nosotros los que movemos el universo, pero este, como una imparable apisonadora, termina con los sueños, aspiraciones y principios de la mayoría de nosotros. Yo mismo, que muchas veces acariciaba la idea de quedarme en Alemania, sobre todo ahora que parecía que lo peor había pasado y los nazis comenzaban a aburguesarse un poco, sé que regresaré a Jalisco. Algo me ata indefectiblemente a aquella tierra, como si unos lazos invisibles atravesaran el Atlántico y minuto a minuto, con el paso inexorable del tiempo, me atrajeran a la tierra de mis padres. Aunque lo peor no es la perspectiva de regresar a México, al fin y al cabo me siento más mexicano que alemán, lo que más me aterroriza es verme en el rostro y alma de mi padre a mí mismo dentro de unos años. No hay mayor esclavitud que la certeza de que tu destino está marcado como cartas de póker.

A mi lado está Mario, observa por la ventana como un niño pequeño, devorando el paisaje. Le gusta contemplar los bosques que rodean Berlín, los pueblos cada vez más grandes que comienzan a confundirse con los barrios de la capital, ese monstruo que engulle sin piedad campos, aldeas y madreselvas. En cierto sentido, imagino así el infierno, como una ciudad industrial interminable en la que no hay lugar para la naturaleza o la felicidad, ni siquiera para el sosiego. Guadalajara todavía conserva su carácter provinciano, aunque la plaza de la catedral sea una de las gemas más bellas de México, el resto parece a veces improvisado, como si cada generación se empeñara en desordenar un poco los límpidos trazados creados por los españoles hace más de cuatrocientos años. Las mansiones se suceden con las granjas, los edificios administrativos con los bloques de vivienda de ínfima calidad, creando un carácter único en el que el guadalajarense se siente feliz, con sus explosiones de alegría y su forma despreocupada de ver el mundo. Siempre tengo la sensación de que el Viejo y el Nuevo Mundo nunca pueden encontrarse, ni siquiera en nuestras vidas trashumantes. Cuando Mario y yo habitamos allí nos vestimos con los abalorios de la despreocupada juventud, y cuando estamos aquí nos convertimos en agarrotadas almas cubiertas del polvo de los siglos.

—¿Qué escribes en ese viejo cuaderno? —me preguntó Mario, que intentaba arrancármelo de entre las manos.

—Cosas mías —le contesté sin más explicaciones, recuperando por la fuerza el cuaderno.

—Imagino, mías no van a ser. No sé si es buena idea tener un diario en Alemania, es como meter una pistola cargada y sin seguro en la entrepierna, puede que no suceda nunca nada, pero el día que pase algo te quedas sin huevos.

—Me ha gustado tu metáfora, la apuntaré —dije en tono de broma.

—Te has fijado en qué guapas están las alemanas —comentó Mario, que en los últimos años se había convertido en un verdadero Don Juan.

—En el tren hay gente de casi todo el mundo: australianos, franceses, belgas y norteamericanos, hasta nos hemos cruzado con muchos latinos. No todas las chicas son alemanas —le contesté apartando mi mirada del cuaderno.

—Nunca hemos estado en unas Olimpiadas. ¿No te parece emocionante? —me preguntó Mario, que no dejaba de importunarme. Parecía nervioso y expectante, pero yo había aprendido hacía tiempo que la mejor expectativa es siempre no tener ninguna.

—Sí me parece, ojalá siempre los pueblos se enfrentasen en los juegos y no en el campo de batalla.

—¿Ahora te estas convirtiendo en un pacifista, hermanito? —me dijo con cierto retintín.

Se había vuelto más sarcástico, ya no era aquel niño ingenuo que había llegado a Alemania tres años antes. A veces era difícil saber lo que pensaba realmente. Parecía adaptado al país, participaba en las Juventudes Hitlerianas, aunque sin demasiado entusiasmo, pero ya no quedaba con sus viejos amigos y solía venir con los míos a jugar al fútbol o tomar algo con nosotros por las cervecerías de Múnich.

Cuando llegamos a la estación, sentí como si me diera un vuelco el alma, por alguna misteriosa razón no había sentido que estábamos en Alemania hasta contemplar aquella hermosa pero al mismo tiempo inquietante ciudad. Tomamos el equipaje y pedimos un taxi. Nos quedamos extasiados observando las avenidas engalanadas, los maceteros de flores y las impolutas calles de Berlín. Los nazis sabían cómo crear un escenario digno de una superproducción de Hollywood. Al fin y al cabo, las Olimpiadas se habían convertido en el arma propagandística más fuerte del régimen. Durante quince días, los ojos de todo el mundo estarían puestos sobre ellos y, de alguna manera, debían mostrar que el régimen nacionalsocialista no era tan salvaje e inhumano como lo pintaban algunos medios internacionales.

—Sabes que he escogido el mismo hotel que el año que llegaste por primera vez.

—Fantástico, me encantó el Zoo, aunque me impresionó aún más cuando el edificio del Reichstag se consumía en llamas en medio de la noche berlinesa.

Lo que desconocía mi hermano es que aquel incendio había sido aprovechado por los nazis para perseguir a los comunistas y más tarde para desatar su furia contra cualquiera que se atreviese a oponerse al nazismo.

El taxi se detuvo enfrente del hotel, todo seguía exactamente igual que como lo recordaba, con la diferencia de que la gente parecía mucho más melancólica, a pesar de encontrarnos en unos de los meses más bellos del año y en plena celebración de las Olimpiadas. Nos acomodamos en el hotel y Mario se puso su uniforme de las Juventudes Hitlerianas. Me impresionó verlo vestido de aquella forma. Su aspecto impoluto y marcial resaltaba una belleza aún infantil y claramente aria.

—¿Qué miras? ¿Nunca has visto a un miembro de las Juventudes? —bromeó, poniendo varios gestos que imitaban a Hitler en sus arengas al pueblo.

—Estos meses en México me han hecho olvidar muchas cosas. ¿No tienes la sensación de estar viviendo en dos mundos diametralmente opuestos? —le pregunté. Sabía que a él le sucedía lo mismo. En América éramos los hijos de una familia burguesa con una posición excelente, pero que se ganaba el sueldo trabajando duro. Nuestros padres tenían muchos empleados, pero para ellos eran como de la familia. Mi abuela y mi madre se preocupaban por la educación de los hijos de los obreros, mientras nuestro padre contribuía con su conocimiento e infatigable espíritu emprendedor al desarrollo de la ciudad y sus instituciones. Aquí éramos dos emigrantes latinos que jugaban a parecer alemanes, poco más que escoria extranjera.

—Nos ha tocado vivir en dos realidades paralelas, que nunca llegarán a tocarse. Mira qué pinta tengo. Debo participar en el desfile. Me hubiera gustado no ir, pero ya sabes que toman nota y que los que intentan escurrir el bulto terminan disciplinados o algo peor —comentó Mario, mientras se colocaba los correajes y tomaba la daga.

Nos dirigimos al parque Lustgarten, una de las zonas más bellas de Berlín. El castillo, la catedral y el Museo Antiguo destacaban entre los frondosos árboles de la zona. Tomamos el suburbano, que casi a las doce del mediodía ya estaba atestado de gente. Esperamos la llegada del primer tren, mientras observábamos a la variopinta amalgama de turistas de diferentes razas y culturas, algo que había dejado de ser normal en Alemania hacía mucho tiempo.

Una mujer se aproximó a las vías, no debía pasar de los cuarenta años. Vestía un traje con flores y una pequeña chaqueta; en la mano izquierda, un bolso negro viejo y desgastado. Miró hacia el tren que comenzaba a entrar por el andén y se preparó para saltar. Tuve la sensación de que nadie se había fijado en ella. Su aspecto corriente, como el de miles de mujeres de clase obrera berlinesa, la convertía en invisible a los ojos de la mayoría de la gente. Di un paso hacia ella y la agarré del brazo antes de que se lanzara a las vías.

—Señora, tenga cuidado —le dije, pero ella se limitó a mirarme con los ojos húmedos y entró en el vagón. Por un momento, dudé si había salvado su vida o había prolongado su agonía. La desesperanza se había extendido por el país casi tan rápidamente como el fanatismo.

Mi hermano se encogió de hombros y yo le comenté que no pasaba nada. No dejé de observarla todo el trayecto. No podía dejar de pensar por qué una mujer sana y joven querría suicidarse de aquella forma tan terrible. A veces no comprendemos al ser humano en toda su dimensión. Somos meras marionetas, sacudidas por los acontecimientos. En aquella Alemania ideal no había lugar para los fracasados, para los mutilados del alma, que ya no tenían fuerzas para continuar con aquella pantomima.

Llegamos al parque y en la gran plaza ya se concentraban unos treinta mil muchachos. Mi hermano me hizo un gesto y se dirigió hacia su grupo. A los pocos segundos se convirtió en parte de aquella

masa en la que el individuo perdía su singularidad para poder pertenecer al grupo y sentirse a salvo entre la multitud.

En la tribuna ya estaban preparados para hablar Baldur
von Schirach, dirigente de las Juventudes Hitlerianas, Hans von
Tschammer, responsable de Deportes en el Reich, el ministro de
Formación Bernhard y el ministro de Propaganda Joseph Goebbels.
Tras sus repetitivos discursos de optimismo y amor a la patria, llegó
la llama olímpica, mientras una ligera lluvia comenzó a empaparnos a
todos. Yo agradecía aquel frescor que lograba sacarme del ensimismamiento hipnótico que tenían las manifestaciones nazis.

Al terminar la ceremonia las masas se disolvieron poco a poco,
volviendo a sus anodinas vidas, pero con la sensación de que durante
unas horas formaban parte de algo grande e importante.

Mi hermano regresó con la camisa algo sudada y una expresión
extraña en la mirada, como si continuara enajenado por la música, los
discursos patrióticos y los uniformes pardos y marrones. No cruzamos palabra, nos dirigimos de nuevo al hotel para que se pudiera cambiar. Tenía una sorpresa para él y esperaba que al menos eso pudiera
quitarle el amargor de tener que haber asistido al desfile.

Una hora más tarde, nos dirigimos al restaurante Schlichter. En
cuanto entró en el local, Mario se quedó fascinado. En las paredes
estaban colgados los cuadros del famoso pintor Ridolf Schlichter, hermano del dueño. El salón no era muy grande, pero su aspecto acogedor
nos envolvió enseguida, y nos hizo sentir como en casa. Aquella noche
nos atendió un camarero de origen griego que hablaba seis idiomas,
entre ellos chapurreaba algo de español y, cuando se enteró de que
éramos mexicanos, procuró expresarse en nuestra lengua. En el otro
extremo, un hombre amenizaba la velada tocando el piano. La música
sonaba melancólica, pero a veces la tristeza es capaz de devolvernos la
paz que quita el insistente ruido de la multitud.

—¿Has visto el desfile? —me preguntó Mario, que hasta ese momento apenas se había dirigido a mí con monosílabos o gestos distantes.

—Impresionante, como siempre, aunque me pregunto cuál es su
función.

—Mostrar al mundo la grandeza del Tercer Reich —dijo Mario
mientras leía la carta.

—O la pequeñez de los individuos. Estas celebraciones me causan la misma sensación incómoda que las catedrales, que intentan mostrarte lo insignificante y débil que eres.

El camarero regresó y le pedimos una crema de verduras y algo de carne de vaca. Nos sirvieron un buen vino tinto francés e intentamos disfrutar de la velada.

Entonces mi hermano se giró y vio en la otra mesa a un hombre grande y solitario, que devoraba con avidez un buen filete empanado.

—Es Thomas Wolfe —comentó impresionado mi hermano. Continuaba siendo un ávido lector. En mi caso, los libros técnicos ocupaban casi todo mi tiempo; por otro lado, la ficción me parecía algo fútil. Me preocupaba e interesaba mucho más la ciencia.

—¿Quién es Thomas Wolf?

—¿Lo dices en serio? Escribió en 1929 *El ángel que nos mira*. Una obra maestra, este tipo está a la altura de Hemingway o de Scott Fitzgerald. Dios mío, lo que daría por un autógrafo suyo —dijo, entusiasmado, Mario sin dejar de mirar al hombre.

Me puse en pie, dejé la servilleta sobre la mesa y me puse delante de Thomas Wolfe.

—Disculpe, ¿sería tan amable de firmar un autógrafo para mi hermano? —le pedí en un correcto inglés.

El hombre frunció el ceño, más por curiosidad que por disgusto. No lograba identificar mi acento. Tomó mi libro de notas y, tras escribir una frase breve, firmó la hoja y me lo devolvió.

—¿De dónde son? ¿Son norteamericanos? —preguntó Wolf, mientras bebía un largo sorbo de vino.

—Somos mexicanos —le contesté.

—¿Mexicanos en Berlín? Me parece muy interesante, no se ven muchos por estos lares. La ciudad está atestada de extranjeros; en cierto sentido, ya me he arrepentido de venir a las Olimpiadas. Odio las masas, aunque en Alemania reunir a las multitudes es una especie de deporte nacional. ¿Quieren compartir mesa conmigo?

—Sería un honor —le contesté. Le hice un gesto a mi hermano para que se acercara y el camarero llevó nuestros platos y copas a la mesa.

—Gracias por su amabilidad —dijo mi hermano, algo excitado. Aquello era como un sueño hecho realidad.

—No tienen nada que agradecer. Iba a cenar con mi editor alemán, pero no ha podido y odio comer solo —comentó el escritor sin dejar de devorar su filete.

—Le entiendo —contesté algo abrumado por el personaje, aunque no lo conocía, nunca me había sentado a la mesa de un intelectual.

—Adoro Alemania, me parece una gran nación. Es tan distinta a los Estados Unidos, aquí todo es vetusto, pasó hace quinientos años o se remonta a la época teutónica. En Norteamérica todo es nuevo, excesivo y chabacano. No puedo negar que me atrae la decadencia. En Europa tienes la sensación de que están en los preliminares del fin de la cultura occidental, en América todavía la gente es optimista y tiene fe en el futuro.

Mi hermano parecía fascinado, demasiado emocionado para abrir la boca, pero yo creía que Thomas Wolf no había logrado percibir que la nueva Alemania representaba mucho más que eso.

—Bueno, los nazis están intentando todo lo contrario, formar un mundo nuevo, en el que lo viejo y caduco deje lugar a lo joven y vivo —dije, sin mucha seguridad de haberme expresado bien.

—Creo que ha captado la esencia. A veces el fascismo, en él incluyo al nazismo, es un intento por evitar el declive de Europa. Cuando estás en Alemania tienes la sensación de que suceden cosas, que los viejos valores burgueses han sido superados. No imagina lo asfixiante que es la burguesía de una pequeña localidad del medio Oeste. Todo convencionalismos, apariencia y materialismo. Aquí, al menos, los ideales parecen imponerse cada vez más.

Noté que mi hermano se ponía incómodo. No creía que pensaran igual. Aunque Mario intentaba parecer un buen nacionalsocialista, hacía tiempo que había descubierto que, tras la fachada de la igualdad y fraternidad, y la excusa del pueblo, se escondía una siniestra organización deshumanizada, que robaba el alma a cualquiera que se uniera a ellos.

—No todo es como parece. Sin duda, el nacionalsocialismo quiere derrumbar los parámetros burgueses, pero entre ellos también están ciertas libertades básicas como los derechos, la presunción de inocencia, un juicio justo o la libertad de expresión —comentó mi hermano, que no pudo aguantar más sin mostrar su disconformidad. A veces los intelectuales eran capaces de criticar lo malo de la democracia, pero incapaces de ver sus innumerables virtudes.

—¿De verdad cree que hay libertad de expresión en Estados Unidos o Francia? —preguntó el escritor, con lo que parecía más una intención de provocación que una pregunta sencilla.

—Aquí habrá visto muchos periódicos en los kioscos, pero todos siguen las consignas del Ministerio de Propaganda, ya no hay objetividad, oposición o una mera crítica. La libertad del individuo es imposible en un ambiente así —dijo Mario frunciendo el ceño y tomando un poco de vino.

—La libertad es una hermosa palabra, pero ¿usted cree que la mayor parte de la gente desea realmente la libertad? Yo más bien creo que se conforman con una vida confortable y sin sobresaltos. Por eso aman a Hitler, él los ayudó a creer de nuevo en Alemania y olvidar el peligro inminente de una revolución comunista —dijo Wolf, como si fuera un nazi convencido.

—Lo entiendo. Al fin y al cabo, la masa es siempre débil y la raza, fuerte. Necesitan alguien que los guíe —dijo Mario con intención de ser amable.

—Hasta Jesucristo lo dijo: son multitudes perdidas en busca de un pastor —citó Wolf las Sagradas Escrituras.

—Lo malo es cuando el pastor realmente es un lobo que devora a las ovejas —le contesté.

Thomas Wolf se giró hacia mí, después dio una amplia risotada, como si todo aquello no fuera más que un divertimento, y nos dijo, señalándonos con su dedo gigante:

—¿Quieren venir al Quartier Latin? No pueden perderse la noche berlinesa. Les prometo que no hablaremos más de política. Wolfe no parecía tomarse nada en serio, que en el fondo era lo mismo que vivir la realidad como si se tratara de una breve representación.

Nos miramos algo sorprendidos, pero tras el postre tomamos los sombreros y salimos a la fresca noche de agosto. Tomamos un taxi y en unos minutos estábamos frente a la minúscula fachada del Quartier Latin.

Tras atravesar la entrada y el guardarropa, pasamos por la sala de la barra hasta el fondo. En la pista bailaban algunas parejas, al son de una música melancólica, como el anuncio del final de una era. La primera vez que visité Berlín con mi madre, en el año 1929, la ciudad era un hervidero de cultura, cosmopolitismo y vanguardia. En aquel momento, los locales como el Quartier Latin eran una excepción en la monolítica y planificada cultura nazi.

El dueño, León Henri Dajou, vino hasta nuestra mesa para saludar a Thomas Wolf, que al parecer ya había visitado el local con anterioridad.

—Señor Wolf, es un honor volver a verlo.

—Lo mismo digo, señor Dajou, siempre es un placer visitar su local, para mí es como un poco de aire fresco en medio de tanto uniforme y desfiles.

—Sobre todo en los tiempos que corren. La mayoría de los locales han cerrado y no sé cuánto podré mantener el mío abierto. Las Olimpiadas nos han permitido un *impasse*, pero el gobierno cree que somos un mal ejemplo, los últimos resquicios de una sociedad degenerada —dijo Dajou con el semblante triste, aunque enseguida cambió el gesto y pidió que nos invitaran a una copa.

Tomamos un cóctel y nos pasamos el resto de la noche hablando de literatura y de las diferencias entre la cultura de México y Alemania. Cuando dejamos a Wolf era muy tarde, quedamos en vernos otro día antes de que regresara a los Estados Unidos. Nos alojábamos en el mismo hotel. La despedida no pudo ser más significativa.

—Espero que descansen. Ha sido una velada encantadora. Los escritores somos náufragos a la deriva en un océano de dudas. Unas veces recalamos en puertos inesperados que nos devuelven la alegría de vivir y otras nos encontramos al borde del abismo, en medio de una tormenta aterradora. Alemania era para mí uno de esos puertos tranquilos y creía que algo nuevo estaba naciendo, que dejaríamos atrás lo viejo, para que el mundo naciera otra vez. Ahora sé que todo es una farsa como el comunismo, un mundo feliz en el que la locura y la intolerancia de unos pocos gobiernan la conciencia de la mayoría. Ya no quedan lugares para soñar.

Se retiró del pasillo de una forma dramática, como únicamente puede hacerlo un escritor. Su cuerpo gigante y algo desgarbado se movió torpemente hasta las escaleras. Se tambaleaba por el alcohol y por la desesperación que siempre sienten los profetas cuyo destino es morir apedreados por la multitud o vivir en el desierto de la incomprensión. Capaces de imaginar un mundo mejor, pero conscientes de que el hombre es incapaz de construirlo.

CAPÍTULO 8

Berlín, 3 de agosto de 1936

ME EMOCIONÓ ENCONTRARME CON MIS AMIGOS después de tantos meses. En cierto sentido, en los últimos años se habían convertido en mi verdadera familia. Pasábamos gran parte del tiempo juntos, sufríamos los mismos problemas y alegrías, muchas veces nos sentíamos aislados en medio de un mundo que marchaba en una dirección diferente a la nuestra. Ernest me miró con su amplia sonrisa y me dio un abrazo, algo inédito para un alemán de Berlín; Ritter se mostró algo más cauto, pero sin duda también se encontraba muy alegre de verme. Los cuatro entramos en el monumental estadio olímpico, una mole gigantesca con forma ovalada a las afueras de Berlín. Aunque la concesión de las Olimpiadas se había producido antes de la llegada al poder de los nazis. Hitler y sus hombres siempre fueron conscientes de lo trascendental del evento y de la oportunidad que les brindaba para propagar sus ideas. Esperaban utilizar toda la fuerza de la propaganda nacionalsocialista para mostrar su ideología al mundo.

Atravesamos las dos inmensas columnas de las que los aros olímpicos se suspendían en un incierto equilibrio y nos adentramos en el colosal edificio para dirigirnos a nuestros asientos. Mis amigos nos habían reservado los asientos en una de las zonas mejores del estadio, muy próxima al palco de honor donde estaban Hitler y sus ministros, que sobresalía por la inmensa esvástica colocada debajo.

—En un rato comenzará la carrera de los cien metros —dijo Ritter, entusiasmado. Le fascinaba el deporte, siempre estaba dispuesto a competir. Para él, la vida era una especie de juego que había que ganar a cualquier precio.

Miramos con los prismáticos cómo se colocaban los corredores en las pistas. Desde antes del comienzo de los juegos, todas las expectativas se centraban sobre el corredor norteamericano Jesse Owens. Un atleta de color que había logrado llegar a lo más alto a base de esfuerzo y tesón, pero que en la Alemania nazi constituía una verdadera provocación a las ideas de superioridad de la raza aria. Desde el principio se había destacado en la Universidad de Ohio y para todos era una de las promesas de los Juegos Olímpicos.

—¿Os imagináis que gane el hombre negro? —comentó Ritter, que odiaba profundamente las leyes racistas de los nazis.

—Bueno, sería un disgusto para el Führer —dijo mi hermano girándose hacia el palco.

Adolf Hitler no había cambiado mucho desde la última vez que nos vimos tres años antes en aquella cervecería de Múnich. En aquel tiempo había logrado implantar la mayor parte de su ideología sin casi apenas oposición. En el año 1936 parecía encontrarse en la cima de su popularidad y ya casi nadie se acordaba de la moribunda república que supuestamente representaba.

Tomé los prismáticos y miré a los corredores. Todos estaban en los calentamientos previos; el rostro de Owens mostraba la tensión del momento. Vestido de impoluto color blanco, destacaba el escudo de Estados Unidos y el dorsal sobre su musculoso pecho. El juez se preparaba con la pistola para dar la salida, mientras los corredores intentaban aislarse de los miles de espectadores que los rodeaban y gritaban sus nombres. Necesitaban concentrarse lo máximo posible. Se colocaron en las posiciones de salida. Los músculos tensos, la mirada enfocada en el horizonte. La gente a nuestro alrededor comenzó a ponerse de pie, como si la expectación del momento le impidiera permanecer en sus asientos. Se escuchó el pistoletazo de salida y los seis hombres corrieron casi al unísono. Sus cuerpos expresaban el máximo esfuerzo, mientras el público jaleaba de emoción, como si se encontrase ante los antiguos gladiadores en Roma o en Olimpia más de dos mil años antes.

Mario saltaba nervioso, Ritter se había quitado el sombrero y lo sacudía en el costado, mientras Ernest daba grititos ahogados. Yo me mantenía expectante, mirando a través de los prismáticos. Entonces sucedió, Owens se despegó de sus contrincantes sin apenas esfuerzo. Era increíble verlo correr con aquel estilo calmado y seguro. Cuando atravesó la meta, el estadio parecía a punto de explotar de emoción. Me giré y miré el palco presidencial. Hitler, con el gesto hosco, chasqueaba los dedos y, visiblemente contrariado, les decía algo a sus acompañantes. Él, que presumía de controlarlo todo, no podía soportar que su hermosa fiesta privada se viera empañada por un hombre de lo que él consideraba «una raza inferior». El segundo ganador también era negro, y el tercero, un corredor holandés.

—¿Habéis visto eso? —gritó Ritter, exultante, parecía absolutamente pletórico.

Ernest se abrazó a mí, mientras Mario agitaba una pequeña bandera mexicana. En aquel mundo sórdido en el que nunca se podía contradecir al régimen, sentimos que el júbilo del estadio era una especie de válvula de escape para muchos alemanes, que se reían en la misma cara de los nazis de su derrota. Seguramente los visitantes no podían entenderlo, uno tenía que vivir y sufrir en Alemania para comprender la sutileza con la que debíamos burlarnos del nazismo.

Salimos del estadio tan eufóricos que Ritter propuso que nos fuéramos a un local de moda en la Augsburger Strasse, el bar de Aenne Maenz. Tras viajar en un tren abarrotado llegamos a la calle. La dueña nos recibió en la puerta. Su peinado cardado y su cara ovalada la hacían aparentar que era la emperatriz de Austria, pero su trato era cordial y alegre.

—Hola muchachos. ¿Os ha entrado sed después de jalear a los atletas? Yo no he podido ir al estadio, a nosotros los hosteleros únicamente nos queda la satisfacción de servir a los dioses, aunque no podamos contemplarlos en su juego. Llamadme Mamá Maenz.

Nos sentamos en una sencilla mesa de madera y la mujer nos recitó el menú y las bebidas.

—Este no es un local lujoso. Dios me libre de la presunción de ser la nueva diva de la gastronomía, pero tenemos buen vino, cerveza de barril, aguardiente y licores. Para comer la sopa de gallina, pepinillos en vinagre, los huevos encurtidos o los arenques en adobo.

En cuanto la mujer se fue con la nota del pedido, Ritter se giró y nos dijo:

—Ya os comenté que Mamá Maenz es una *knorke*, como dicen por aquí, una persona estupenda que se desvive por sus clientes. Mis padres vienen siempre que pasan por la zona.

—¿Habéis visto esa carrera? Con qué facilidad ha ganado. Ese Owens es un portento —comentó mi hermano, que aún saboreaba el triunfo del estadounidense.

—Estábamos allí —le contesté burlándome de su entusiasmo.

—¿Hasta cuándo os quedaréis? —preguntó Ernest, que parecía disfrutar del reencuentro, después de varios meses de aburrimiento en la capital.

—Hasta el día 8 nos quedamos en la ciudad. Hemos alquilado un apartamento en Múnich para los dos. Estamos hartos del olor a pies, las fiestas de los estudiantes y la vida en la residencia —les comenté. Me hacía ilusión tener por primera vez un sitio que pudiera llamar hogar.

—Nosotros saldremos el día 10 para allá. Aún tenemos que arreglar unas cosas —dijo Ritter, fastidiado por no poder dejar Berlín antes.

—¿Echáis de menos Múnich? —les pregunté.

—Por un lado, sí, es una ciudad más tranquila, la gente es en general amable y hospitalaria, pero en ocasiones demasiado provinciana —comentó Ernest, que desde que sus padres se habían instalado a las afueras de Berlín ya se sentía un verdadero cosmopolita.

—Además, aquí se nota menos el aliento en la nuca de los nazis. En una gran ciudad todo se disipa, pierde importancia. Los berlineses siempre han sido libres a su manera y de una forma pasiva, resisten algunas directrices del gobierno —dijo Ritter, mientras recibía las jarras de cerveza con entusiasmo.

—El nacionalsocialismo es como un virus del espíritu; invisible, pero tan real como la propia muerte —añadió Ritter, pero con una jarra en la mano todo parecía menos dramático e inquietante.

Miré a las mesas a nuestra espalda. Aunque se tratase de Berlín, siempre era mejor estar con mil ojos. Cualquiera podría estar escuchando.

En la mesa de al lado un hombre con traje gris barato empujó de repente una silla y se levantó furioso. El vino espumoso se derramó por la mesa y el suelo. El hombre y la mujer que lo acompañaban lo miraron asustados.

La dueña se dirigió hasta ellos y les pidió que no hablaran tan alto, que estaban molestando al resto de los comensales.

—¿Me está mandando callar? ¿No sabe quién soy? Soy un representante del gobierno y fuera tengo mi coche oficial con valija diplomática —vociferó el borracho. Su amigo intentaba calmarlo, pero sin éxito.

—Por favor, paguen la cuenta y márchense —les pidió educadamente la dueña.

El hombre en pie tiró el dinero sobre la mesa y se dirigió hacia la salida, sus acompañantes salieron detrás.

—Vaya tipo —comentó Mario, pero apenas había terminado la frase cuando el borracho abrió la puerta del local y comenzó a chillar.

—Adolf Hitler está arruinado y yo me arrepiento de haberme afiliado al partido en 1929. Sois todos unos malditos nazis.

Al momento, cuatro hombres se pusieron en pie y se lanzaron sobre el borracho. Sus dos amigos se dieron a la fuga, mientras el hombre no dejaba de gritar contra el Führer. Nunca habíamos escuchado insultos contra Hitler, nos encontrábamos paralizados por el miedo. La policía podía llegar en cualquier momento y llevarse a todos a la comisaria, por menos que eso, los huesos de muchos habían terminado en algún campo de concentración.

Los cuatro hombres comenzaron a golpear al borracho ante la mirada impasible del resto de comensales. La única que se acercó para detenerlos fue Mamá Maenz, pero la apartaron enfadados.

—Ya está bien, es solo un borracho —dijo la mujer, angustiada.

—¿Un borracho? Ha ultrajado al Führer y con él a todos nosotros. Llamen a la policía —vociferó un anciano desde una de las mesas. Cuatro o cinco personas se le unieron en los gritos, mientras el resto bajaba la mirada. Los únicos que parecían sorprendidos eran un pequeño grupo de turistas franceses.

Sacaron a rastras al hombre del local. Aprovechamos el momento para pagar la cuenta y salir a la calle. Pasamos al lado del cuerpo ensangrentado del borracho, que estaba en el suelo con el traje hecho jirones y la mirada perdida. La policía aparcó en la acera y metió rápidamente al hombre en el vehículo. Aquel pobre diablo había firmado su sentencia de muerte. Tras un paso por Dachau, la vida de cualquiera se volvía un infierno del que la Gestapo ya no te dejaba escapar.

Las calles aún estaban llenas. La noche cálida había atraído a berlineses y foráneos a las avenidas, mientras de vez en cuando alguna patrulla de las SA o la policía vigilaba con disimulo a la variopinta gente que componía en aquellos días las calles de Berlín.

—¡Dios mío! Se me había olvidado cómo eran aquí las cosas —comenté a mis amigos, mientras mi hermano Mario permanecía callado, con la vista perdida al final de la larga avenida.

—Todo sigue igual, aunque en la superficie reina una supuesta calma, ya son muy pocos los que se atreven a hablar mal del régimen, pero los nazis siempre están buscando nuevos enemigos, tienen que alimentar el miedo y el odio. La Gestapo no deja de indagar, interrogar y encarcelar gente. Imagino que un Estado como este siempre tiene que estar alerta —dijo Ernest con las manos en los bolsillos, aunque su rostro mostraba la angustia de la escena del restaurante.

—¿Estar alerta? Son unos malditos matones asesinos —comentó, asqueado, Ritter.

Nos dejaron en la puerta del hotel y subimos por la escalera, nos apetecía estirar un poco las piernas antes de meternos en la cama. El incidente del restaurante nos había dejado un mal sabor de boca, la victoria de Owens frente al nazismo y el odio parecía en aquel momento casi irreal. No importaba lo que sucediera en otras partes del mundo, en Alemania todo estaba controlado y la realidad era recreada cada día en el despacho de los dueños del país. La verdad parecía tener poca importancia, como si la mentira fuera la única forma de gobernar a los indolentes y asustados alemanes. Mientras estos llenaban las terrazas, restaurantes y lugares vacacionales, el mundo feliz creado por los nazis no dejaría de existir ni su terrorífico mensaje cesaría de escucharse en todo el mundo.

CAPÍTULO 9

◇◇◇

Berlín, 8 de agosto de 1936

AQUEL DÍA ERA ESPECIAL, POR LA tarde partiríamos para Múnich y habíamos reservado los boletos para un importante partido de fútbol entre Perú y Austria. El día anterior, Alemania había perdido frente a Noruega y los austriacos eran la única selección que aún quedaba en liza. El estadio Hertha de Berlín no se encontraba al máximo de su capacidad, pero los pocos aficionados peruanos y latinos colocados tras la portería de Juan Valdevieso no dejaban de gritar y agitar sus banderas. La selección peruana había logrado entrar en las Olimpiadas contra todo pronóstico gracias a varios delanteros de color a los que se les llamaba familiarmente «el rodillo negro».

Llegamos al estadio con nuestras banderas de México y a la entrada unos simpatizantes peruanos nos dieron un par de banderitas de Perú. Ernest y Ritter las fueron agitando hasta nuestras graderías, situadas en medio del campo, entre las dos hinchadas.

El árbitro era un noruego llamado Thoralf Kristiansen y el equipo austriaco se encontraba algo mermado por las lesiones de varios de sus jugadores estrella.

El partido comenzó con un ritmo pausado, como si ambos contendientes quisieran marcar las distancias y no estuvieran dispuestos a arriesgar tan pronto. El ganador pasaría a la final y podría alcanzar el oro olímpico.

Los austriacos parecían amedrentados por la aplastante victoria de los peruanos frente a los finlandeses unos días antes, con un resultado de siete a tres a favor de los latinos.

Mientras los peruanos jugaban con la pelota, dándose pases cortos e intentando llegar a la portería contraria con un juego espectacular, los austriacos corrían por las bandas, con pases largos e intentando sorprender al portero y situarse por delante en el marcador.

—Creo que el partido no es tan emocionante como habíamos imaginado —dijo algo decepcionado mi hermano, que estaba esperando aquel encuentro como el acontecimiento más importante de todas nuestras visitas al estadio olímpico.

Ritter sacó unos sándwiches y comenzó a repartirlos.

—Al menos no pasaremos hambre. En cuanto termine tenéis que tomar el tren.

—Gracias —le dije, a pesar de saber que los sándwiches alemanes poco tenían que ver con los que preparaba mi madre en México, siempre con esas salsas grasientas con sabor a pepino.

Mientras devorábamos el primero de los emparedados, el delantero Walter Werginz se adelantó por la banda y marcó el primer gol, en el minuto 23. El graderío alemán gritó de júbilo, pero nuestros amigos permanecieron impasibles, como si quisieran darnos a entender que estaban de nuestro lado. Poco más de veinte minutos más tarde, casi al final del primer tiempo, Klement Steinmetz marcó el segundo tanto. Los peruanos se retiraron a su vestuario cabizbajos, mientras los austriacos respondían a los asistentes con el saludo nazi.

—¡Maldita sea! Esos austriacos van a ganar, los compatriotas de Hitler; parece que el destino siempre favorece a ese hombre —comentó Ritter, enfadado.

—El fútbol es el fútbol, no siempre ganan los mejores —dijo Ernest, intentando quitar importancia al asunto.

—Entonces es como la vida misma —apuntillé, mientras nos entreteníamos mirando al resto de espectadores.

Terminamos los sándwiches y tomamos unos refrescos hasta que los jugadores salieron de nuevo al terreno de juego. Los peruanos saludaron a su grada y en cuanto comenzó el segundo tiempo ejercieron una presión endiablada contra los austriacos. A pesar de sus esfuerzos, tardaron media hora en ver su primer gol en la portería del contrario.

—Esto se pone interesante —dije tomando por primera vez mis prismáticos, para no perder detalle de ninguna jugada.

A nueve minutos del final, Alejandro Villanueva tomó el balón y corrió hacia la portería austriaca. Apenas parecía cansado, a pesar del esfuerzo realizado en los casi noventa minutos de partido. Logró deshacerse de dos defensas y tiró al centro de la portería, empatando el marcador, para sorpresa de los austriacos y los hinchas alemanes que comenzaron a insultar a los peruanos.

Todos gritamos gol al unísono y comenzamos a abrazarnos.

—Queda muy poco, van a quedar empatados —comentó Mario.

Unos minutos más tarde, el árbitro tocó el silbato y anunció que habría una prórroga para decidir el partido.

—Es muy tarde, no querréis perder el tren —dijo Ernest mirando el reloj de pulsera.

Yo lo miré sonriendo, no hicieron falta más palabras, veríamos el final del partido. En cuanto empezó la prórroga, se vio claramente que los austriacos se sentían agotados. Los peruanos comenzaron a marcar goles con un desenfreno espectacular. Aquel partido se estaba convirtiendo en una verdadera humillación para la raza aria. Los peruanos marcaron cinco goles, aunque el árbitro anuló tres de ellos, como si de alguna manera quisiera inclinar la balanza hacia los austriacos o impedir una humillación tan grande.

—El partido está amañado —comentó Mario.

—Maldito árbitro —dije furioso. La bancada peruana parecía a punto de estallar, la policía se colocó en posición, pero, cuando el árbitro pitó el final del encuentro, una marea de hinchas saltó al terreno de juego. En ese momento comenzó una batalla campal entre los seguidores de los dos equipos, mientras los jugadores se retiraban. Por megafonía, el campo anunció que el partido estaba anulado.

—¿Anulado? El partido ya había terminado —protesté.

Unos alemanes pasaron al lado nuestro y comenzaron a insultarnos.

—No les da vergüenza. Alemanes jaleando a ese grupo de monos latinos —dijo un alemán vestido de SA.

Mario y yo nos encaramos con aquellos tipos, pero mis amigos alemanes nos separaron.

—No les hagáis caso, vamos a perder el tren.

Salimos a todo correr, buscamos el auto en el estacionamiento, el padre de Ernest le había dejado el vehículo para que pudiera llevarnos a la estación. En cuanto mi amigo se puso al volante se transformó por completo. Pisó el acelerador y todos nos sujetamos a los costados. El coche recorrió las calles de Berlín a toda velocidad. Yo estaba en el asiento delantero y temí varias veces por nuestra vida.

—No importa que perdamos el tren —le aseguré a mi amigo, para que fuera menos rápido.

—Aquí, ya lo sabes, son muy puntuales —dijo mirándome durante unos segundos.

—¡Estate atento, por favor! —grité mientras pasábamos pegados a un tranvía.

Cinco minutos antes de la salida del tren estábamos corriendo por el gran *hall* de la estación hacia nuestro andén. Los familiares y amigos de los viajeros comenzaban a despedirse, mientras la locomotora comenzaba a arrojar su humo grisáceo y los pistones silbaban en medio de la tarde berlinesa.

Saltamos con el equipaje a la puerta del vagón, nuestros amigos corrían detrás de nosotros gritando y moviendo los brazos. Nos sentimos libres aquellas décimas de segundo, capaces de conseguir lo que nos propusiéramos. En eso mismo consistía la juventud, en una energía desbordante y creadora capaz de cambiar el mundo. Los saludamos desde la puerta con las manos, ellos continuaron corriendo hasta el final del andén.

—¡En unos días nos vemos en Múnich! —gritó Ritter, que jadeaba y reía al mismo tiempo.

Los vimos empequeñecerse en el horizonte, mientras el tren tomaba velocidad. Aquellos días en Berlín habían sido inolvidables. Ahora nos tocaba regresar a la rutina e intentar atrapar nuestros sueños antes de que toda Europa se convirtiera en una pesadilla.

CAPÍTULO 10

Múnich, *28 de agosto de 1936*

EL NUEVO APARTAMENTO ERA MUY CÓMODO, por primera vez desde mi llegada a Alemania tenía un lugar al que podía llamar mi casa. Una mujer venía a limpiar dos veces por semana y nos hacía algunas comidas para que aguantásemos de lunes a viernes. Los fines de semana me gustaba cocinar algún plato mexicano, aunque he de reconocer que no lo hacía muy bien. Mi hermano comía todo sin rechistar, pero los domingos salíamos a las cervecerías de Múnich para comer asado.

Mario se pasaba el día sin hacer nada, aunque el comienzo de las clases era inminente y no tardaríamos mucho en regresar a la rutina diaria de la escuela, el fútbol y las cenas con los amigos. Múnich parecía brillar en los últimos días del verano, aún se escuchaban los ecos de los Juegos Olímpicos y las preocupantes noticias de la Guerra Civil en España, que ocupaba algunas de las portadas de los periódicos. Alemania parecía simpatizar con el golpe militar y criticaba la deriva izquierdista de la República. De alguna manera, parecía que la misma Alemania se preparase para la guerra, el espíritu belicista podía observarse por todas partes.

Aquella mañana me dirigía a la parroquia cercana a nuestra nueva casa, quería conocer la iglesia y al pastor luterano. Mi madre nos había dicho explícitamente que en los tiempos que corrían debíamos intentar asistir más a la iglesia. Yo no era una persona muy creyente, los servicios religiosos solían aburrirme, ya que no me gustaba mucho lo ceremonial, pero de alguna manera pensaba que a mi hermano sí podía favorecerle moverse en aquel ambiente. En unos momentos de tal confusión moral, eran necesarios algunos principios éticos básicos para no perderse. Alemania se estaba descristianizando poco a poco en muchos sentidos y, aunque el ataque a las iglesias por parte del nazismo no había sido muy duro, los nazis manifestaban una postura contraria a todo lo que oliese a cristianismo.

Entré por la puerta principal en la iglesia luterana, no había mucha gente, Baviera era de mayoría católica y no había muchas iglesias protestantes. Las paredes desnudas y la forma sencilla de la iglesia me hicieron recordar a la que asistían mis padres muy de vez en cuando en Guadalajara. Caminé por el corto pasillo escuchando únicamente el sonido de mis pasos sobre el suelo de madera y busqué la rectoría. Llamé a la puerta y esperé.

Unos segundos más tarde escuché el chirriar de la gruesa hoja de madera y un hombre joven, de barbilla cuadrada, con unos anteojos redondos plateados y el pelo muy corto y rubio me sonrió.

—Reverendo, mi nombre es Eduardo Collignon, únicamente venía a presentarme, acabamos de trasladarnos a esta zona de la ciudad y nos gustaría asistir a los oficios de la iglesia.

—Encantado, mi nombre es Alger Klausen, soy el pastor de esta parroquia. Será bienvenido en nuestra casa, pero pase.

El pastor me invitó a entrar y después me llevó hasta un pequeño y agradable salón. Me senté en un sofá verde y unos minutos más tarde me trajo una pequeña copa de oporto.

—Muchas gracias por venir. En la actualidad, muy pocas personas tienen la delicadeza de presentarse a los pastores de su parroquia.

—Imagino —contesté un poco avergonzado, sin saber bien qué responder.

—El mundo está cambiando, aunque, gracias a Dios, en Alemania nos encontramos a salvo, únicamente es cuestión de tiempo que los principios cristianos vuelvan a resplandecer en el país.

—¿Usted cree? —le pregunté, sorprendido. Yo tenía exactamente la percepción contraria. La práctica religiosa decaía por todo el país.

Los nazis rechazaban de frente la religión. Y los disidentes, que en un principio habían llenado los bancos de las iglesias con la esperanza de que los pastores y sacerdotes se opusieran al régimen, las habían abandonado ante la pasividad de la mayoría de los líderes espirituales. Los nazis habían puesto al frente de la Iglesia Evangélica Alemana a Ludwig Müller, un nazi convencido que afirmaba que Jesús no era judío, sino ario.

—Naturalmente, se ha logrado frenar el ímpetu bolchevique. ¿No ha escuchado lo que está haciendo la extrema izquierda a los cristianos en España? El Führer, en cambio, está favoreciendo el regreso a los valores eternos de la familia, la vida natural, la procreación y la supresión de la lucha de clases y las desigualdades sociales. Un nuevo Evangelio para una nueva Alemania.

No sabía mucho sobre la iglesia protestante alemana, pero intenté no entrar en polémica, tomé el oporto lo más rápidamente posible y el pastor me acompañó hasta la puerta.

—Espero verle pronto por aquí. ¡*Heil* Hitler! —se despidió el pastor haciendo el saludo nazi.

—Gracias —le dije sin mucho convencimiento, aquel tipo no me inspiraba nada de confianza.

Salí a la calle y me dirigí a mi facultad, quería ver los nuevos horarios e intentar hacerme a la idea de que en unos días comenzarían las clases, los exámenes y los nervios por aprobar. Mi carrera de ingeniería era muy difícil y muy pocos lograban aprobar todas las asignaturas cada curso.

Entré en el edificio y lo primero que vi fue a Dieter Lenz, uno de los compañeros de clase. Parecía algo nervioso y alterado.

—Hola Dieter, ¿qué tal las vacaciones?

Me miró con sus ojos azules y su rostro pálido, pero no fue capaz de articular palabra.

—¿Te encuentras bien? Te invito a un café.

—Yo no tomo café, pero beberé algún refresco —logró decir, saliendo de su ensimismamiento.

Nos dirigimos a la cafetería y pedí una limonada para Dieter y un café cargado para mí.

—Se me había olvidado que eres testigo de Jehová y vosotros no tomáis café —dije mientras dejaba sobre la mesa el refresco.

—Gracias —contestó Dieter.

—Te noto decaído. ¿Ha sucedido algo?

Dieter no pudo soportarlo más y se echó a llorar. Puse mi mano sobre su hombro e intenté consolarlo.

—Lo siento, pero hoy ha sido un día terrible. Vine a la facultad para despejarme un poco, pero...

—Tranquilo.

—Hoy, la Gestapo y las SA entraron en los Salones del Reino de Múnich arrasando todo a su paso, han detenido a nuestros ancianos y cualquiera que tenga un puesto significativo en la organización. Nos acusan de antialemanes, de pertenecer a una organización norteamericana, de insumisos y contrarios a los valores del Tercer Reich. Nosotros lo único que deseamos es vivir nuestra fe en paz —dijo Dieter, mientras recuperaba el sosiego poco a poco.

—Seguro que todo se arreglará —le contesté, aunque no sabía cómo animarlo.

—¿No lo entiendes? Los nazis no van a parar hasta meternos a todos en las cárceles o en sus campos de concentración. No les importa que seamos ciudadanos honrados, pacíficos y respetables. Antes de la llegada al poder de los nazis, en Baviera ya se aplicaron leyes contra nosotros. Ahora nos acusan de proteger a judíos y comunistas. Hace tres años, nuestro líder J. F. Rutherford publicó una declaración de neutralidad política, pero los nazis no soportan que no hagamos el saludo oficial, no juremos lealtad al Führer, no nos afiliemos al Frente del Trabajo o que nos declaremos objetores de conciencia en el ejército. Desde hace años nos han expulsado de muchos oficios, nuestros niños son castigados por no cantar el himno nacional ni hacer el saludo nazi. Hasta han encerrado a algunos de nuestros líderes en instituciones mentales, para intentar lavarles el cerebro con terapias psicológicas.

No sabía nada de la persecución de los Testigos de Jehová, nunca había visto a ninguno en México y, durante mi estancia en Alemania, Dieter era el primero que conocía.

—No sé qué decirte.

—Hoy detuvieron a mi padre y a mi madre, eran dos de los líderes de nuestro Salón, creo que me voy a volver loco.

—¿Los detuvieron esta misma mañana? ¿De qué se les acusa? —le pregunté, sorprendido.

—De traición, conspiración contra el Estado, desobediencia a la autoridad. Creen que pueden ser condenados a diez años de cárcel. La Gestapo retira las acusaciones a los detenidos si firman una declaración de renuncia a las ideas y creencias de nuestra organización. Algunos apóstatas han salido de las cárceles tras firmarlas.

—Tus padres podrían hacer lo mismo —le comenté.

—¿Renegar de su fe? ¿Condenarse eternamente por escapar de la cárcel? Nunca, prefieren morir en la cárcel antes que renegar.

—Pero ¿qué sucederá contigo y tus hermanos? —le pregunté, preocupado.

—Yo me haré cargo de ellos; además, otros hermanos nos ayudarán. Lo que nunca entenderán los nazis es que los Estudiantes Internacionales de la Biblia tenemos a Jehová por nuestro defensor y, cuando el Tercer Reich desaparezca, nosotros todavía permaneceremos fieles a nuestro Dios.

No sabía qué pensar. Por un lado, admiraba su determinación, aunque era consciente de que sus ideas podían parecer fanáticas, pero por otro me daba pena su manera demasiado simplista de entender el mundo. Yo carecía de una verdadera ideología o creencia religiosa. Mis padres me habían enseñado los principios básicos que todo ser humano debía respetar. Mis antepasados habían sido hugonotes comprometidos, hasta el punto de abandonar Francia antes que renegar de su fe, pero la religión me parecía arcaica, aburrida y, en muchos casos, incapaz de responder a las preguntas que me hacía sobre la existencia o el porqué de la vida. México era un país profundamente religioso, pero mi familia se sentía por encima de todas aquellas supersticiones y prácticas ancestrales, como si la fe fuera un adorno en una vida completamente gobernada por la razón.

—Si necesitas algo, cualquier cosa, mi hermano y yo intentaremos ayudaros.

—Gracias, Eduardo. Dios nos ha mandado esta dura prueba, pero la fe se perfecciona en las dificultades, preferimos convertirnos en mártires que renunciar a lo que creemos.

Salimos de la cafetería, nos despedimos cordialmente, sin ni siquiera imaginar que sería la última vez que nos veríamos. Unos días más tarde, me enteré de que Dieter había sido detenido por la Gestapo y encerrado en Dachau. La noticia no me sorprendió, pero durante varios días estuve barruntando aquella conversación en la cafetería. No podía dejar de preguntarme si algún dios merecía tanto respeto como para sacrificar tu vida por él. No logré encontrar una respuesta, pero intenté practicar más mi fe protestante durante aquel otoño, más como un pequeño acto de rebeldía que como un redescubrimiento de la fe.

CAPÍTULO 11

A MEDIDA QUE NOS ACERCÁBAMOS A los exámenes, antes de las vacaciones de Navidad, pasaba menos tiempo con mi hermano Mario y más tiempo en la facultad. A las clases diarias había que unir las maratonianas horas de estudio en la biblioteca y en las casas de alguno de mis amigos.

Aquella tarde Ernest, Ritter y yo nos habíamos quedado estudiando en la biblioteca, que era una de las zonas más tranquilas de la facultad, y donde podíamos concentrarnos en la preparación de nuestros exámenes. En la calle caía una lluvia helada que muchos pensaban que terminaría convirtiéndose en nieve en cuanto oscureciese. Llevábamos tantas horas repasando los libros y haciendo esquemas que decidimos salir al descansillo para fumar. Nunca fui un gran fumador, pero cuando tenía exámenes era una de las pocas maneras de calmar mis nervios.

—Qué frío hace —se quejó Ernest, mientras se frotaba los brazos.

—No te quejes, hace más frío en casa —replicó Ritter.

—Se están comenzando a sentir las restricciones, a veces faltan algunos productos en el mercado, en especial frutas —dijo Ernest, que echaba de menos las naranjas, aunque la Guerra Civil en España era la principal causa de la falta de fruta en los mercados aquel invierno.

—Dicen que es por la guerra en España. La cosa no parece aún decidida y creen que irá para largo. Los republicanos resisten, pero el ejército insurrecto está recibiendo apoyo de Italia y se cree que pronto lo recibirá también de Alemania —comentó Ritter.

—Yo he oído que secretamente lleva tiempo facilitándole apoyo logístico, armas y especialistas del ejercito al bando rebelde —dije después de aspirar el cigarrillo.

Una chica rubia de cuerpo menudo y grandes ojos verdes entró en el pasillo seguida por tres miembros de las Juventudes Hitlerianas y nos giramos para observarla. La habíamos visto alguna vez en la facultad, pero no iba a nuestra clase. Era muy raro ver a una mujer estudiando ingeniería, aunque desde la llegada al poder de los nazis se estaba haciendo difícil verlas estudiar en cualquier universidad. La única carrera que los nacionalsocialistas veían aceptable para una mujer era Magisterio, y solo pudiendo ejercer hasta cierta edad escolar, siempre anteponiendo su maternidad a cualquier tipo de trabajo profesional. Después de tres años en el poder, el nazismo había logrado sacar a la mayoría de las mujeres de la vida laboral y muy pocas se atrevían a desafiar al régimen estudiando una carrera. Ese era uno de los secretos del éxito del fomento del empleo en Alemania y la espectacular bajada del paro.

—¡Dejadme en paz, maldita sea! —gritó la chica girándose hacia los tres nazis.

—¡Este no es el lugar para una chica decente! ¿No te lo han enseñado tus padres? Tu deber es casarte con un alemán de pura raza aria y dar muchos hijos al Reich —dijo un tipo de pelo castaño y cara llena de espinillas.

Otro de los nazis empujó a la chica y le tiró los libros al suelo, la joven se agachó para recogerlos, lo que aprovechó el individuo para levantarle la falda.

—¿Qué haces? —gritó furiosa, intentó darle una bofetada, pero el jefecillo le paró la mano.

—Seguro que tienes sangre judía o eres comunista. Te vamos a dar una lección.

Lancé el cigarrillo al suelo y me dirigí al grupo; mis dos amigos me siguieron. En cuanto nos vio, la chica se paró delante de nosotros y nos dijo:

—No hace falta que intervengan, yo solita puedo contra estos matones.

Su comentario nos dejó algo sorprendidos, nos quedamos indecisos, pero, cuando el jefe de los nazis la agarró de la coleta y tiró con fuerza, me lancé por él, mientras mis amigos se pegaban con los otros dos. La chica no se quedó quieta, mordió la mano de su agresor y le dio un puntapié en sus partes. Uno de los nazis intentó sacar una pequeña porra, pero Ritter lo noqueó con un derechazo directo a su mandíbula. A los pocos minutos, los tres jóvenes nazis corrían escaleras abajo.

La chica tomó los libros del suelo y, con el ceño fruncido, nos dio las gracias.

—Sentimos haberla molestado —dije algo indignado. No entendía su actitud. A veces, las mujeres en Alemania eran difíciles de comprender, la galantería les parecía una ofensa y una forma de machismo.

—Ahora ya no me dejarán en paz. ¿Lo entienden? A ese tipo de gente les encanta acosar a los que consideran débiles, pero después de un tiempo se cansan. Ahora ustedes los han humillado y ya no pararán. Ya es suficientemente difícil la vida para una chica en esta facultad, para que las cosas empeoren por tres machitos salvadores.

Ritter se apresuró a ayudarla a recoger los libros, mientras Ernest y yo mirábamos con asombro a la chica. Tenía la bravura de una mujer mexicana, pero con los rasgos de una diosa aria.

—Lo siento —logré decir, algo ruborizado. No tenía mucha experiencia con las mujeres. En los últimos años me había dedicado a estudiar y cumplir las expectativas de mi familia. En cierto sentido, no vivía mi propia vida, siempre a expensas de lo que mis padres esperaran de mí. Los únicos que me conocían de verdad eran mis amigos, ya que mi hermano era demasiado pequeño para entender aún algunas de mis inquietudes.

—No se preocupen, sobreviviré. Mi familia me crio para que pensara por mí misma; puede que no eligieran bien el momento para traerme a este mundo, el ser independiente no está muy bien visto en la Alemania actual, aunque creo que en cierto sentido nunca ha sido muy popular ser independiente y no dejarse arrastrar por las masas.

Nos quedamos mudos, con una sonrisa atolondrada, hasta que ella reaccionó y extendiendo su mano, nos dijo:

—Me llamo Hanna Aigner, soy de Augsburgo. Llevo poco tiempo en la ciudad, pero ya me habían advertido de que esto era la cuna del nacionalsocialismo.

Nos presentamos brevemente y Hanna, haciendo gala de su espontaneidad y frescura, nos invitó a tomar algo en la cafetería. Bajamos las escaleras en silencio, nos sentamos en una de las mesas frente a los ventanales y enseguida comenzó a contar que era la pequeña de cinco hermanos, todos varones, que su familia tenía vaquerías cerca de la ciudad, que se había criado en un colegio de monjas y que su madre había cursado Magisterio, fue una de las primeras mujeres en estudiar en su ciudad.

—Entonces eres mexicano. Me encantaría viajar a América, creo que se están construyendo grandes infraestructuras, que hay miles de cosas por hacer. Eres afortunado, pronto dejarás todo esto atrás —comentó Hanna con su amplia sonrisa.

—¿No crees que es peligroso hablar tan libremente en Alemania? —le dijo Ritter, algo sorprendido.

—Perdonadme, pero se ve a distancia que no sois nazis. Habéis vapuleado a esas ratas y defendido a una «mujer de mala vida» que no encaja en el sistema.

—Puede que estés equivocada, todos somos miembros del partido nazi —le dije con cierta sorna.

—Yo también pertenezco a la Liga de Muchachas Alemanas, hasta el nombre es cursi. Los uniformes no me sientan bien, pero si no me inscribía no me dejaban tramitar la matrícula en la universidad.

—Nosotros tampoco somos nazis ejemplares —bromeó Ernest, pero después se ruborizó.

En ese momento mi amigo Jorge entró en la cafetería. Parecía muy alterado, pero al ver a la chica se quedó cohibido. Intentó que me levantase y me pidió hablar en un lugar más privado.

—Tengo que comentarte algo importante —me dijo, nervioso.

Lo acompañé al jardín y entonces empezó a hablar muy deprisa, como si hubiera retenido aquel mensaje demasiado tiempo.

—Han arrestado a Felipe; fue anoche, cuando llegábamos al apartamento. Lo acusan de traición al Reich y de posibles antepasados judíos. Se lo llevaron a la comisaria, pero esta mañana cuando fui a preguntar me comunicaron que había sido transportado a Berlín a primera hora para ser juzgado ante el Tribunal Popular.

—¿El Tribunal Popular? —le pregunté, confuso.

—Al parecer, Hitler ordenó constituir este tribunal después del incendio del Reichstag y suele tomar casos ejemplificadores para dar una lección a todo tipo de disidentes —comentó Jorge, que no dejaba de dar vueltas a su sombrero.

—Pero ¿qué tiene eso que ver con tu hermano? Es un simple estudiante argentino de origen alemán.

—Creo que pretenden poner en guardia a todos los extranjeros que aún quedan en el Tercer Reich, para que lo piensen dos veces antes de oponerse a los nazis o simplemente discrepar en algo —me explicó Jorge.

—¿Hay algo que no me estás contando? —le insistí.

—Bueno, unos miembros de las Juventudes Hitlerianas vieron que Jorge tenía unos papeles en el bolsillo, unas octavillas que alguien había lanzado por la facultad. Lo acusaron de ser un agitador, pero él únicamente las tomó para leerlas.

—¿Cómo hizo algo así? —le pregunté sorprendido, no entendía cómo había sido tan imprudente.

Jorge comenzó a llorar, no quería ni imaginar a lo que estaba a punto de enfrentarse su hermano. Regresamos a la mesa y les conté a todos lo sucedido.

—Tengo que tomar el primer tren a Berlín —les dije mientras recogía mis cosas.

—Te acompañaremos —dijo Ernest poniéndose en pie.

—Pero, tenemos los exámenes... —se disculpó Ritter, que siempre estaba preocupado por sacar la mejor nota.

Ernest le hincó la mirada, no entendía el egoísmo de su amigo.

—Nos vemos en una hora en la estación —les dije. Tenía que dejar algún aviso a Mario y arreglar algunas cosas antes de partir para Berlín.

—Yo también iré —añadió Ritter con cara de resignación.

—No hace falta, chicos, yo soy el presidente de la Asociación de Estudiantes Latinoamericanos, debo ir, pero vosotros será mejor que os quedéis. Puede que las cosas se pongan muy feas.

—No, seguro que puede ayudar que te acompañen dos arios perfectos —bromeó Ernest—. Además, puedo hablar con uno de mis primos que está en las SS, esa gente únicamente reacciona si es uno de los suyos el que les pide un favor.

Hanna se puso en pie y tomó sus libros. Su rostro mostraba una mezcla de perplejidad e impotencia.

—Siento lo sucedido, espero que toda salga bien. Os deseo mucha suerte, no confío mucho en la justicia nazi, pero, si conocéis a alguien con influencia, puede que vuestro amigo se libre de esta —comentó la chica antes de despedirse.

Salimos de la facultad a toda prisa. Mientras me dirigía a mi apartamento, una idea me taladraba la mente, la intenté apartar varias veces, pero no puedo negar que me obsesionaba. ¿Qué nos sucedería a mi hermano y a mí si nos involucrábamos? Hasta ese momento, la única vez que me había enfrentado al sistema había logrado salir bien parado, pero no deseaba tentar a la suerte. Al final opté por no pensar, sabía que si lo hacía miraría para otro lado como el resto, pero entonces nunca más podría ponerme frente a un espejo y mirarme a los ojos. No sabía por qué merecía la pena vivir, pero sí por qué merecía la pena morir.

CAPÍTULO 12

Berlín, 26 de noviembre de 1936

BERLÍN SE HABÍA QUITADO SU MÁSCARA. Después de las Olimpiadas, las banderas con la esvástica aún seguían ondeando bajos los fríos vientos otoñales, pero de nuevo en los kioscos se podía ver el *Der Stürmer* atacando a los judíos y cualquier idea que se opusiera o resistiera a la de los nazis. La propaganda volvía a aplastar como un rodillo cualquier idea o pensamiento extraño que no se ajustara a los supuestos nacionalsocialistas.

Después de toda la noche de viaje, llegábamos agotados, no habíamos podido dormir, desvelados por la angustia y el nerviosismo. Jorge se lamentaba o lloraba en silencio en un rincón del compartimento; Ritter y Ernest no dejaban de darme ánimos, confiando en que saldríamos de aquel trance, como habíamos escapado de otros. Al fin y al cabo, llevábamos tres años sumergidos en aquel ambiente de terror y fanatismo.

Los nazis habían situado el famoso Tribunal Popular en una antigua escuela llamada Real Wilhelm, y en pocos años habían pasado tres presidentes por el temido Tribunal Popular, El actual juez, Otto Thierack, era un nazi fanático, por lo que había logrado indagar Ernest de su familiar, pero teníamos una posibilidad si lográbamos convencerlo de que estábamos bajo la protección del mismo Adolf Hitler.

Al llegar a la puerta del tribunal nos vimos con George, el primo de Ernest. A pesar de su juventud, era un oficial de las SS, lo que lo convertía en parte de la élite del Tercer Reich. En aquel momento trabajaba para Himmler en el Ministerio de Interior, ya que Hitler había dejado en manos del director de las SS la policía del Reich.

Cuando llegamos a la puerta del tribunal vimos al primo de Ernest. George vestía un largo abrigo de cuero negro, su gorra de plato llevaba el emblema de la calavera de las SS. Lo cierto es que, al acercarnos a él, si no hubiera sido por la familiaridad con la que trataba a Ernest, nos hubiéramos dado la vuelta y marchado corriendo.

—El caso está complicado. Lo han atrapado con octavillas propagandísticas de un grupo de estudiantes antinazi. ¿En qué cojones estaba pensando vuestro amigo? —nos preguntó con sus labios finos en aquel rostro infantil, dentro de su uniforme siniestro.

—Alguien se las ofreció y las tomó sin pensar, pero él no tiene nada que ver con ningún grupo antinazi —dijo Jorge, gesticulando mucho con las manos, dejando que su nerviosismo le dominara.

—No tiene antecedentes, es extranjero, podremos conseguir que no termine en algún campo de concentración —dijo Ernest con un gesto desesperado.

—Este es un tribunal especial. No hay abogado defensor como tal, aunque alguien representa teóricamente al acusado, nadie tiene acceso a los cargos hasta antes del juicio. Lo único que puede hacer es declararse culpable, pedir piedad y rezar para que lo deporten —dijo George con un gesto hosco, que no nos dejaba albergar muchas dudas de lo que iba a suceder.

Entramos en el tribunal con la moral baja. El primo de Ernest había terminado con nuestras pocas esperanzas, pero la juventud siempre es arrogante y, por alguna extraña razón aún, confiábamos en poder salvar a nuestro amigo.

La sala se encontraba repleta; Felipe estaba sentado en el lado de la acusación, un hombre con toga se sentaba a su lado; al otro lado, el fiscal y dos ayudantes. Nos acercamos hasta el acusado y dos SS se interpusieron, el primo de Ernest frunció el ceño y pudimos experimentar el poder que poseía un oficial de la élite de Alemania. Nos dejaron acercarnos al acusado.

—¿Quiénes son estas personas? —preguntó el abogado.

—Son mi hermano y unos amigos —respondió lacónicamente Felipe. Tenía varios moratones en la cara, el pelo sucio y alborotado. Vestía un traje que le quedaba grande, mal planchado y con la camisa sucia.

—Soy Eduardo Collignon, presidente de la Asociación de Estudiantes Latinos. Felipe es uno de los miembros, conseguimos en 1933 una orden del Führer para la protección de estudiantes latinos de origen alemán en el Tercer Reich.

—Lo siento, pero a su amigo se le ha detenido con material prohibido. No hay nada que hacer, más que pedir clemencia y esperar a que el juez le imponga la condena mínima.

—¿Podría subir a declarar? —le pregunté.

—No creo que solucione nada, puede que lo empeore —contestó el abogado, escéptico.

—Quiero dar fe de que Felipe es un buen nacionalsocialista y de que el mismo Adolf Hitler nos ayudó hace tres años. Además, tenemos pruebas de la pureza de su sangre, la importancia de su familia y el conflicto diplomático que podría suponer.

—No creo que eso sirva para mucho, puede que lo único que consiga es que su amigo pase, en lugar de un año y medio, ocho o diez años en algún campo de concentración de las SS.

Me quedé en silencio unos segundos, parecía que teníamos mucho que perder y poco que ganar, pero no podía dejar en la estacada a Felipe. Un año en un campo de concentración cambiaría su vida para siempre, si es que era capaz de salir con vida de allí.

—Testificaré de todas formas —le contesté con una seguridad que me sorprendió, aunque interiormente era un manojo de nervios.

El juez entró en la sala y nos sentamos tras el acusado, Otto Thierack tenía un rostro severo, el poco pelo que le quedaba, de color blanco cortado casi al cero, le hacía parecer un matón de bar, pero lo que más impresionaba eran las cicatrices que recorrían sus mejillas y su frente.

—El honorable juez Thierack presidirá la vista esta mañana, del caso del pueblo contra Felipe Friedman.

Toda la sala se puso en pie hasta que el juez tomó asiento. Después, el hombre se tomó su tiempo antes de comenzar a hablar.

—Señor Felipe Friedman, ¿sabe que está acusado de traición, publicación de materiales prohibidos y antialemanes, conspiración y propaganda subversiva?

—Sí, excelentísimo señor Juez —contestó mi amigo con un pequeño hilo de voz.

—¡Dios mío! ¿Por qué todos los traidores son tan cobardes? ¡Responda más alto! —gritó el juez.

—Sí —dijo Felipe forzando la voz.

—Muy bien, señor letrado, cómo se declara su defendido.

—Culpable, señoría.

—Está bien, pues entonces...

—Pero no de todos los cargos, señoría —añadió el abogado.

El juez miró fijamente al letrado, que parecía empequeñecer dentro de su toga negra.

—¿Cómo dice?

—No de todos los cargos. El reo es extranjero, no puede traicionar a Alemania.

—¿Acaso no es una traición conspirar contra el país que te ha acogido? —preguntó el juez con el ceño fruncido y echado hacia delante, como si quisiera aplastarnos con su mirada severa.

—Jurídicamente, no —contestó el abogado, algo comedido, pero firme.

—Ya lo sé. ¿Cree que desconozco las leyes? Hablaba de manera retórica.

—El acusado pertenece al partido, además...

—¿Qué garantiza eso? Desde 1933 hay muchos que han entrado en el partido para aprovecharse de él. Meros oportunistas, ya sabe que se les llama «violetas de marzo».

—Lo sé, juez, pero en este caso se hizo nacionalsocialista tras un discurso del Führer.

El hombre frunció el ceño, aquel no era el procedimiento habitual.

—Bueno, eso no viene al caso.

—Tengo un testigo que podría aclarar las cosas. Llamo a declarar a Eduardo Collignon, presidente de la Asociación de Estudiantes Latinoamericanos.

Los ojos de Otto Thierack estaban muy abiertos y sus pupilas encendidas me observaron fijamente. Me dirigí hacia el estrado y me senté. Tras el juramento, el fiscal se me acercó.

—Podía haber recusado su testimonio, ya que la defensa no había informado de él, pero, abusando un poco de la paciencia de este tribunal, tenía curiosidad por lo que podía contarnos. ¿De qué país es originario usted?

—Bueno, soy mexicano, aunque mi familia es alemana, llevan desde el siglo XVII...

—Entonces es originario de México, pero, por su apellido, sus orígenes arios...

—Mis ascendientes eran protestantes franceses.

—¿Franceses? Dios mío, no podían ser de un sitio peor —dijo el fiscal, y las risas se extendieron por toda la sala.

—Lo cierto es que mi cultura y mi lealtad están con Alemania, a pesar de llevar varias generaciones residiendo en América, todos mis antepasados han vivido y estudiado en Alemania, por eso me siento igual de alemán que usted.

El fiscal puso un gesto hosco y se dirigió al público.

—Usted preside a los estudiantes latinos. ¿Verdad? ¿No sabe que en Alemania es ilegal cualquier organización que no esté dirigida por el Estado?

—Pertenecemos a la Asociación de Estudiantes Alemanes desde 1933, a instancias del Führer, que, además de garantizarnos una protección especial, nos aconsejó que nos suscribiéramos a ella.

—Entiendo —dijo, contrariado, el fiscal—. ¿Desde cuándo conoce al acusado?

—Desde hace cuatro años, es un estudiante modélico, su familia es una de las más importantes de la ciudad de Buenos Aires, en Argentina, buenos alemanes.

—Pero fue descubierto ayer en su facultad con material subversivo y sedicioso.

—Se debió a un malentendido. Alguien le pasó esas octavillas, seguramente él no sabía que eran sediciosas.

—Su amigo conoce la lengua alemana. ¿Verdad?

—Sí, señor fiscal.

—¿Sabe leer? ¿Es consciente de que ese material está prohibido?

—Seguramente pensó que era más perjudicial tirarlo al suelo, ya que alguien menos nacionalsocialista que él podría haberlo leído.

—¿Me está asegurando que su amigo llevaba octavillas ilegales para que no las leyeran sus compañeros? —preguntó, indignado, el fiscal.

El juez parecía disfrutar con el interrogatorio, como un cazador que tiene en el punto de mira a su pieza y acaricia el gatillo antes de disparar.

—No lo sé, pero le aseguro que es leal a Alemania y al Führer —le contesté, algo aturdido por las preguntas.

—No tengo nada más que preguntar —dijo el fiscal sentándose en su silla.

—La defensa —ordenó el juez.

El abogado se levantó titubeante. Era muy delgado, con poco pelo y unas gafas gruesas de miope.

—¿Su amigo es un buen alemán?

—Sí, señor.

—¿Por qué piensa que tomó la octavilla?

—Puede que por educación, los latinos no estamos acostumbrados totalmente a la cultura alemana, es muy diferente a la nuestra. Cuando uno es extranjero busca no ofender a nadie y evitar los conflictos.

—Entonces, ¿piensa que todo se debe a un malentendido?

—Sí señor. Mi amigo lo único que desea es terminar la carrera y regresar a Argentina. Allí podrá llevar los valores que el Tercer Reich le ha enseñado. En cierto sentido, todos nosotros somos portadores de ese mensaje —le contesté, intentando que no se percibiera mi nerviosismo.

—¿Cómo se atreve a decir eso? —gritó el fiscal, indignado.

No supe qué contestar, pero el juez me hizo un gesto para que respondiese.

—Yo nunca osaría decir algo así, pero son palabras textuales de Adolf Hitler en Múnich delante de los camaradas Heinrich Himmler y Herman Göring.

Toda la sala hizo un gesto de asombro, hasta el rostro del juez pareció transformarse de repente.

—Creo que Felipe cometió un error, tal vez deba pagar por ello, pero no es ningún traidor, tampoco un conspirador, es simplemente un buen alemán.

Bajé del estrado más sereno, pero con la sensación de que mis palabras no habían servido para nada. En el Tercer Reich, la verdad no existía, la única realidad era la que los nazis quisieran crear.

El juez observó la sala, al acusado, y después me miró directamente a mí.

—Señor Felipe Friedman, es usted afortunado por tener tan buenos amigos. Personas que confían en usted, pero no ha estado a la altura de las circunstancias. Mi primera idea era condenarlo a cinco años en un campo de concentración para reeducarlo, pero creo que, siendo extranjero y no conociendo bien las costumbres, debo ser benevolente. Será ingresada en Dachau durante dos meses, mientras se tramita su deportación a Argentina. No podrá regresar jamás al Tercer Reich, ni usted ni el resto de su familia. Se levanta la sesión.

Intentamos contener la alegría, la sentencia era muy dura, pero al menos Jorge y Felipe saldrían de Alemania intactos. Felipe se giró brevemente y esbozó una pequeña sonrisa. En ese momento comprendí que la amistad es ante todo lealtad, pero, para ser leales a nuestros amigos, primero debemos serlo con nosotros mismos.

Mientras caminábamos de nuevo hacia el tren, no podía dejar de pensar en lo sucedido. ¿Y si el próximo era mi hermano Mario o yo mismo? ¿Por qué correr tantos riesgos? Al final pesó más en mí el sentido del deber, el deseo de mis padres de que acabase mis estudios y una especie de absurda rebeldía, al descubrir que tenía un poder dentro de mi corazón que nadie podría robarme jamás; el amor por la verdad y la justicia. Esperaba que con eso fuera suficiente para superar todos los obstáculos que encontrase en el camino, pero a veces la vida te lleva al límite y te sientes inevitablemente perdido.

CAPÍTULO 13

Múnich, 25 de diciembre de 1936

NO ERA NUESTRA PRIMERA NAVIDAD FUERA de casa, pero de alguna forma aquella Nochebuena fue de las más duras que hemos vivido. Nos reunimos todos en nuestra casa. Habíamos encargado un asado para diez personas, vendrían varios de nuestros amigos latinos, además de Ernest y Ritter. Jorge me había comentado que él no asistiría, no se encontraba con ánimos para celebraciones. Su hermano continuaba prisionero en Dachau. No tenía noticias suyas desde su ingreso y temía que no pudiera resistir la brutalidad del campo de concentración, cuya inhumanidad era un secreto a voces en toda Múnich.

Aquella tarde, Luis y yo decimos ir a hablar con él para intentar convencerlo de que cenara en mi casa. Pasar la Navidad solo no lo ayudaría a sobrellevar mejor todo aquello. Recorrimos la ciudad adornada, repleta de luces y con los kioscos navideños en la Marienplatz. El aroma a canela del vino caliente y las salchichas nos despertaron el apetito, pero continuamos hasta una callejuela que daba al apartamento de Jorge. Subimos por la escalera a oscuras, el edificio era muy viejo y estaba medio derruido. Llegamos a la última planta casi sin aliento. Llamamos durante unos minutos, pero sin respuesta.

—¡Jorge! ¡Por favor, ábrenos! Solo queremos hablar contigo.

Al final escuchamos la llave girar y la puerta se entornó levemente. Empujé la hoja y entramos. La habitación estaba a oscuras, olía a cerrado y sudor. Nuestros ojos no lograron distinguir nada hasta pasados unos segundos. Vimos a nuestro amigo sentado sobre una cama deshecha. En el suelo se encontraban dos maletas abiertas y en el pequeño fregadero del apartamento, varias tazas y platos sucios.

—¿Cómo te encuentras? —le pregunté al acercarme. Llevaba semanas sin asistir a clase, apenas lo habíamos visto en un par de ocasiones, pero su aspecto había cambiado notablemente. Barba de varios días, ojeras, la piel pálida y fina como el papel de fumar.

—Bien, esperando —dijo con un hilo de voz casi inaudible.

—No puedes continuar de esta manera. Felipe saldrá de Dachau y entonces tendrás que estar fuerte y ayudarlo a superar esa dura experiencia —le dije mientras me sentaba a su lado en la cama.

—¿Y si no le dejan salir?

—¿Cómo puedes pensar eso? Ya oíste lo que dijo el juez —comentó Luis.

—No creo ni una palabra de esos malditos nazis. Al principio me convencieron con sus discursos emotivos, sus desfiles y su verborrea nacionalista. Decían que iban a construir un mundo nuevo, en el que las injusticias por fin terminarían y en el que todo el pueblo ario podría vivir en paz y felicidad. No eran más que mentiras. Son unos malditos racistas, corruptos y sanguinarios.

—Tienes razón, pero eso ya no importa. Dentro de unas semanas, Felipe y tu estaréis de camino a Argentina y creeréis que todo esto no es nada más que un mal sueño —dijo Luis, que en el fondo estaba comenzando a envidiarlos.

—Felipe ya no volverá a ser el mismo. Puede que no lo maten, pero esa gente le va a amputar el alma. Saben cómo convertir a una persona en un guiñapo, en una sombra sin vida.

—Tu hermano es fuerte, logrará superarlo, tu familia lo ayudará cuando estéis en Buenos Aires. A veces tenemos que atravesar valles oscuros, antes de llegar a casa —le comenté, sin poder evitar que su angustia me invadiera, como si la tristeza que parecía impregnar todo aquel apartamento fuera contagiosa. Me preguntaba cómo me sentiría yo en su misma situación. ¿Qué haría yo si la persona encerrada fuera Mario? Preferí apartar esa duda de mi mente y alegrar el semblante.

—Iremos contigo a Dachau en cuanto liberen a tu hermano, y nos aseguraremos de que regresáis a casa sanos y salvos —comenté, intentando que mi tono de voz sonara firme y seguro.

Jorge agachó la cabeza, se puso las palmas de las manos sobre los ojos y comenzó a llorar. Nos abrazamos sin poder evitar las lágrimas que comenzaban a golpear nuestros párpados intentando desbordar aquella tristeza insondable.

—Arréglate y vente ahora mismo. No pretendo que te diviertas, que traiciones a tu hermana, pero tampoco quiero que estés solo en una noche como esta —le dije quitándole las manos del rostro.

—Es mi hermano pequeño, siempre he cuidado de él. A veces nos hemos peleado, nos cuesta estar de acuerdo, pero Felipe forma parte de mí. ¿No lo entendéis? Yo no estoy aquí, en realidad vivo desde hace semanas en su misma celda, gimiendo cada noche por recuperar la libertad, mientras el infierno que me rodea me grita a la cara que no saldré vivo de esta.

—Tengo un hermano pequeño como el tuyo, sé lo que estás pasando, pero te necesitará fuerte cuando salga. ¿En quién se apoyará sino en ti? Hazlo por él, no lo hagas por nosotros.

Jorge pareció reaccionar ante aquellas palabras. Se dirigió al baño y escuchamos el agua correr; enseguida, el vapor comenzó a escaparse por debajo de la puerta. Nos pusimos en pie y esperamos impacientes, pero en ese momento tuve un mal presentimiento. Corrí hasta la puerta y llamé, pero nadie me contestó. Intenté abrir, pero estaba cerrada con llave.

—¡Ayúdame! —le grité a Luis.

Tiramos la puerta abajo y vimos a nuestro amigo colgando de un cinturón. Su cara estaba comenzando a amoratarse y sus piernas se sacudían compulsivamente. Mientras Luis lo agarraba de la cintura y lo subía, yo intenté deshacer el nudo y soltarle el cuello. Cuando lo conseguí, los tres nos derrumbamos sobre el suelo húmedo del baño, jadeando. Nos abrazamos de nuevo entre lágrimas.

—Lo siento, soy débil, no puedo más.

—A partir de ahora estarás en mi casa. Cuando tu hermano salga, os ayudaremos —le dije mientras abrazaba su camisa empapada. Jorge tiritaba de miedo y frío, parecía a punto de desmayarse.

Logramos reanimarlo y sacarlo a la calle con una maleta pequeña. Nos dirigimos a nuestra casa y, cuando subimos por el portal, escuchamos algo de jaleo, música a todo volumen y risas. Aquello parecía un oasis de alegría en medio de la tristeza que parecía invadir toda Alemania. Las calles parecían las mismas, incluso se veía a algunas personas vestidas de San Nicolás. El villancico «Exalted Night», una versión germanizada de «Silent Night», se escuchaba por todas partes. Los niños, vestidos con sus uniformes, caminaban indiferentes por la calle, de la mano de unos padres que cada vez se sentían más confusos y comenzaban a temer a sus propios hijos, que en cualquier momento podían delatarlos ante sus líderes de las Juventudes Hitlerianas.

Nos cruzamos con los vecinos de la casa de enfrente que bajaban las escaleras. En ese momento, me vino a la mente la anécdota que había escuchado unos días antes por la ventana del patio de mi casa. El hijo de nuestros vecinos los Bauman, una pareja de unos cuarenta años, él vendedor inmobiliario y ella ama de casa, acababa de llegar para la cena. Su padre le regañó por la tardanza, eran casi las seis de la noche. El niño de apenas doce años se justificó diciendo que la reunión de las Juventudes Hitlerianas se había alargado y que, como buen alemán, debía anteponer su obligación con la patria a la familia. El hombre se quitó las gafas y miró a su hijo. Le explicó que obedecer a sus padres era más importante que el partido, que la base de la sociedad era y siempre había sido la familia. Después le comentó que ellos tenían otros valores, que creían en la igualdad de la gente, que no había diferentes razas y que el mundo no era tal y como se lo contaban en la escuela o las Juventudes. El chico se revolvió furioso, miró de soslayo a su padre y le contestó con desprecio que, si sus ideas fueran las verdaderas, las defendería en las calles, como hacían los nazis, no en la comodidad de su salón. Me entristeció ver el rostro ensombrecido de aquel hombre que acababa de descubrir la terrible verdad de que los nazis le habían robado aquello que amaba más en la vida, a su propio hijo.

Al abrir la puerta, todos se lanzaron hacia nosotros soltando confeti y haciendo tocar unas trompetillas de colores. Al vernos con el semblante tan serio, se quedaron un poco avergonzados, pero enseguida retomé el control de la situación. Envié a Jorge con Luis al sofá. Me dirigí a la cocina para comprobar el asado, mi hermano había preparado algunas comidas típicas mexicanas y otros amigos habían traído dulces y vino de sus países. En medio del bullicio, escuché el timbre y salí a abrir. Me sorprendió ver junto a Ernest y Ritter a Hanna. En las últimas semanas habíamos tomado café con ella o estudiado en la biblioteca, debieron verme la cara de sorpresa, porque Ernest comenzó a explicar su presencia en la fiesta.

—Hanna está sola en Múnich, no ha podido viajar a casa esta Navidad y pensamos que sería una estupenda idea...

—No te preocupes, me parece fantástico que esté con nosotros. Lo único que espero es que no le violente ser la única chica, yo mismo me encargaré de poner firme a todos los invitados si alguno hace algo indebido.

Hanna sonrió y los tres nos quedamos prendados una vez más de su belleza. Después me entregó una caja metálica con galletas de Navidad. Ritter había comprado un *christstollen*, una especie de pan dulce, y Ernest, un kirsch, un aguardiente de cerezas delicioso.

La gente había colocado sus paquetes de regalos debajo del pequeño abeto que habíamos adornado en el salón. Algunos tomaban vino caliente, otros habían salido al balcón para contemplar la ciudad iluminada y unos pocos ayudaban en la cocina.

Hanna se quitó el abrigo y nos mostró su hermosísimo traje rojo de terciopelo, que resaltaba su figura pequeña pero perfecta. Después se dirigió a la cocina y miró el asado.

—Le falta más sustancia —dijo mientras tomaba un cazo y varios condimentos para improvisar una salsa.

—Deja eso, te vas a manchar —le pedí.

Ella me sonrió y continuó cocinando.

—Odio la cocina, pero al vivir sola no me queda más remedio. He visto a mi madre hacer esto decenas de veces. Seguro que el sabor del cerdo será mucho más sustancioso.

—He visto a Jorge en el sofá —comentó Ritter.

—Sí, logramos traerlo, pero se encuentra muy bajo de ánimo, espero que liberen a su hermano pronto —le contesté mientras intentaba ayudar a Hanna.

Ernest se encontraba en el otro extremo de la mesa sin apartar la vista de la chica, no me hizo falta imaginar mucho para darme cuenta de que le gustaba. En cierto sentido, nos tenía a los tres totalmente prendidos.

Una hora después, ya estábamos todos sentados a la mesa. Ritter se puso en pie y propuso un brindis.

—Brindo para que todos los que estamos podamos celebrar juntos el año que viene este momento. Que nuestra amistad sea eterna, que logre superar todas las vicisitudes de la vida, mantenerse fuerte en los momentos difíciles, que siempre podamos alegrarnos de los éxitos de nuestros amigos, llorar junto a ellos sus penas y caminar unidos en el largo camino de la vida siendo conscientes de que nunca estaremos solos.

Todos brindamos unidos y comenzamos a hablar por grupos, mientras el ambiente poco a poco se iba relajando.

—¿Echas de menos a tu familia? —pregunté a Hanna.

—Creo que este año es mejor que esté aquí. Mis dos hermanos mayores están en el ejército, el tercero se encuentra estudiando en Berlín y el pequeño no pasa mucho tiempo en casa, siempre en las interminables reuniones de las Juventudes Hitlerianas. Mis padres están algo tristes; de alguna manera, nos han perdido a todos demasiado rápido. A veces me apeno por ellos, pero tengo la sensación de que el mundo se está acelerando, todos parecemos metidos en una carrera imparable, aunque, si os soy sincera, no sé hacia dónde nos dirigimos.

—Pues es muy sencillo, nos dirigimos hacia la guerra —comentó Ritter.

—¿Hacia la guerra? —pregunté, extrañado. Era cierto que aquel año las tropas alemanas habían entrado en la zona desmilitarizada de Renania, que durante décadas había estado controlada por Francia, pero creo que ninguno de nosotros sentía que la guerra podía estar aproximándose.

—¿Nadie lee la prensa? —preguntó Ritter, malhumorado.

—¿La prensa del Reich? Goebbels controla hasta el último periódico o emisora de radio. Él dictamina qué noticias debemos escuchar e inventa falsos rumores constantemente —comentó Ernest.

—Eso lo sabemos todos, hasta el *Frankfurter Zeitung* sigue las directrices del Ministerio de Propaganda —dije mientras terminaba mi pedazo de asado.

—Bueno, pero aún se puede conseguir algún periódico suizo, y en las noticias de los periódicos oficiales se puede leer a veces entre líneas. El acuerdo de Roma y Berlín de octubre y el de Tokio de hace unas semanas están preparando el terreno para una nueva guerra —dijo Ritter muy convencido.

—No creo que el pueblo alemán quiera una guerra —dijo Luis después de beber un buen trago de vino.

—Esto no trata de qué quiera el pueblo alemán, lo que realmente importa es lo que quiere Hitler. ¿Acaso no habéis leído todos su maldito libro? Lo deja muy claro, no parará hasta recuperar los territorios perdidos del Reich y ocupar el espacio vital en el Este que necesita Alemania. No creo que consiga todas esas cosas por medios pacíficos. El próximo objetivo es Austria.

No me gustaba que hablásemos de política en la mesa, el régimen nazi podía tener ojos y oídos en cualquier parte, incluso entre algunos de nuestros compañeros. Alemania era una inmensa cárcel.

—Bueno, lo que haga Hitler no importa ahora. Estamos aquí para celebrar la Navidad. ¿Queréis que abramos los regalos?

Todo el mundo estuvo de acuerdo con mi idea, corrieron hasta el árbol como niños pequeños y comenzaron a abrir los paquetes con una sonrisa en los labios. Aquel era el único momento en todo el año en el que volvíamos a ser niños de nuevo. Mario tomó su regalo y lo abrió con cuidado, como si intentase prolongar la sorpresa. Logró retirar el último trozo de papel y mirar dentro de la caja de zapatos.

—¡Dios mío! —gritó emocionado. Había unos prismáticos, llevaba años deseando que se los regalara.

Me abrazó y todos comenzamos a gritar villancicos. El ambiente de las luces del árbol, los papeles de colores por todas partes, con los brazos entrelazados, entonando viejas canciones navideñas, logró que me entrara algo de nostalgia.

Eran las doce menos diez cuando comenté a todos que iría con mi hermano a la iglesia protestante del barrio. La mayoría decidió acompañarnos, incluida Hanna, que no parecía una persona muy religiosa.

Salimos de la casa en silencio para no molestar a los vecinos. A mi lado caminaba Jorge, con las manos en los bolsillos del abrigo y la cabeza gacha. Mario charlaba con Hanna, con la que había congeniado desde el principio, mientras el resto caminaba varios pasos por detrás.

Las calles estaban desiertas, los alemanes no parecían muy animados a acudir aquella noche a las iglesias para celebrar la Navidad como habían hecho durante cientos de años. Entramos en el templo helado, apenas había medio centenar de feligreses sentados en los bancos. Me sorprendió no ver al pastor habitual, aunque en cierto modo respiré aliviado. Aquel tipo, las pocas veces que había asistido, se había pasado todo el tiempo hablando de las virtudes de la raza aria y la lucha de Hitler contra el comunismo.

El culto ya estaba empezado, los fieles, en pie, cantaban un himno solemne y una mujer joven tocaba el órgano de manera pausada. Nos sentamos hacia el final y aguardamos en silencio a que terminasen los cánticos. El pastor se levantó de su silla cerca del púlpito, se dirigió con su toga hasta las escalinatas de la plataforma y comenzó a caminar por el pasillo central.

—Cada año celebramos el nacimiento de nuestro Señor Jesucristo. Una tradición que tiene dos mil años y se celebra alrededor del mundo. Muchos hablan de que lo que en el fondo se conmemora es un cumpleaños y a todos nos gustan los regalos. ¿Verdad? Pero no es del todo cierto, para lo que realmente estamos aquí es para celebrar el regalo de Dios al hombre. Puede que muchos de vosotros estéis llenos de dudas, sobre todo en estos tiempos en que hasta la iglesia parece dar la espalda a sus propias tradiciones, pero la fe no puede existir sin la duda. La fe trata de confianza en un mundo en el que no se puede confiar en nadie. Hoy, aquí mismo, seguro que tenemos algún confidente de la Gestapo que dará un informe de todo lo que diga. Puede que mañana llamen a mi puerta y termine como otros muchos en Dachau u otros campos de concentración, pero yo hoy me siento libre porque puedo confiar.

Un murmullo comenzó a extenderse por todo el templo. Algunos miembros de la congregación comenzaron a hablar entre ellos, otros se pusieron en pie y comenzaron a salir mientras hacían todo tipo de aspavientos.

—Muchos pensaréis que soy un ingenuo por hacerlo. Los padres traicionan a los hijos, los esposos a las esposas, para ganarse la confianza del partido, nuestros enemigos son los de nuestra casa. Por eso resuenan en mi mente las palabras de Jesús mientras hablaba en aquel monte:

He aquí, yo os envío como a ovejas en medio de lobos; sed, pues, prudentes como serpientes, y sencillos como palomas.
Y guardaos de los hombres, porque os entregarán a los concilios, y en sus sinagogas os azotarán;
y aun ante gobernadores y reyes seréis llevados por causa de mí, para testimonio a ellos y a los gentiles.
Mas cuando os entreguen, no os preocupéis por cómo o qué hablaréis; porque en aquella hora os será dado lo que habéis de hablar.
Porque no sois vosotros los que habláis, sino el Espíritu de vuestro Padre que habla en vosotros.
El hermano entregará a la muerte al hermano, y el padre al hijo; y los hijos se levantarán contra los padres, y los harán morir[3].

—¿Acaso el mal no actúa siempre de la misma manera? No importa que fuera hace siglos o en nuestro amado país en la actualidad. No se puede conseguir un mundo mejor por medio de la violencia, el odio y el asesinato. En estos años oscuros han perseguido a todos aquellos que se les han opuesto. Comunistas, socialistas, judíos y todo tipo de disidentes. Lo que no pueden entender los nazis con su régimen racista es que todos somos hijos de Dios. No hay hombres superiores ni inferiores. Jesús era judío y Dios lo eligió para la misión más importante del mundo, llevar la luz en medio de la oscuridad. La verdad nos hace verdaderamente libres.

Todos se pusieron en pie y nosotros lo imitamos. Después de dar la comunión, la congregación comenzó a salir de la iglesia. Algunos parecían enfadados; otros, asustados al haber participado de un acto de clara rebeldía, pero en los ojos de unos pocos pude ver el brillo especial de la verdadera libertad, en ese lugar oculto llamado conciencia, que nadie puede profanar ni controlar por completo.

3   Mateo 10.16–21. Versión Reina-Valera de 1960

CAPÍTULO 14

Dachau, 25 de enero de 1937

LOS ÁRBOLES PELADOS PARECÍAN MORTECINOS MIEN-
TRAS el viento frío de invierno los sacudía sin parar. La nieve ocupaba los dos lados del camino, bajamos del viejo Mercedes y caminamos
por la grava hasta cerca de las puertas de la verja de hierro, pero, antes
de que pudiéramos acercarnos más, dos guardas de las SS se aproxi-
maron hasta nosotros. Uno de ellos nos habló amablemente, mientras
que el otro tomaba la ametralladora entre las manos.

—No pueden estar aquí —dijo con una sonrisa perturbadora.

—Venimos a recoger a una persona —le comenté mientras les ofrecía un cigarro. El hombre lo rechazó.

Ritter y Ernest estaban al lado de Jorge, que parecía medio aturdido. En los últimos días apenas había probado bocado, sobre todo
desde que le llegara la carta anunciando la inminente liberación de su
hermano Felipe.

—No se preocupen, quedan cinco minutos, todos los presos liberados salen al mismo tiempo, aunque no es normal que vengan a bus-
carlos a las puertas de la prisión. Lo normal es que los esperen en el
pueblo —comento el SS manteniendo la sonrisa.

—No lo sabíamos —me excusé.

—No importa —dijo, y con la mano nos hizo un gesto para que
retrocediésemos.

Caminamos de nuevo hacia el coche, pero apenas habíamos recorrido unos metros cuando escuchamos el chirrido de la puerta, nos giramos y vimos a cinco hombres vestidos con trajes que les quedaban grandes, con sombreros y gorras calados, que caminaban cabizbajos. Nos sorprendió que ninguno de ellos expresara alegría o alivio, imaginé que sería una forma de contenerse, de no soliviantar a sus captores, pero lo que realmente sucedía era que estaban acostumbrados a no sentir, anestesiados de los placeres de la vida, sin la alegría natural que todo hombre experimenta al recuperar su libertad.

Al principio no reconocimos a Felipe. Todos tenían las mejillas hundidas por la delgadez, la cabeza afeitada, dejando que las cejas fueran el último reducto de su individualidad. El primero en verlo fue Jorge, que no pudo evitar dar un grito ahogado y correr hacia él. Los guardianes se interpusieron, como si quisieran demostrar que fuera del campo seguían siendo los dueños de aquellas desgraciadas vidas. Felipe retrocedió asustado y se cubrió la cara con la mano, como si temiera recibir un golpe. Jorge quitó el brazo del nazi y abrazó a su hermano. Felipe no reaccionó, simplemente se dejó rodear y los dos caminaron juntos hasta nosotros. Intentamos no incomodarlo, lo saludamos cordialmente, pero nos abstuvimos de tocarlo. Al principio pensé que por pudor, pero más tarde me di cuenta de que era más por miedo a que nos contagiara esa tristeza profunda que se desprendía de sus ojos asustados.

Subimos al coche y pisé el acelerador para alejarme lo antes posible de aquel lugar. Había atisbado detrás de la alambrada los cuerpos famélicos de algunos prisioneros, vestidos con uniforme de presidiarios, y el lodo mezclado con nieve que parecía cubrirlo todo. Tuve deseos de sacudirme aquella tierra maldita, infectada por el sufrimiento y la sangre de tantos hombres, pero sabía que aquel barro no saldría con facilidad, era de esos que se adherían al alma para intentar atenazarla con su oscuridad.

Jorge había determinado que aquel mismo día partirían para Argentina. No tenían dinero para un pasaje de avión, pero entre todos reunimos algunos marcos y les compramos dos billetes a Lisboa; desde allí podrían tomar un barco a América. Queríamos que abandonaran territorio alemán lo antes posible, aunque eso supusiera perderlos para siempre.

En el maletero habíamos guardado su equipaje; el resto de sus pertenencias Jorge las había vendido en las últimas semanas. No quería llevarse nada que le recordase a Alemania. Nos dirigimos hacia Múnich para tomar la autopista a Berlín. Eran algo más de ocho horas de viaje, pero no queríamos que algún control los parara en la estación o en el trayecto en tren.

Durante el viaje, apenas cruzamos palabra, todos íbamos en silencio, absortos en nuestros propios pensamientos. Yo no dejaba de pensar en que tal vez era el momento de que Mario y yo nos fuéramos de Alemania. Me quedaban dos años de estudio, pero mi hermano estaba en la preparatoria. A finales de curso, si íbamos unos meses a México, les pediría a mis padres que nos dejaran quedarnos. Aunque estaba casi convencido de que su respuesta sería que terminara los estudios y que los verdaderos hombres son aquellos que se forjan en la adversidad. Miré por el retrovisor el rostro demacrado de Felipe y concluí que una vez más mi padre estaba equivocado. Mi amigo parecía totalmente arrasado por su desgraciado destino.

Paramos para comer unos sándwiches que Mario nos habría preparado para que almorzásemos a medio camino. Felipe miró el pan blanco y no tardó ni un segundo en comer su emparedado. Al verlo tan hambriento, todos le dimos uno de los nuestros. Comía con lágrimas en los ojos y nos miraba avergonzado.

—Lo siento, tenía tanta hambre —dijo cuando hubo terminado toda la comida.

—No te preocupes —le contesté con una sonrisa.

—¿Cuándo llegaremos a Berlín? Tengo que salir de aquí cuanto antes —comentó mi amigo.

—En cuatro horas, con tiempo suficiente para que toméis el avión.

Felipe intentó enderezar la espalda, pero no pudo, su hermano Jorge le ayudó a sentarse en el coche, con las piernas hacia fuera.

—Nunca olvidaré ese lugar. Algunos de mis compañeros me han comentado que a muchos los capturan el día de su salida y los envían de nuevo al campo. Los que han logrado salir y no regresar no se atreven a contar lo que sucede allí dentro —dijo con una voz ronca.

Le ofrecí un poco de vino y tomó casi media botella.

—Nos levantan a las cinco de la mañana; después de arreglar el camastro tenemos que formar en el patio; estamos horas de pie en medio de la nieve, mientras ellos nos cuentan varias veces. Trabajamos todo el día casi sin probar bocado y llegamos agotados a las barracas infectas, heladas y hacinadas. A mí, por suerte, me pusieron con los presos políticos; la mayoría son alemanes y tienen condiciones mejores que el resto. Entre ellos hay una mínima solidaridad, nos protegen de los peores capos, los jefes de barraca y otros secuaces de los nazis.

—Olvídate de todo eso —le dijo su hermano tocándole la cabeza.

—No quiero olvidarlo —dijo frunciendo el ceño.

—¿De qué te sirve recordarlo? —le preguntó Jorge.

—La gente tiene que saber lo que está sucediendo en los campos, hasta qué punto son sádicos y crueles los nazis. Ningún país civilizado del mundo puede ignorar lo que está sucediendo en Alemania.

Lo miré con cierta lástima. El mundo parecía completamente ciego y sordo. Francia y Reino Unido buscaban siempre el apaciguamiento frente a las dictaduras fascistas. Rusia era igual o peor que Alemania, y Estados Unidos parecía no querer despertar de su sueño americano de prosperidad y comodidad. ¿Qué esperanza le quedaba al mundo?

—He visto fusilar, matar a golpes y patadas a muchos internos. A veces por robar una patata, no quitarse la gorra a tiempo al ver pasar a un SS o simplemente por caer rendido al suelo tras tres horas de pie en el patio. Algunos prisioneros intentaban suicidarse corriendo hacia las alambradas electrificadas; muchos simplemente dejan de comer, beber y comportarse como personas. Parecen hundidos dentro de sí mismos, atrapados en las cavernas de su alma.

Montamos de nuevo en el coche con una sensación de desasosiego aún más profunda. Notaba una opresión en el pecho y tenía ganas de vomitar. No estaba seguro de si era por miedo o por repugnancia o por ambas cosas a la vez.

Llegamos a Berlín casi de noche, atravesamos la ciudad hasta divisar en medio de una gran llanura el Aeropuerto Berlín-Tempelhof. Una estructura semicircular, rematada por una especie de torreones. Dejamos el auto en el aparcamiento y tomé las maletas. Ernest, Ritter y yo las cargamos hasta el inmenso *hall* cuadrado, de altos pilares sin adornos. Buscamos la pista del vuelo y nos dirigimos hasta el exterior. Un avión plateado, iluminado por los focos del aeropuerto, brillaba en medio de la pista. Dejamos las maletas a un lado y dos operarios se las llevaron a las bodegas. Medio centenar de pasajeros hacían fila frente a una escalerillas desplegables.

Felipe nos miró con los ojos vidriosos y comenzó a despedirse. Se puso a repartir abrazos, quedándose unos segundos quieto, como si intentara llevarse una parte de nosotros en su corazón.

—Muchas gracias por vuestra amistad. Sabéis que siempre que queráis podéis venir a vernos a Buenos Aires. Allí esta vuestra casa —dijo Jorge abrazándonos entre lágrimas.

—Ha sido un placer conoceros. Siempre seréis nuestros amigos —dijo Ritter, que intentaba disimular la emoción.

Abracé a Jorge e intenté contener las lágrimas, pero fue inútil. Durante años habíamos compartido todo, habíamos aprendido a adaptarnos a las costumbres alemanas sin perder la alegría de nuestros pueblos natales. Ahora debíamos separarnos sin saber si nuestros caminos volverían a cruzarse.

—Hermanos, no nos olvidéis —dije abrazando por último a Felipe.

—No os olvidaremos —contestó. Sentí su cuerpo delgado y sudoroso. Parecía apenas su sombra, pero continuaba siendo fuerte y decidido. Los nazis no habían conseguido doblegar su alma.

Se pusieron en la fila y comenzaron a avanzar despacio, de vez en cuando se giraban y nos saludaban con las manos abiertas y una sonrisa dolorosa, que intentaba retener las lágrimas. Justo en el momento de cruzar las puertas se volvieron por última vez. Entonces recordé a los dos muchachos que había conocido unos años antes, siempre alegres y dispuestos a disfrutar de la vida. Sin duda, no eran los mismos, parte de su juventud se había escapado en el esfuerzo de no doblegarse ante el mal, la madurez se les había adelantado y regresaban a Argentina sacudidos por la vida.

La primera muerte del hombre es la pérdida de la inocencia, ese paraíso perdido en el que éramos felices, donde todo era posible, porque lo único que poseíamos era el futuro. La juventud se nos escapaba mientras aquella gloria que nos habían prometido se convertía en una maldición. Una generación nacida para gobernar el mundo, para someterlo debajo de sus botas, que no había podido disfrutar del corazón apasionado y alocado de otras generaciones. Éramos hijos de la Gran Guerra, la Depresión y el fascismo, expulsados del paraíso de la inocencia demasiado pronto.

Levanté el brazo para despedirme con el deseo de ser yo el que viajara en aquel avión, queriendo escapar de aquel Viejo Continente que parecía dirigirse de nuevo hacia el precipicio, cegado por el odio y la barbarie. Pensé que el mundo se había destruido muchas veces, pero que de sus cenizas se habían vuelto a fundar imperios, resurgiendo civilizaciones increíbles. Era el desenfrenado juego de la vida, que parecía no saciarse nunca con la sangre y la carne de cada nueva generación.

TERCERA PARTE

Hanna

CAPÍTULO 15

Múnich, 22 de febrero de 1938

MIS PADRES SIEMPRE ME COMENTABAN LO rápido que pasa el tiempo cuando te conviertes en adulto. Esa sensación de aceleración es real. De repente, la lenta quietud de la infancia y las horas interminables de juegos parecen acortarse hasta que la vida se convierte en una carrera vertiginosa hacia la nada. Aquellos años de amistad con Ernest, Ritter y Eduardo eran la prueba irrefutable de que, cuando llegásemos todos a los treinta años, ya no habría vuelta atrás, nos encontraríamos casi a las puertas de la mitad de nuestra existencia, perdidos en la selva impenetrable de la madurez.

Todo el mundo se extrañaba al vernos a los cuatro juntos, muchos creían que yo era algo marimacho y que en el fondo no me gustaban las mujeres, aunque les confundía el hecho de que cada año cuidaba más mi aspecto e intentaba resaltar mi feminidad. Lo que la mayoría nunca había entendido era que mi principal objetivo en la vida consistía en terminar la carrera y demostrar a la sociedad que una mujer podía ser igual de buena o más que un hombre en cualquier profesión.

La soledad que había sentido los primeros meses en la ciudad fue disipándose hasta convertirse en un simple recuerdo, ahora sentía que pertenecía a algo, aunque fuera a los marginados.

Los viernes y sábados íbamos a bailar a un club de *swing* al norte de la ciudad, en una zona discreta, donde los vecinos no vieran entrar y salir a jóvenes constantemente. Muchos nos llamaban *Swingjugend*, sobre todo por nuestra ropa de estilo norteamericano y nuestra afición por la música negra. En muchas ciudades, los locales habían sido cerrados y en Hamburgo, la cuna del swing alemán, algunos habían terminado en campos de concentración, cumpliendo condenas menores, pero no por eso menos duras.

Mis amigos y yo solíamos tener la precaución de cubrirnos con los abrigos, para que nadie viera la ropa que llevábamos, incluso nos cambiábamos de zapatos al entrar al local, un oscuro sótano de un edificio medio en ruinas. Un portero vigilaba a los que querían pasar al club, para asegurarse de que no eran agentes de la Gestapo o jóvenes fanáticos nazis. Los discos podían comprarse de manera clandestina en algunas tiendas de música o en el incipiente mercado negro, que intentaba abastecer de los productos requisados por el gobierno.

Cuando aquella noche entramos en el local para celebrar el cumpleaños de Ernest, sonaba una de mis canciones favoritas, *In the Mood*. Corrí hacia la pista y Mario, Eduardo y Ernest me siguieron. Bailamos como locos durante media hora, antes de sentarnos en la mesa a la que Ritter había llevado las bebidas.

—¿Por qué no bailas? —le pregunté.

Ritter solía ser algo más tímido en aquellas ocasiones, sobre todo después de un incidente que había tenido en la facultad con un grupo de nazis. Prefería no llamar mucho la atención y pasar desapercibido.

—Me gusta bailar, pero solo cuando me apetece. Hoy no estoy de humor —dijo mientras tomaba un sorbo de su vaso.

—¿Por qué? ¿Ha sucedido algo? —le preguntó Eduardo.

—¿No habéis leído sobre el caso del pastor Martin Niemöller, de la Iglesia Confesante? Ha sido condenado en Berlín por subversión, lo único que ha hecho es decir verdades como templos. Era la única cara visible de la oposición.

—Hemos venido a divertirnos —se quejó Ernest, que a veces perdía los nervios con Ritter.

Sonó un nuevo tema y Ernest me sacó a bailar. En aquellos momentos nos olvidábamos de lo que estaba sucediendo en Alemania, únicamente estaba la música, la pista y nosotros. El resto se unió al grupo de amigos, pero Ritter continuó con actitud de aguafiestas.

Al regresar de nuevo a la mesa, sentí la blusa chorreando de sudor y una sed terrible. No bebía alcohol, aunque había probado algunas veces el vino y la cerveza. Tomé otra limonada y me senté al lado de Eduardo.

—¿Qué te sucede hoy?

—¿Por qué lo dices? —me preguntó.

—Estás muy serio, ¿qué mosca os ha picado? —le pregunté frunciendo el ceño.

Eduardo dio un trago largo, como si le costara digerir las palabras que estaba a punto de pronunciar.

—Mario se va en unas semanas. Por un lado, me alegro, no quiero que permanezca por más tiempo en Alemania, cada día que pasa todo se hace más peligroso.

—Lo siento —le contesté abatida. Mario era un verdadero encanto. Siempre alegre y servicial.

—Bueno, yo me quedaré hasta que termine los estudios. Si las cosas hubieran sido de otra manera, me hubiera gustado quedarme en Europa, pero me temo que al final habrá una guerra. Hitler no deja de provocar a las potencias democráticas. Además, mis padres quieren que entre en el negocio familiar de harinas. Tienen el sueño de ampliarlo y hacer otro negocio de aceites vegetales.

—Entiendo —contesté, con la sensación de que algo muy importante en mi vida no tardaría en desaparecer para siempre. Eduardo me parecía un chico fantástico, valiente y alegre, pero me había engañado al pensar que nunca se marcharía de Alemania. Dentro de muy pocos años, ninguno de nosotros viviría en Múnich. Ritter y Ernest regresarían a Berlín, y yo, a Augsburgo. Al llegar a los treinta estaríamos casados, con hijos, y todo lo que vivíamos en este momento se convertiría en un sueño lejano. Preferí apartar esas ideas de mi mente y continuar disfrutando de la velada.

—Si no fuera por mi intención de irme de Alemania, te pediría que saliéramos juntos, pero eres demasiado importante para mí. No quiero perder tu amistad. Además, estos dos cafres están locos por ti, no quiero meterme en medio.

Las palabras de Eduardo me dejaron helada. Nunca pensé que pudiera expresar con tanta naturalidad sus sentimientos. Yo también le tenía mucho cariño, aunque debía admitir que no era exactamente amor. Eduardo era el que más se parecía a mí, pero tal vez ese era el problema principal. Además, no creía que hubiera podido seguirlo hasta México. Allí sería únicamente la señora Collignon y no la independiente e irreductible Hanna.

—Nadie conoce su destino. Nunca imaginé que conocería a un mexicano en Múnich, tampoco que terminaría con un grupo de locos como vosotros. No creo que yo les guste a Ernest y Ritter. Simplemente les gusta coquetear un poco. Nunca he tenido novio, ni siquiera cuando era niña jugaba a esas cosas. Para mí el amor es algo sagrado; he visto cómo se aman mis padres, que llevan toda la vida juntos. Han sido capaces de superarlo todo en pareja. Cuando se casaron, no tenían mucho dinero, mi madre provenía de una familia importante y mi padre era hijo de un barbero. Nadie los ayudó, pero salieron adelante, a pesar de la guerra, la inflación y la caída de la bolsa. El amor verdadero puede enfrentar cualquier situación —le dije acercándome a su cuello. El aroma de la colonia me llegó a embriagar por unos instantes y sentí el impulso de darle un beso, pero me contuve.

Mario se acercó hasta nosotros y me sacó a la pista. Era un gran bailarín, más seductor que su hermano, pero menos atractivo. Parecíamos los reyes de la sala, todos nos miraban y tocaban las palmas.

Escuché unos golpes en la entrada y la gente comenzó a correr de repente. Miré a mis amigos, parecían aturdidos, hasta que Eduardo me tomó de la mano y salimos disparados hacia los baños, allí había unas ventanas que daban al patio del edificio.

A nuestra espalda se escuchaban cristales rotos, mesas que chocaban contras las paredes y botas golpeando la pista de madera. Sin duda, era una redada de la policía. Si nos atrapaban, terminaríamos todos en comisaría o, lo que era peor, en algún campo de concentración, para que supuestamente el régimen nos reeducara dentro de los cánones del nacionalsocialismo.

Nos arrastramos por el tejado de un bajo y saltamos a la calle trasera, salimos a la principal y vimos al fondo las luces de los coches de policía.

—Será mejor que nos dividamos —dijo Eduardo sin soltarme la mano. Yo apenas podía respirar, lo único que sentía era el palpitar de su palma con la mía.

Ernest y Ritter se dirigieron hacia su apartamento y nosotros tres fuimos al mío. No tardamos mucho en encontrarnos frente a mi casa. Al final podíamos respirar tranquilos.

—Déjanos un rato a solas —pidió Eduardo a su hermano. Este esbozó una sonrisilla socarrona y se apartó unos pasos.

—De verdad que me cuesta hacer esto, pero no podemos ser novios, estoy seguro de que no funcionaría —me dijo sin soltarme la mano. Sabía que tenía razón, pero lo besé en los labios y noté como si flotara. Era el primer hombre al que besaba y todo comenzó a darme vueltas.

El me miró con sus ojos gigantescos, sus pupilas expresaron mucho más que sus labios aún marcados por los míos.

—¡Dios mío! Únicamente podemos vivir una vez, nuestro destino es siempre trágico, cuantas veces tenemos que renunciar a cosas para que podamos ser quienes realmente somos. Nunca te olvidaré —me dijo, con el corazón encogido por la emoción.

La tristeza a veces logra lo que a la alegría se le niega. Es capaz de sondear el alma y descubrir la profunda desesperación que todos llevamos dentro. Mil renuncias, mil derrotas que nos han convertido en lo que somos, pero no nos han permitido ser lo que hubiéramos podido.

CAPÍTU

Viena, 15 de marzo de

ELEGIMOS EL PEOR MOMENTO DEL MUNDO para visitar Austria. La crisis, que llevaba más de seis meses, se desencadenó rápidamente en unos días. Habíamos programado aquel viaje con mucha antelación, Mario se iría en menos de un mes a México y queríamos que conociera al menos la capital de Austria y la ciudad de Praga, pero el mundo parecía enloquecer por momentos, y lo peor era que nos encontrábamos en el epicentro de aquella locura. Después de la noche en la que Eduardo y yo nos besamos, habíamos mantenido algo de distancia, no tanto por mi parte como por la suya. Pensaba que me haría más daño si nos encaprichábamos el uno del otro. Eduardo había tenido varias parejas fugaces, pero yo le importaba demasiado para jugar con mis sentimientos y, aunque apreciaba su delicadeza, en aquel momento no me hubiera importado tenerlo entre mis brazos, aunque fuera para después perderlo para siempre. El amor de juventud siempre se entrega de forma desmedida, sin la prudencia que la edad nos da con el tiempo. Mientras somos jóvenes no nos vale quedarnos a medias, preferimos todo o nada; con los años nos acostumbramos a negociar con la realidad, en lugar de intentar cambiarla.

El tren nos dejó en la capital de Austria una mañana fría de marzo. Al salir de la estación, la ciudad aún parecía en calma, apenas íbamos

unas horas en ella antes de partir para Praga, hacer noche y
ar al día siguiente a Múnich.

ecidimos caminar por una de la grandes avenidas, había un
ntesco dispositivo policial y de voluntarios de las SA. No había-
ni imaginado que hubiera tantos nazis en Austria. Nos aproxima-
s a un policía y Eduardo le preguntó qué sucedía.

—¿No lo saben? Hoy el Führer visitará la ciudad. Nuestro líder
egresa a la tierra que lo vio nacer. Al final, hay una Alemania unida
y fuerte —comentó el hombre de aspecto anodino, con un bigotillo
moreno parecido al de Hitler.

Unos días antes, habíamos seguido el falso plebiscito del 12 de
marzo. Los nazis eran especialistas en organizar elecciones falsas con
el simple propósito de poner un barniz de legalidad sobre sus actos ilegales y violentos. También habíamos temido que la ocupación hubiera
desembocado en una guerra, pero las potencias aliadas parecían dispuestas a perdonárselo todo al líder nazi. Teníamos la triste sensación
de que Hitler nunca se saciaría y de que la única forma de detenerlo
sería también la derrota de Alemania.

Llegamos a la Graben y después nos encaminamos hasta la
Kärntnerstrasse. Allí, los simpatizantes nazis se confundían con la
multitud de ciudadanos que recorrían la ciudad para seguir el desfile
de Hitler y celebrar la anexión. La multitud vestía de manera sencilla,
con colores oscuros y trajes viejos. Entonces nos fijamos en el borde
de la acera. Cinco chicos rubios de poco más de quince años hacían
corro mientras la multitud los observaba. Nos asomamos tímidamente, pensando que sería algún tipo de espectáculo callejero. En el suelo, de rodillas sobre su elegante traje, un hombre judío, al parecer un
conocido cirujano, cepillaba con agua y jabón el borde de la acera.
Mientras, la gente jaleaba a los jóvenes nazis y algunos escupían en la
cara del pobre judío. El rostro lívido del hombre parecía una mezcla de
terror y confusión. Seguramente, aquella mañana, cuando había salido como cada día para dirigirse a su trabajo en el hospital, no habría
podido imaginar que toda una multitud lo insultaría y patearía en una
de las calles principales de Viena.

Aquel aquelarre de la plebe gozaba viendo humillados a los enemigos imaginarios que el nazismo había creado para alimentar la

fantasía de las masas que se unían a su causa, movidas más por las vísceras que por la razón.

Ritter se apartó del corrillo y le seguimos, asqueados.

—Nunca había visto nada igual, ni siquiera en Múnich se trata así a los judíos. No creo que esto suceda jamás en Alemania. Las autoridades los acosan y muchos están emigrando, pero jamás he visto una cosa así —se lamentaba, totalmente impresionado por la escena.

Antes de que llegáramos a Heldenplatz, ya nos habíamos arrepentido de haber viajado a Austria. Decidimos ir a almorzar antes de tomar un tren a Praga. Nos sentamos en uno de los restaurantes de la plaza, que comenzaba a engalanarse para el discurso por la tarde de Hitler.

—Me va a costar mucho verte partir, pero por otro lado lo estoy deseando. Este continente se ha vuelto loco, al menos, en América aún reina la normalidad. Puede que Europa esté mucho más avanzada técnicamente, pero nunca había visto tanto odio concentrado. Tengo la sensación de que a toda esta gente la han criado en el odio al diferente y ahora pueden liberar toda esa rabia. La violencia contra los judíos les hace olvidar cuáles son sus verdaderos enemigos. Nunca he visto nada igual —comentó Eduardo, horrorizado.

—Me temo que esto es solo el principio, parece que ese odio se extiende por todos lados —dijo Ernest con la vista perdida.

—Es una maldita plaga, como la peste en la Edad Media. El odio es una de las armas más poderosas del mundo. Si logramos sembrar, aunque sea un poco, se regenera y logra extenderse. Lo más triste es que los que sembraron la primera semilla fueron los aliados al imponer unas sanciones tan duras a Alemania, no eran conscientes de que toda esa frustración llevaría a las nuevas generaciones a otra guerra —comenté.

—Esperemos que no se produzca. Mucha gente parece estar deseando una nueva guerra, pero mis padres la recuerdan como algo terrible. El hambre, el miedo, los hombres muriendo en el frente ¿y todo para qué? Mi padre siempre comenta que las guerras la comienzan los viejos, pero son los jóvenes los que luchan en ellas y perecen —dijo Ritter muy serio.

—Pero la única forma de frenar a Hitler es con una derrota bélica, que la gente sepa a lo que se arriesga si continúa apoyándolo —les dije.

Me costaba reconocer que deseaba la derrota de mi país, pero no veía otra solución.

—¿Otra derrota? Eso supondría más frustración y el ciclo del odio no terminaría nunca —comentó Eduardo.

—No se ve a la gente demasiado descontenta con Hitler. Puede que muchos no tengan el entusiasmo de hace cinco años, pero la mayoría deseaba la anexión de Austria, incluso sus opositores políticos —comentó Ernest, que no tenía mucha fe en que la cosas pudiesen cambiar.

En ese momento llegó un grupo de nazis y sacó a fuera a todos los camareros y a los dueños del restaurante. Nos quedamos atónitos mientras los obligaban a limpiar la fachada y el suelo de rodillas.

Eduardo se puso en pie y se dirigió al dirigente del grupo.

—¿Por qué tienen que limpiar todo esto? —le preguntó, contenido, como si no quisiera enfrentarse directamente, sino solo saciar su curiosidad.

—Los dueños y sus hijos son judíos, tienen que borrar todas las pintadas en contra de la anexión antes de que nuestro Führer entre en la ciudad.

Eduardo hizo un gesto para que nos marchásemos. No queríamos meternos en líos.

—¿Qué sucede? ¿Acaso les molesta que estos sucios judíos limpien la mierda con la que han embadurnado toda la ciudad? Ellos no son alemanes, dudo que sean simples seres humanos. Durante años se han enriquecido a costa del buen alemán, pero eso se ha acabado, y también todos aquellos que miran al judío con clemencia. ¿A no ser que vosotros seáis también malditos sionistas? —preguntó el hombre pegando su cara a la de Eduardo.

—No somos judíos, si eso es lo que le interesa. Somos simples turistas, no queremos meternos en líos, por favor, ¿nos deja pasar?

El hombre rubio, con la cara muy roja, los miró de soslayo y, para provocarlos, tomó a la mujer mayor por los cabellos y la arrojó a sus pies.

—Limpia los zapatos de este alemán, judía.

Eduardo se quedó paralizado, si quitaba los pies, sin duda se desataría una pelea. Estaban en otro país y su hermano partía en unas pocas semanas a México.

En ese momento, la multitud irrumpió en la plaza. Hitler estaba a punto de llegar.

—Lo siento, pero no queremos perdernos el desfile —dije tomando a Eduardo del brazo.

Mi sonrisa pareció calmar al nazi, que se dio la vuelta y continuó gritando al pequeño grupo de judíos. Mientras regresábamos a la estación, vimos muchas escenas similares. Rabinos a los que estaban cortando las barbas, hombres y mujeres pidiendo clemencia de rodillas...

Entramos en la estación y nos dirigimos a las taquillas para tomar el primer tren a Praga, estábamos dispuestos a no salir de la estación hasta la hora de la partida. El vendedor nos miró algo sorprendido y nos dijo:

—Checoslovaquia ha cerrado sus fronteras esta misma mañana, no se puede viajar a Praga.

Lo miramos sorprendidos, aunque en el fondo nos sentíamos aliviados, habíamos perdido todo el interés en el viaje. En poco más de seis horas estaríamos de regreso en Múnich y el próximo tren estaba ya en el andén.

Subimos al vagón y nos dirigimos a nuestro compartimento. El único ocupante, un hombre de algo más de cuarenta años, nos saludó cordialmente. Nos hundimos en los sillones, apenas cruzamos palabra mientras el paisaje invernal parecía disipar las sombras que habíamos visto extenderse por Austria.

Ernest se encontraba sentado a mi lado, vi su rostro reflejado en el cristal. Sus ojos no se apartaban del infinito.

—Has sido muy valiente hace un rato. A veces me cuesta pensar de dónde logras sacar tanto coraje.

Me giré hacia él y le acaricié la cara con la punta de los dedos. Era un hombre dulce y sensible. Un marido perfecto, a veces le faltaba pasión, pero era fiel y nunca traicionaba sus principios.

—No puedo evitarlo, me hierve la sangre al observar una injusticia. Humillar a ancianos y chiquillos en público me parece algo inadmisible. No hubiera imaginado que esas cosas pasarían en Alemania o en Austria.

El tren se detuvo cerca de la frontera, justo en Salzburgo. Aunque ya no fuera más que un recuerdo del pasado, ahora Austria pertenecía al Tercer Reich. Un policía de aduanas fue pasando por el vagón hasta llegar a nuestro compartimento. Abrió la puerta corredera y nos pidió los billetes y el pasaporte.

—¿Mexicanos? —preguntó el policía, muy serio, a mis amigos.

—Estudiantes —se explicó Eduardo.

El policía frunció el ceño y devolvió los pasaportes. Miró a nuestro compañero de viaje y este, sin mediar palabra, le entregó el pasaporte.

—¿Abandona Austria? ¿No le gusta la llegada al poder de nuestro amado Führer, señor Zuckmayer?

—Tenía el viaje programado, asuntos de trabajo.

—¿Cuál es su profesión?

El hombre comenzó a sudar, a pesar del frío que hacía dentro del compartimento.

—Escritor, me dedico a escribir.

—¿Periodista? El Führer odia a los periodistas —contestó el policía sin devolverle el pasaporte.

—No, soy guionista, y Adolf Hitler ama el cine, ¿verdad? Tengo que tomar en Berlín un vuelo a Londres.

—¿No será usted judío? —preguntó el policía mientras arqueaba una de sus pobladas cejas castañas.

—No —contestó lacónicamente el hombre.

—Ya he cazado a casi veinte solo hoy. Esas malditas ratas escapan de Austria, pero no irán muy lejos. Está bien, pueden continuar.

El hombre cerró la puerta y se marchó por el pasillo. El guionista respiró aliviado y guardó el pasaporte en el bolsillo interior de su gabardina.

La puerta se abrió de nuevo y la cabeza del policía de adunas volvió a asomar. Todos nos sobresaltamos.

—Ya sé quién es usted —dijo, acercándose al hombre y poniendo las manos sobre los hombros del aterrorizado pasajero.

El hombre, completamente pálido, levantó la cabeza, resignado a la retención.

—Es al autor de *Ein Sammer in Österreich* (Un verano en Austria), acabo de leer su novela —dijo el hombre sacando un librito del bolsillo—. Por favor, ¿puede firmarme un autógrafo?

El escritor buscó nervioso la pluma por los bolsillos, al final sacó una fina estilográfica plateada. Hizo una dedicatoria rápida y se lo devolvió.

—No habrá más veranos en Austria, ¿verdad? Asegúrese de no regresar, tenga cuidado en la otra frontera.

Todos nos quedamos paralizados, el policía hizo un gesto de firme y salió de nuevo. El hombre se recostó en el sillón, sudoroso. Entonces percibió que en el ojal del abrigo lucía una pequeña esvástica que había comprado en Viena antes de tomar el tren. Se la quitó y la miró unos segundos, después la tiró al suelo y se echó a llorar.

CAPÍTULO 17

Múnich, 30 de mayo de 1938

ME LEVANTÉ MUY TEMPRANO, LA NOCHE anterior habíamos organizado una fiesta de despedida a Mario y en un par de horas partiría su tren a Hamburgo. Desde allí, viajaría a Bremerhaven para tomar un barco a Londres antes de regresar a América. No pude desayunar, sentía un nudo en el estómago. Apenas me perfilé un poco los labios y salí sin maquillaje. La primavera parecía dolorosamente bella aquel año. Los balcones cubiertos de flores y un cielo azul no lograron que mejorase mi estado de ánimo. Me encaminé hasta la casa de Eduardo y, en cuanto llegué al portal, vi a Ernest y Ritter esperando en la puerta.

—Hola, chicos —los saludé sin mucho ánimo.

Mis amigos parecían también desanimados. Todos echaríamos de menos a Mario, pero en cierto sentido estábamos barruntando la ya no tan lejana partida de Eduardo, que terminaría sus estudios al año siguiente.

—Se viene a vivir con nosotros —anunció Ernest.

—Es una tontería que pague un apartamento completo para él solo. Además, podremos hacerle compañía.

—¿Qué hará en el verano? —les pregunté.

—No creo que viaje a México, quiere concentrarse en las asignaturas más difíciles. No puede suspender ninguna —comentó Ritter.

Escuchamos pasos en la escalera y nuestros amigos aparecieron con un par de maletas. Ritter y Ernest se ofrecieron a llevarlas.

—Creía que tendrías mucho más equipaje, con lo presumido que eres —bromeé para alegrar un poco el ambiente.

Mario me miró con sus ojos despiertos y vivarachos, para él, su estancia en Europa no había dejado de ser una gran aventura.

—No me olvidaré nunca de ti princesa, espero que puedas ir algún día a visitarnos. México te sorprenderá, es un mundo muy diferente a este —me dijo con un abrazo. Yo me ruboricé, no estaba acostumbrada a que ningún hombre me rodeara con sus brazos, aunque a Mario lo consideraba como mi hermano pequeño.

Caminamos hasta el coche de Ritter y cargamos las maletas. Eduardo se sentó delante y yo, entre Ernest y Mario. En unos diez minutos ya habíamos llegado frente a la estación de tren. Recorrimos el corto espacio hasta el gran *hall* y miramos de dónde salía el expreso.

—Qué rápido ha pasado todo. Os aseguro que han sido cinco años increíbles. He tenido mucha suerte de conoceros. Esta aventura no habría sido la misma sin vosotros. Me llevo gratos recuerdos. A veces, la memoria tiene esa capacidad para transformar la realidad, no logro evocar los malos momentos, os llevaré siempre en el corazón.

Eduardo se mordió el labio inferior. Amaba profundamente a su hermano, para él era una de las personas más importantes del mundo. De alguna manera, durante todo aquel tiempo se había acostumbrado a su compañía, que lograba anestesiar la implacable soledad de la vida.

—Te echaremos de menos. ¿Quién cometerá tantas faltas en un partido? —dijo, sonriente, Ernest.

—Seguro que ya no ganáis ninguno —bromeó Mario.

—Hasta cuando juegas de portero cometes faltas —añadió Ritter frotando con las manos la cabeza del joven.

Eduardo se le abrazó y después lo apartó unos centímetros para poder contemplarlo.

—Da muchos abrazos y besos a nuestros padres. Pronto los veré. No te olvides de todo lo que has visto aquí, y no me refiero a las lecciones del colegio. Creo que has aprendido algunas cosas sobre la vida, muchas de ellas de una forma dura. El mundo puede ser muy injusto, pero recuerda que nosotros somos los que nos ponemos límites. El tiempo pasa veloz y nos aleja cada vez más de nuestros sueños.

—Vale, hermano. No te pongas tan filósofo —bromeó Mario.

Entramos en el andén y observamos el tren. No había muchos pasajeros aquella mañana, como si el destino quisiera reservarnos un poco de intimidad.

—Todo marchará bien —repitió Eduardo, como si intentara auto convencerse.

—El viaje no me preocupa. Lo más pesado es el barco, pero intentaré armarme de paciencia. Lo primero que quiero hacer cuando llegue a México es leer todos los libros que aquí han prohibido, no volveré a ponerme un uniforme en mi vida y tiraré toda esa parafernalia nazi.

—Me parece estupendo —dijo Eduardo.

Nos paramos frente a la entrada del vagón. Un mozo se llevó el equipaje y nos quedamos en corro, intentando alargar lo máximo la despedida.

—No os metáis en líos. ¿Me lo prometéis?

—Sí —contestamos a coro.

—Dentro de un año, todos nos habremos marchado de Múnich, pero eso no impide que volvamos a vernos más. Ya sea en Alemania o en México, no creo que el Tercer Reich dure mil años —les dije en broma.

Se escuchó el bufido del tren y Mario cambió de repente el rostro. La angustia se le asomó a la mirada y comenzó a abrazarnos a todos.

—¡Dios mío, cuánto os voy a echar de menos!

Hicimos un corro todos abrazados, como si fuéramos un equipo justo antes de afrontar la última parte de un reñido partido. No queríamos soltarnos, como si nuestros brazos entrelazados fueran capaces de cargar con el peso de todo el mundo. Sentí como si flotásemos bajo la suave música de un vals. Las lágrimas corrían por nuestros rostros inclinados hacia delante, hasta que Eduardo se soltó y abrazó de nuevo a su hermano. Mario subió al tren llorando, sacó un pañuelo blanco y comenzó a secarse las lágrimas.

El tren comenzó a moverse lentamente, como los primeros pasos que da un bebé, pero, antes de que nos diéramos cuenta, la distancia había comenzado a crecer entre nosotros. Lo vimos hacerse pequeño en el horizonte, aunque dejaba un hueco tan profundo en nuestros corazones.

Eduardo no dejó de despedirse con el brazo hasta que el tren desapareció por completo. Ernest y Ritter le pasaron la mano por la espalda y salimos al cálido ambiente primaveral.

Múnich estaba tan hermosa, los colores brillaban en cada rincón, parecía un día perfecto para ir al campo, pero, en cuanto nos cruzamos con una furgoneta de las SA, las sombras comenzaron a crecer en nuestro interior. Las esvásticas caían como telones de sangre sobre los balcones de los edificios públicos. Llegamos a la Odeonstplaz y nos dirigimos a una cervecería, sentíamos que, si nos separábamos aquel día, aunque fuera un instante, la melancolía terminaría por invadirnos.

Eduardo se sentó en la cabecera de la mesa, el resto lo rodeamos y pedimos algo para beber. Levanté la vista y contemplé los frescos de los techos, el humo los había ennegrecido en parte. Aquel cielo dibujado parecía más artificial que nunca. Me habían enseñado de pequeña que un día el mundo alcanzaría la perfección, que el cielo que nos contemplaba descendería a la tierra para convertirnos a todos en hermanos. Lo único que había ascendido en los últimos años era el infierno. Los demonios parecían sueltos por toda Europa, rabiosos y hambrientos de almas humanas que devorar, mientras gritaban de placer al contemplar las sombras que se cernían sobre todos nosotros. Sentí cómo me estremecía ante esa horrible idea, cerré los ojos y quise tocar de nuevo el cielo con la mente, pero ya no estaba allí.

CAPÍTULO 18

Múnich, 28 de septiembre de 1938

EDUARDO NO VOLVIÓ A SER EL mismo. Parecía siempre ausente, melancólico y centrado en sus estudios. Después de aquel beso, no volvimos a estar jamás a solas. Las pocas veces que nos veíamos era algún sábado mientras jugaban al fútbol y en la comida posterior en alguna cervecería. No cruzábamos palabra y, muy ocasionalmente, nuestras miradas se cruzaban de manera fugaz, como dos corazones que anhelan encontrarse, pero cuyas mentes intentan retenerlos a toda costa. Mi alejamiento de Eduardo me acercó a Ernest. Estudiábamos juntos casi todas las tardes, después me acompañaba a casa y hablábamos de cosas intrascendentes, algo que agradecía después de la tensión creada por la anexión de Austria y la tensión en Checoslovaquia. Todo el mundo parecía casi convencido de que una guerra era inevitable y, aunque algunos lo deseaban, la mayoría temía las consecuencias de un nuevo conflicto mundial. Los éxitos internacionales de Hitler mantenían su popularidad, pero las masas parecían agotadas de proclamas, desfiles patrióticos y propaganda. Ya no era tan difícil encontrar voces críticas o ver a estudiantes faltando a las Juventudes Hitlerianas con cualquier excusa. Los jóvenes siempre buscamos la novedad, la diversión y la aventura, tres cosas que los nazis ya no representaban. Todos aquellos movimientos me traían esperanza, pero, a menos de un año de la partida de Eduardo y el fin de nuestra carrera, prefería pensar a corto plazo y disfrutar del día a día.

Aquella jornada era especial, la llegada de Mussolini a la ciudad lo tenía todo patas arriba. Al parecer, Hitler había ido a recibirlo a la vieja estación de Kufstein; su deseo era deslumbrar al Duce en su primer viaje a Alemania. Los dos gallitos competían constantemente por demostrar cuál de los dos era más poderoso. Aunque sin duda el Führer había desbancado hacía tiempo a Mussolini militarmente, aún lo necesitaba para legitimar sus atropellos a los derechos de los pueblos y la estabilidad de Europa. En la Guerra Civil española, los dos dictadores habían probado sus armas, como un ensayo final de la guerra que se avecinaba.

En cierto sentido, ese ambiente prebélico se veía por todas partes. Desde las colas en algunos comercios por escasez de productos, la llamada a filas de miles de jóvenes, la preparación para la guerra de las Juventudes Hitlerianas, el realojamiento de algunos inmigrantes alemanes que escapaban de los Sudetes o el ensayo de alarmas antiaéreas y la evacuación de edificios.

Aquella mañana, los miembros de las Juventudes Hitlerianas, las asociaciones estudiantiles y todos los grupos paramilitares estaban obligados a vestir uniforme y participar en los eventos organizados por el partido. Cuando llegué vestida con mi uniforme de la Liga de Muchachas Alemanas, mis amigos no pudieron evitar reírse de mi aspecto.

—¿De qué os reís? —les pregunté cruzándome de brazos. Ellos también tenían un aspecto ridículo, sobre todo Ritter, al que no le favorecía mucho el uniforme. En cambio, Eduardo parecía aún más atractivo, mientras que a Ernest no le sentaba ni bien ni mal.

—Solo te faltan las trencitas rubias —bromeó Ritter, que siempre disfrutaba chinchándome.

—Creo que a veces eres un poco estúpido —dijo Ernest, malhumorado.

—No es para tanto. Vamos, no quiero llegar tarde —dijo Eduardo.

Tras el desfile por la calle y el paseo de los líderes, algunos estudiantes teníamos que escuchar dos discursos cortos de Hitler y Mussolini, aunque a veces ese tipo de reuniones se eternizaban. En aquel caso, la reunión era en la cervecería Hofbrauhaus, la más famosa y concurrida de la ciudad. Los techos abovedados con sus impresionantes frescos y la orquesta vestida con los tradicionales uniformes bávaros quitaban algo de solemnidad, y eso entusiasmaba a Mussolini, que parecía disfrutar de las veladas informales y sencillas.

Nos colocaron en la parte de atrás, ya que los primeros puestos estaban reservados para los seguidores acérrimos de Hitler y el partido. En los últimos años habíamos intentando pasar desapercibidos, cumplir con los compromisos esenciales y disfrutar lo máximo de nuestra etapa de estudiantes. No era sencillo mantenerse neutrales en Alemania, pero hasta el momento habíamos conseguido sobrevivir sin muchos sobresaltos.

Mientras observábamos en la lejanía al Führer, pude cerciorarme de la pequeña cantidad de mujeres que había en la sala. En lugar de aumentar, el número de estudiantes femeninas no dejaba de decrecer. El partido parecía casi un asunto exclusivo de hombres, donde las mujeres parecían meros floreros decorativos. Por un lado, me alegraba de que no hubiera casi representación femenina en el Tercer Reich, pero eso también significaba que las oportunidades de encontrar un trabajo después de mis estudios eran casi nulas.

Hitler pronunció un discurso rápido e improvisado, repleto de clichés y eslóganes manidos en el que justificaba la intervención en los Sudetes y los sufrimientos de la población alemana en esa región de Checoslovaquia. No aceptaba las propuestas de autonomía del gobierno checo y pedía la incorporación de aquellos territorios al Reich.

Mussolini subió al estrado con su típica postura desafiante, la barbilla en alto y los brazos en jarras. Parecía más joven que Hitler, aunque debía de tener unos pocos años más que él. Su cabeza completamente calva y su rostro rasurado le daban un cierto atractivo de hombre caballeroso. Su traje era más elegante y sus movimientos, más delicados, pero cuando comenzó a hablar utilizó el mismo dramatismo fascista que su anfitrión. De hecho, quedó evidente que en muchos sentidos Hitler lo imitaba en casi todo.

—Jóvenes de Alemania, el monstruo de la guerra parece aproximarse a nosotros, pero no os engañéis, vuestro amado Führer y yo no deseamos un conflicto. Las llamadas democracias nos ponen contras las cuerdas. ¿Qué debemos hacer? ¿Debemos escuchar la voz del pueblo que clama por libertad o la de los plutócratas que intentan someter a los pueblos soberanos? Somos dos naciones hermanas, herederas de un pasado glorioso que vuelve a renacer, no podrán impedir que los valores fascistas y nacionalsocialistas, la gran esperanza del mundo, sucumban ante la barbarie comunista. Estamos luchando en España para detener la marea roja, somos el único dique que puede salvar a la sociedad occidental.

Toda la sala comenzó a aclamar a Mussolini, Hitler lo miró con cierta suspicacia, pero al final levantó la mano y todos hicimos el saludo nazi. La reunión se relajó en parte y todo el mundo comenzó a tomar cerveza y algo de comida.

—¿Os ha gustado el discurso? —preguntó Eduardo.

—Bueno, al menos es una voz diferente, parece más masculino, menos tildado —dijo Ritter en voz baja.

—Son dos caras de la misma moneda. Hablan de paz, pero están deseando entrar en guerra. Lo que están haciendo en España es una canallada. Gracias a ellos se ha prolongado el conflicto y un golpe de Estado es ahora una Guerra Civil —dijo Eduardo, al que le dolía lo que sucedía en la «madre patria».

—Lo mismo pasa con los soviéticos —añadió Ernest.

—Son los sueños de tres tipos viejos que se niegan a reconocer que morirán. Stalin, Mussolini y Hitler, únicamente piensan en ellos mismos, son la megalomanía hecha persona —les dije sin dejar de observarlos. Los dos dictadores parecían disfrutar de la velada, a pesar de tener a toda Europa al borde de la guerra. Hitler siempre más tenso y formal, Mussolini lanzando escandalosas risotadas y piropeando a las camareras cada vez que se acercaban con más cerveza.

Goebbels, que no parecía disfrutar mucho de las celebraciones, al final se puso en pie. Nadie parecía hacerle mucho caso, hasta que dio un fuerte taconazo en la tarima.

—Camaradas, esta es una noche inolvidable. Hoy somos dos naciones, pero dentro de poco tiempo todos los países tendrán una liga de hombres extraordinarios, unidos por los valores de pueblo, nacionalsocialismo y raza. Nuestro ilustre invitado el Duce quiere saludar a la joven Alemania representada esta noche. Pido a los representantes de las asociaciones que se pongan en pie y vengan a saludar al Führer y al Duce.

Eduardo se giró hacia nosotros y entornó los ojos, después se puso en pie y camino desganado hasta la mesa presidencial. Esperó a que pasaran un par de personas y después saludó a Mussolini. Dio un paso y saludó a Hitler, volvió sonriendo y se sentó a nuestro lado.

—Bueno, ya has conocido a los dos hombres más grandes de Europa —bromeó Ritter.

Eduardo frunció el ceño, odiaba aquella pantomima. La Europa que estaban formando no se parecía a la que él había conocido diez años antes. Su veneno de odio había penetrado hasta lo más profundo de la sociedad.

—¿Qué te ha dicho Mussolini? —le pregunté, intentando continuar la broma.

—Lo de siempre. A todos les parece muy exótico que sea mexicano. Me preguntó que estudiaba y me dijo que algunos familiares suyos vivían en Argentina.

—¿Y qué te dijo Hitler? —dijo Ritter

—Simplemente comentó: ¿usted es el mexicano que me pidió ayuda para los latinos?

—¿Cómo podía recordar algo así? —dije, sorprendida.

—Al parecer, Hitler tiene una memoria prodigiosa, algo que temen especialmente sus enemigos —aseguró Ernest.

Antes de que terminase el acto, los dos dictadores abandonaron la sala con su séquito. Después, la multitud fue dispersándose poco a poco, hasta que únicamente quedamos algunos grupos dispersos. Salimos del local cuando ya estaba anocheciendo, caminamos por las casas repletas de esvásticas, que nos recodaban a cada paso que nos encontrábamos en el corazón mismo del estado nazi.

—Te acompañamos a casa y después nos iremos al apartamento —comentó Eduardo.

Ritter parecía algo mareado, como si no le hubiera sentado bien la cerveza, no dejó de sacar temas incendiarios y discutir con todos.

—Ya está bien. ¿Por qué no te callas? Si no sabes beber, es mejor que no lo hagas —le dijo ásperamente Ernest.

Llevaban muchos años juntos, pero a veces perdían el control y discutían.

—¿Me vas a mandar a callar? ¿Quién te has creído? Eres un amigo de los nazis, siempre con un familiar que te allane el terreno —le dijo Ritter, con el rostro encendido.

—Algunos de esos familiares han ayudado a Felipe y otros amigos cuando estaban en peligro. No veo por qué te molesta —contestó Ernest, encendido.

—No me gustan los hipócritas, siempre defendiendo la libertad y en contra de los nazis, pero aprovechándose del sistema. Eso es todo.

—Yo no soy un hipócrita, lo único que intento es sobrevivir.

—Con esa cara de niño bueno, puede que engañes a los demás, pero no a mí. Te conozco bien, y a toda tu familia, sois unos oportunistas. Seguro que le cuentas un montón de mentiras a Hanna en esas caminatas por la tarde. Os veo llegar desde el balcón, parece embelesada con tus cuentos.

Ernest se quedó callado unos segundos, después me miró y dijo indignado:

—Es eso lo que te molesta, ¿verdad? Te gusta Hanna y no soportas que tenga una mejor relación conmigo que contigo.

—Por favor, chicos, no me metáis en vuestras discusiones —les supliqué.

—Hanna tiene demasiada clase para andar con un tipo como tú —dijo Ritter apretando los puños.

Ernest se abalanzó sobre él y le soltó un fuerte puñetazo. Eduardo, que hasta ese momento se había mantenido al margen, intentó separarlos. Una patrulla de vigilancia nazi pasó justo en ese momento. El cabo se cruzó de brazos y nos dijo muy serio:

—¿Se puede saber qué está sucediendo aquí? No se pueden formar tumultos en las calles, y menos vistiendo ese uniforme. Tenéis que honrar al partido.

—Lo siento, cabo —comentó Eduardo—, mis amigos han bebido demasiado. Venimos del mitin del Führer con el Duce.

El hombre frunció el ceño, pero parecía sorprendido de que hubiéramos sido invitados a un mitin privado.

—Muy bien, pero están advertidos. Márchense a casa para dormir la borrachera. En la calle, máximo respeto a la bandera y el uniforme. ¡*Heil* Hitler!

Saludamos al nazi, pero, en cuanto la patrulla se marchó, Ritter se giró hacia nosotros y nos dijo:

—No volveré a estar en el mismo lugar en el que esté él. Tenéis que elegir. Mañana tomaré mis cosas y me mudaré de apartamento.

Nos quedamos sorprendidos. Las peleas entre ellos se habían olvidado pasados un par de días, pero en aquel caso Ritter parecía decidido a cortar la relación.

—Es una locura —comenté.

—La culpable eres tú, siempre coqueteando con los tres. ¿Por qué juegas con nosotros? Compórtate como una mujer y no pases el tiempo con tres amigos que estaban mejor sin ti.

Ritter se marchó calle arriba, mientras nosotros nos quedamos en silencio, sorprendidos por sus palabras. Sentí unas intensas ganas de llorar y me tapé la cara de rabia, no quería que me vieran así.

—¡Maldito cabrón! —dijo, furioso, Ernest—, le voy a partir la cara.

Eduardo le retuvo y después me miró.

—Lo siento, no les hagas mucho caso.

No hablé, caminé la corta distancia que me separaba del apartamento, las lágrimas caían por mis mejillas enrojecidas y sentía una fuerte opresión en el pecho. Al llegar a mi minúsculo apartamento, dejé el bolso a un lado y me derrumbé en la cama. Angustiada, no dejaba de repetirme que tenían razón, había jugado con todos ellos. No podía elegir a uno, los quería a los tres, aunque de manera diferente. Eran mis amigos. Siempre me habían dicho que la amistad entre un hombre y una mujer era imposible, que tarde o temprano se crean malentendidos, pero yo los quería, disfrutaba a su lado. Sin embargo, no quería atarme, menos aún en aquella etapa de mi vida. Ya tendría tiempo de formar una familia y dedicarme al hogar, pero no había sacrificado tantas cosas para nada. Mi carrera era muy importante, el régimen nazi quería borrar de la calle a las mujeres, convertirlas en sombras inanimadas, en ídolos huecos, de esos que se suben a un altar para que el polvo y el olvido los cubra por completo. El Régimen premiaba a las mujeres que no dejaban de tener hijos para el Estado, convirtiéndonos al resto en malas mujeres, que incumplían la única razón para la que fueron concebidas: traer nuevos nazis. No quise imaginar el mundo sin mis amigos, me sentía tan sola que aquella noche hubiera renunciado a todo, regresado a mi casa y me habría encerrado en mi casa para siempre.

CAPÍTULO 19

Múnich, 9 de noviembre de 1938

HAY DÍAS EN NUESTRA EXISTENCIA QUE todos recordamos dónde estábamos cuando sucedieron. Yo nunca podré olvidar la infame noche del 9 de noviembre de 1938. En las últimas semanas había evitado a los chicos. Ritter había pasado a mi lado en varias ocasiones sin saludarme, aunque yo siempre le hiciera un gesto con la mano o le sonriera. Ernest apenas se paraba a hablar conmigo, nuestros paseos después del estudio se habían acabado para siempre y lo echaba mucho de menos. Eduardo, en cambio, sí había hablado conmigo en varias ocasiones, aunque esporádicamente. Yo ya no asistía a los partidos de los sábados y me limitaba a las clases, la biblioteca y algunas caminatas por la tarde, para despejar un poco la cabeza de los libros.

Aquella tarde, mi hora de estudios se había alargado más de la cuenta, cuando bajé por la escalinata de la facultad, todo estaba a media luz, el único que permanecía en su sitio era Joseph, el conserje, un agradable hombre mayor con el que cada noche charlaba unos breves momentos antes de salir a la cruda noche de otoño.

—Señorita Aigner, ¿regresará caminando a casa?

—Sí, aunque hace un poco de frío, me viene bien para despejarme un poco, llevo horas estudiando —le comenté con una sonrisa.

—Es mejor que le pida un taxi. ¿No ha leído hoy el *Völkischer Beobachter?* —me preguntó, con el rostro desencajado.

—No, con los estudios no me da tiempo a leer nada más —le comenté, aunque la realidad era que procuraba leer la menor cantidad de prensa posible.

—Han asesinado a uno de los secretarios del embajador alemán en Francia, un tal Ernst vom Rath. Al parecer, ha sido un judío polaco llamado Herschel Grynszpan. Entró en su despachó y le disparó sin mediar palabra. Quería vengar la deportación de sus padres a Polonia.

—Algo de eso me contaron ayer. Se ha armado mucho revuelo y se han incendiado dos sinagogas en Viena —le contesté sin darle más importancia.

—Está noche se va a armar. He visto a muchos miembros de las Juventudes saliendo a la carrera, se prevén disturbios y no me gustaría que le sucediera nada —me dijo el conserje mientras me enseñaba el periódico.

El asesino parecía un chiquillo asustado, con el flequillo a un lado y una mirada triste, no era el peligroso terrorista del que todos hablaban.

—Iré directamente a mi apartamento —le prometí al conserje, aunque aquella noche fría no era buena idea pasear por la ciudad.

En ese momento escuché unos pasos a mi espalda, era Eduardo, que bajaba las escalinatas.

—¿Todavía aquí? —me preguntó.

—Sí, charlando con Joseph.

—Te acompaño a casa —me dijo mientras me agarraba del brazo.

—No hace falta, sé cuidarme yo solita —le contesté.

—Sí, por favor. Acompáñela, se temen disturbios contra propiedades judías por el atentado. No creo que en Múnich las cosas se tuerzan, pero es mejor no arriesgarse. Yo cierro y me marcho.

Salimos a la calle, la noche era cerrada, algo húmeda, pero parecía tan tranquila como todas las anteriores. Caminamos hacia el centro despacio, como si estuviéramos dando un paseo.

—Ernest no deja de hablar de ti, me va a volver loco —comentó Eduardo mientras se subía el cuello del abrigo.

—Pues conmigo apenas cruza una palabra —me quejé. Sentía como si de alguna manera los tres me estuvieran castigando.

—Ya sabes cómo es, en el fondo es un tímido. Cree que no quieres hablar con él.

Encogí los hombros y continuamos caminando. Apenas se veía gente por la calle, que, casi desierta, estaba muy calmada, tal vez demasiado.

Escuchamos el estruendo de unos cristales rotos y nos asustamos, miramos a un lado y vimos a unos camisas pardas lanzando piedras contra los cristales del almacén Uhlfelder. Los dependientes y los pocos clientes que había en la tienda a aquellas horas comenzaron a gritar, horrorizados. Los SA empezaron a saquear los escaparates hasta que salió el propietario, Max Uhlfelder.

—Pero ¿qué están haciendo? Hay clientes dentro, esto es una propiedad privada.

Uno de los nazis tomó al hombre por la corbata y comenzó a arrastrarlo hasta que perdió el equilibrio. El hombre se aferraba a su cuello medio asfixiado. Sus hijos salieron a socorrerlo, pero varios SA los apresaron y los metieron en una furgoneta.

Los clientes comenzaron a abandonar el establecimiento en silencio, apartando la mirada de los camisas pardas, como si ignorar lo que sucedía fuera suficiente para no ver la realidad. Los dependientes salieron en mangas de camisa, la mayoría eran golpeados por los nazis hasta que lograban escapar por los callejones.

—Vámonos —le supliqué a Eduardo. Temblaba, pero no era por el frío que se introducía debajo de mi grueso abrigo de lana, aquella noche parecía sacada de un cuento de horror macabro. Las últimas normas cívicas habían desaparecido para dejar lugar al desenfreno, el desprecio por la vida y el sadismo.

Intentamos atajar por la calles menos concurridas, pero por todos lados se escuchaba el estallido de cristales, los gritos de los judíos apresados en sus propias casas y los niños pequeños llorando asustados mientras sus madres intentaban tranquilizarlos.

Giramos por una de la calles y observamos el cielo iluminado por las llamas, una de las sinagogas más importantes de la ciudad ardía ante nuestros ojos. La Sinagoga de la Herzog-Rudolf-Strasse, con su majestuosa cúpula, crujía a punto de derrumbarse, mientras los nazis, ebrios de alcohol y rabia, orinaban sobre los libros sagrados de los judíos, que lloraban de rodillas a su lado o se golpeaban el pecho.

Salimos por otra bocacalle, no podíamos evitar los disturbios y, como el apartamento de Eduardo estaba más cerca, nos dirigimos allí con la esperanza de encerrarnos en la casa.

Escuchamos a nuestro lado un fuerte golpe, desde una de las casas alguien arrojaba al vacío cuadros rasgados por la mitad.

No queríamos correr, para que los nazis no pensaran que éramos judíos, pero intentábamos caminar los más rápido posible. Estábamos a pocas cuadras del apartamento cuando observamos el palacio Planegg, la residencia de barón Von Hirsch, unos de los judíos más conocidos de la ciudad; una turba lo estaba asaltando.

Llegamos a nuestro edificio exhaustos, teníamos las piernas entumecidas por el terror paralizante y el esfuerzo. Escuchamos una música a todo volumen, era el *Bei der blonden Kathrein*, los nazis la utilizaban para disimular los gritos de sus víctimas. Mientras subíamos, nos cruzamos con dos niños pequeños y la señora Zuckmayer.

—Por favor, llamen a la policía. Están apresando y pegando a todos los judíos— nos dijo con una voz temblorosa.

El rostro moreno de la mujer mostraba su desesperación. Los niños se aferraban a sus piernas y lloraban con la voz entrecortada.

—¿La policía? Está por todas partes, pero no hace nada —le expliqué a la vecina.

La mujer nos miró como si no entendiese nada. ¿Cómo la policía no iba a socorrer a ciudadanos inocentes?

—Venga —le dije, y nos metimos en la casa. Eduardo cerró la puerta con llave, intentó que los niños se tranquilizaran y se asomó entre los visillos de las ventanas.

El apartamento estaba vacío. Ernest debía de estar de camino y Ritter hacía unas semanas que se había trasladado a un cuarto cercano, en otro apartamento del mismo edificio.

—No está Ernest, voy a preguntarle a Ritter —me dijo acercándose a la puerta.

—Los SA están en el edificio.

—No me harán nada. Estate tranquila, Hanna —me dijo mientras me acariciaba las mejillas.

Abrió la puerta y salió al pasillo, donde continuaba la música a todo volumen. Me acerqué a la mujer e intenté calmarla.

—Mi marido está en su despacho, no logrará llegar hasta aquí. Dios mío, ¿qué haremos sin él? —dijo la mujer, en voz baja para que no la escucharan los niños.

—Cuando desahoguen su furia, se marcharán —le dije con la voz calmada, aunque por dentro me sentía casi tan asustada como ella.

Escuché voces en la escalera y observé por la mirilla. Ritter y Eduardo discutían con unos nazis. Los SA llevaban al vecino, el esposo de la señora Zuckmayer, escaleras abajo.

—No ha hecho nada. Dejadlo en paz —les gritó Eduardo.

—Estos cerdos judíos han asesinado a un alemán, no descansaremos hasta que todos ellos se marchen del país o estén muertos —le gritó a la cara un chico de apenas quince años.

—Por favor —dijo el hombre, con la cara ensangrentada.

—No, nos lo llevamos —dijo el joven, y lo empujó escaleras abajo.

—¡Maldita sea! —gritó Eduardo perdiendo la paciencia.

Antes de que le lanzara sus puños, escuché a alguien que subía por las escaleras, era Ernest.

—No le hagan nada. Soy el primo de George Lüneburg, oficial de las SS y mano derecha de Himmler.

Los nazis se quedaron paralizados de repente, se quitaron la gorra y se fueron escaleras abajo.

El hombre se agarró al abrigo de Ernest agradeciéndole su ayuda.

—Levántese —dijo mientras los cuatro se dirigían a la puerta. Les abrí y cerré rápidamente detrás de ellos.

En cuanto la mujer vio a su esposo, corrió hacia él y comenzó a llorar, los niños se aferraron a los dos, mientras nosotros los observábamos desde el otro lado. Agradecí al cielo no tener hijos ni estar casada, no quería ni imaginar la angustia que aquella mujer debía de sentir por su familia. Mientras eres dueña de tu destino, aunque puedas perder la vida, que es lo más preciado que poseemos, el no ver sufrir a las personas que más amas, es al menos un pequeño consuelo. Pensé en mis padres y hermanos, recé para que no les hubiera pasado nada. No eran judíos, pero en aquella noche de furia. Cualquiera podía asesinar y agredir sin piedad, con la excusa de que sospechaba que el otro era judío o un traidor a Alemania.

—Nos alegra que hayas podido llegar sano y salvo —le dijo Eduardo a Ernest.

—Lo que está sucediendo en la ciudad es un verdadero infierno. He visto varios cuerpos muertos tirados por las aceras, cientos de escaparates rotos, objetos arrojados por las ventanas, nazis torturando a ancianos medio desnudos por las calles. Los SA cargan bolsos con lo que han robado, aunque lo más desolador que he visto ha sido a un grupo de niños saqueando una juguetería judía. Hasta los niños han perdido su inocencia. Dios mío —dijo Ernest, que, después de demostrar su valor frente a los nazis de la escalera, parecía totalmente agotado.

—Yo vi a un grupo de mujeres judías desfilando desnudas. Una que se negó a hacerlo fue golpeada y todos los que pasaban tenían que escupirles —contó Ritter, horrorizado.

Los dos amigos se miraron por unos instantes, llevaban semanas sin hablarse, pero aquella noche terrible nos había mostrado a todos lo insignificantes que éramos. ¿De qué servía el orgullo? Nuestra amistad era más importante que todo eso.

Eduardo se abrazó a los dos a la vez.

—Chicos, no merece la pena que su amistad se pierda para siempre. Por favor, hagan las paces.

Ernest y Ritter se miraron con el ceño fruncido, pero al final las lágrimas de la tensión y de las emociones acumuladas se derramaron por sus mejillas rojas.

—¿Sabes que eres un cabezón? —bromeó Ernest.

—No me digas —contestó Ritter.

Los dos se dieron la mano y en unos instantes los cuatro nos abrazamos, respirando aliviados al sentirnos a salvo.

La familia Zuckmayer se acercó y nos dio las gracias por lo que habíamos hecho por ellos, querían regresar a su apartamento.

—Será mejor que pasen la noche aquí. Esos sádicos pueden volver —comentó Eduardo.

—No queremos importunarlos más —contestó el hombre, que tenía aún la cara cubierta de sangre.

—Nos apañaremos —dije, mientras les llevaba al cuarto vacío que antes ocupaba Ritter.

—Los demás dormiremos en el salón y tú en mi habitación —dijo Eduardo, mientras buscaba unas almohadas.

Preparé algo para cenar, unas patatas cocidas y un poco de pescado salado. Los niños se habían quedado dormidos, pero la pareja se sentó con nosotros a la mesa.

Al principio comimos en silencio, hasta que la mujer comenzó a hablar.

—Somos de una ciudad pequeña al sur, nos trasladamos hace un año a Múnich. Las cosas son mucho peor en las localidades pequeñas y los pueblos. Todos nos conocemos y la gente puede llegar a ser muy cruel. Otros, por temor, dejaron de hablar con nosotros. Mi esposo es abogado, ya no puede atender ni a los propios judíos, tampoco presentarse como abogado en un tribunal. Vivimos de algunos asesoramientos y la contabilidad de algunas empresas. Ya no sabemos qué hacer.

—¿No han pensado en salir del país? —le dijo Eduardo. No quería parecer grosero, pero muchos judíos veían en el exilio la única forma de escapar del terror nazi.

—¿A dónde? Hemos acudido a cinco consulados, en todos nos han dicho que el cupo de este año para judíos está completo. No tenemos mucho dinero, pero, aunque lleguemos a la frontera de Suiza o Francia, nos devolverán a Alemania. Nadie nos quiere, todos prefieren que nos quedemos aquí, hasta que los nazis nos maten a golpes o de hambre. Mis hijos llevan semanas comiendo algo de pan, patatas y poco más. Perdonen que les cuente todo esto —dijo, algo avergonzada, al ver nuestra caras de desolación.

—¿Han probado en el consulado de México? Tal vez pueda ayudarles —dijo Eduardo.

—Le estaríamos muy agradecidos —contestó la mujer.

—Mañana haré una llamada. No les prometo nada, pero al menos lo intentaré —comentó Eduardo.

Terminamos la cena sin mucha prisa, como si temiéramos reunirnos con nuestras pesadillas, aunque estábamos casi convencidos de que no podían ser peores que la realidad que nos atenazaba. No nos acostumbrábamos al horror, de hecho, nos negábamos a hacerlo. Mientras quedara en nosotros el menor atisbo de humanidad, seguiríamos aferrándonos a nuestra humanidad. Al menos, no nos podrían robar aquello que los nazis habían perdido hacía mucho tiempo, la misericordia, esa extraña capacidad para compadecer a los que nos rodean y sentir que su dolor forma una parte ineludible del nuestro.

CAPÍTULO 20

Múnich, 15 de junio de 1939

NO QUERÍA ODIAR, PERO NO PODÍA evitarlo. Me habían enseñado desde adolescente que Adolf Hitler era el salvador de Alemania, que todo lo bueno que había en nuestro país era gracias a su labor y clarividencia, pero aquel monstruo detestable estaba destruyendo todo en lo que creíamos. Ya no era capaz de reconocer a la gente de mi país. La alegría de vivir, su capacidad de luchar contra la adversidad, de superar los problemas, había dejado paso a un casi total sometimiento. Estábamos regresando a una Edad Media oscura, repleta de monstruos, héroes de papel, banderas e himnos que nos asfixiaban con su mensaje ramplón y sensiblero. Me negaba a odiar a mi país, pero cada vez me costaba más vivir en él.

Los últimos días del curso fueron los más difíciles para todos nosotros. Aquella camaradería que nos había mantenido a salvo durante nuestros estudios estaba a punto de desaparecer. Tras los exámenes, regresaríamos a nuestras casas, solos e indefensos, arrojados en medio de lobos.

Ernest y yo pasábamos mucho tiempo juntos, incluso hacíamos planes para el futuro, pero éramos conscientes de que estábamos atravesando el umbral de los sueños, del final de la primera juventud, cuando uno cree que puede atrapar el mundo entre sus manos. Su familia era muy estricta y le había buscado un trabajo en Berlín. No verían con buenos ojos que nos casáramos sin dinero ahorrado, sin un trabajo seguro que nos ayudara a sobrevivir. Mi familia tenía menos recursos; además, nunca había oído hablar de Ernest, ya que hasta yo misma unos meses antes no tenía claro cuáles eran mis sentimientos hacia él. Ritter parecía haberse acostumbrado a nuestra relación y, aunque a veces podía observar cómo le asomaba la tristeza a sus grandes ojos grises, intentaba disimularla, contagiado por nuestra inocente felicidad.

Nos vimos en la facultad, era temprano y muchos estudiantes, ajenos a la tensión que se respiraba por todas partes y a los rumores de una guerra inminente, intentaban concentrarse en sus exámenes. Es increíble la yuxtaposición que se da entre la realidad cotidiana y los grandes acontecimientos históricos, que parecen engullir las pequeñas cosas en la hoguera de los hechos generales. Mis preocupaciones parecían vacuas ante una inminente guerra con Polonia y, posiblemente, una guerra a gran escala en Europa. Hitler había logrado imponer su voluntad en la incorporación de varios territorios, la mayoría de las veces mostrando su arbitrario proceder, siempre mediante la simulación de un acto de defensa frente a los agravios.

La supuesta indiferencia de los estudiantes únicamente parecía alterada por la tristeza. Algo soplaba en el ambiente, una especie de viento cálido que anunciaba que el verano que se aproximaba no tardaría en convertirse en el más crudo invierno.

—¿Estás bien? —me preguntó Ernest, que en los últimos meses había aprendido a leer en mi rostro hasta el más pequeño gesto de tristeza.

—No sé si me puede la nostalgia o la incertidumbre. ¿Qué pasará con todos nosotros?

—¿A qué te refieres? ¿A nuestra amistad?

—A nuestra amistad, a nuestra vida, a esta tierra que amo y me duele en el alma.

—Nosotros seguiremos siendo amigos. Todo se arreglará, tendremos una vida feliz y placentera —comentó Ernest con poco convencimiento, como si sus palabras intentasen exorcizar sus propios temores.

Ritter y Eduardo aparecieron por el fondo del pasillo, llevaban las manos cargadas de libros y apuntes. Charlaban entre ellos y su semblante sosegado me devolvió algo de tranquilidad. Por un instante, tuve la sensación de que todo seguía igual y de que la realidad no podría robarnos lo que habíamos construido en esos años.

—Bueno, hoy es el último examen —dijo Eduardo, que parecía alegrarse de la proximidad de su partida. Desde hacía meses había decidido vivir centrado en el futuro, para no tener que recordar los últimos años o simplemente como una medida de autoprotección.

—Tengo que ir por mi nota —comenté.

—¿La del profesor Reck? —me preguntó Eduardo.

—Sí. Ese hombre es tan particular...

—Te acompaño, yo también tengo que verlo —me dijo, mientras Ernest y Ritter se quedaban en la biblioteca.

Caminamos en silencio hasta el despacho. Creo que era la primera vez que estábamos solos desde la noche en la que lo besé. Eduardo se había comportado como un caballero, era demasiado leal para hacerme daño. Del tipo de persona que antepone su deber a sus sentimientos. En cierto sentido, lo admiraba, yo no podía comportarme de la misma forma.

—Te veo algo triste —me dijo delante de la puerta del profesor.

—No sé, será el agotamiento de los exámenes, la vuelta a casa, la incertidumbre...

—Los cambios no son fáciles, pero seguro que todo irá bien —contestó con una media sonrisa.

—No me gustan las palabras amables que esconden la realidad —le dije encogiendo los hombros, algo molesta. No quería que me tratasen como una niña pequeña. Puede que las mujeres parezcamos frágiles por fuera, pero nuestro interior es mucho más fuerte de lo que ningún hombre podría imaginar.

Eduardo me miró sorprendido, aunque recuperó enseguida su semblante sereno.

—Siento haberte ofendido. Lo único que quería confesarte es que tengo mucha fe en vosotros, creo que conseguiréis lo que os propongáis.

—No entiendes nada. No conseguiremos lo que nos propongamos, el mundo no nos dejará conseguirlo. ¿No te das cuenta de lo que sucede a nuestro alrededor? Nos van a llevar a una guerra y, entonces, ¿qué podremos hacer nosotros para continuar con las riendas de nuestro destino?

Un alumno salió del despacho y el profesor pidió que entrase el siguiente. Al vernos pasar a la vez, frunció el ceño.

—¿Tanto miedo me tienen?

—No, teníamos que venir para que no diera la nota —le contesté, algo molesta. No me gustaba su actitud arrogante y prepotente.

—Bueno señorita, creo que son sus últimos exámenes, dentro de poco tendrá que enfrentarse a la realidad. Sus años de estudio, por difíciles que le hayan parecido, eran la antesala de la vida.

—Pues la antesala no ha sido nada agradable —refunfuñé, molesta.

—La entiendo, no les ha tocado vivir en una época fácil —dijo el hombre, con la mirada perdida.

Me sorprendió su actitud. Siempre lo había considerado un profesor huraño, exigente y antipático.

—Sus notas son excelentes, le deseo lo mejor —dijo entregándome el boletín.

—Gracias.

Después miró a Eduardo y le entregó sus notas.

—Sobresalientes. Buen trabajo. ¿Cuándo se marcha para México?

Eduardo pareció sorprenderse ante la pregunta.

—En agosto, en cuanto tenga el título —contestó.

—Espero que pueda aplicar lo aprendido aquí en su país. América es un continente joven, pueden construir el mundo que deseen. Europa está condenada a la decadencia. Todos nosotros somos rehenes de la chusma, de una horda de simios viciosos. Ese maldito conductor de tranvías —comentó refiriéndose a Hitler—, sin forma concreta, con sus facciones gelatinosas y grasientas, lleva a Alemania a la destrucción, mientras la mayoría parece hipnotizada por su verborrea. Nunca pensé que pudiera alegrarme de ver próxima la muerte. Imagino que ustedes no lo entenderán, pero no quiero seguir viviendo en un mundo como este. Esa chusma amoral, con la que comparto mi nacionalidad, no es consciente de su propia degradación, sino que intenta exigirnos a todos la misma brutalidad y violencia.

La reflexión del profesor nos dejó sin palabras. No entendíamos cómo se atrevía a expresar en voz alta todo lo que sentía. Nos quedamos mudos, nos habíamos acostumbrado a no opinar o protegernos, el miedo es siempre el mejor aliado de los extremistas.

—Cuídense, yo ya he tomado mi decisión. Esos nazis son de una vacuidad espantosa, como muestra su mirada vacía, que únicamente refleja su brutalidad histérica. Hoy he recibido la carta de mi despido. Después de cuarenta años en la enseñanza, he sido echado como un perro por no pertenecer al partido. No puedo vender mi alma al diablo.

—Lo siento —contestó, lacónico, Eduardo.

Los ojos del hombre se humedecieron, pero la expresión de su cara cambió por completo, como si sus palabras lo hubieran liberado de una tremenda carga.

—Esos salvajes convertirán en cenizas las obras de arte y la cultura de Europa, y lo peor es que no serán capaces de darse cuenta del nivel de degradación en el que están cayendo. Adiós, les deseo lo mejor.

Salimos del despacho inquietos. Temerosos de que alguien hubiera podido escuchar la conversación. En ese momento, únicamente pensábamos en salvar nuestras vidas, sin darnos cuenta de que la única forma de escapar de aquel infierno era enfrentándonos a él, la pasividad aumentaba la fuerza de los extremistas y nos conducía a todos hacia el desastre.

—Necesito salir —dijo Eduardo, angustiado, como si un calor insoportable estuviera consumiéndolo por dentro.

El jardín de la facultad estaba precioso, las flores en el borde de los senderos parecían indicar el camino a la felicidad de los simples, de aquellos que se limitan a vivir sin pensar nunca en las consecuencias. Después me eché a llorar en el hombro de Eduardo, mi corazón pareció romperse aquella mañana. De alguna manera, fui consciente de que nada podía ya salvarnos, pero también de que no dejaría de luchar mientras me quedara algo de aliento.

CAPÍTULO 21

Múnich, 30 de agosto de 1939

EL DÍA DE LA GRADUACIÓN PARECÍA absolutamente surrealista. Europa entera se encontraba expectante por la situación del conflicto en Polonia. Nos teníamos que preparar para recibir nuestro título de Ingenieros en Química por la Universidad Tecnológica de Múnich. Los chicos vinieron a recogerme en coche. Estaban muy guapos con los birretes y las togas, aunque, en un último intento de fastidiarnos la ceremonia, el centro nos había obligado a examinarnos de los veinticinco principios básicos del nacionalsocialismo, tanto de manera oral como escrita. Llegamos pronto a la ceremonia con una mezcla de sensaciones. Por un lado, nos sentíamos nerviosos; por el otro, ansiosos por terminar aquella etapa y comenzar la próxima.

Eduardo tenía preparado el equipaje, al día siguiente partiría en tren a Bremen, para después tomar un barco hacia Londres. No había logrado un pasaje directo a México, pero parecía que se contentaba con alejarse lo más posible de Alemania. Los rumores de guerra de los últimos días se habían convertido en gritos. Hitler había lanzado un ultimátum a Polonia para que cediera a sus presiones ese mismo día, de lo contrario, utilizaría la fuerza. Los países democráticos estaban enviando tropas a Francia y teníamos la sensación de que el mundo se hundía lentamente en un pozo profundo.

Intentamos apartar todos aquellos fantasmas de nuestra cabeza. En los últimos años, habíamos aprendido a vivir el presente, ya que el futuro se nos antojaba, como mínimo, angustioso.

—Estás muy guapa —me dijo Ernest nada más verme.

Sonreí y entré en el coche. Cuando llegamos al edificio principal en el que se celebraría el acto, más de un centenar de compañeros esperaban junto a sus familias. Mis padres no habían podido asistir a la ceremonia, tampoco los del resto de mis compañeros, pero, en cierto sentido, en los últimos tiempos, a pesar de los problemas, habíamos logrado formar una especie de hermandad que superaba los lazos familiares. Si algo nos caracterizaba a los cuatro, era la relación fría y distante con nuestras familias, y eso posiblemente nos había unido en medio de las dificultades de aquella década que parecía llegar a su fin.

Subimos los escalones de dos en dos, como si ya no pudiéramos esperar más, ansiosos por asomarnos al precipicio de la vida adulta. Llegamos al salón de actos y ocupamos nuestras posiciones. El rector subió a la tribuna. Sobre su toga llevaba una cinta con la esvástica que resaltaba aún más su enorme barriga. Nos observó con cierta lástima y paternalismo, le debíamos de parecer como ovejas a punto de ser sacrificadas.

—Estudiantes, ingenieros, hombres del Tercer Reich, hijos de Alemania. Hoy es un día histórico, ya que se mezclan en nuestro ánimo el final y el principio de algo nuevo. Cada etapa de la vida tiene su sabor agridulce, en cada década sacrificamos algo de nosotros mismos para convertirnos en los hombres que tomen el relevo de la siguiente generación. El Führer os ha dado la fuerza de la voluntad, servís a una Alemania nueva, que busca su posición en la historia, y estáis llamados a grandes cosas. Este título es mucho más que el fruto de vuestro individualismo, debéis entregarlo al servicio de la comunidad alemana para la construcción de un Reich de mil años.

El medio millar de asistentes aplaudió las palabras del rector. Previo a la entrega de diplomas, el mejor alumno de la promoción debía dar el discurso para los estudiantes. Antes de que el rector llamase a Eduardo, nos giramos hacia él con una sonrisa. Nos sentíamos orgullosos de que fuera el mejor de la promoción.

—Eduardo Collignon, el alumno más brillante de la promoción de 1939, nos dirigirá un breve discurso.

Todo el auditorio comenzó a aplaudir de nuevo y Eduardo se puso en pie. Caminó con calma hasta la plataforma y se dirigió al estrado. No parecía nervioso, tampoco impresionado por el auditorio, y no llevaba notas, como si hubiera memorizado lo que tenía que decir.

—Llegué hace diez años a este país, casi he vivido más tiempo en Alemania que en México, la tierra que me vio nacer. Cada generación, mi familia ha enviado a sus hijos para que no perdiéramos nuestra esencia alemana; mi padre y mi abuelo pisaron el amado suelo de esta tierra antes que yo. Los Collignon no hemos querido cortar nunca el cordón umbilical que nos unía a nuestra patria, por eso me siento honrado y agradecido por el hecho de que a un alemán de la periferia se le conceda el honor de representar a toda nuestra promoción.

Todos volvieron a aplaudir hasta que Eduardo levantó las manos.

—La química es la ciencia que estudia la composición, estructura y propiedades de la materia, así como los cambios que esta experimenta. Todo nos puede parecer estático, pero en el fondo está inmerso en un profundo y constante cambio. Nosotros mismos, nuestros cuerpos, se regeneran constantemente y, en cierto sentido, somos muchos yoes, que se transforman incluso el día de nuestra muerte. Existe una armonía en la naturaleza, un equilibrio que, cuando se rompe, tiende rápidamente a volver al equilibro. Cada generación supone, en cierto sentido, una ruptura, un cambio o transformación. Queridos compañeros, tenemos en nuestras manos el futuro, nuestra generación dirigirá el mundo dentro de veinte años y por eso cabe preguntarse: «¿Qué mundo queremos construir?».

Se extendió un murmullo por toda la sala, las palabras de nuestro amigo sonaban demasiado liberales a los oídos nazis. El lenguaje y la palabra habían sido los primeros rehenes de los extremistas. De alguna manera, nos habían estrangulado al robarnos la voluntad de comunicarnos y expresar ciertas palabras.

—Somos químicos, alquimistas en cierto sentido, podemos alterar la naturaleza, pero debemos saber que eso siempre supone un coste, que en cada cambio se esconde una oportunidad y un peligro. La mezcla de dos compuestos puede crear un adhesivo que fusione y sea irrompible o una explosión que destruya todo lo que amamos. Esta gran nación fue forjada por hombres capaces de superar sus pequeñas diferencias, hasta convertirnos en la potencia que somos. Nuestro pueblo superó guerras, adversidades, injusticias y nos enfrentamos a nuevos retos, pero nuestra misión como alemanes es no perder nuestra esencia, aquello que nos ha convertido en lo que somos. Somos personas honradas, justas, juiciosas, trabajadoras, serias, capaces de unirse frente a la adversidad. Nuestros principios están fundamentados en los valores que heredamos de nuestros mayores y que constituyen la verdadera comunidad alemana. Químicos, amigos, compañeros, que nuestro servicio a Alemania esté siempre dirigido por la fuerza de nuestras convicciones, los principios que nos enseñaron nuestros padres y los valores eternos que han regido Germania desde la noche de los tiempos. Soy alemán, soy hijo de esta hermosa tierra y me llevó a México en el corazón todo lo que he aprendido junto a vosotros.

Se hizo un gran silencio, la audiencia, aleccionada como perros amaestrados, no sabía cómo reaccionar. La libertad no es solo un derecho, es ante todo una práctica, aquellos esclavos complacientes se sentían aturdidos ante el discurso de Eduardo, pero más por lo que insinuaba que por lo que decía.

Me puse en pie y comencé a aplaudir. Ernest y Ritter me imitaron y a los pocos minutos todos los estudiantes estaban ovacionando a Eduardo. El resto del público se unió tímidamente al principio, pero con entusiasmo al final, parecían sedientos de verdad, tan acostumbrados como estaban a devorar cada día las mentiras de la prensa y la radio del régimen. Los últimos en levantarse fueron los profesores, que miraron serios a Eduardo, mientras que un par de ellos aplaudieron tímidamente sus palabras.

El rector le entregó el título con el ceño fruncido y después todos fuimos desfilando por la plataforma mientras los padres y demás familiares no dejaban de aplaudir.

Al terminar la ceremonia nos dirigimos a la salida, pero antes de atravesar la puerta nos pararon cuatro estudiantes. Los conocíamos perfectamente, en el fondo, después de tantos años juntos, sabíamos cuáles eran las posturas de cada uno.

—Mexicanito, será mejor que te marches hoy mismo, ya nos has tocado suficiente los cojones. Para nosotros no eres más que un mestizo, un paria, no te mereces vivir en Alemania —dijo uno de los líderes del partido en la facultad.

—Gracias por la invitación, no te preocupes, me marcharé mañana temprano —dijo Eduardo con el mentón en alto.

—Tranquilos, todos nos iremos de vuestra querida ciudad —dijo Ritter retando con la mirada al nazi.

—Sois unos malditos traidores, pero no os preocupéis, también llegará vuestra hora. Si Alemania entra en guerra ya no habrá lugar para los que se mantienen todavía tibios —respondió el fanfarrón nazi.

Nos dirigimos hasta el coche, Eduardo cambió el gesto para tratar de alegrar el ambiente y comentó:

—Nuestra última cena y cerveza juntos. Alegrad esa cara. Lanzó el birrete por los aires y todos lo imitamos. Nos montamos en el pequeño coche y nos dirigimos hasta una de las cervecerías que solíamos frecuentar. La orquesta ya estaba tocando canciones regionales y la conversación de los parroquianos parecía animarse bajo una espesa nube de tabaco entre el tintineo de las jarras de cerveza. Nos sentamos en una mesa apartada, aquella noche necesitábamos sentir que estábamos solos en el mundo.

—Increíble discurso —dijo Ernest, mientras daba palmadas en la espalda a Eduardo.

—Gracias, no sabía cómo expresar mi opinión sin poner en peligro a los que escuchaban, sobre todo a vosotros. Yo me marcho mañana, pero vosotros os quedáis —dijo, con una sombra de tristeza en la mirada.

—Mañana será otro día. Hoy tenemos que disfrutar —comentó Ritter, proponiendo un brindis—. Que la amistad que nos ha unido nunca nos abandone, amigos para siempre.

Brindamos con una sonrisa en los labios, parecía que por un instante se despejaba aquel cielo plomizo, aquellos rumores de guerra, y podíamos al fin respirar tranquilos.

—Os voy a echar de menos. Sabéis que siempre que queráis podéis venir a visitarme.

—Gracias, Eduardo —dije mientras apoyaba mi cabeza en el hombro de Ernest.

—¿Qué harás en Berlín? —preguntó Eduardo a Ritter.

—Bueno, imagino que buscar trabajo.

—Nosotros igual, creo que hay mucho en la industria farmacéutica —le comenté, nerviosa.

—Bueno, espero una invitación vuestra dentro de poco —bromeó Eduardo y después golpeamos con fuerza las jarras.

Cenamos codillo, su sabor y su jugosidad nos hicieron recuperar fuerzas y estuvimos charlando casi hasta el cierre del local. Salimos al frescor de la noche y acompañamos a Eduardo a su casa.

—¿De verdad prefieres que no te acompañemos a la estación mañana? —le pregunté por última vez.

—Las despedidas son siempre difíciles, no quiero sentir que me separo de vosotros, es un simple hasta pronto.

Comenzamos a abrazarlo por turnos, pero al final nos fundimos con nuestros brazos alrededor de su espalda. Los sollozos parecían amortiguarse con el viento que comenzó a soplar de repente.

—Quiero que hagamos un juramento esta noche. Prometedme que nos volveremos a ver todos dentro de diez años. No importa lo que haya pasado en nuestras vidas, nos reuniremos para hablar de los viejos tiempos y ponernos al día. Estáis invitados a México, yo mismo correré con todos los gastos.

—Sí no tienes dónde caerte muerto —bromeó Ritter.

—Espero que dentro de diez años seré un potentado —contestó secándose las lágrimas de los ojos.

Lo miramos con el corazón en un puño, él hizo un gesto con la mano mientras se dirigía al portal. Abrió la puerta y desapareció entre las sombras del recibidor. Nos quedamos unos segundos mirando a la nada, esperando tal vez que regresara con una broma, nos sonriera e hiciera uno de sus chistes. Aquello parecía una pesadilla, pero las peores son siempre las que tenemos despiertos.

Ernest y Ritter me acompañaron a casa. Caminamos con pesadez, como si lleváramos una pesada carga. Ritter se apartó unos metros para que me pudiera despedir de Ernest y, al abrazarlo, comencé a llorar de nuevo.

—No te preocupes, volveremos a verlo. A veces las vida se toma un paréntesis, para recordarnos que la felicidad nunca es un regalo, siempre es fruto del esfuerzo —dijo Ernest.

—Lo siento, pero estoy muy triste —le dije entre sollozos.

—Vamos a comenzar una nueva vida. ¿No es emocionante?

—¿En un mundo a punto de estallar? —le dije, aunque enseguida me arrepentí de mis palabras. Estábamos construyendo nuestro futuro y yo lanzaba sobre la persona que más amaba mis dudas y amargura.

Ernest no pareció enfadarse, me apretó las mejillas con ambas manos y me miró a los ojos con tal dulzura que ya no me importó nada más.

En el apartamento me esperaban en cajas todas mis pertenencias, aquel desorden anunciaba que todo iba a cambiar para siempre, pero en ese momento sentí que la emoción lograba vencer al temor. La esperanza es lo único que nos salva de la desolación completa. Pensé en cómo sería mi vida en unos años. Me vi en el laboratorio con mi bata blanca, los niños que vendrían y la vida juntos, y aquel cuarto oscuro se iluminó de felicidad. Las cosas pequeñas son el secreto de la verdadera alegría. La sustancia de la que se alimenta nuestra alma. Recordé con emoción lo que habíamos vivido todos aquellos años. Los momentos de temor que tanto nos habían unido, las alegrías y las tristezas; eso era en definitiva existir, convertirnos en la mejor versión de nosotros mismos. Nunca los caminos rectos te llevan al lugar al que quieres llegar, es el camino estrecho y serpenteante que se separa del ancho camino de la perdición, por donde corren despreocupadas las muchedumbres, donde realmente nos sentimos libres. Cuando el ruido de la multitud complaciente o amedrentada nos impide pensar de manera clara, la soledad es la mejor compañera de la verdad,.

Me tumbé en la cama vestida, mirando el techo blanco, mientras el sueño comenzaba a invadir mi mente. Los alemanes únicamente podíamos ser libres cuando nos dejábamos abrazar por Morfeo, en su reino no se escuchaban las botas militares desfilando, los himnos repletos de odio y violencia ni los gritos exasperantes del diabólico y oscuro líder de Alemania, lo único que oía era el susurro de la vida derramándose minuto a minuto en el océano infinito del tiempo.

CUARTA PARTE

Ernest

CAPÍTULO 22

Auschwitz, 12 de febrero de 1944

ES TERRIBLE PENSAR QUE MUCHOS PUEBLOS consideran a todo extranjero como a un enemigo. Mi problema ha sido siempre ver a todos como a hermanos. La humanidad me parece una familia, aunque, como todas las familias, está compuesta por una gran diversidad de gente y, ante todo, por personas buenas y respetables. Eso no quiere decir que no sea consciente de que hay un mal que parece sobrevolar el mundo; que las personas más honradas y justas, en determinadas circunstancias son capaces de las acciones más aberrantes. Siempre he discutido de estas cosas con Hanna. Ella piensa que los hombres no pueden corromperse más allá de lo que están dispuestos, no cree que todos seamos capaces de convertirnos en monstruos. Tal vez sea por su educación moderna, por sus ideas ilustradas, con su famoso mito de la bondad humana frente a una sociedad que corrompe. En el fondo, siempre es cuestión de elección y de libertad, aunque no todos tenemos la misma fuerza interior y la misma capacidad para controlar nuestros impulsos más primarios.

Tras un año en Sachsenhausen, llegar a un nuevo campo me parecía algo completamente rutinario. Aún recuerdo la llegada a la estación de Oranienburg y cómo sus vecinos salieron a insultarnos, escupirnos y arrojarnos piedras. Nunca he entendido cómo se puede odiar a un extraño. Tal vez no se odia a los desconocidos, simplemente

Eduardo y Mario Collignon de la Peña. Alemania, ca. 1936.

Mario y Eduardo Collignon en una visita a Alemania en 1931.

Eduardo Collignon Stephenson en Alemania 1928.

Varias imágenes de Eduardo Collignon durante su estancia en Alemania en 1932.

Eduardo y Mario Collignon con unos
amigos en Alemania

Eduardo Collignon.

Eduardo Collignon
con su padre.

Autor frente al Reichstag en Berlín.

Oficiales de las SS en Auschwitz.

Campo de Sachsenhausen, cerca de Berlín.

Hotel Zoo de Berlín.

Entrada del Zoo de Berlín.

Varias imágenes de
prisioneros en campos de
concentración alemanes.

Una de las facultades de la
Babylon Platz en Berlín.

Altes Museum (Museo Antiguo) de Berlín.

Monumento dedicado a los judíos en Berlín.

Piezas del Campo de Sachsenhausen.

Piezas del Campo de Sachsenhausen.

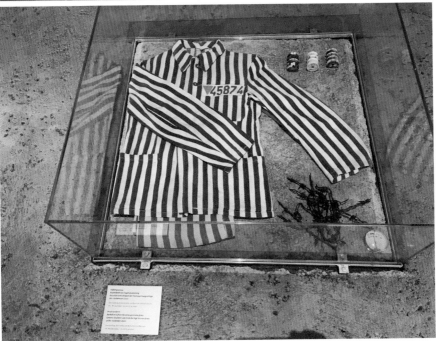

Boicot a las tiendas judías en Alemania.

Noche de los Cristales Rotos en Alemania.

DIE TECHNISCHE HOCHSCHULE MÜNCHEN

ERTEILT MIT DIESER URKUNDE AUF GRUND DER VERORDNUNG
VOM 10. JANUAR 1901

DEM STUDIERENDEN DES CHEMISCHEN FACHES

HERRN *Eduardo Guillermo Collignon*,

GEBOREN AM *29. November 1914* ZU *Guadalajara, Jalisco,*

DEN AKADEMISCHEN GRAD EINES

DIPLOM-INGENIEURS

NACHDEM ER DEN BESITZ EINES VORSCHRIFTSMÄSSIGEN REIFE-
ZEUGNISSES SOWIE DIE VORGESCHRIEBENEN HOCHSCHULSTUDIEN
NACHGEWIESEN UND DIE ORDNUNGSMÄSSIGE DIPLOM-PRÜFUNG
FÜR DAS CHEMISCHE FACH UND ZWAR
DIE VORPRÜFUNG AN DER TECHNISCHEN HOCHSCHULE IN
München IM JAHRE *1937* MIT DEM GESAMTURTEIL
„*Gut bestanden*"
DIE HAUPTPRÜFUNG IM JAHRE *1939* MIT DEM GESAMTURTEIL
„*Sehr gut bestanden*"
ABGELEGT HAT.

DIE EINZELERGEBNISSE DER HAUPTPRÜFUNG SIND IN DEM
NACHFOLGENDEN AUSZUG AUS DER PRÜFUNGSNIEDERSCHRIFT
ZUSAMMENGESTELLT. FÜR DIE VORPRÜFUNG IST SEINERZEIT
EIN GESONDERTES ZEUGNIS AUSGEFERTIGT WORDEN.

MÜNCHEN, DEN *30. August 1939.*

DER REKTOR
DER TECHNISCHEN
HOCHSCHULE

i. V.

DER VORSITZENDE DES
DIPLOM-HAUPTPRÜFUNGS-
AUSSCHUSSES

W. Hieber.

Certificado alemán de licenciatura de Eduardo Collignon, fechado en agosto de 1939.

Palacio de la ciudad de Postdam.

Entrada del Campo de concentración de Sachsenhausen.

Jardines del complejo palaciego de Postdam.

Entrada del Campo
de concentración de
Sachsenhausen con el
lema en alemán de «El
trabajo os hará libres».

Grupo de guardas de un campo de concentración alemán.

Eduardo Collignon y su
esposa Amparo Goribar.

se desprecia una idea, un tipo de persona o simplemente se sigue la corriente, sin ni siquiera reflexionar por qué lanzamos piedras a unos desconocidos asustados y agotados.

Era principios del otoño, pero ya hacía un frío endiablado. Caminábamos de dos en dos, con la vista baja y la sensación de que nos habíamos convertido en subhumanos. Una semana antes, disfrutaba con Hanna un día campestre en Postdam. Nos lo habíamos permitido, tras casi tres años sin vacaciones. Dado mi puesto en la Universidad de Berlín y mis investigaciones químicas, que servían para el esfuerzo bélico, me había librado de ir al frente. Conocía a decenas de antiguos amigos y compañeros que habían muerto en Rusia o en África del Norte, pero nosotros parecíamos vivir en una especie de felicidad ininterrumpida. Aquel día visitamos el palacio de Sansoucci, la antigua morada de Federico el Grande, y nos sorprendió comprobar que las huellas del tiempo continuaban mostrándonos lo banal que podía llegar a ser todo. Los reyes más poderosos, aunque lograran rodearse de belleza, eran tan mortales como nosotros. Nos besamos en los suntuosos jardines, junto a la pequeña casa china, y comimos en un rincón apartado, antes de regresar caminando al pueblo. Tomamos café con leche y unos pastelitos, después tomamos el tren de regreso. La tarde era fría y el otoño cubría con rojos y ocres las hojas que se resistían a caer. Hanna se apoyó en mi hombro y contemplamos los densos bosques que rodeaban Berlín. Muy pocas veces hablábamos de los amigos. El primer año nos habíamos mandado varias cartas, pero el correo fue empeorando a medida que la guerra avanzaba y perdimos el contacto. Ahora que parecía que Alemania perdería de nuevo, los servicios públicos apenas funcionaban y el temor a que los rusos entraran por las fronteras del Este nos mantenía a todos aterrorizados. Bajamos en Friedrichstrasse y caminamos hasta nuestro pequeño apartamento en Berlín, con la sensación de que la vida era inmutable y el mal no podía alcanzarnos. Qué equivocados estábamos. Al acercarnos al portal, dos hombres con abrigos largos y sombrero nos abordaron. Tras pedirnos los papeles, nos metieron violentamente en un viejo Mercedes y el coche salió a toda velocidad hasta el edificio de la Gestapo en la Prinz-Albercht. Nos miramos varias veces, intentando que nuestras pupilas lograran expresar lo que nuestros labios mudos no podían. Hanna temblaba, sus ojos cubiertos de lágrimas me dejaron paralizado. Cuando uno ama, no teme lo que pueda sucederle, pero le aterroriza imaginar el sufrimiento de la única persona que le importa en el mundo. Antes de que nos empujaran fuera del vehículo, los jardines impolutos, aún cubiertos de flores, parecían ocultar que nos encontrábamos justo a las puertas del propio infierno. Subimos a empujones unas escalinatas y a la entrada nos separaron. El agente me empujaba hacia la derecha; al mismo tiempo, dos mujeres tomaron de ambos brazos a Hanna y la llevaron a rastras, mientras gritaba mi nombre. Fue la última palabra que escuché de sus labios.

La muerte es un regalo cuando dos hombres llevan horas torturándote. Sentía las costillas rotas, los moratones por todo el abdomen y la espalda, los ojos hinchados, que apenas me dejaban ver, las piernas doloridas y la cabeza embotada, como si me hubieran dado alguna sustancia, aunque imaginaba que más bien era el dolor que me atravesaba todo el cuerpo y me convertía en un guiñapo, una especie de muñeco roto, con el que la Gestapo quería pasar un buen rato.

Me lanzaban preguntas entre golpe y golpe, pero nunca me dejaban contestar, como si ya supieran las respuestas o, peor aún, como si no les sirvieran para nada. En el Tercer Reich no existía la presunción de inocencia, si el Estado te metía en una de sus sórdidas cárceles, terminabas en algún campo de concentración o muerto. Tampoco conocías de qué te acusaban, lo único que escuchabas eran insultos y amenazas, sobre todo con matar, violar o torturar a Hanna. Al final, firmé la declaración que me pusieron delante, pero no lograron que delatase a nadie. Para su sorpresa, antes de que me mandaran de nuevo al calabozo oscuro y húmedo de los sótanos del edificio, les confesé que era judío. Me escupieron en la cara, me golpearon de nuevo hasta agotar sus brazos y añadieron a mano la nueva declaración. Aquella confesión me salvó la vida, pero sobre todo fue consoladora. Llevaba toda mi vida ocultando el pasado judío de mi familia, intentado pasar desapercibido, pero, en aquel momento, el hecho de ser judío me salvó de un fusilamiento casi inmediato. Los nazis asesinaban sin piedad a partisanos y a cualquier ciudadano que osara levantarse contra ellos, espiar o sabotear sus planes, pero, según las leyes del Reich, los judíos debíamos ser encerrados en campos de concentración si no teníamos delitos de sangre.

Ahora, mientras el tren se detenía en una fría estepa, frente a una estación minúscula de ferrocarril, todo aquello carecía de importancia. Llevaba meses sin saber nada de Hanna. Desde aquella despedida amarga en el edificio de la Gestapo, no nos habíamos vuelto a ver. A veces soñaba con ella, pero los gritos de los kapos de mi barracón en Sachesenhausen me despertaban sobresaltado, con la sensación angustiosa de tener que luchar por sobrevivir, aunque mi mente quisiera rendirse. La rutina me salvó en parte, pero sobre todo la distancia, el poder mirar las cosas con cierta perspectiva, analizar lo que me estaba sucediendo y ver cuáles eran las posibilidades de supervivencia.

Auschwitz no era totalmente desconocido para mí, algunos prisioneros habían escuchado de los guardas que aquel campo era especial, una especie de última estación de la que nadie regresaba jamás.

Nos obligaron a caminar en filas de dos por una carretera vieja hasta unas puertas altas. En el frente se leía el mismo mensaje que en Sachesenhausen: *Arbeit macht frei* (El trabajo libera). La nieve cubría en parte las bases de las letras, descansaba sobre los reflectores, los tejados y las alambradas. Los edificios de ladrillo rojo daban al campo un aspecto cuartelario, por lo que pensé enseguida que mis compañeros habían exagerado al describir el campo. Era muy normal que las exageraciones, las leyendas y todo tipo de bulos circulasen por los barracones. En cierto sentido, nos habían arrancado de la realidad. Una de las cosas que habíamos descubierto todos era que la felicidad perfecta no existía, pero tampoco la felicidad imperfecta. Era suficiente encontrarnos un pequeño trozo de carne en nuestro plato o una minúscula manzana para sonreír como un niño en la noche de Navidad.

Nos hicieron caminar hasta un barracón, subimos tres escalones y nos empujaron hacia un cuarto grande. Un prisionero vestido con el uniforme de rayas azules nos preguntó el nombre. Después nos llevaron a empujones a un cuarto más amplio, nos dijeron que nos desnudáramos. Dejamos en un lado el abrigo, el uniforme carcelario y los jirones de nuestra ropa interior. Algunos se tapaban las vergüenzas con las manos, pero los que ya éramos veteranos no conservábamos el más mínimo pudor. Los nazis conseguían deshumanizarnos, aunque lo que ellos no entendían era que, al anestesiarnos los sentimientos, nos hacían más fuertes.

—¿Nos van a matar? —me preguntó Marco, un crío de apenas catorce años, de origen italiano. Me había contado en los tres días de viaje en tren que había llegado como trabajador a Alemania unos meses antes. Las SS buscaban mano de obra barata por toda Europa y no era muy difícil que, debido al hambre y las penurias que atravesaban la mayoría de los países, muchos incautos aceptaran convertirse en sus esclavos. Marco fue enviado a una fábrica de armamento en Hamburgo, pero tenía tanta hambre que robó un poco de comida de la cocina de la fábrica y fue enviado a Sachesenhausen. Allí lo conocí poco antes de que nos enviaran a Auschwitz.

—No creo que se tomen tantas molestias con nosotros, todavía les somos útiles —le dije en un susurro.

La mayoría de los prisioneros permanecían en silencio, con la cabeza agachada y la mente en blanco. Siempre nos encontrábamos en la tesitura de intentar pasar desapercibidos, pero que al mismo tiempo los nazis nos vieran como personas, que sintieran nuestra individualidad. Hacernos valiosos o imprescindibles era la única forma de sobrevivir.

En un cuarto, justo al lado, vimos un pequeño lavabo, una gota caía golpeando el sanitario y la mirábamos deseosos. Estábamos sedientos, lo único que podía ser peor a tres días sin comida era tres días sin agua. En el tren en el que viajábamos, dos jóvenes madres gritaban pidiendo agua mientras sus hijos colgaban de sus pechos secos.

Unos alemanes entraron en la sala bramando, mientras nos empujaban a la habitación de al lado. Yo entendía lo que decían, pero los prisioneros extranjeros los miraban horrorizados sin comprender nada, azuzados por los gritos, que parecían ladridos furiosos. Aldo, el padre de una de las niñas más bonitas del tren, tardó en reaccionar más de la cuenta y recibió varios bastonazos en la espalda. Aún recordaba a la niña de tres años, mientras sus padres la bañaban cuidadosamente en un cubo de zinc, con el agua templada de la máquina del tren. Los padres la habían pagado a precio de oro el primer día de viaje; hoy todos hubiéramos matado por un pequeño trago de esa agua enjabonada y sucia.

Unos prisioneros estaban frente a unas sillas medio rotas, llevaban navajas en las manos, nos sentaron con brusquedad y pasaron la cuchilla mellada por nuestra cabeza. Era doloroso y humillante, pero fueron rápidos y nos empujaron de nuevo a otra sala. Había agua por el suelo y algunos se inclinaron para beber. Aldo vio a un soldado de las SS y se acercó ingenuamente hasta él para preguntarle por su mujer y su hija.

—Judío, esto no es una escuela rabínica, es un centro de reeducación, no sé ni me importa dónde se encuentra la puta de tu mujer.

Aldo pareció reaccionar al insulto, pero Marco y yo lo tomamos por los brazos y dio un paso atrás. Los platos de ducha comenzaron a funcionar y todos recibimos el agua caliente entre la sorpresa y la alegría. La gente abría la boca para beber, otros simplemente dejaban que el agua purificara sus cuerpos agotados, pero el pequeño placer no duró más de cinco minutos. Al salir de uno en uno nos frotaron una solución azulada, parecía DDT, los ojos nos escocían y el aire parecía solidificarse, nos costaba respirar. Nos hicieron salir a la noche gélida y correr hasta otro barracón. Allí había unos hombres sentados en unas mesas bajas de madera raída con manchas de sangre oscura. Nos agarraron del brazo y, antes de que nos diésemos cuenta, nos tatuaron un número. Apenas nos dio tiempo a reaccionar ante el dolor, nos empujaron a un nuevo cuarto con uniformes y zapatos. Un kapo nos apremiaba para que nos vistiéramos y después nos hicieron formar frente al barracón.

El kapo comenzó a hacer preguntas en un alemán casi ininteligible sobre qué profesiones teníamos: carpinteros, zapateros, albañiles, fontaneros, cocineros, curtidores, dentistas...

Me preocupé al no escuchar nada sobre química o una carrera profesional. Hasta que pronunció las palabras «médicos, farmacéuticos» y levanté la mano. El kapo me hizo un gesto y me puse con los médicos. Entonces llegó un guarda y le dijo algo.

—Vosotros, todos juntos —nos dijo al grupo profesional.

Los grupos profesionales marcharon hacia un barracón cercano, pero a nosotros nos empujaron de nuevo hacia la puerta del campo.

Un anciano caminaba en dirección contraria, llevaba el símbolo de los delincuentes comunes. Al pasar a su lado le pregunté.

—¿Dónde nos llevan?

—Sobráis, vais a Birkenau, allí os buscaran trabajo en alguna fábrica.

El gesto del hombre no dejaba lugar a duda, nos miraba con cierta lástima. Nosotros caminábamos resignados. Al acercarnos a la salida, un SS levantó la barrera y se me quedó mirando unos segundos, llevaba la cara embozada por el frío, pero vi sus ojos claros brillar en la noche. La oscuridad a la que nos enviaban únicamente estaba atravesada por las linternas que, como luciérnagas mecánicas, nos indicaban el camino a la nada absoluta, al limbo de los parias de la tierra.

CAPÍTULO 23

Auschwitz, 13 de febrero de 1944

LLEGAMOS AL AMANECER. LA TÍMIDA LUZ de invierno iluminaba el edificio de la entrada. Nos hicieron parar y formar hasta
que los guardas nos permitieron el paso. Las puertas de hierro se
abrieron, nos esperábamos algo similar a Auschwitz, pero Birkenau
era muy distinto. Una inmensa avenida de barro se extendía más allá
de la vista, los raíles terminaban más o menos hacia la mitad de la gran
explanada. A un lado y al otro había campos acotados por alambradas
y unos terraplenes cubiertos de nieve. Caminamos sobre el suelo duro
y helado, la nieve cristalizada retumbaba bajo los zuecos de madera
que nos habían dado. Nos dolían los pies, el frío nos había calado hasta
los huesos y el hambre nos mantenía en un estado de semiinconscien-
cia. A esa hora, los prisioneros ya formaban en las explanadas delante
de las barracas. La mayoría llevaba el traje de presidiario raído y su
extrema delgadez era patente aun desde la distancia. El viento frío los
sacudía como juncos, pero intentaban mantenerse erguidos durante
el recuento. Nos llevaron al primer campamento, que al parecer era
el que la mayoría visitaba antes de su reubicación definitiva. Nos uni-
mos al resto de nuestros nuevos compañeros, aunque Marco y Aldo
se quedaron a mi lado. De alguna manera, creíamos que el permanecer juntos al menos nos ayudaría a soportar todo aquello de una
manera mejor. Durante más de una hora, cada kapo contó las filas de

sus barracones, hasta que el guarda SS tomó nota y ordenó con un grito atronador que cada grupo fuera al trabajo. La mayoría salió del recinto, pero a nosotros nos habían colocado con un comando encargado del mantenimiento de Birkenau. El grupo realizaba labores de cuidado, arreglo y ampliación de los campos. Justo al lado de Birkenau se estaba creando el nuevo campo llamado México, para alojar a más esclavos, aunque todavía no estaba terminado.

Nuestro kapo se llamaba Markus Minnemann, llevaba en Auschwitz casi desde el principio. Había sido trasladado desde Sachsenhausen en agosto de 1940, tenía todos los contactos y la confianza de Karl Fritsch y del comandante de Auschwitz en ese momento, Arthur Liebehenschel.

—¡Más rápido, perros! —comenzó a gritar Minnemann, mientras nos golpeaba con un látigo. Teníamos que asfaltar una de las calles principales. El betún de color plomo estaba muy caliente, pero al contacto con el suelo helado se enfriaba con rapidez. Debíamos verterlo para que una apisonadora lo aplastara. Nosotros tres lanzábamos de la carretilla el asfalto y volvíamos a por más, pero uno de los prisioneros más débiles se quedaba atascado y retrasaba la marcha de todos. Tras cuatro horas agotadoras, el hombre de tez morena se tambaleaba y parecía totalmente agotado. Se acercó de nuevo al camino, pero se le venció la carretilla y se derrumbó sobre el asfalto caliente. Comenzó a retorcerse de dolor. Marco y yo nos acercamos para levantarlo, pero Minnemann lanzó un grito y nos quedamos paralizados.

El kapo se metió con su obeso cuerpo en la cabina de la apisonadora y, con los ojos desencajados, movió la palanca de aceleración. El pobre prisionero intentó moverse, pero el alquitrán caliente le aprisionaba la ropa. La apisonadora se aproximó hasta llegar a su pierna derecha y comenzó a aplastarla. Los guardas de las SS que nos custodiaban se reían y hacían apuestas para ver cuánto tiempo tardaría en morir aplastado aquel pobre diablo. No sé por qué reaccioné así, ya que en medio año que llevaba preso siempre había intentado sobrevivir y mirar para otro lado, pero salté sobre el asfalto y tiré del hombre.

—¿Qué haces? —gritó, furioso, el kapo, que ya se relamía con el premio que los guardianes le darían por alegrarles un poco el día con aquella atrocidad. Marcos y Aldo intentaron detenerme, pero al final

logré tirar del prisionero y sacarlo justo a tiempo de ser aplastado por la apisonadora.

—¡Maldito hijo de puta! —gritó el kapo. Saltó de la cabina con una agilidad increíble, comenzó a golpearme con su vara de madera, hasta que la redujo a un montón de astillas. Después agarró al hombre de la camisa y lo lanzó de nuevo al asfalto. El prisionero cayó boca abajo, incapaz de ponerse de pie. El kapo subió de nuevo a la apisonadora y comenzó a aplastarlo. Levanté la cabeza y vi cómo la plancha gigante de hierro iba prensando sus piernas, después llegaba hasta la cintura y provocaba un último grito del hombre antes de desmayarse.

Los guardas le lanzaron un par de paquetes de cigarrillos y el kapo encendió uno mientras la apisonadora terminaba de rematar al prisionero.

Minnemann bajó de la cabina y me ordenó que me pusiera en pie. Apenas podía sostenerme, pero logré enderezarme con dificultad. El kapo me tomó por el cuello y comenzó a zarandearme, me encontraba tan débil y aturdido que me sacudió sin control hasta que me empujó hacia los SS. Los guardas me tomaron cada uno de un brazo y me arrastraron por la nieve. Antes de llegar a la puerta principal había perdido el conocimiento.

Me desperté atado, alguien gritaba a mi lado, pero cuando intenté girarme sentí un fuerte dolor en los hombros. Tenía los brazos atados desde atrás al techo, estábamos en una habitación aguardillada, pero mi cuerpo se tambaleaba, en cada movimiento tenía la horrible sensación de que los brazos se me separarían del tronco.

Al final, pude ver al hombre que gemía a mi lado. Debía de tener más de sesenta años, o al menos los aparentaba. Tenía cabellos finos y blancos y los ojos cerrados. El anciano comenzó a rezar, creo que en latín, después levantó la cabeza y me miró.

—Hijo, siento que estés aquí. Esos verdugos son muy crueles, pero ten fe.

Yo me pregunté a cuál dios debía dirigirme. Me habían criado como protestante, pero era de origen judío. Muy pocas veces había entrado en una iglesia y apenas conocía los rudimentos de la fe.

—Estas bestias pagarán un día por sus crímenes —me dijo, después siguió rezando.

Un fuerte dolor en los hombros me hizo gritar:

—¡Dios mío!

Un guarda de las SS entró en la habitación iluminada escasamente por dos ventanas completamente sucias.

—¡Deja al muchacho! —gritó el anciano echando sangre por la boca.

El guarda se giró hacia él, furioso. Cortó la cuerda y el anciano se desplomó bruscamente en el suelo.

—¡Maldito cura! Ya veremos cómo te protege tu Dios —dijo el guarda mientras arrastraba al sacerdote por el suelo y lo acercaba a la estufa que estaba al otro lado de la sala.

El sudor me recorría la frente y me empañaba los ojos, pero logré observar la terrible escena. El guarda abrió con un gancho la boca de la estufa de coque y agitó las brasas ardientes. Después miró al anciano y le introdujo la cabeza dentro.

Los gritos se ahogaban dentro de la estufa de hierro, pero las piernas del hombre se movían compulsivamente, golpeando el suelo de madera.

El guarda sacó la cabeza del anciano, el pelo aún ardía y su rostro desfigurado parecía una masa gelatinosa sin forma.

—Ya se ha callado, mejor —dijo mientras lo arrojaba al suelo inconsciente. Después se acercó a mí. Comencé a temblar y llorar como un niño. Gritaba el nombre de mi madre, sollozaba y gemía, aunque era consciente de que nadie vendría a salvarme.

El nazi parecía disfrutar con mis gritos. Al darme cuenta, logré recuperar el control y callarme. No quería que disfrutara con mi sufrimiento. Tenía que recuperar el control, era la única manera de salir con vida y volver a ver a Hanna. Aquello era lo único que me importaba.

—¡Ya no gritas como una rata!

El nazi comenzó a golpearme en el vientre, pero lo que más me dolía era el zarandeo, que me doblaba un poco más los hombros y me hacía sentir como si la espalda se partiese en dos.

Escuché la puerta, abrí los ojos y una figura se desdibujó en medio de la claridad. No veía con claridad, apenas podía oír, mi cabeza comenzaba a desconectarse de nuevo, estaba a punto de perder el conocimiento.

—Soldado, déjeme a mí —escuché antes de perder el conocimiento.

Un cubo de agua fría me despertó. Miré alrededor, pero mis brazos estaban tan doloridos que un latigazo me hizo quedar sin respiración. Unas botas relucientes delante de la cara me indicaron que no estaba solo.

—Ernest —dijo una voz suave, después el hombre se puso en cuclillas. Vi su uniforme de color verde nuevo y las insignias que brillaban a la luz de la bombilla.

Llevaba meses sin escuchar mi nombre, apenas me acordaba de cómo me llamaba. En los campos eras un número, una insignificante pieza en el engranaje de exterminio de los nazis. Unos brazos que, cuando dejaran de ser útiles, serían arrojados a las llamas hasta convertirse en cenizas, borrando tu memoria de la faz de la tierra.

—Ernest, Dios mío. ¿Estás bien? — preguntó el hombre pasando su mano por mi rostro. El contacto de sus dedos me hizo estremecer. Los prisioneros nunca éramos tocados, únicamente recibíamos golpes, puntapiés, latigazos, pero, como apestados, nadie nos tocaba jamás.

Levanté la cabeza asustado, temiendo que aquel fuera otro juego sádico de mis verdugos. Desconfiaba de todo el mundo, aun de aquellos que parecían ser amigos. En el campo, la única manera de sobrevivir era estar siempre en guardia, los que se despistaban acababan muertos o heridos.

—Soy yo —dijo el guarda.

Fruncí el ceño e intenté que mis ojos enfocaran correctamente. En los últimos años había perdido algo de vista, pero desde mi encierro sentía que había empeorado notablemente.

—¿Ritter? —pregunté asombrado. Los rasgos parecían los mismos, aunque mi amigo había ganado algo de peso, el pelo castaño comenzaba a emblanquecerse por las sienes y llevaba un bigote pequeño.

—Sí, soy Ritter.

Al escuchar su nombre, algo se rompió dentro de mi ser. Me incliné hasta poder abrazarlo y comencé a llorar. Durante unos segundos, permanecimos abrazados, sintiendo uno el corazón del otro. Tal vez con el temor de que, cuando nuestros cuerpos se separaran de nuevo, volveríamos a ser verdugo y víctima.

—Te vi esta mañana muy temprano. Tenía el turno de noche y estaba a punto de cambiar la guardia cuando salisteis. No te reconocí al principio, vestido así, sin pelo y tan escuálido. Algo me decía que eras tú, pero no quería creerlo. Lo último que deseaba era verte encerrado en este infierno —dijo atropelladamente, como si las palabras le quemaran en la lengua. Más tarde comprendí su soledad, no era fácil ser un ser humano en Auschwitz, rodeado siempre de bestias feroces que no sentían la más mínima compasión por nadie.

Las lágrimas me caían por los lados de la cara hasta los oídos, no dejaba de mirarlo, aunque una mezcla de sentimientos me hacía alegrarme a medias. Aquel no era el lugar en el que hubiera deseado encontrarlo, mucho menos como enemigo, pero el destino, siempre caprichoso, parecía jugar con todos nosotros, como si fuéramos marionetas de un teatrillo improvisado.

—Gracias a Dios que me he enterado de que te trasladaban al Pabellón 11 de Auschwitz. Uno de mis compañeros está encargado del registro, esta mañana descubrí cuál era tu número. El bestia de Max te habría reventado en menos de una hora.

Me ayudó a incorporarme, sentía los brazos muy doloridos, las costillas se me hincaban en la carne delgada y los moratones por todo el cuerpo me hacían reaccionar al más mínimo contacto.

—Pasarás unos días en la enfermería, ya me he encargado de eso. Después intentaré reubicarte en otra parte. Caíste en el peor comando de Birkenau, pero no te preocupes, yo cuidaré de ti.

Sus palabras no terminaron de tranquilizarme, me parecía estar en medio de un sueño y que en cualquier momento me despertaría. Ritter me ayudó a caminar hasta la puerta, bajamos con dificultad las escaleras de madera y llegamos al umbral del bloque 11. Mientras salíamos a la calle, no era consciente de que muy pocos presos habían escapado con vida de allí. Nos dirigimos hasta el barracón de la enfermería. Uno de los enfermeros con la estrella amarilla nos ayudó y me llevaron a un cuarto con algo más de una veintena de camas. Me tumbaron y, apenas sentí el contacto de las sábanas limpias y el colchón rodeando mi espalda, me eché a llorar. Había olvidado que los pequeños placeres de la vida eran capaces de producir una inmensa felicidad. Nos habían privado de todo, nos habían convertido en animales, pero en cuanto el aroma a limpio de las sábanas me envolvió volví, en cierto sentido, a ser un hombre.

CAPÍTULO 24

LA MÚSICA ME DESPERTÓ, AL PRINCIPIO no logré reconocerla, pero después me di cuenta de que era *Rosamunda*, de Franz Schubert, los prisioneros deben de estar marchando a sus trabajos, sus pasos retumban en el suelo helado y por unos instantes la melodía logra que mi corazón se estremezca. Recordé a Hanna, el violín que tantas veces tocaba para mí cuando se acordaba de su infancia. Las lágrimas recorrían mi rostro y me incorporé en la cama. En cuanto a ánimo, me encontraba muy bien, llevaba meses sin sentir tanta agilidad y fuerza. Aunque la salud me había devuelto la melancolía. Cuando estás sacudido por la fatiga, el hambre, la sed y el miedo, apenas puedes pensar, pero en ese momento me veía fuerte y mi cabeza recordaba, se estremecía y añoraba.

A mi lado estaba Kazimierz, un profesor polaco. Lo habían encerrado por sus escritos políticos, se sentía muy débil, el trabajo físico agotador y la mala alimentación lo habían puesto al borde de la muerte. Era el tercer compañero de cama que tenía. Los otros dos habían muerto, incapaces de superar la fatiga de vivir en un lugar como este, aunque a veces pienso que habían alcanzado la paz que yo anhelaba. Al fin y al cabo, la muerte es algo liberador cuando la vida consiste en perder tu identidad, recibir palos y morirte de hambre después de un día de trabajo agotador.

Nuestros corazones continuaban latiendo, ignorantes de que su mecánico compás prolongaba una agonía terrible, totalmente inhumana.

—¿Ya te has despertado? —me preguntó el profesor en un alemán correcto.

—La música puede resucitar a un muerto.

—Eso lo saben esas malditas bestias, por eso nos tocan al salir a trabajar y al regreso. De alguna manera, quieren apaciguar nuestra alma, con ese mínimo gesto de humanidad, para que no luchemos, para que nos dejemos llevar por los compases de nuestra propia marcha fúnebre. La música nos conduce a la guerra, al sepulcro, pero también nos recuerda los días felices. Nos hace sentir esperanza. Mientras tengamos aunque sea una pequeña brizna de fe, nos mantendremos con vida. Esa es nuestra gran tragedia. Si vivimos, ellos triunfan; si morimos, triunfan igualmente.

Las palabras del profesor terminaron de devolverme a la realidad.

El médico entró en la sala y todos los enfermos comenzaron a pedirle medicamentos y comida o le rogaron permanecer más tiempo en la enfermería. El doctor los atendió con paciencia, aunque cada vez tenía menos remedios que darles y la comida escaseaba.

Al llegar a mi lado, se sentó en la cama y me examinó brevemente.

—Hoy saldrás de aquí. El sargento Ritter me ha entregado la ficha para tu nuevo destino. Por ahora servirás en el comedor de las SS. Es un buen lugar, tendrás comida extra, no es muy duro el trabajo, aunque permanecer tan cerca de las bestias puede ser muy peligroso. Recuerda no dirigirte a ellos directamente, no mirarlos a los ojos, no contestar y obedecer sin rechistar. Has tenido mucha suerte. Sin los cuidados médicos estarías muerto. Tus huesos han soldado bien y tienes una forma física envidiable.

—Gracias, doctor.

—Los camareros visten uniforme y zapatos de verdad, tienen abrigo y pueden vivir en un pabellón con camas y calefacción. Espero que eso te permita aguantar. No olvides que estas malditas bestias están perdiendo la guerra. Los bombardeos sobre ciudades alemanas son continuos.

Las últimas palabras del doctor me inquietaron. Varias veces había sido testigo de los bombardeos sobre Berlín, el terror en el rostro de la gente, los edificios ardiendo y las sirenas que parecían taladrar nuestro cerebro.

—¿Qué ciudades? —le pregunté, inquieto.

—Una de las más afectadas es Stuttgart, pero casi todas las ciudades grandes están tocadas. Al parecer, los aliados avanzan por Italia. Dentro de poco llegarán a Alemania —dijo el médico, más como un deseo que como una realidad. El ejército alemán aún resistía en todos los frentes.

El doctor siguió la ronda y yo me puse en pie. Me vestí con el uniforme de preso y miré por última vez por la ventana. Los árboles aún no habían recuperado sus hojas, pero parecía que el frío comenzaba a ceder lentamente.

—Espero que tenga mucha suerte, usted es joven y tiene toda la vida por delante —dijo el profesor. Sus palabras me sonaron a despedida. Había visto desaparecer a tantas personas que la muerte se había convertido en algo cotidiano, casi había perdido su significado para mí, pero aquella despedida logró conmoverme. Aquel hombre, en otra época, hubiera sido considerado un orgullo para su país, pero en Auschwitz era poco más que un despojo de carne para arrojar a los perros.

—Espero que se recupere pronto —le comenté para animarlo.

—No nos engañemos, la muerte es la menor de mis preocupaciones, no aguantaré ni una semana trabajando a la intemperie. Llevo casi dos meses en cama gracias a la generosidad del doctor, pero en la próxima selección me enviarán a las cámaras.

Aquel comentario me dejó sorprendido. Durante el corto espacio de tiempo en Auschwitz no había escuchado hablar de nada parecido. En dos semanas, apenas había tenido fuerzas para moverme y pasaba la mayor parte del tiempo dormido. Ritter me enviaba mensajes a través del doctor, pero no se atrevía a venir en persona, para no levantar sospechas. Mi visión de aquel lugar se limitaba a mi llegada, al terrible episodio en Birkenau y al Pabellón 11.

—No es una cosa de la que la gente hable en voz alta, pero en Birkenau hay unas cámaras de gas. Parecen unas duchas corrientes, pero allí encierran a las personas que no son seleccionadas para el trabajo. Mujeres embarazadas, niños, ancianos o enfermos son cada día asesinados y después incinerados.

Las palabras del anciano me dejaron sorprendido al principio. Llevaba una parte de mi vida adulta conviviendo con el nazismo, pero me costaba creer que hubieran llegado a tal grado de brutalidad. Después me sentí horrorizado y pensé en Hanna. No tenía noticias de ella. ¿La habrían soltado tras los interrogatorios? Aún no sabíamos de qué nos acusaban oficialmente, aunque durante años habíamos mantenido contacto con alumnos y exalumnos de Múnich que intentaban resistir pacíficamente a los nazis. Quizás algún prisionero había revelado nuestros nombres tras un interrogatorio.

—¿Cómo lo sabe? —le pregunté, todavía confuso.

—Las chimeneas están de día y de noche en funcionamiento, el olor a carne y pelo quemados es terrible, cada día llegan trenes repletos de prisioneros que simplemente desaparecen. ¿Ha visto algún niño en Auschwitz? Los matan a todos, incluso a los que nacen clandestinamente. En cuanto los descubren, las guardianas los asesinan.

Me quedé helado, pensé en Aldo, lo que les había sucedido a su mujer y a su pobre hija de tres años en cuanto llegamos a Auschwitz. Si continuaba con vida, estaría horrorizado. Me alegré de no haber tenido hijos. Varias veces nos lo habíamos planteado, pero las dificultades económicas y el estallido de la guerra nos habían hecho cambiar de idea.

La poca alegría que había logrado acumular aquella mañana se disipó con rapidez. Por desgracia, la felicidad estaba prohibida en un lugar como aquel. Ni siquiera nuestros carceleros eran felices, por eso se pasaban el día anestesiando su conciencia con alcohol y todo tipo de sustancias.

Me despedí de todos los compañeros de enfermería. Siempre intentaba no encariñarme mucho con otras personas, pero era imposible mantenerse distante por completo. En cuanto conocías su historia, su pasado, que era lo único que nos quedaba a todos, terminabas sintiendo su desdicha, aunque tú fueras igual de desdichado.

Atravesar la puerta de la enfermería era enfrentarse de nuevo al caos que representaba Auschwitz. En ningún campo de concentración había una lógica, unas normas que te aseguraran la supervivencia. El reglamento constituía una forma más de tortura, pero los guardas podían saltárselo en cualquier momento y asesinar sin rendir cuentas ni dar explicaciones. Nuestra vida no valía nada, menos que nada. En el fondo, éramos un estorbo, una boca menos que alimentar, y nuestra muerte significaba un paso más en la pureza racial anhelada por los nazis.

Me sentía algo mareado. Aunque todos los días pasaba un buen rato caminando por el pasillo de la enfermería, el contacto con el frio exterior y el vértigo de salir de aquel lugar en el que me sentía seguro me hacían sentir muy inseguro. Intenté serenarme, los guardas podían oler el miedo, como perros rabiosos capaces de devorarte ante el más mínimo síntoma de debilidad.

Entré en el club de guardias de las SS. Nuestros carceleros vivían en unas condiciones excepcionales. Además de robar y hacerse con todo tipo de objetos valiosos, tenían un club en el que comían, bebían y disfrutaban de espectáculos y bailes. Los soldados rasos podían utilizar una piscina cubierta, tener permisos, fines de semana libres para realizar excursiones por los alrededores o acostarse con las guardianas de las SS.

El metre era un polaco de mediana edad llamado Domard, de origen judío, que había servido en los mejores restaurantes y hoteles de Cracovia. Durante años, había sido el metre preferido de los adinerados burgueses de la ciudad, pero su origen judío lo había conducido primero al gueto y después a Auschwitz. Al parecer, un oficial de las SS lo reconoció y lo puso al frente del servicio de sala del club de las SS en Auschwitz I.

El hombre, de pequeña estatura y cabeza completamente calva, me escrutó con cuidado, después cruzó los brazos y me dijo:

—¿Tienes alguna experiencia como camarero?

No supe qué responder, aunque la verdad era que durante un verano había servido en una cafetería en Berlín.

—Bueno, durante mi etapa de estudiante...

—Está bien, pero tendrás que aprender rápido. Los que no aprenden no duran mucho aquí. Las SS quieren que tratemos a sus chicos con exquisitez, aunque sean como una manada de lobos hambrientos. Los guardas se exasperan mucho cuando beben, aunque la verdad es que ese parece su estado natural. Esta noche tienen una cena especial, tendrás que concentrarte, no hagas caso de sus provocaciones, no los mires, no les contestes. El secreto está en pasar desapercibido. ¿Entendido?

—Sí, señor —le contesté.

—No esperes nada de tus compañeros, aquí todos queremos salvar nuestro culo. Los únicos que importan son los amos, eso es exactamente lo que son. No somos trabajadores, empleados o servidores, somos esclavos. Si lo comprendes, sobrevivirás; de lo contrario, terminarás en el horno.

—Sí, señor.

—Lubos, uno de los últimos, pero que ya sabe lo que se hace, te enseñará lo fundamental. Es aquel chico pelirrojo.

El hombre señaló a un joven de poco más de dieciocho años, de rasgos angelicales, cara pecosa y ojos grises. Su rostro pícaro no dejaba lugar a dudas, había logrado sobrevivir en un lugar como Auschwitz y encontrar un buen puesto.

Me acerqué hasta él y me presenté, el muchacho se mantuvo distante y frio.

—¿Eres alemán? —me preguntó después de entregarme el uniforme de chaqueta blanca y pantalón oscuro.

—Sí, le contesté.

La rivalidad entre las distintas nacionalidades dentro del campo eran tremendas. Los prisioneros alemanes constituían la aristocracia del lugar, desempeñaban los mejores trabajos y las funciones de más confianza. La mayoría eran prisioneros políticos y criminales, llevaban más tiempo que ningún otro prisionero y habían logrado encajar a la perfección en aquel mundo cruel y arbitrario. Era increíble su deshumanización, muchos presos políticos eran lacayos incluso más serviles que los presos comunes.

—No me gustan los alemanes. Será mejor que no hables mucho. En nuestro barracón, la mayoría son polacos.

—Yo no he hecho nada a ningún polaco.

—Puede que así sea, pero todo esto lo han construido tus compatriotas. Primero nos metieron en una guerra injusta, con sus mentiras y traiciones, nos vendieron a los soviéticos, para más tarde trocear nuestro país y matarnos de hambre. ¿Piensas que nos importa una mierda si tú estabas de acuerdo o no?

—Lo entiendo.

—Hoy serviremos la comida. Como hay muchos turnos, es más tranquila, comienza a las doce del mediodía y termina a las dos de la tarde. No hay muchos platos, tampoco licores, pero has llegado justo a una cena importante. Viene un pez gordo de Berlín y al parecer quieren agasajarlo. Si te equivocas, te mandarán en una furgoneta a Birkenau, pero también nos pondrás en peligro al resto.

Lubos me enseñó a poner la mesa correctamente, a abrir una botella de vino, cómo servirlo, llevar bandejas, caminar erguido y aprender la distribución de las mesas o cuáles eran las distintas órdenes de servicio. Después aprendí a servir los licores, recoger las mesas y tratar con delicadeza a los borrachos que no podían abandonar el local por su propio pie.

El servicio de comidas fue rápido y sencillo. Lubos me cubrió un par de veces y a las tres de la tarde ya estábamos comiendo todos en la cocina. Parte de nuestro menú eran las sobras del día, pero, sin duda, en aquel sitio era donde se comía mejor: carne, verdura, pescado, pan blanco y deliciosos postres. A pesar de que Alemania entera estaba bajo estricto racionamiento por la guerra y los soldados del frente comían cada día peor, los perros guardianes de la raza, los miembros de las SS, vivían como verdaderos privilegiados. Por su parte, la comida de un prisionero solía consistir en una sopa, con algún nabo y carne podrida, un café sucedáneo, un pan hecho de castañas y serrín o minúsculas porciones de otros productos, que no solían llegar al ochenta por ciento de los prisioneros. Muchos lograban sobrevivir gracias a las comidas de refuerzo que recibían en las empresas donde trabajaban como esclavos o a la compasión de algún compañero que les daba los restos de su almuerzo.

Al terminar la comida pudimos incluso fumar un cigarrillo. Yo no solía fumar, pero aquel pitillo me sirvió para calmar un poco los nervios.

Domard, el metre, nos reunió a las seis para explicarnos la comida especial. Teníamos que ser rápidos y precisos, la comida de gala debía salir perfecta. Lubos me ayudó a practicar un poco más por la tarde y, media hora antes de comenzar el servicio, nos sentamos en un rincón, para descansar un poco.

—Espero que pases esta prueba de fuego. No es sencillo un servicio como este para un principiante.

—Gracias a lo que me has enseñado, espero hacerlo a la perfección.

—¿Cómo has llegado aquí? —me preguntó, interesándose por primera vez en algo personal.

—Bueno, imagino que como la mayoría.

—Eres judío —dijo señalando mi símbolo en el pecho.

—Teóricamente, sí, aunque nunca he practicado la religión de mis padres y abuelos.

—¿Por eso te enviaron a Auschwitz?

—No, me detuvieron por sospechas de colaborar con un grupo disidente de origen universitario, aunque la verdad es que no estaba muy activo —le confesé.

—¿Un grupo disidente? No creía que hubiera nada parecido en Alemania —dijo Lubos pasándome el cigarrillo.

—Lo llamamos Rosa Blanca...

En ese momento me sentí incómodo al contarle todo aquello, no podías fiarte de nadie en el campo.

—Bueno, lo cierto es que me acusaron y me llevaron a Sachsenhausen, a una hora en tren de Berlín. El campo estaba repleto y a algunos nos trajeron aquí para trabajar.

—¿Cómo era aquello? —me preguntó, intrigado, el muchacho.

—Duro, pero más pequeño. Todos nos conocíamos y los guardas, a pesar de su violencia y dureza, los veías venir, sabías cuáles era mejor evitar.

—Todos son malas bestias. No creo que haya ninguno bueno. Este trabajo es voluntario, pero prefiero servir aquí y molernos a palos que luchar en el frente.

Aquello me hizo pensar en mi amigo Ritter. A mí me había ayudado, pero ¿cómo era su comportamiento con otros prisioneros?

—¿Conoces a un SS llamado Ritter? —le pregunté. No estaba seguro de querer conocer la respuesta.

—¿Ritter? ¿El sargento?

Asentí con la cabeza. Me miró de soslayo y entendí que él conocía quién me había colocado en aquel puesto.

—No es mal tipo, pero no me fío de ninguno. Son soldados y harán lo que se les mande —contestó sin entrar en más detalles.

El servicio comenzó temprano. Cuando llegaron el comandante del campo y sus ayudantes, la mayoría de las SS ya estaba sentada. El murmullo desapareció en cuanto entraron los superiores, todos se pusieron firmes, pero el comandante les pidió que se sentasen y disfrutasen de la noche. Un pequeño grupo de músicos amenizaba la velada. Incluso se habían encendido velas y puesto los manteles más caros. La comida duró casi tres horas y, al filo de las doce de las noche, todavía estábamos sirviendo vino y licores.

Me acerqué a una de las mesas donde había varias mujeres de las SS y una señora de poco más de cuarenta años me agarró el brazo y me pidió que le pusiera más vino.

—¡Gracias, cariño! —dijo, insinuante.

Todos los comensales me dirigieron la mirada y comencé a sudar. Notaba las manos frías dentro de los guantes blancos. Entonces, uno de los nazis dio un golpe en la espalda de la mujer y dijo:

—¡No seas guarra!

Todos se echaron a reír y Domard me cambió de mesa para evitar problemas, pero, antes de que terminara la celebración, se acercó detrás de mí un SS y me tomó del brazo. Me asusté un poco, pero cuando entramos en la despensa me di cuenta de que era Ritter.

—¡Dios mío, he visto lo que ha pasado! Pensé que este sería un puesto seguro —me comentó.

—No hay ningún sitio seguro en un campo de concentración, y menos en este —le contesté mientras me ofrecía un cigarrillo.

Fumamos en silencio hasta que nos invadió una especie de paz, como si el tiempo no hubiera pasado y nos encontráramos de nuevo en Múnich con nuestros amigos Mario y Eduardo.

—Qué buenos tiempos —dijo en voz alta Ritter, como si me hubiera leído el pensamiento.

—Peligrosos, pero buenos tiempos.

—Hemos sobrevivido más de una década bajo el nazismo, no veo por qué no lo vamos a hacer otra —dijo Ritter.

—Soy un prisionero en un campo de concentración. Soy judío. No creo que sobreviva al Tercer Reich.

—Puede que tú tengas más posibilidades que yo. Estamos perdiendo la guerra, los rusos avanzan por el este y los norteamericanos por el sur —dijo, apesadumbrado.

Nos quedamos de nuevo en silencio. Me encontraba agotado, pero más por la tensión que por el trabajo. El tiempo parecía discurrir con más rapidez mientras me mantenía ocupado.

—No sabía que eras judío. Tu primo era un miembro de las SS, en varias ocasiones nos sacó de algún apuro —dijo Ritter mirándome a los ojos.

—No soy judío, al menos en el sentido religioso. Mi familia por parte de padre es completamente judía, pero hace un par de generaciones que se convirtió al protestantismo; por parte de mi madre, su madre era judía. Al ser tres cuartas partes hebreo, para los nazis soy de raza impura —le contesté.

—¿Te capturaron en una redada antijudía? —me preguntó—. He escuchado que se está enviando a los campos a los judíos alemanes que aún quedan libres.

—No. Al parecer, alguien me delató. La Gestapo me detuvo por pertenecer a una organización clandestina, pero, irónicamente, no me mataron al saber que era judío.

—¿Cómo está Hanna?

Sentí cómo un escalofrío me recorría la espalda. No sabía nada de ella desde mi detención, aunque confiaba en que la hubieran soltado.

—La detuvieron el mismo día que a mí, pero no sé si la soltaron. He estado incomunicado todo este tiempo.

Agaché la cabeza, me sentía avergonzado por no haber podido hacer más por ella. Mi contacto con La Rosa Blanca era mínimo. Tan solo había dado algo de dinero a uno de sus miembros que huía de la Gestapo. Seguramente, ese mismo fue el que me delató.

—¿La capturaron?

—Sí, el mismo día que a mí.

—¿No sabes nada de ella? Puede que esté en otro campo. Ravensbrück es el principal campo de mujeres. Investigaré si se encuentra allí y te diré algo lo antes posible.

—Gracias, Ritter —le contesté con un nudo en la garganta. No estaba seguro de si temía más saber la verdad o continuar ignorando lo que había sucedido con Hanna. Lo único que me mantenía cuerdo y con vida era pensar que ella se encontraba bien.

Ritter se sentó sobre una caja y agachó la cabeza, aquel uniforme de las SS parecía oprimir su corazón con casi tanta fuerza como el mío de prisionero. Estábamos a ambos lados de la alambrada, pero, al mismo tiempo, los dos éramos prisioneros de nuestras circunstancias y de nuestras elecciones. La libertad total nunca existe, nacemos en una familia, en una clase social, con una inteligencia y una capacidad para amar. Traemos a este mundo demasiadas cosas como para despojarnos de nosotros mismos y convertirnos en lo que deseemos, pero, a pesar de todo, siempre tenemos la última palabra.

—Os aseguro que haré todo lo que pueda por vosotros —dijo mientras ponía una mano sobre mi hombro.

—Gracias —le contesté.

—Gracias a ti. En cierto sentido, me has salvado. Llevo dos años en diferentes campos, pero ya no lo soporto más. He visto cosas que ni podrías imaginar en tus peores pesadillas. El partido y las SS me han robado el alma. No creo que nunca consiga a volver a ser el mismo.

—Ninguno de nosotros volverá nunca a ser el mismo. Alemania tampoco será de nuevo la misma —dije mientras me ponía en pie.

—Aguanta unas semanas, intenta pasar desapercibido, te buscaré un lugar más tranquilo. Puede que aquí comas bien, pero estás demasiado expuesto a los guardias.

Nos separamos en la puerta. Él salió primero, para que no nos vieran a los dos juntos. Me quedé en silencio en aquel cuarto húmedo, apenas iluminado por una bombilla polvorienta, y me di cuenta de que llevaba meses sin estar ni un segundo a solas. Nuestros verdugos deseaban robarnos nuestra identidad, nuestra individualidad, y convertirnos en meras máquinas, sin conciencia ni capacidad para rebelarse. Respiré aquel leve suspiro de libertad hasta casi ahogarme. Pensé en suicidarme allí mismo y terminar con todo. Las ideas más sombrías pasaron por mi mente. Una de las más terribles era qué les habría pasado a mis padres al confesar que yo era judío, por no hablar de Hanna y el resto de mis amigos. Todos estaban en peligro y yo me sentía profundamente responsable. En once años, el mundo que conocía se había convertido en un infierno, pero fui demasiado cobarde para enfrentarme, quería sobrevivir, pensar que el mal que todo lo devoraba nunca me tocaría a mí. Maldecí mi indiferencia y mi miedo, mi cobardía y complacencia. Todos habíamos mirado para otro lado, rezando para que el ángel de la muerte no se detuviera delante de nuestra puerta, pero en nuestros dinteles no estaba la sangre de un cordero pascual, sino la de cientos de miles de personas que habían sucumbido antes que nosotros, sin que a nadie pareciera importarle.

CAPÍTULO 25

Auschwitz, 25 de abril de 1944

NADIE IMAGINÓ QUE EN UN MES las cosas comenzarían a empeorar. Los rusos estaban en Rumanía, se hablaba de un desembarco aliado en Francia y los guardas de las SS cada día parecían más nerviosos. La llegada masiva de prisioneros de Hungría y la masificación estaban terminando con las reservas de comida y las comunicaciones con Alemania cada vez estaban peores. Muchos dudaban de que en tal estado de guerra los campos pudieran prepararse para la siembra. Y, sin cosechas, el hambre azotaría a la población civil alemana y, por ende, a los propios campos. Muchos de los soldados pasaban gran parte del tiempo bebiendo, ante la mirada indiferente de las autoridades. El campo se había convertido en un verdadero caos y hasta nuestro comando empezaba a pasar hambre.

Ritter aún trataba de encontrarme un nuevo destino, pero sus intentos habían resultado infructuosos. Seguía buscando a Hanna por el complejo entramado de campos de concentración, pero sin conocer todavía su paradero.

Los últimos guardas tomaban algunas copas de aguardiente en el bar tras una comida tensa, ante las quejas de los nazis, que ya no podían saciarse con los exquisitos manjares de unos meses antes, cuando los que estábamos en la parte de atrás escuchamos un gran estruendo. Me dirigí temeroso hasta el bar, pero los soldados jugaban a las cartas totalmente ajenos a lo que sucedía, después me dirigí con Lubos al salón principal y encendimos las luces. Al mirar al techo, vimos unas piernas que se sacudían nerviosas al lado de la lámpara. Algún camarero incauto había ido a la buhardilla donde escondíamos la comida que robábamos, pero sus pies, al escurrirse de la viga, habían atravesado el techo del salón principal.

—¿Qué demonios...? —dijo en voz alta Lubos.

—¡Rápido, trae la escalera! —le apremié. Teníamos que solucionar aquel problema antes de que los nazis lo descubrieran, de lo contrario todos terminaríamos fusilados o gaseados en Birkenau.

Lubos corrió al trastero y regresó en menos de un minuto con la escalera. Me subí a toda prisa y comencé a empujar hacia arriba al compañero, pero parecía que se había atascado. Mi amigo tiraba desde la otra parte, pero sin mejores resultados. Tras unos minutos de angustia, logramos que sacara los pies del agujero.

Mientras Lubos se llevaba de nuevo la escalera, comencé a barrer el suelo y retirar los escombros. Estaba casi terminando cuando un guarda de las SS se acercó.

—¿Qué está pasando aquí? —preguntó en tono amenazante.

—Al parecer, se ha desprendido un trozo del techo —le contesté nervioso.

El hombre levantó la vista y observó el agujero.

—¿Cómo ha sucedido?

—No lo sabemos, señor —le contesté intentando que no le diera más importancia.

—Tendré que informar —dijo mientras se daba la vuelta.

Domard apareció en la sala con una amplia sonrisa.

—Arthur, no te molestes. Según parece, estaban limpiando la buhardilla y tuvieron la mala suerte de caerse y hacer el agujero, pero lo tendremos arreglado cuanto antes. Si me acompañas, te daré algo que tenía guardado para ti, me ha llegado una mantequilla exquisita y tabaco.

El guarda me miró de reojo y se marchó con el metre. Terminé de recoger la sala y pedimos a dos hombres que arreglaran el techo antes de la cena. No podíamos pintar ese día, pero al menos nadie vería el agujero.

Lubos y yo ayudamos al camarero herido a bajar las escaleras y lo llevamos a la despensa. Tenía una pierna rasgada y la otra simplemente magullada.

—¿Qué demonios estabas haciendo allí arriba? —le pregunté al camarero.

—Tenía hambre —contestó el hombre, uno de los últimos en entrar en el equipo de camareros.

—Nos has puesto en peligro a todos —le dije con el ceño fruncido.

En ese momento entró Domard. Estaba visiblemente enojado, se dirigió al camarero y le dijo:

—Toma tus cosas, te trasladan.

Aquello suponía la muerte casi segura, pero en Auschwitz no había lugar para la piedad, los errores se pagaban con la muerte. Muchas veces, la diferencia entre la vida y la muerte dependía de saber huir de los problemas.

Aquella noche tuvimos un servicio tenso, esperábamos que nadie se diera cuenta de los desperfectos del techo. Les servimos mucho más vino, para entretener a los guardianes, y la mayoría estaban completamente borrachos antes de que se cerrara el restaurante.

Al terminar, cenamos algo todos los camareros en silencio, hasta que Domard me llamó aparte.

—Tienes que ir al almacén cuanto antes —me ordenó.

Me asusté un poco. Todo lo que se saliera de la rutina era siempre peligroso. Caminé nervioso hasta el almacén principal. Los pasos que daba eran cortos y lentos, llevaba las manos en los bolsillos, la noche era muy agradable y una ligera brisa movía los árboles. Me quedé contemplando el cielo estrellado, después miré al fondo, fuera de los límites de este mundo terrible. Aunque la guerra había extendido la plaga del hambre y la muerte al resto del mundo, Hitler había conseguido su propósito de convertir Europa y el resto del planeta en un terrible yermo.

Abrí la puerta despacio, con cierto temor. En medio de la oscuridad se encontraba Ritter, sentí cómo el corazón desbocado comenzaba a relajarse de nuevo. En el campo siempre estábamos con el miedo en el cuerpo, nunca llegábamos a tranquilizarnos del todo.

—Hola Ernest. Me alegro de que estés bien. En las dos últimas semanas no he podido verte, el trabajo es cada vez más pesado y la tensión crece por momentos. Me han destinado a Birkenau. Cada día llegan más trenes, apenas da tiempo para las selecciones y todo está comenzando a convertirse en un caos. Doblamos las horas de guardia, muchos de mis compañeros parecen más embrutecidos. Disparan a cualquiera, borrachos y drogados todo el día. Hasta los otros guardias estamos en peligro.

No podía soportar las lamentaciones de mi amigo; mientras él se encontraba a salvo, cientos de miles de personas morían sin que los guardas pestañeasen, y decenas de miles eran utilizados como esclavos hasta sacarles su último aliento.

—Bueno, no quiero cansarte con mis comentarios. Te traía buenas noticias. Creo que hoy es tu día de suerte —me dijo con una sonrisa.

Me molestó que pensara que cualquier cosa podía alegrarme en aquella situación. Ritter creía que nos encontrábamos en el mismo barco, pero su vida y la mía eran muy distintas. Él veía el horror desde una atalaya, con un abrigo grueso, aguardiente y un arma, y después se marchaba a su cuarto, descansaba plácidamente y los fines de semana viajaba con el resto de sus compañeros por la zona, para relajarse. Yo vivía dentro de una realidad dantesca. Cada círculo del infierno era aún peor, hasta llegar al mismo centro, donde la vida del ser humano no valía nada en absoluto.

—He conseguido un nuevo trabajo para ti. Fácil, cómodo y seguro. Trabajarás como jardinero en la casa del excomandante Rudolf Höss, aunque lo destinaron a otro puesto por corrupción, su esposa Hedwig Hensel y sus cinco hijos. Serás jardinero y cuidarás el huerto. En la casa trabajan dos testigos de Jehová, ya sabes, esos fanáticos de la Biblia. El ambiente es tranquilo y el trabajo, sencillo.

Me lo quedé mirando sorprendido. La casa de Höss era la misma guarida del lobo, donde aquel monstruo criaba a sus cachorros mientras a su alrededor morían miles de personas.

—*¿No te gusta la noticia?* —me preguntó, algo molesto—. He tenido que pagar muchos favores para conseguirte un lugar como ese.

—Te lo agradezco, pero no estoy seguro...

—*¿De qué* no estás seguro? Me estoy arriesgando por ti. Si alguien descubre lo que estoy haciendo, no duraré mucho en el campo, puede que me manden al frente ruso o me fusilen por traición.

Me dieron ganas de contestarle. Hacía tiempo que se había traicionado a sí mismo. Ya no era el hombre que conocí, ahora parecía un verdugo más, que trataba de lavar su conciencia con un antiguo amigo de juventud. Pero un acto justo no podía limpiar su vida cómoda y segura de SS.

—No entiendes nada. Este mundo —dijo levantando las manos— no tiene nada que ver con nosotros. Lo que creamos era algo especial, eran ellos y nosotros. Todo sigue igual, somos amigos.

Lo miré con tristeza. Ritter pensaba que uno podía hundirse en la ciénaga más terrible, pero mantener algún tipo de inocencia o pureza. Aquella idea infantil no dejaba de ser egoísta, yo era un prisionero y cada día era consciente de que quienes lográbamos sobrevivir lo hacíamos a costa de entregar nuestra alma al diablo. Los mejores, los incapaces de arrodillarse ante las botas de los verdugos, aquellos que no habían dejado a un lado su humanidad y dignidad, apenas habían durado *días u horas. Sobrevivir tras saber que decenas de miles de personas eran asesinadas cada día*, tener un cuchillo y no atravesar el corazón vacío de nuestros verdugos, demostraba que a veces el instinto de supervivencia consistía en poco más que aceptar la deshumanización. Me avergonzaba de tener mejores condiciones de vida que mis amigos Marcos y Aldo, si es que aún estaban con vida.

—Bueno, tengo una noticia que seguro que te alegrará.

Levanté la cabeza de nuevo. Sentía ganas de vomitar y estaba a punto de pedirle que me dejara en paz. No quería vivir más. Nada tenía sentido para mí.

—He encontrado a Hanna.

Aquellas palabras hicieron que se me parase el corazón, me quedé con la mente en blanco, como si la felicidad no tuviera cabida en mi mente.

—Ha sido un trabajo difícil, he tenido que llamar a varias personas, pero he descubierto lo que sucedió. Al parecer, tras la detención la enviaron a Ravensbrück, hace unos meses se pidió un traslado a Majdanek, pero se necesitaba mano de obra aquí y en el último momento la enviaron a Auschwitz. Está en Birkenau.

Me quedé boquiabierto. Hanna estaba a pocos kilómetros de mí, apenas a una hora andando. En cuanto se me pasó la alegría, me di cuenta de que aquello era una sentencia de muerte lenta. Los dos estábamos encerrados en el mismo horrible lugar.

—Está en el campamento de mujeres. No la he visto, pero una guarda me ha comentado que goza de buena salud. Durante un par de meses, trabajó en una fábrica, pero un día pidieron voluntarios para la orquesta de mujeres que dirige Alma Rosé y se presentó voluntaria. Los miembros de la orquesta gozan de ciertos privilegios y de una mejor alimentación, tampoco tienen que salir a trabajar y se les permite ropa de abrigo. María Mandel, la superintendente de las guardianas del campo de mujeres, las tiene bajo su protección.

Respiré aliviado al saber que al menos estaba en un comando tranquilo y seguro.

—*¿Podría verla?*

La pregunta se quedó un rato en el aire. Ritter se tocó el mentón pensativo. Un encuentro era mucho más peligroso que mantenernos a los dos en lugares seguros.

—Intentaré ayudarte para que la veas, pero no estoy seguro de que sea a solas —contestó indeciso.

La sola idea de encontrarme de nuevo ante ella, aunque fuera a lo lejos, me parecía el mejor regalo del mundo.

—Gracias —le dije entre lágrimas. Mi corazón volvía a sentir de nuevo, la sangre parecía bombear a plena potencia. Hanna era la persona a quien más amaba en el mundo. Mi vida sin ella carecía de sentido, lo único que podía redimirnos del odio y el vacío era el amor.

Nos abrazamos, Ritter parecía contenido, como si mi felicidad no fuera suficiente para que la suya fuera plena.

Aquella noche me tumbé en mi camastro emocionado. Soñaba con el momento mágico en que nos volveríamos a ver. Por primera vez en todo aquel tiempo, deseaba que las horas pasaran presurosas. Cada minuto en Auschwitz era de un valor incalculable, pero lo *único que realmente me importaba era* ver su rostro de nuevo y creer que un día todo lo que nos había sucedido sería tan solo un lejano y terrible recuerdo.

CAPÍTULO 26

Auschwitz, 30 de abril de 1944

RITTER APENAS ME AVISÓ CON TIEMPO. Aún continuaba con mi trabajo de camarero en la cantina. En un par de días comenzaría mi trabajo en la casa de los Höss, lo que no había alterado mi rutina. Mis compañeros no habían notado ningún cambio externo, pero conocer la suerte de Hanna me había llenado de esperanza. Por medio de Domard, mi amigo me informó de que ese domingo iría con otros dos camareros para servir una merienda a algunos oficiales de las SS que iban a escuchar el concierto de la orquesta de mujeres.

—Tienes que prepararte deprisa —dijo el metre—. No puedes acercarte a las componentes de la orquesta. Puedes ponernos en peligro a todos si lo haces. ¿Lo entiendes?

Asentí con la cabeza, tenía la boca seca y el corazón acelerado.

—Lubos te acompañará. En cuanto terminéis, volveréis aquí. No cometáis errores —dijo Domard con los brazos cruzados.

Lubos entró en la sala y me llevó hasta las cajas que habían preparado con la merienda. Entre tres las cargamos en una pequeña furgoneta y, cuando todo estuvo listo, un guarda se puso al volante y otros dos se juntaron a nuestro lado. Atravesamos la verja y, por primera vez en meses, pude ver más allá de las alambradas. El mundo parecía continuar su inexorable camino sin que le importara mucho lo que sucedía dentro de las fronteras imaginarias de Auschwitz. En cierto sentido, éramos invisibles para el resto del mundo, demasiado ocupado por sobrevivir a una guerra cruel que había segado millones de vidas. Los prisioneros no éramos más que una mota de polvo en el gran drama mundial.

Llegamos a Birkenau a los pocos minutos. Repletos de desdichados pasajeros, los trenes esperaban a que se completasen las selecciones. Los domingos, los nazis preferían bajar el ritmo del exterminio, procuraban disfrutar de unas horas de relativa calma para relajarse con fiestas improvisadas o conciertos al aire libre.

Bordeamos el campo hasta llegar a la zona en la que vivían los guardas de las SS. Los barracones pintados, rodeados de flores y frondosos árboles, contrastaban con el resto del campo. Los prisioneros ya habían colocado para la ocasión mesas de madera, con bancos corridos y una pequeña tarima para los músicos.

Los guardas aparcaron la furgoneta y comenzamos a descargar. En las cajas había pequeños sándwiches, quesos, embutido, dulces, refrescos y café. Los repartimos por las mesas y pusimos comida extra en una de las auxiliares, por si los insaciables guardas querían repetir. Los cebados guardianes no se parecían precisamente a los carteles de idealizados soldados teutónicos, eran más bien como cerdos cebados, capaces de devorarse entre ellos si la comida escaseara.

Lubos y yo nos situamos en la parte de atrás, justo a unos veinte metros de la plataforma, y esperamos con paciencia, hasta que comenzaron a llegar los primeros comensales. Los invitados de honor eran Josef Kramer, que gobernaba con mano férrea Birkenau y acababa de regresar tras unos meses de trabajo en otros campos; el doctor Mengele, que poco a poco había ascendido hasta convertirse en uno de los médicos más poderosos de Auschwitz; y la temida María Mandel, la superintendente de las SS que había formado la orquesta de mujeres. Una veintena de oficiales, guardas femeninas y algunos ayudantes de las oficinas completaban los invitados a aquella tranquila merienda dominical.

La orquesta llegó un par de minutos más tarde. Eran una veintena de mujeres, la mayoría muy jóvenes. Llevaban violines, mandolinas, guitarras, violonchelos, flautas y acordeones.

Intenté buscar con la mirada a Hanna, pero no lograba distinguirla de todas aquellas mujeres de cara pálida, pañuelo en la cabeza y expresión triste. La directora se subió a un cajón, se llamaba Sonia Vinogrdova y acababa de sustituir a la joven Alma Rosé, que había muerto unos días antes.

Los comensales conversaban alegres mientras las mujeres de la orquesta tomaban posiciones y la directora se dirigía a los presentes.

—Vamos a comenzar el concierto con el *Ensueño* de Robert Schuman.

Levantó la varita y la música comenzó a brotar de las almas torturadas de aquellas mujeres consumidas por el horror y el hambre. Los comensales guardaron riguroso silencio. Por unos minutos, sentí que los alemanes habían recuperado su antiguo amor por la belleza, el respeto por la armonía que había caracterizado durante siglos a un pueblo culto y civilizado.

Aquellas notas arrojadas a la tarde templada de primavera me hicieron recuperar mi humanidad. Mientras servía las mesas buscaba la cara de mi Hanna, su belleza infantil, pero mis ojos una y otra vez se topaban con aquellos rostros extraños.

Justo detrás de una mujer alta, asomando en parte, con el rostro apoyado en un violín desgastado, estaba Hanna. Tenía los ojos cerrados, como si la música lograra evadirla de aquel monstruoso lugar.

Intenté refrenar mis lágrimas, pero noté cómo se me secaba la boca y el corazón se aceleraba como la primera vez que la vi en la Facultad de Tecnología de Múnich. Su fuerza y su genio me habían conquistado. De repente abrió los ojos y toda su humanidad se desbordó por ellos, como un arroyo primaveral, hasta los míos. Noté que me veía, en medio de las decenas de caras. Los dos solos frente al mundo, iluminados por la deslumbrante belleza de un amor verdadero. Todo lo demás desapareció, el universo demudó su apariencia, para convertirse en un minúsculo escenario de nuestro amor.

Al terminar la pieza, los alemanes aplaudieron, la orquesta se preparó para una nueva interpretación, ella continuó observándome y, por un segundo, sonrió. Las sonrisas estaban prohibidas en Auschwitz, eran un desafío al mal.

Lubos me dio un codazo para que reaccionase y continuara sirviendo las mesas. Continué el trabajo, pero a cada instante mi mirada buscaba la suya, sintiendo cómo sus ojos me devolvían la esperanza y alimentaban mi alma de la única fuerza que realmente mueve el universo, el amor.

Aquella tarde se me hizo increíblemente breve, casi un suspiro, una bocanada de aire después de vivir sumergidos durante meses en el fango ennegrecido de los campos de concentración nazis.

Al terminar las últimas piezas, dejaron descansar a la orquesta y nosotros pudimos acercarnos para llevarles algo de comida. Las mujeres se abalanzaron hacia las bandejas, totalmente hambrientas, pero Hanna se quedó quieta, como si *aún* pensara que se trataba de un sueño, que yo era como un espejismo creado por el desierto más inhóspito que existe, la soledad. En Auschwitz siempre estabas rodeado de personas, pero vivías en la más absoluta y terrible soledad.

—Ernest —susurró, con temor a que las palabras rompieran aquel sueño.

—Hanna —contesté mientras le pasaba la bandeja.

Ella no tomó nada, se me quedó mirando y dos lágrimas salieron de sus bellos y cristalinos ojos. Su rostro pálido comenzó a enrojecerse, cobrando vida de nuevo.

—Te amo —dijo mientras me alejaba.

Nunca hubiera imaginado que apenas dos palabras pudieran salvar la vida de un hombre. Regresé a las mesas con una fuerza interior que desconocía. Serví a aquellas bestias con la seguridad que la esperanza da a un corazón afligido.

Lubos me miraba sorprendido. Me acerqué hasta la mesa principal y comencé a servir un exquisito vino francés. El doctor Mengele hablaba con Josef Kramer.

—Mañana regresa el comandante Höss. Auschwitz se ha convertido en un caos —dijo el doctor mientras fumaba un cigarrillo. Su sonrisa inquietante se desdibujó en su rostro moreno y yo intenté mirar a las copas, para no ponerme nervioso.

—Espero que esto vuelva a ser como antes —dijo Kramer.

—Las cosas en los frentes se están poniendo muy difíciles —comentó el doctor.

—El Führer tiene un as debajo de la manga. Nuestros científicos tienen armas secretas que decantarán de nuevo la guerra a nuestro favor. Algunos de nuestros diplomáticos están intentando que los aliados occidentales detengan la guerra y luchemos contra el verdadero enemigo de la libertad, la Unión Soviética. Esos subhumanos son un peligro para la raza aria. He visto a algunos prisioneros rusos devorando a sus compañeros muertos. ¿Acaso un ser humano se comportaría de una forma tan salvaje?

—Llevo años estudiando las razas humanas y le aseguro que esos salvajes no lo son —bromeó Mengele.

—¿Cómo van sus experimentos? —le preguntó Klaus.

—Muy avanzados, aunque tantas selecciones me tienen agotado. Uno se marea viendo a todos esos rostros humanos, a veces comienzo a tararear y me olvido de lo que estoy haciendo, muevo la mano a un lado o al otro al azar. Lo único que me saca de esa espantosa rutina es el hallazgo de unos gemelos o de algún niño con el iris de distinto color.

—Le entiendo. Dentro de poco terminaremos el trabajo y el Tercer Reich sabrá recompensar todos los sacrificios que hemos tenido que hacer. El trabajo que realizamos aquí es mucho más importante que el que los soldados hacen en el frente. ¿De qué serviría ganar la guerra si cuando regresen nuestros hombres continuamos rodeados de escoria? Estamos creando un mundo mejor, al fin y al cabo, los más fuertes sobreviven y los débiles tienen que desaparecer —dijo Kramer antes de beberse de un trago la copa.

Los invitados comenzaron a abandonar las mesas mientras la orquesta tocaba las últimas piezas. Cuando todo hubo terminado, las guardianas dejaron a las presas acercarse a las mesas para consumir los restos.

Mientras recogía, me aproximé de nuevo a Hanna, pasé detrás suyo, rozando con mi brazo su cuerpo. Una descarga eléctrica pareció recorrer toda mi persona. Nos encontrábamos a pocos centímetros. Entonces escuché la desagradable voz de María Mandel. Su rostro pétreo era capaz de aterrorizar a todas las presas.

—No podéis acercaros a mis chicas —dijo la guardiana mientras me golpeaba con su fusta.

—Lo siento —dije apartándome de Hanna.

Terminé de recoger las mesas. De vez en cuando levantaba la vista y contemplaba a mi mujer, sin creerme todavía que aquello era real. La guardiana ordenó a las mujeres que recogieran los instrumentos y se dirigieran a la salida. Hanna se giró unos segundos antes de entrar en la puerta que daba acceso al campo. A pesar de la delgadez de su rostro y la cabeza rapada bajo el pañuelo, era la misma de siempre. Me sonrió de nuevo y salió con el violín en la mano. Me quedé mirando su figura hasta que toda la orquesta desapareció.

Por unos segundos, sentí que la tristeza volvía a invadirme, como una vieja amiga que regresaba a mi solitario corazón. Entonces sacudí la cabeza para quitar de mi mente los pensamientos que me atormentaban. Hanna estaba viva y parecía gozar de buena salud. Teníamos que sobrevivir, escapar de aquel monstruoso lugar. La felicidad era el mayor acto de rebeldía contra Auschwitz y todo lo que significaba.

Cargamos todo de nuevo en la furgoneta, nos sentamos en la parte de atrás y Lubos me golpeó con el codo.

—¿*Quién era?*

Lo miré emocionado y me eché a llorar. Las lágrimas eran casi tan escasas como las sonrisas en aquel infierno. Me sequé las lágrimas con la manga y sonreí.

—Mi mujer —dije, sorprendido de escucharlo de mis labios.

—¿*Es tu mujer?* —preguntó Lubos.

—Sí, está viva.

Lubos, que había perdido a toda su familia, se alegró por un instante, pero la melancolía que, como el cieno del campo, nunca nos dejaba caminar seguros hacia el futuro, le invadió de repente. Sus ojos se aguaron y por unos segundos pude ver al muchacho asustado, al niño grande que intentaba sobrevivir en aquel maldito lugar. Yo al menos había tenido una juventud feliz, unos amigos con los que compartir parte de mi alma, pero Lubos, si lograba sobrevivir, no podría recordar los mejores años de su vida. Hasta eso le habían robado los nazis.

CAPÍTULO 27

Auschwitz, 12 de mayo de 1944

UNA DE LAS COSAS QUE COMPRENDÍ con el tiempo es que había muchos Auschwitz. El primero y más terrible era el de los cientos de miles de prisioneros que apenas pasaban unas horas con vida. Tras un viaje terrible, a veces de casi una semana, traspasaban las puertas de Birkenau para que un médico nazi, con un simple gesto de mano, decidiera quién vivía y quién moría. El segundo campo lo componían las personas que, durante unos días o semanas, traumatizadas por el horror, con la mente destrozada, se iban apagando poco a poco, hasta convertirse en una especie de fantasmas. El tercer tipo de campo era en el que sobrevivían los kapos y todos los que se habían adaptado al horror, convirtiéndose en parte del mecanismo de represión y destrucción que era Auschwitz; luego estaba la masa de trabajadores que, como hormigas, sostenían el sistema. Se limitaban a levantarse cada día para intentar sobrevivir, su instinto no les permitía rendirse, pero tampoco rebelarse. Por encima de todos ellos estaban los amos, los guardianes que nos mostraban de mil formas que eran superiores, nos maltrataban y asesinaban. Para ellos, Auschwitz era un largo campamento de verano, una fiesta sin fin en la que podían dar rienda suelta al más morboso y retorcido de sus deseos. Sobre todos nosotros se encontraban los dioses, vestidos con sus impolutos uniformes, que paseaban a caballo sobre las laderas que nos rodeaban, viviendo con sus familias en pequeñas villas jalonadas de flores y muebles lujosos. Aquel Olimpo de la maldad, que muy pocos pudieron contemplar desde dentro, fue mi destino a finales de la primavera y principios del verano de 1944.

Un guarda llamado Ancel me llevó hasta la puerta de la villa de los Höss, a las afueras de Auschwitz I. El edificio no era bello por fuera: fachada de estuco grisáceo, ventanas alargadas y blancas, tejado anaranjado con una buhardilla. Una valla de hierro rodeaba por completo la casa, aquel era el límite entre el paraíso y el infierno.

En la puerta me recibió una mujer con gafas, vestía con ropa de calle, pero llevaba el símbolo de testigo de Jehová sobre el pecho. Su cara algo regordeta debía de haber sido hermosa en otro tiempo, pero la edad comenzaba a robar lo que la naturaleza le había otorgado en la juventud. Su voz era serena, algo cantarina, y siempre parecía sonreír.

—*¿Eres Ernest?* —me preguntó.

Nadie tenía nombre en Auschwitz, pero aquella mujer se atrevía a pronunciar el mío. El soldado alemán me dio un ligero empujón para que entrase y, antes de irse, me dijo:

—Pórtate bien, han depositado mucha confianza en ti, no hagas que la pierdan, te recogeré a última hora de la tarde.

La mujer cerró la puerta a mi espalda y, por primera vez en mucho tiempo, no sentí que alguien estaba constantemente observándome. Era, en cierta forma, libre, con ese tipo de libertad que tienen los esclavos, una cadena invisible que los ata a sus amos y se llama miedo.

—Te encargarás del jardín. Imagino que no tienes ni idea de plantas, pero eso es lo de menos. Únicamente deberás mantenerlo limpio, regarlo y podarlo. Yo amo las plantas, si veo que alguna esta mustia o cometes algún tipo de error, te ayudaré.

—Gracias —le contesté, aún sorprendido por su amabilidad. Acostumbrado a la dureza y la brutalidad, su delicadeza me dejaba perplejo.

—Sí, soy una Estudiante de la Biblia, por eso llevo el triángulo morado. Me permiten llevar ropas normales. La señora Höss es muy amable, me pide que la llame Hedwig, pero no me atrevo, ya la conocerás. En la casa son seis: Ingebrigitt, Klaus, Hans-Rudolf, Heidetraut y la pequeña Annegret. Bueno, qué tonta, se me ha olvidado que hace unos días ha regresado el comandante.

Me llevó hasta el amplio jardín y me señaló el cobertizo.

—Allí tienes todo lo que necesitas. Hoy tienes que regar, hace mucho calor para esta fecha del año y las lluvias parecen retrasarse. Los niños tienen un poni en esa cuadra. El huerto está casi todo plantado, esperemos que este año la cosecha sea tan buena como la del año pasado.

—¿*Cuánto tiempo lleva aquí?* —le pregunté, sorprendido.

—Casi desde el principio, he visto nacer a los dos últimos niños, aunque mi compañera Emily es más veterana que yo, ella estuvo con la familia en Dachau.

La mujer debió de darse cuenta de mi cara de sorpresa porque, con una mirada dulce, me dijo:

—No entiendes nada, ¿verdad?

—Bueno, en la universidad teníamos a un compañero y supimos por él que los nazis los perseguían, aunque siempre pensamos que los Estudiantes de la Biblia eran gente pacífica que no habían hecho daño a nadie —le contesté.

—Nuestro Dios nos lo prohíbe, siempre debemos hacer el bien, aunque eso nos acarree cosas peores. Después de encerrar a los comunistas y los socialistas, Hitler fue contra nosotros. A los nazis no les gustaba que fuéramos pacifistas, que no hiciéramos el saludo nazi o que dijéramos que todos los gobiernos del mundo están bajo Satanás. El día del juicio final, que está próximo, Dios pondrá un gobierno justo, nosotros escaparemos de la ira de Dios —me explicó la mujer.

Su inocencia, después de todo lo que debía de haber pasado, me dejó sin palabras.

—Echo de menos a mi familia, me gustaría regresar con mis hermanas y poder asistir a las reuniones del salón, pero aquí tengo una Biblia y la señora me regaló un par de revistas de *La atalaya* que encontraron a una prisionera. La señora es muy buena.

Enseguida comprendí que la retorcida lógica nazi consistía en aprovecharse de personas inocentes y bondadosas que nunca podrían en peligro a sus hijos o esposas.

—Admiro su paciencia, si yo llevara todo ese tiempo aquí, me habría vuelto loco —le contesté.

—¿*Usted cree en Dios?*

—Sí, aunque no estoy muy seguro de que las religiones me acerquen a él. Me han encerrado por pertenecer a la raza judía, pero me crie como luterano.

—La religión siempre es perversa y está cerca del poder; la verdadera fe es sencilla, se lo aseguro —dijo la mujer mientras caminábamos al cobertizo.

—*¿Nunca pensó en fugarse o hacerles algo?* —le pregunté, temeroso. No quería que se asustara, pero cada vez me sorprendía más el ser humano. Podía llevar a cabo los actos más viles y al mismo tiempo las hazañas más altruistas.

—Los Estudiantes de la Biblia no somos máquinas, tenemos sentimientos y sufrimos tentaciones como los demás, pero Jehová nos ayuda a enfrentarnos a ellas. No podría hacer daño a ningún guardia, mucho menos a la señora o a los niños. ¿Qué culpa tienen ellos de lo que haga su padre? Me han contado cosas terribles, sé lo que sucede detrás de las alambradas, pero, si Dios lo ha permitido, tendrá un propósito. Además, puedo irme cuando quiera.

Aquella última afirmación me sorprendió aún más que su particular manera de ver el mundo.

—*¿Cómo?*

—La mayoría de los prisioneros tienen largas condenas y muchos nunca podrán salir vivos de los campos de concentración, pero yo simplemente tengo que firmar una abjuración y renunciar a mis creencias.

La miré sorprendido.

—*¿Por qué no lo hace? Simplemente es un papel, en su fuero interno puede seguir creyendo.*

—Negar mi fe sería un acto despreciable. Dios me observa, *él* sabe lo que hay en el corazón, pero su Palabra dice que a cualquiera que lo niegue, *él* también lo negará. Soy afortunada de haberlo conocido, la verdadera libertad está más allá de estas cuatro paredes. La vida es muy corta, todo pasa muy rápido, lo que realmente me importa es la eternidad.

De alguna manera, aquella mujer era una prisionera voluntaria, pero yo entendía que no pudiera renunciar a su propia conciencia y que la negación de todo lo que creía la convertiría en una persona completamente infeliz.

Sacó un manojo de llaves y abrió el cobertizo, me enseñó las herramientas y me explicó por dónde tenía que comenzar.

—Después contaré cada herramienta. No puede faltar nada, ¿lo entiendes?

—Sí, señora —le contesté.

—Llámame Mary —me dijo, sonriente—. ¿Tienes hambre?

Aquella pregunta era innecesaria en Auschwitz, siempre teníamos hambre. La guerra nos había debilitado, pero el campo nos había convertido en mendigos famélicos, soñábamos con comida, incluso salivábamos al imaginarla. La mayoría de nuestras conversaciones eran sobre los platos de la infancia y nuestros platos favoritos. Los prisioneros de familias humildes lo soportaban mejor, pero los que proveníamos de la clase media parecíamos obsesionados con ella.

Mary fue a la cocina y me trajo un pedazo de bizcocho que había hecho y un té. Lo tomé despacio, intentando saborear cada pedazo, comiendo hasta la última miga. El té me reconfortó y unos minutos más tarde estaba trabajando en el jardín.

Al rato, vi a unos niños en el porche que me observaban intrigados. En los últimos meses no había visto a ningún niño. Me quedé mirándolos. Me parecían realmente hermosos, con sus caras inocentes y juguetonas. Por un segundo, se me nubló la mente y tuve deseos de tomar la podadora y rebanarles el pescuezo. Aquellos eran los vástagos de Höss, el comandante de Auschwitz que había enviado a miles de inocentes a las cámaras de gas. ¿Cuántas mujeres, niños, ancianos y enfermos habían muerto bajo las órdenes de su padre?

Respiré hondo e intenté concentrarme en el trabajo, nunca mataría a niños inocentes, aunque fueran los hijos del mismo diablo. Pensé en Hanna, su rostro comenzaba a desdibujarse de nuevo en mi mente, pero al menos sabía que continuaba con vida y muy cerca de mí. La existencia en el campo era muy efímera. Un mal día de un guarda, un pequeño error, agua insalubre o una enfermedad, podían matarte en cuestión de horas o días. Tenía que sacarla de Birkenau, como fuera, pero no había campo de mujeres en Auschwitz I y los oficios que podía ejercer aquí eran muy limitados. Nuestra única esperanza era que la guerra terminase pronto y los aliados nos liberaran a todos. Se trataba de ensoñaciones, pero soñar con la libertad era la única manera de no volverse completamente loco.

Me acerqué a la parte lateral, comencé a limpiar unas hojas debajo de una ventana y escuché unas voces. Me asomé disimuladamente y me pareció ver al comandante. Nunca lo había observado de cerca, la mayoría de los alemanes intentaban estar lo más apartados que podían de los prisioneros, únicamente en Auschwitz I era posible cierto contacto. Sin duda era Höss, su pelo oscuro, sus facciones vulgares y su rosto altivo no dejaban lugar a dudas. Estaba hablando por teléfono, casi gritaba a su interlocutor.

—*¡Maldita sea, hago lo que puedo! No envíen más* trenes por ahora, ¿lo entiende? Las cámaras y los crematorios no pueden deshacerse de más de siete mil al día. Tenemos que dejar los convoyes en el campo, cuando intentamos vaciarlos la mayoría están muertos, tenemos que transportarlos hasta los crematorios y eso dificulta el trabajo —gritó el comandante.

Logré observar bien su cara, entonces me pareció extrañamente familiar. Lo conocía, lo había visto en otro lugar, pero no lograba recordar dónde.

—Hacemos lo que podemos, pero no hay lugar para más húngaros. Ya hemos vaciado algunas partes del campo, pero repito que no damos abasto. No quiero más judíos hasta nueva orden —dijo el hombre colgando el teléfono, después comenzó a frotarse la cara.

Una mujer entró en la habitación, era hermosa, pero parecía fatigada y algo triste, se acercó a su marido, se puso a su espalda y pensé que iba abrazarlo o besarlo, pero lo miró fríamente.

—Quiero marcharme de este lugar. Ya no lo soporto más.

—*¿Estás loca? ¿Dónde podrás vivir como aquí? Tienes todo lo que necesitas.*

—No necesito nada de esto, nuestros hijos tienen que vivir una vida normal, como la del resto de los niños —contestó muy seria.

—¿Como la del resto de los niños? La mayoría de los niños de Alemania están sufriendo bombardeos, no tienen qué comer y sus madres recorren desesperadas las tiendas vacías. Vosotros lo tenéis todo —le reprochó el comandante.

—¿Todo? ¿A qué precio? *Lo que nos rodea es robado*, pertenece a los muertos. Vivimos en medio de un cementerio; en cierto sentido, ya estamos tan muertos como ellos, al menos, espiritualmente. Ya no siento alegría, ni siquiera tristeza, mi vida es insípida, insoportable, los niños son lo único que me mantiene cuerda. Mientras no estabas, al menos podía olvidar, pero contigo en casa, con ese uniforme, recuerdo quién eres, qué haces aquí y cómo te ganas la vida —dijo con expresión de desprecio.

—Durante años no hiciste preguntas, viviste muy feliz en Dachau y en Sachsenhausen. Sabías perfectamente que eran campos de concentración.

—Campos de concentración, pero esto no es un campo de concentración, es un matadero. Asesinas a miles de personas cada día. ¿No lo entiendes?

—Yo no he matado a nadie, sabes que soy incapaz de hacer daño a otro ser vivo. Yo también estuve en un campo de concentración, también fui prisionero, los entiendo mejor que nadie.

La mujer se cruzó de brazos y, con la cara furiosa, le dijo:

—*¿No has matado a nadie?*

—No, simplemente cumplo órdenes. Toda esa gente habría muerto de hambre de todas formas. No hay comida para los alemanes, ¿por qué íbamos a alimentarlos a ellos? Los judíos empezaron esta guerra, los judíos nos hicieron perder la anterior. Es mejor que desaparezcan, es un problema de Estado, no es nada personal. Nunca he pegado a un judío, no siento nada hacía ellos.

—Pero, esas madres, sus hijos... —dijo la mujer, y se echó a llorar.

—Al menos tienen una muerte rápida, apenas se enteran de nada.

Durante un par de minutos estuvieron en silencio, el hombre se puso de pie e intentó acariciarla.

—Déjame —le pidió ella.

—*¿Acaso no sigues siendo mi mujer?*

—No, me das asco. Nunca debiste aceptar este puesto. Tu ambición..., siempre quisiste ser alguien, pues ya lo eres: un asesino, el mayor asesino de Polonia.

La mujer salió del despacho y dio un gran portazo. El hombre se giró hacia la ventana y estuvo a punto de verme, pero, por suerte, me agaché a tiempo. Me aparté de la fachada y, cuando volví a alzar la vista, Höss estaba mirando por la ventana. Nuestras miradas se cruzaron un segundo y entonces me acordé: lo había visto en Sachsenhausen. Estuvo en uno de los recuentos; uno de mis compañeros, al verlo, se echó a temblar y me contó de qué lo conocía. En aquel entonces, Höss no era comandante, era tan solo uno de los ayudantes. Nunca mostró actitudes sádicas como otros oficiales, pero mi amigo lo recordaba por uno de los momentos más duros que le tocó vivir. Era invierno y el campo estaba saturado de prisioneros, entonces Höss, para ganarse la confianza de su superior, ordenó que todos los prisioneros ancianos, débiles o enfermos se formasen en la plaza principal del campo. Mi amigo era uno de ellos, llevaba días con fiebre, pero tuvo que salir a la plaza y estar firme durante horas. El frio era tan intenso que muchos comenzaron a congelarse o a caer al suelo, exhaustos. Nadie fue a socorrerlos. Poco a poco, uno a uno, los prisioneros fueron derrumbándose sobre el frío suelo del patio. Al caer la noche, la mayoría estaban tendidos, muertos sobre el pavimento. Ordenaron al resto de prisioneros que los amontonaran a un lado, pero sus extremidades se habían pegado al suelo y se hacían pedazos, como figuras de porcelana. Mi amigo sobrevivió, pero me comentó cómo aquel oficial miraba impasible por la ventana mientras los ancianos y los enfermos morían ante sus fríos ojos.

El cielo empezó a oscurecerse y recogí las herramientas, Mary las guardó en el cobertizo y me dio dos pedazos de pan con mantequilla. Guardé uno para los compañeros y el otro lo devoré antes que el guarda pasara a recogerme.

Mientras salía de la residencia de los Höss, *aún retumbaban en mi cabeza las palabras de* su esposa. Aquel pequeño paraíso artificial estaba resquebrajándose, mientras el pestilente aroma a muerte y la sombra del mal se extendían por Europa. Los dioses estaban comenzando a sufrir. Poco a poco, Auschwitz nos igualaba a todos, como las llamas de los hornos que día y de noche convertían en polvo a siete mil inocentes traídos de los lugares más recónditos de Europa. Dentro de poco, todos seríamos polvo y ceniza.

CAPÍTULO 28

<><><><><><><><><><><><><><><><><><><><><><><><><><><><><><><><><><><><><><><><><>

Auschwitz, 27 de mayo de 1944

PESE A LLEVAR MÁS DE UN par de semanas en la casa, hasta el momento no había cruzado ninguna palabra con la dueña. Una mañana se acercó *hasta el jardín y se puso a contemplar las hortensias*, después se paró a mi lado y me preguntó:

—¿*Estaría dispuesto a hacer una pequeña casa de madera? Los niños llevan días ilusionados con la idea*. No sería muy grande, lo justo para que quepan los pequeños. Ahora están de vacaciones y no saben qué hacer con tanto tiempo libre.

Me sorprendió su frescura y naturalidad. No me trató con desprecio ni displicencia, simplemente me pidió que la ayudase. Hasta ese momento no había tenido mucho contacto con la familia. Siempre trabajaba en el jardín, intentaba no molestar y pasar desapercibido.

—Lo haré lo mejor que pueda —le contesté, algo nervioso. No estaba acostumbrado a hablar en aquel tono con alguien que representaba, le gustase o no, a nuestros amos.

—Se lo agradezco. Al menos, los niños podrán olvidar todo lo que está pasando. No merecen vivir en un mundo como este. Muchas gracias.

La señora Höss se dirigió de nuevo a la casa con paso lento. No era feliz, se notaba en cuanto la mirabas a la cara.

Aquel mismo día diseñé en un papel las formas y medidas de la casa y encargué la madera. Durante tres días, trabajé infatigablemente en un lugar apartado del jardín, quería que fuera una sorpresa para los chicos. Por alguna extraña razón, sentía que su felicidad era una batalla ganada al odio que nos rodeaba por todas partes. Se nos había olvidado amar, se nos había enseñado que el desprecio al diferente y el miedo eran los únicos caminos hacia la felicidad, pero aquella era otra mentira del nazismo.

Al cuarto día ensamblé las partes y, con la ayuda de dos personas, trasladamos la casa a la parte trasera del jardín. Era lo suficientemente grande para que dos o tres niños pequeños pudieran estar dentro y jugar. Después puse una lona encima y, a la hora de la merienda, la señora Höss trajo a sus hijos al jardín. Sus caras ilusionadas me recordaron el poder de la inocencia, cuando todo es posible y tu corazón aún no ha soportado las heridas que el tiempo y la traición van depositando en el alma.

—Tenemos una sorpresa para vosotros. La ha construido Ernest. ¿Qué tenéis que decirle?

—Gracias —contestaron los chicos a coro.

Estaban limpios, peinados y lustrosos, no parecía que la ciénaga de Auschwitz hubiera llegado a tocar sus vidas y, de alguna manera, eso me alegraba. La mancha de la maldad no podía penetrar aún sus corazones, pero, si el nazismo prevalecía, ya se encargaría de sembrar la terrible semilla del odio en ellos.

Levanté la lona y los niños corrieron hacia la casa. Le había abierto una ventana y la había pintado de azul, de modo que sus colores brillantes contrastaban con el gris de su residencia y con los opacados colores del campo. Manifestaba vida en medio de aquel gigantesco cementerio, como las flores que comienzan a salir en los bordes de las lápidas, indiferentes a la muerte que las rodea.

Mientras los niños jugaban, la señora Höss se acercó a mí y puso su mano derecha sobre mi hombro.

—Buen trabajo. Pídame lo que quiera, intentaré conseguirlo.

La miré triste. Aquellos días habían sido frenéticos, me había olvidado de dónde estaba y cuál era mi destino y el de Hanna, pero, de nuevo, el peso de la realidad me anclaba a aquella sórdida prisión.

—Mi esposa está en el campo de mujeres, toca en la orquesta. Sería muy feliz si trabajara en su casa.

Me sorprendió mi osadía. No estaba en la mano de Hedwig Höss elegir a su personal de confianza, pero sabía que debía intentarlo.

—Veré lo que puedo hacer. No le puedo prometer nada. Dígame su nombre...

Le di todos los datos y después simplemente disfrutamos de los niños, los vimos jugar y fantasear con un mundo mejor, algo que nosotros ya no podíamos hacer, pues la guerra y Auschwitz nos habían cercenado la esperanza.

Regresé a mi pabellón con una sensación agridulce, pero satisfecho, había logrado construir algo hermoso. Lubos me miró, intrigado.

—*¿Qué te sucede?*

El muchacho era uno de los pocos compañeros que me conocía de verdad.

—Nada, simplemente he hecho una pequeña casa para los hijos de Höss.

—*¿Para esas ratas?* —me preguntó, indignado.

—No son ratas, son niños, Lubos.

—Como los que matan todos los días esos nazis. ¿Acaso son ellos mejores? ¿Merecen vivir y disfrutar mientras miles mueren?

—Yo no soy el que debe juzgar eso —le contesté.

—Me parece que te has convertido en el perfecto esclavo. Complaciente, servil y ciego.

Las palabras de mi amigo me molestaron, pero tal vez tenía razón. Es tan fácil cruzar la línea que separa el miedo de la complacencia. Pude sentirme útil, descubrir por primera vez en mucho tiempo que podía volver a construir algo nuevo. Algunas generaciones destruyen lo que otras han construido con mucho esfuerzo.

—*¿Me lo dices tú que sirves* a la mesa de los verdugos? —le contesté, furioso, pero después me arrepentí. No era quién para juzgar a nadie, cada uno de nosotros intentaba sobrevivir como podía. Por desgracia, la mayoría de nosotros prefería ser perro vivo que león muerto.

Lubos frunció el ceño y se marchó.

Durante una semana, la rutina acompañó casi todos mis actos. Sin violencia, sin imágenes perturbadoras, pero el olor a carne quemada se extendía por todas partes. Procuraba no pensar mucho en ello, intentaba recordar los días felices con Hanna y nuestra etapa en

Múnich, me sentía en parte afortunado, mientras aquel mundo creado por los nazis comenzaba a tambalearse.

Llegué con mi escolta a la residencia de los Höss y me puse a trabajar. Llevaba un par de horas cuando se me acercó el niño mayor.

—*¿Me lanzas unos tiros con la pelota?*

Me quedé petrificado. No sabía qué consecuencias podía tener jugar con uno de los hijos del comandante. Miré a ambos lados, pero no vi a nadie.

—Lancé un tiro y el chico lo paró. Estuvimos unos quince minutos jugando, hasta que Mary llamó a los chicos para que almorzaran. Continué con el trabajo. Aquellos momentos jugando al fútbol me emocionaron, me trajeron muchos recuerdos. Para mí, el balompié siempre había sido una forma honorable de dirimir las diferencias. Un deporte capaz de encauzar la agresividad que todos los seres humanos llevamos dentro. El odio manaba de forma natural en todos nosotros, a veces sembrado desde la cuna por nuestros progenitores, enseñado en la escuela o aprendido en las calles. El deporte podía ayudarnos a recuperar el equilibrio.

La señora Höss caminó sobre el césped, hasta venía sonriente, algo que no era muy habitual en ella.

—Ernest, creo que lo hemos conseguido, Hanna será trasladada al servicio de mi casa en unos días. Felicitaciones.

No podía creer lo que estaba escuchando, intenté repasar con mi mente de nuevo cada palabra. Al final podría verla, charlar con ella unos instantes o simplemente comprobar cada día que se encontraba bien. De vez en cuando, Ritter me comentaba lo que sabía de ella, pero la situación en Birkenau se deterioraba por días; la masificación y la muerte indiscriminada aumentaban. Los guardianes parecían rabiosos al escuchar como padecían sus seres queridos los bombardeos de los aliados, el tiempo parecía jugar en su contra. Los prisioneros albergaban esperanzas de ser liberados y los nazis aumentaban su brutalidad con la esperanza de aterrorizarlos o, al menos, limitar su alegría secreta.

—Gracias, muchas gracias —le dije con lágrimas en los ojos.

—No tienes nada que agradecerme, al menos he podido hacer algo por alguien. Una gota en un océano no parece gran cosa, soy

consciente, pero ¿acaso no somos todos meras gotas en el océano alocado del mundo?

—Los grandes errores de la historia los cometen las masas, únicamente los actos individuales son capaces de corregirlos —le contesté.

Aquella mañana pasó veloz, a cada instante me imaginaba junto a
Hanna, también cómo sería nuestra vida lejos de allí.

Antes de irme, Mary me trajo algo de comida.

—Lo siento, todo empieza a escasear —me comentó.

—Lo sé. Las cosas se están poniendo feas.

—El fin está muy cerca, este mundo ya no puede soportar más maldad —me dijo con su voz suave y su expresión angelical.

—Al menos el que hemos conocido, sí —le contesté, escéptico.

—Me refiero al fin de este mundo y a la llegada de un reino de paz
y justicia.

—Ya le comenté que no soy creyente.

—Eso da igual, las cosas no suceden porque las creamos o las dejemos de creer, Dios dirige el destino de los hombres —dijo la mujer, con
una serenidad que me indignó.

—¿Dios? ¿Dónde está Dios en Auschwitz? No lo veo por ninguna parte.

La conversación terminó abruptamente, como cuando dos personas muy distintas no son capaces de entenderse, cada una en su torre
de marfil, asustadas y enfadadas por acontecimientos que no entienden y no pueden cambiar.

Regresé al pabellón furioso, confundido y vulnerable. No podía
aceptar que un Dios misericordioso permitiese todo ese dolor y sufrimiento, aunque era consciente de que éramos nosotros, los humanos,
los que con nuestras elecciones equivocadas habíamos sumido al mundo en un caos. De alguna manera, pensaba que Dios debía ponerle fin,
impedirnos que destruyéramos su creación. La libertad, en el fondo,
era dos formas de esclavitud: una al servicio del bien y otra al servicio
del mal. Únicamente podíamos elegir el amo mejor.

CAPÍTULO 29

Auschwitz, 4 de junio de 1944

LAS COSAS NO OCURRIERON TAL Y como pensaba, los días se sucedían y no llegaba el momento de volver a ver a Hanna. Todas las mañanas, al atravesar el umbral de la residencia, notaba cómo el corazón se me aceleraba, pero, en unos minutos, mi decepción me dejaba casi sin aliento. Mary parecía algo enojada conmigo tras nuestra última conversación, pero continuaba tratándome con respeto y me ofrecía comida cada vez que podía. Algunas veces jugaba al fútbol con Klaus, el hijo mayor del comandante, pero la cabeza me volvía a cada instante a lo mismo. ¿Cómo estará Hanna? ¿Cuándo podré verla de nuevo?

Aquel domingo parecía uno más hasta que Lubos me comentó que habían organizado un partido entre los prisioneros de la cantina y los miembros de las SS. Lo miré sorprendido, pero no parecía tratarse de una broma.

—De veras, se le ocurrió a un sargento, creo que lo conoces, se llama Ritter —dijo, a sabiendas de que se trataba de mi protector en el campo.

Me levanté aún asombrado, al lado de mi cama había unos pantalones cortos, una camiseta y unas viejas botas de fútbol. Me puse el equipo como un niño al que acaban de regalar por Navidad lo que había estado deseando tanto tiempo. En el campo aprendíamos a disfrutar de cada momento, nadie estaba del todo seguro de llegar al día siguiente con vida.

Al salir del pabellón vi al resto del equipo, nuestras piernas delgadas y cuerpos demacrados no lucían mucho con el traje del equipo, pero nos reímos al vernos de aquella guisa.

Detrás del teatro de Auschwitz se improvisó un campo de fútbol. El árbitro sería un prisionero británico al que todo el mundo llamaba «el capitán». Cuando llegamos al campo, los SS ya estaban calentando. Muchos de ellos habían sido nuestros verdugos y me preguntaba si nos atreveríamos a jugar contra ellos con todas nuestras fuerzas.

Uno de los camareros, Philippe, de origen francés, nos organizó.

—Tú serás delantero —me dijo muy serio—, Lubos, medio. Tenemos que salir a ganar, sin piedad.

—Pero, si ganamos, ¿cómo reaccionarán? —preguntó otro prisionero, algo preocupado.

—Joder, tenemos la oportunidad de darles una lección a esos hijos de puta y en lo único que piensas es en salvar tu culo. No harán nada, se comerán su orgullo, hasta los nazis tienen a veces algo de dignidad —comentó el improvisado capitán.

Salimos al terreno de juego algo amedrentados. El capitán de las SS, con su esvástica en el brazo, saludó al nuestro y el árbitro nos deseó suerte.

El juego comenzó con ritmo lento, como si ambos bandos tuviéramos miedo de enfrentarnos con el otro, sin saber cómo iba a reaccionar. Medíamos nuestras fuerzas, dando pases cortos, pero sin llegar a la portería del contrario.

Un pase largo de nuestro portero llegó hasta Lubos y comenzó a correr por la banda. Dos guardas lo siguieron y uno se lanzó al suelo para arrebatarle le pelota, pero el muchacho logró esquivarlo y lanzó un pase justo a mis pies. Noté el balón suave y ligero, un hormigueo me recorrió todo el cuerpo. Dos defensas corrieron hacía mí, parecían dos gorilas escapados del zoológico. Eran mucho más altos que yo y me quedé por un segundo parado, pero, antes de que llegaran a mi altura, corrí a un lado, los esquivé y salí disparado hasta la portería. El guardameta era uno de los guardas más crueles y sádicos del campo, su rostro enfurecido me miró amenazante, como si me advirtiera de la osadía que estaba a punto de cometer. Lancé con todas mis fuerzas el balón, pero logró despejarlo.

Sacamos el córner y uno de mis compañeros remató de cabeza, pero el portero atrapó el balón. Durante el primer tiempo, intentamos en varias ocasiones ponernos por delante, pero la defensa de los SS era brutal. Lubos casi se queda tumbado en el césped, lesionado, y yo tenía las piernas llenas de moratones.

Antes del primer tiempo, Ritter logró deshacerse de dos defensas y lanzó un tiro potente a la portería, marcando el primer gol. Todos sus compañeros lo abrazaron, mientras él corría hacia su campo. Por unos segundos fui consciente de que, aunque no me gustara pensarlo, pertenecíamos a dos mundos distintos, él estaba en el bando de los amos y nosotros, en el de los esclavos. Nuestra amistad me había salvado de una muerte segura, pero no había logrado cambiar esa realidad.

El segundo tiempo fue frenético, con un gol en nuestra contra, no nos cansamos de luchar. Algunos guardas y mujeres de las SS se acercaron a observarnos. El propio comandante se puso detrás de la portería para animar a sus hombres.

En cierto sentido, sabíamos que aquello era mucho más que un partido. En el fondo era una guerra entre dos mundos: uno que se sentía superior y no pestañeaba a la hora de arrasarlo todo a su paso, y otro que parecía a punto de desaparecer. Vencerlos era como demostrar que estaban equivocados, que la única raza inferior era la de los hombres incapaces de reconocer a sus semejantes como iguales.

En el minuto treinta del segundo tiempo, otro de los delanteros nazis marcó el segundo gol, de modo que nuestras esperanzas se hundieron de nuevo. ¿No éramos capaces de vencer a nuestros verdugos ni siquiera en el terreno de juego?

Lubos consiguió robarle la pelota a uno de los medios y corrió por el extremo hasta situarse a unos metros de mí, pensé que me iba a lanzar el balón, pero en el último momento regateó al delantero y tiró a portería. El guardameta se lanzó a un lado y rozó con la punta de su guante el balón, pero este apenas cambió su trayectoria y entró entre los palos. Corrí a abrazarme a mi amigo. Los SS se miraron furiosos, parecía que para ellos no era suficiente con ganar, tenían que machacarnos y no entraba en sus planes que metiéramos un gol.

El partido continuó, pero la dureza de los SS parecía incrementarse por momentos. Nos hacían todo tipo de faltas, que el árbitro pitaba, pero ellos continuaban el juego como si nada. Uno de nuestros defensas quedó tendido en el suelo tras una brutal entrada, lo sacaron en una camilla y el partido continuó.

Lubos tomó de nuevo el balón y logró pasárselo a otro compañero, que remató de cabeza. El balón voló durante unos segundos hasta pasar rozando la cabeza del portero y conseguimos el empate. El público, compuesto únicamente por nazis, comenzó a abuchear y pedir la anulación del gol, pero el árbitro se negó. Ritter intermedió y continuó el partido.

El empate duró justo hasta los últimos minutos del encuentro. Durante casi media hora, intentamos resistir los ataques brutales de los SS. Estaban mucho más en forma que nosotros, pues la mayoría padecíamos un hambre crónica y una debilidad que apenas podía superarse con nuestras ganas de lucha y la rabia que sentíamos hacia ellos.

Después de pelear por el balón en el medio del campo, Lubos logró lanzarme un pase largo. Corrí por la banda para alcanzar el balón, justo enfrente me encontré con Ritter. Mi amigo me sonrió. De alguna manera, todo el tiempo nos habíamos evitado, pero ahora estábamos por fin el uno frente al otro. Lo miré por un instante, logré sobrepasarlo y correr hacia la portería. Sentí una bota en mi talón, pero no perdí el equilibrio y corrí dolorido hasta la portería. El guardameta se lanzó por mí con todas sus fuerzas, pero logré elevar el balón, mientras me derrumbaba. Levanté la cabeza, el esférico surcó el cielo azul de Auschwitz y por unos segundos se quedó suspendido en el aire, después entró en la portería y se hizo un gran silencio, hasta que todos nosotros comenzamos a gritar.

El partido terminó un par de minutos más tarde, los SS se marcharon sin despedirse, aunque Ritter se aproximó hasta mí y me dijo:

—Buen partido. Mañana, Hanna va a la casa. Andaos con cuidado, María Mandel está muy enfadada, no quería que Hanna saliera de Birkenau, pero la mujer del comandante ha ganado la batalla.

—Gracias —le contesté, aún jadeante.

Mis compañeros me tomaron en volandas y me llevaron hasta la puerta de Auschwitz, los SS de la puerta nos miraron desafiantes y comprendimos que dentro de la verja las cosas volvían a su cauce, éramos de nuevo esclavos del Tercer Reich. Pero, al menos durante unos minutos, habíamos logrado vencer su estúpida idea de considerarnos inferiores. Su nacionalismo extremo, su ceguera, no les permitía contemplar la verdad, tal vez era demasiado dura para aceptarla. No eran una raza superior, el Tercer Reich no duraría mil años como había pronosticado su mesías exaltado. Entramos a nuestro pabellón sudorosos, felices y asustados. Nos quitamos los uniformes y nos pusimos los trajes de presos, aunque seguíamos sonriendo, exultantes y felices.

Me acerqué a la ventana y contemplé aquel día previo al verano y deseé con todas mis fuerzas que aquel fuera mi último año en Auschwitz, que la libertad lograra el milagro de convertirme de nuevo en un hombre. Pero ya no estaba seguro de qué era realmente un hombre. Ya no sabía diferenciar a las víctimas de los verdugos, y era no porque la brutalidad de las SS no lo dejara claro. Los nazis habían logrado lo inimaginable, nos decían con cada uno de sus actos que, además de destruir nuestros cuerpos, habían logrado destruir nuestras armas, deshumanizarnos. El pan que comíamos, la ropa o el calzado pertenecían a los muertos; los verdugos nos habían robado nuestra alma, como habían destruido las suyas. Sabía que, en cierto sentido, para los guardas éramos como colegas, cómplices de sus crímenes, y eso me horrorizaba.

CAPÍTULO 30

Auschwitz, 6 de junio de 1944

LA FELICIDAD PARECE SIEMPRE ESQUIVA, COMO si únicamente se entregase a la fuerza, obligada a ofrecer a los corazones sinceros su preciado néctar. Aquella mañana me sacié por fin de ella. Hanna me miró desde el otro lado del jardín como si el tiempo se hubiera detenido aquel día en Potsdam. Auschwitz era tan solo una pesadilla, el mal sueño que se disipa al amanecer. Corrí hasta ella y la abracé, cada poro de su cuerpo parecía fundirse con el mío, noté su delgadez, sentí su rostro huesudo y añoré su pelo largo y brillante. Sus lágrimas se confundieron con las mías, no hacían falta palabras, nos parecían torpes e inútiles en ese momento. Las caricias nos abrumaron, nuestra piel reseca y sucia aún atesoraba el amor que habíamos compartido. La miré a los ojos, mientras sostenía su rostro entre mis manos. No parecía real, pero tampoco un sueño, era la desdibujada realidad de todo lo que sucedía en Auschwitz, liviano y pasajero.

—Te amo —dije, intentando que mis palabras no sonasen demasiado frívolas.

—Yo también te amo —contestó con una media sonrisa y en ese momento supe que podríamos volver a ser nosotros. No sabía cuánto tiempo tardaríamos en conseguirlo, pero lo lograríamos juntos.

Nos sentamos en un pequeño banco escondido. Imaginaba que la señora Höss había preparado ese momento y se aseguraría de que nadie nos interrumpiese, pero en el fondo no me importaba. La felicidad plena es siempre atrevida, valiente y no teme al futuro.

—¿Estás bien? —le dije, con sus manos entrelazadas en las mías.

—Bueno, he estado peor —bromeó.

Nos reímos con ganas, dejando que las emociones que se agolpaban en nuestro corazón se desbordaran por fin. Reíamos, llorábamos, nos quedábamos en silencio o hablábamos sin parar, ahogados por las palabras que durante tanto tiempo atesorábamos en el corazón.

—Ritter te buscó, tenía la esperanza de que no te hubieran retenido. Creo que todo es culpa mía —le confesé, con el corazón aún acelerado por la alegría.

—Es culpa de todos nosotros, por creer que nuestra felicidad personal era posible en un mundo lleno de odio. Fuimos unos ingenuos y unos egoístas. No somos islas, mi amor, nunca lo hemos sido.

—Pero, si no hubiera ayudado a...

Me puso la mano sobre los labios, me escrutó con la mirada y después me besó. Aquel acto de amor tan tierno y profundo logró resquebrajar la bilis del odio, el miedo y la cobardía.

—Lo pasé muy mal. La Gestapo, sus interrogatorios... Fue terrible, me enviaron a Ravensbrück, me costó adaptarme. El hacinamiento era terrible, la comida escaseaba, pero había un espíritu de solidaridad, al menos entre las presas políticas, de modo que nos ayudábamos y, si alguna kapo intentaba hacernos mal, podía aparecer malherida. Las guardianas lo sabían y por eso nos dispersaron. Terminé en Auschwitz, el impacto fue brutal. Birkenau es mucho peor, las barracas son cuadras para caballos; la comida, bazofia infecta; las kapos, peores que las guardianas; pero sobre todo María, esa mujer es la misma encarnación del mal, te lo aseguro.

—Ahora todo eso pasó —le aseguré.

—¿Estás seguro? Mientras estemos aquí encerrados, no estaremos a salvo.

Sabía que tenía razón, pero en aquel momento nos tocaba soñar.

—¿Cómo estás tú? —me preguntó con una dulzura que me hizo suspirar.

—Bien. Ritter me ayudado mucho. Bueno, nos ha ayudado a los dos.

—¿Cómo pudo convertirse en un SS? —me preguntó con una expresión de desprecio.

—No lo sé, puede que las circunstancias lo empujaran, el miedo es siempre nuestro peor enemigo. Al parecer no quería ir al frente ruso.

Hanna miró los árboles, unos pájaros cantaban sobre nuestras cabezas.

—Se me había olvidado como era la belleza, en Birkenau únicamente hay barro y sangre. Los miembros de la orquesta apenas salíamos del recinto, no teníamos que trabajar fuera, pero nuestro campamento era asfixiante. La primera directora que tuve, Alma Rosé era muy dura, aunque creo que en el fondo quería asegurarse de que María Mandel no se cansara de su juguete. Eso éramos para ella, como para el doctor Mengele. Están tan llenos de maldad que lo único que calma su corazón ennegrecido es la música.

—Ahora estás en buenas manos, la señora Höss es una buena persona, al menos eso parece —le contesté.

—¿Una buena persona? En los tiempos que corren escasean —me contestó incrédula.

—¿De qué te encargarás? —le pregunté, intentando cambiar de conversación.

—Tengo que dar música a sus monstruitos —me dijo en tono de broma.

—No son malos niños, todavía parecen libres del odio que reina por aquí.

—Las serpientes engendran serpientes —me contestó.

Nos quedamos de nuevo en silencio, después apoyó su cabeza sobre mi hombro y me sentí el hombre más afortunado del mundo. No necesitábamos nada más. Hasta unas semanas antes, lo había olvidado todo: nuestro país, nuestra cultura, el pasado, los amigos e incluso aquel futuro que habíamos planeado juntos. Todo se reducía al terrible presente del campo, al minuto, al segundo de desesperada existencia. Únicamente algunos días festivos, en el minuto que precede al sueño, podíamos salir de nosotros mismos y contemplar con horror el envilecimiento en el que habíamos caído. Aquel momento puro, único, también pasaría, pero en cierto modo había logrado que el alma recuperase aliento, hasta la última batalla, cuando el mundo volviera a ser un lugar en el que la verdad y el valor no se confundieran con la ideología y la cobardía de aquellos que únicamente saben imponer sus ideas con la fuerza de las armas y sus viles discursos de odio.

Al final del día, fue muy difícil separarse, aun cuando sabíamos que al día siguiente nos volveríamos a ver, aunque fuera apenas un instante. Aquella noche, sobre mi camastro, pude soñar de nuevo despierto. Me acordé de nuestro grupo de amigos, de los días lejanos de la juventud, cuando todo era posible y aún no nos habíamos rendido a la realidad. Recordé las conversaciones, las charlas en las que nos prometíamos no caer en la vulgar existencia de nuestros progenitores. La peor traición es siempre hacia nosotros mismos, la lealtad comienza y termina en la fidelidad que tengamos a nuestros deseos.

«¿Puedo ser feliz en Auschwitz?», me pregunté en silencio, pero la verdadera pregunta no era aquella. ¿Debía ser feliz en un lugar como este? La respuesta no puede ser otra que «no». Ya había jugado antes a ignorar la infelicidad que me rodeaba, pero aquello no había logrado evitar que el mal me alcanzase también a mí. «No somos islas», dijo Hanna aquella mañana, nuestras vidas se encuentran unidas a millones de corazones que sienten, aman y se desesperan. En cada ser humano nos encontramos representados; su muerte, o su vida, es la también la nuestra. Hasta somos hermanos de nuestros verdugos, amigos de aquellos que nos torturan de manera despiadada. Víctimas y verdugos: a veces la alambrada no es suficiente para distinguir a unos de otros.

CAPÍTULO 31

Auschwitz, 7 de octubre de 1944

LAS EXPLOSIONES SE ESCUCHARON A PRIMERA hora. Todavía estaba preparándome para ir a la residencia del comandante y nos obligaron a todos a permanecer encerrados en las barracas, bajo pena de muerte. Nadie podía salir ni entrar, sabíamos poco sobre lo que estaba pasando. Durante el verano, Auschwitz había sufrido varios ataques aéreos, pero, en contra de lo que pensábamos, los aliados no atacaron las vías férreas o los crematorios, se limitaron a destruir el complejo empresarial que había alrededor de los campos auxiliares. Muchos prisioneros murieron en las fábricas, asesinados por las bombas que pretendían salvarlos, mientras los trenes de la muerte continuaban viniendo a Birkenau. La llegada de los húngaros se había detenido. Se escuchaban noticias de que los norteamericanos estaban en Calais, muy cerca de la frontera belga, y los rusos avanzaban por Hungría y las repúblicas bálticas. Creíamos que la derrota alemana era cuestión de meses, pero eso nos ponía a todos en una situación aún más peligrosa.

Domard logró hablar con uno de los guardas con el que tenía más confianza y después vinos a contarnos que estaba pasando.

—Los Sonderkommandos se han rebelado en varias de las cámaras de gas y los crematorios. Todo es muy confuso, pero se han enfrentado a los guardas, tienen ametralladoras y explosivos y se han hecho fuertes en los crematorios III y IV.

—¿Es cierto? —preguntó Lubos.

—Sí, algunos de los comandos llevaban hachas, palos y otras armas caseras, han volado los crematorios.

Nunca pensé que se produjera una rebelión a gran escala en Birkenau. Los nazis mantenían a todo el mundo aterrorizado. Los Sonderkommandos eran los pocos que estaban unidos y con las fuerzas físicas suficientes para intentar algo así. Las SS utilizaban a aquellos pobres diablos para el trabajo más duro y difícil de Auschwitz. Eran los encargados de convencer a los prisioneros que iban a ser gaseados de que dejaran las cosas ordenadas, llevarlos hasta el matadero sin que protestasen, después vaciar la cámara de gas y subir en un montacargas a los muertos para quemarlos en los grandes hornos del campo. En muchas ocasiones, algunos comandos habían visto morir a vecinos o familiares. Si Auschwitz era el infierno, las cámaras de gas eran el círculo central de ese infierno. Estaban rodeadas de hermosos jardines, para que sus víctimas no sospechasen. Los prisioneros pasaban sus últimos minutos ahogándose con un gas letal, incapaces de salvar a sus seres queridos. Nos habían contado que los Sonderkommandos gozaban de privilegios que no teníamos ni nosotros. Vestían ropas civiles, comían en manteles de seda todo lo que podían quitar a los muertos, y dormían en camas con sábanas de satén. Bebían licores y tenían libros, pero aquellos privilegios apenas duraban unos meses, ya que los Sonderkommandos eran a su vez asesinados y sus sustitutos se encargaban de incinerarlos.

Al parecer, alguien había advertido a los comandos que los iban a asesinar y estos habían activado un plan de resistencia y fuga. Medio centenar había logrado escapar.

—¿Qué sucederá ahora? —preguntó, temeroso, Lubos.

—Nada, imagino que los capturarán. Birkenau es un campo de exterminio, no puede dejar testigos, pero los nazis controlan toda la zona. Estamos en varios círculos concéntricos de control de las SS, esas alambradas que veis son únicamente el primer obstáculo. Por eso no he pensado nunca en escapar. Polonia entera continúa siendo una cárcel. Nuestra única esperanza es que los aliados lleguen y nos liberen —dijo Domard.

—¿Qué pasará si llegan los rusos? —preguntó Philippe.

—Nada puede ser peor que esto —contestó Domard.

—¿Seguro? He escuchado que, cuando ocuparon Polonia, los rusos fueron tan crueles como los nazis —dijo Lubos.

Yo permanecía callado, me preocupaba Hanna, pero también Ritter, hablaban de varios SS muertos y muchos heridos.

—¿Qué piensas? —preguntó Philippe.

—Seguro que en su amigo de las SS —dijo Lubos.

Le dirigí una mirada furiosa, todos teníamos un protector en Auschwitz, por eso nos encontrábamos allí y no en Birkenau.

—¿Amigo? ¿Acaso no os protegen también a vosotros? Todos los que estamos aquí somos unos privilegiados. ¿Cuánta gente ha muerto desde que estamos aquí? ¿Decenas de miles, cientos de miles han sido gaseados?

—Tranquilo, Ernest, a veces Lubos es un poco bocazas —dijo Domard.

—Ningún nazi es mi amigo, tú eres un maldito alemán, uno de ellos al fin y al cabo.

Me puse en pie y me acerqué hasta él, pero los compañeros me detuvieran antes de que comenzáramos a pelear.

Escuchamos la llegada de varios vehículos. Al parecer, algunas ambulancias de la Cruz Roja traían SS heridos al pabellón médico. Nos asomamos y vimos cómo corrían los camilleros; bajo las sábanas blancas, la sangre fluía viscosa; algunos gemían y otros, con la cabeza tapada, parecían inertes.

Un par de horas después, uno de los prisioneros que trabajaba en el pabellón médico vino a cambiarse y comenzamos a hacerle preguntas.

—¿Sabes algo nuevo? —preguntó Domard.

—Los compañeros han matado a tres SS y han herido a unos doce. Un par de centenares de prisioneros han logrado escapar, pero al parecer ya han capturado a la mayoría. Al menos, esos cerdos se han llevado un buen susto —dijo el ayudante de enfermería.

Todos nos alegramos, pero al mismo tiempo no se nos escapaba que aquello enrarecería más el ambiente entre nosotros y los SS. Los guardas no necesitaban ninguna excusa para matarnos o maltratarnos, pero debían de estar furiosos.

El ayudante de enfermería se fue al baño para ducharse y yo le seguí.

—¿Sabes si el sargento Ritter ha sido alcanzado?

Desde hacía meses, mi amigo trabajaba en Birkenau, De hecho, eso estaba terminando con su moral, cada día veía desde su torre de control las atrocidades que se cometían en el campo y ya no podía más.

—Está herido, le han herido en un brazo, creo.

—¿Podría verlo?

—Ponte mi bata. Ahora todo está tranquilo, la mayoría están sedados. Pero ten mucho cuidado, si te descubren, los dos podríamos terminar muy mal.

Me puse la bata blanca con manchas de sangre y me dirigí al pabellón sanitario con la esperanza de que no me viera ninguno de mis compañeros. Estaba muy cerca del nuestro, por lo que únicamente tuve que caminar unos cien metros. La bata blanca me permitió recorrerlos sin problema y entrar en el pabellón. En el interior había una treintena de camas alineadas, la mitad vacías, no se veían médicos ni enfermeras, la mayoría de los heridos estaban dormidos o gemían levemente. Me sorprendió ver a los nazis heridos, en muchas ocasiones sentíamos que eran inmortales, que no podíamos hacer nada para terminar con ellos.

Miré a los pies de las camas los nombres y tuve que ir hasta el fondo para dar con la de Ritter. Mi amigo estaba con los ojos cerrados, llevaba un brazo vendado y varios rasguños en la cara.

—Ritter —le susurré al oído.

Abrió los ojos, sorprendido, y se incorporó un poco.

—¿Qué haces aquí? —me preguntó, preocupado. Al moverse, hizo un gesto de dolor.

—Quería saber cómo te encontrabas —le contesté.

—Bueno, me he escapado de milagro. Tenían ametralladoras y granadas, no sé de dónde las han sacado, pero todo se compra y se vende en Auschwitz.

Eso lo sabíamos todos, se despojaba a los muertos de sus ropas, equipajes, hasta las prótesis, el pelo y los dientes de oro. El Tercer Reich no nos quería, pero sí todo lo que pudiera sacar de nosotros.

—La situación se va a poner peor. Nos llegan rumores de que, en semanas, como mucho en meses, los rusos pueden llegar aquí. Ahora me han herido, puede que me manden a casa o a un hospital en Alemania, pero me preocupa lo que pueda pasaros —me comentó.

—No te preocupes por nosotros, nos las apañaremos —le contesté.

—No creo que podáis, si mandan evacuar el campo, eso significa...

—Me imagino, pero en ese caso intentaríamos algo. Fugarnos.

—El recinto está rodeado de otros controles, vuestra única esperanza sería llegar a Cracovia y pedir ayuda a los partisanos, pero sois alemanes y no habláis polaco.

Ya había pensado en todo aquello en muchas ocasiones. No era muy difícil escapar de la casa del comandante, conseguir ropas de calle y llegar hasta alguna aldea cercana, pero lo más complicado era llegar a una gran ciudad e intentar pasar desapercibidos hasta que la guerra terminase.

—Confiemos en que el destino nos ayude —le comenté.

—Creo que el destino no te puede ayudar si tú no le ayudas antes —contestó de forma seca.

—No tenemos un aliado mejor. ¿Acaso no fue el destino el que volvió a reunirnos?

Ritter se quedó pensativo. Todos nos preguntábamos por qué miles de personas morían a nuestro lado, mientras nosotros sobrevivíamos. Aunque a veces pensaba que los verdaderos afortunados eran los muertos.

—Cuida de Hanna, espero quedarme en Auschwitz, al menos mientras pueda hacer algo por vosotros —dijo Ritter en forma de despedida.

—Ya has hecho suficiente, si puedes escapar de aquí, no lo dudes. Esto nos destruirá a todos nosotros.

Mi amigo, pensativo, me miró y después alargó su brazo sano para rodearme con él.

—Gracias por tu amistad, Hanna y tú habéis conseguido que no me volviera loco en este infierno. Sé que para vosotros ha sido mucho peor, pero no soy un asesino. Todo lo que ha sucedido aquí ha sido terrible.

Ritter comenzó a llorar, pasé mi mano sobre su cabeza y salí despacio de la sala. Crucé la calle y caminé hasta nuestro pabellón. La guerra y el horror nos habían cambiado a todos. Tenía la sensación de que el mundo que había conocido ya no existía, de que no había lugar al que regresar, pues lo que no había devorado la hoguera del nazismo lo habían destrozado las bombas.

Me prometí sobrevivir, salir de Auschwitz y ser felices sería el mayor acto de rebeldía contra aquel sistema inhumano que nos había robado poco a poco todo lo que amábamos y quiénes éramos realmente. Tenía que sobrevivir y convertirme en testigo de este horror, el mundo tenía que conocer lo que había sucedido aquí. Si un solo ser humano lograra cambiar su odio, su racismo, su desprecio al diferente al conocer a dónde nos había conducido el nuestro, me sentiría plenamente feliz.

CAPÍTULO 32

Auschwitz, 25 de noviembre de 1944

No SOY JUDÍO, NO HABLO EL hebreo ni el yidis, ni sigo la cultura de mis ancestros, soy agnóstico. No conocía mi tradición, porque estas se heredan, pero sí tenía una identidad, todos necesitamos una para vivir. A pesar de todo, me sentía alemán. Las leyes de mi país me negaban ese derecho, pero no podía evitarlo. A veces deseaba creer, veía cómo los que tenían fe superaban muchos obstáculos en los que yo me quedaba encallado, sobre todo por el sinsentido de la vida. Uno de mis compañeros había tratado de hablarme muchas veces de un Dios de misericordia, de su infinito amor por el hombre, pero yo no siento ese amor, tampoco veo su misericordia. Me había dicho que el hecho de que yo esté vivo es una muestra de esa misericordia, pero me pregunto por qué la tiene conmigo y no con el resto. ¿Acaso soy mejor que los demás? Ni siquiera estoy seguro de que exista.

Después de los disturbios y la represión que siguió a la rebelión de octubre, había regresado cierta calma, pero las cosas no eran iguales.

Los soviéticos estaban en Eslovaquia, no podían tardar mucho en atravesar la frontera y llegar hasta aquí.

Hanna parecía en los últimos días algo ausente, charlábamos poco y el agotamiento que se observaba en sus ojos me preocupaba. Estábamos muy débiles, cada vez comíamos peor, no había madera ni carbón para calentarnos, el único momento que entrábamos en calor era cuando Mary nos daba una taza caliente. La comida había empeorado aún más, pero el trabajo era igual de duro.

Aquella mañana vi que en el despacho del comandante estaban algunos de los oficiales más importantes del campo. Todos fumaban, así que Höss abrió la ventana. Me paré a escuchar, sabía que una reunión a ese nivel no puede traer nada bueno para nosotros.

—Tenemos que cumplir las órdenes, hay que reventar las cámaras de gas y los crematorios —dijo el comandante.

—¿Cuándo van a evacuarnos? —preguntó Mengele, que parecía muy nervioso.

—Bueno, espero que pronto, caballeros, yo tengo aquí a toda mi familia y no me gustaría que los soviéticos nos atraparan. Al menos, en Alemania estaremos en nuestro país —observó el comandante.

—Son todos unos derrotistas —comentó un oficial al que no reconocí.

—¿Derrotistas? Nosotros hemos sacrificado nuestra vida por Alemania, hemos hecho un trabajo que muy pocos hubieran estado dispuestos a realizar. Replegarse no es huir, estamos convencidos de que Alemania resistirá. Nuestro líder, Himmler, cree que se puede llegar a un acuerdo con los aliados para que se vuelvan contra Stalin. Es cuestión de tiempo, los bolcheviques y los judíos son el verdadero problema de nuestro mundo. Ellos nos llevaron a la guerra y quieren destruirnos —repitió el comandante, como si no supieran todos la verdad.

—Al ver lo que hacemos, los presos se rebelarán. Lo sucedido hace un mes puede repetirse —comentó Mengele.

—Fue un conato de resistencia, pero los culpables han sido ajusticiados. El resto de los prisioneros está demasiado débil para resistirse. Se han reducido aún más las raciones de comida —señaló el comandante.

El grupo comenzó a ponerse en pie para retirarse, pero, antes de que se marcharan, el comandante les dijo:

—Tenemos que estar preparados para lo peor. No sé qué quiere el alto mando. Si destruimos los crematorios y las cámaras ¿cómo nos desharemos del resto de prisioneros? Esos burócratas no saben cómo está la situación aquí. Dentro de poco no tendremos comida y, después, el caos se apoderará de todo. Tanto esfuerzo y sacrificios para que nuestro trabajo se destruya por completo... Retírense —concluyó.

Höss se quedó solo, parecía realmente abatido. Su gran obra, una máquina de asesinar gente inocente, debía ser ocultada, el maestro del asesinato en masa no pasaría a la historia.

Comencé a amontonar las hojas y Hanna se acercó disimuladamente. Su rostro fatigado esbozó una sonrisa.

—¿Te encuentras bien? —le pregunté.

—Un poco cansada.

—Puedo pedir al médico de prisioneros que te examine.

—No hace falta. Seguro que en unos días estaré mejor. Este frío se me mete en los huesos.

La abracé un instante, en aquellos momentos era capaz de olvidar el horror que nos rodeaba.

—Tenemos que intentar escapar —le dije muy serio.

—¿Escapar? —me preguntó, sorprendida.

—Los soviéticos están al sur, tal vez podamos alcanzar sus líneas.

—Somos dos alemanes. ¿Qué piensas que nos harán al vernos?

—Pues hacia Alemania. Los nazis van a abandonar Auschwitz y no creo que deseen dejar testigos de lo que han hecho.

Hanna me miró asustada. De algún modo, lo sabíamos, pero nos negábamos a reconocer que habíamos visto demasiado como para permanecer con vida. Huir era una locura, pero al menos tendríamos una oportunidad de sobrevivir. Intenté pedir a Dios que nos ayudara a escapar, pero la fe no me alcanzaba. Me sentía como un estafador que juega su última carta desesperada, pero que en el fondo sabe que el juego ya se ha terminado. Cuando escuchamos las explosiones, supimos que había comenzado el principio del fin.

CAPÍTULO 33

Auschwitz, 25 de diciembre de 1944

LA NAVIDAD ERA UNA FECHA ANÓMALA en Auschwitz. Para los nazis apenas significaba la celebración pagana del solsticio de invierno, pero la señora Höss, que nunca había pertenecido al partido nazi, continuaba con las tradiciones navideñas católicas, incluida la del belén y el árbol de Navidad. Aquella mañana, cuando llegué a la casa había muchos regalos debajo del árbol. A pesar de la escasez y la cercanía de las tropas soviéticas, la familia del comandante intentó pasar unas navidades en paz, aunque eran conscientes de que la última batalla se acercaba y su futuro resultaba imprevisible. Por primera vez desde la creación del campo de exterminio, los alemanes parecían más asustados que los prisioneros.

Hanna, que parecía haberse recuperado de un fuerte resfriado, estaba en la sala junto a Mary cuando repartieron los regalos. Al terminar la breve entrega, mi mujer salió al jardín y me entregó un paquete minúsculo. La miré con sorpresa, llevaba mucho tiempo encerrado y la Navidad parecía algo del pasado remoto.

—Gracias —le dije, algo abrumado por no tener nada para ella.

—Tú eres mi regalo —afirmó dándome un abrazo.

—¿Aún piensas que deberíamos intentar escapar? —le pregunté, intranquilo.

—Sí, pero tenemos que buscar la oportunidad adecuada.

—Es muy peligroso, no quiero que te suceda nada.

—La señora está preparando las cosas para marcharse. Cuando la familia no esté, ya no nos necesitarán, ¿qué harán entonces con nosotros? Te lo puedes imaginar, nos enviarán con el resto de los prisioneros y después...

Hanna tenía razón, pero me resistía a planear una fuga que con casi toda seguridad terminaría en nuestra captura y muerte. Muy pocos habían logrado escapar de Auschwitz y continuar con vida.

—¿Has escuchado lo que ha pasado en el barracón del hospital? Las prisioneras han envuelto doscientos regalos para los niños que están allí. Me han contado que ha sido muy emotivo verlos desenvolver con ilusión los paquetes, que tenían además dos terrones de azúcar y un caramelo. Una de las mujeres se ha vestido de San Nicolás. ¿Te lo imaginas? Por unos momentos, todos se han olvidado de dónde estábamos. El ser humano es capaz de los crímenes más viles, pero también de los actos más generosos —le conté, emocionado.

Hanna me miró con sus grandes ojos y comenzó a llorar. Nos abrazamos mientras la nieve comenzaba a caer de nuevo. Todo aquel manto blanco parecía tapar los crímenes y horrores del campo. Pero los fogonazos que se veían por las noches no eran fuegos artificiales, las tropas soviéticas estaban a pocos kilómetros de nosotros.

—Hoy podría ser un buen día para escapar —dijo Hanna de repente. La miré sin ocultar mi sorpresa, teníamos que planificar muchas cosas antes de un intento desesperado. La oportunidad podía ser buena, pero eso no significaba que, una vez fuera, lográramos llegar a un lugar seguro.

El resto de la mañana fue tranquilo. Con tanta nieve, apenas tenía trabajo, así que me limité a cuidar algunas verduras que teníamos en un pequeño invernadero y a limpiar el camino de entrada. Antes de marcharme, Hanna me ofreció algunas galletas de Navidad que había hecho la esposa del comandante y la besé discretamente mientras salía por la puerta.

En el camino de vuelta a los barracones, no podía dejar de pensar en lo que me había dicho. Podía pedirles ayuda a mis amigos polacos, para que me indicaran dónde refugiarnos una vez fuera del campo.

Al llegar al barracón me sorprendió encontrar a una multitud en la puerta, logré entrar y pude ver a un pastor protestante llamado Fischer celebrando la Navidad. La noche anterior, en Birkenau, el sacerdote católico Władysław Grohs de Rosenburg había celebrado la misa del gallo sin que los guardas se lo impidiesen Todo parecía surrealista en Auschwitz en aquellos últimos días de infierno y muerte.

—Durante demasiados años, la oscuridad ha querido imperar sobre la luz, la luz de una estrella que nos anuncia la Navidad, la esperanza de todos los hombres de buena voluntad, pero está escrito que las tinieblas no pueden prevalecer sobre la luz. Aunque aún nos parezca imposible, los uniformes manchados de sangre y las botas que han aplastado la paz en el mundo serán lanzados a la hoguera del olvido, para que el fuego los devore. Hoy ha nacido en la ciudad de David un Salvador, que es Cristo el Señor, y, como dice el profeta Isaías, se le ha concedido el poder de gobernar y reinar sobre el mundo.

Observé las caras emocionadas de muchos de mis compañeros, la esperanza y la victoria sobre el mal parecían muy cercanas. Intenté agachar la cabeza y concentrarme en una oración breve, pero lo único que pude pronunciar en mi mente fue una corta letanía con la que pedí al Dios de mis ancestros que terminara con el horror de Auschwitz.

Muchos pasaron a comulgar en medio de la multitud, el pastor nos despidió con una oración y la gente se fue con una sonrisa en los labios. Al menos, habían podido celebrar juntos esa última Navidad, porque todo sabíamos que, para bien o para mal, sería la última que pasaríamos en Auschwitz.

Tras la ceremonia, me acerqué a Domard y Lubos, que estaban en la habitación tumbados (algo impensable en Birkenau, donde los prisioneros no podían tumbarse en las camas hasta antes de dormir). Parecían agotados, las últimas celebraciones navideñas habían aumentado el trabajo, incluso un camarero había sido asesinado a golpes por tardar demasiado en servir una copa de champán a un guarda. Aún quedaba la comida de Navidad y la tensión era máxima.

—Hoy has regresado muy pronto —dijo Lubos al verme entrar.

—No hay mucho que hacer, todo está lleno de nieve —le contesté frotándome las manos heladas.

—¿Habéis visto la ceremonia? —les pregunté.

—Sí, los nazis parecen estar bajando la mano, pero es para que nos confiemos. En realidad, nos matarán a todos antes de que se marchen a Alemania —dijo Domard.

—¿Estás seguro de eso? —le dije, preocupado.

—Yo serví ayer en la cena de oficiales, algunos hablaban entre ellos de la evacuación. Aún no saben si la orden será evacuar todo el campo o simplemente al personal a cargo. ¿Entiendes?

—Pero los rusos están a punto de conquistar Varsovia y Cracovia será la siguiente —le contesté.

Domard me dirigió una mirada irónica, como si me compadeciera, él siempre creía tener la razón.

—No dejarán testigos. Si no nos matan antes de irse, muy pocos podremos igualmente sobrevivir. Si nos llevan con ellos, moriremos por el camino o en los campos de Alemania.

—Por eso debemos escapar —le dije.

Los dos me miraron sorprendidos, no me creían con agallas para huir, pero la situación era tan desesperada que parecía la mejor opción.

—¿Nos ayudará tu amigo? —me preguntó Domard con un gesto ansioso.

—Puede que sí, hace días que se incorporó de nuevo al servicio —les expliqué.

—La única forma de escapar es en uno de los camiones de abastecimiento. Una vez fuera, podremos escondernos con mi familia en Cracovia —dijo Domard.

—¿Cuándo lo haríamos? —les pregunté, sin creerme del todo que fuéramos a hacerlo.

—Mañana por la noche. No sé por cuánto tiempo más seguirán llegando camiones de abastecimiento —respondió Domard.

Aquella noche me acosté con la sensación de que nuestra libertad estaba muy próxima, casi podíamos saborearla. Ritter debía estar de guardia en la noche señalada para no registrar el camión. Si todo salía bien, en poco más de una hora estaríamos en Cracovia y allí esperaríamos la llegada de los rusos. Auschwitz se convertiría en un recuerdo lejano, incapaz de robarnos nuestros sueños.

CAPÍTULO 34

Auschwitz, 26 de diciembre de 1944

UNA DE LAS PARTES MÁS COMPLICADAS del plan era sacar a Hanna de la casa de los Höss, el corto trayecto que debíamos recorrer hasta Auschwitz era más peligroso que el viaje por la noche a Cracovia. Intenté animarme, Ritter había firmado una autorización en nombre de su oficial superior para que mi esposa ayudase en la cocina del campo durante aquel día, con la excusa de una comida especial que celebraban los oficiales. Esperábamos que el SS que siempre me escoltaba lo creyera y la señora de Höss no pusiera ninguna pega.

Al llegar a la casa, lo primero que me extrañó fueron las dos grandes furgonetas aparcadas en la entrada. Unos hombres cargaban cajas hasta ellas, mientras otros se afanaban en embalar lo que aún quedaba por guardar. Mary me abrió la puerta y en su rostro pude ver reflejada una expresión que no me gustó nada.

—Se la han llevado, ha vuelto a la orquesta de Birkenau. Yo me iré mañana con el resto de las cosas. Espero que logréis sobrevivir a todo esto —dijo antes de echarse a llorar.

Me quedé paralizado, mudo, al escuchar la noticia. Sabía que las componentes judías de la orquesta femenina habían sido enviadas a otros campos en noviembre, pero que Elisabeth Volkenrath, que había tomado el puesto de María Mandel al ser enviada esta a Dachau, aún conservaba algunas componentes no judías. Los actos a celebrar eran cada vez más escasos. No había obras de teatro en el auditorio de las SS, ni combates de boxeo, y el último concierto había sido antes de Navidad. Tenía que encontrar de inmediato a Ritter. Tampoco sabía qué harían conmigo, mis trabajos ya no eran necesarios en la casa.

El SS me llevó de regreso al campamento. Mi cabeza estaba en otra parte, se nos escapaba la oportunidad de fugarnos aquella misma noche y cada día que pasaba era más peligroso permanecer en Auschwitz.

Mis compañeros estaban trabajando cuando regresé, tenía que ver a Ritter, pero atravesar el campo y preguntar por él a sus compañeros podía ponernos en peligro a los dos. Aun así, debía intentarlo.

Salí con cautela del barracón y caminé por el campo hasta detenerme frente a la puerta principal, el SS salió malhumorado y comenzó a gritarme qué hacía allí. Le expliqué de forma sosegada que estaba buscando al sargento Ritter. El SS me empujó furioso y saqué la carta que mi amigo me había dado, con la esperanza de que viera que estaba firmada por un oficial.

—¡Maldito judío! ¿Pensáis que os librareis de vuestro destino? Os mataremos antes de irnos, pero, aunque alguno sobreviva, nadie os creerá, seréis unos pobres locos, la escoria de Europa.

—Lo único que quiero...

No me dejó terminar la frase, sacó una porra y comenzó a pegarme con fuerza. Me cubrí la cabeza, pero él continuó golpeándome hasta que me derribó. Después, las patadas con sus botas reforzadas con hierro me alcanzaron al estómago, la cara y el resto del cuerpo. Sentía cada golpe como un latigazo. Apenas me había repuesto de uno cuando recibía otro aún más salvaje. Comencé a verlo todo borroso y perdí el conocimiento mientras mi mente imaginaba que aquello era el fin.

CAPÍTULO 35

Auschwitz, 4 de enero de 1945

NO RECORDABA NADA, LLEVABA CASI CINCO días incons- ciente, hasta que desperté en una de las salas de la enfermería. Tenía una pierna y un brazo rotos, la cabeza vendada, me dolía todo el cuer- po y no podía incorporarme en la cama. Uno de los médicos húngaros se acercó y me pidió que no me moviera.

—Todavía está convaleciente, pensábamos que no despertaría. No sabíamos cómo le habían afectado al cerebro los golpes. Creemos que tiene el bazo dañado, pero no tenemos medios para operarlo, apenas queda nada para dar a los enfermos —me explicó el doctor.

—Tengo muchos dolores.

—Lo sé, lo único que puedo ofrecerle es algo de alcohol. Al menos podrá aliviar en parte el dolor —comentó el médico.

—¿Cuántos días llevo inconsciente? —le pregunté, angustiado, pues no sabía cuál podía ser la situación de Hanna. Una semana en Birkenau podía suponer la muerte. El tifus se extendía cada vez más y la brutalidad de los guardas, unida al hambre, ponía en grave peligro a mi mujer. Esperaba que Ritter hubiera podido hacer algo por ella.

—Nueve días. Menos mal que ha despertado, de no haberlo hecho, tendríamos que haber informado al médico de las SS. Se están des- haciendo de los enfermos, ya nadie duda que la evacuación pare- ce inminente. Se están quemando los registros, todo el sistema está empezando a caer en un tremendo caos. Dicen que ya no llegarán más suministros al campo. Cuando se terminen, moriremos todos de hambre —dijo el médico, con el rostro completamente demacrado.

Me quedé tumbado en la cama escuchando los lamentos de los prisioneros. La noche llegó lentamente y, cuando estaba casi dormido, escuché unos pasos que se detuvieron a la altura de la cama.

—Ernest, soy Ritter. He venido cada noche a verte, pero estabas inconsciente. Te traigo algo de comida. Apenas queda nada para nosotros, no creo que en la enfermería puedan darte más que una sopa insípida.

La voz de Ritter llegó a emocionarme. Me sentía tan solo y abatido que sus palabras me ayudaron a recuperar en parte el ánimo.

—Siento todo lo que te ha pasado. Llegamos demasiado tarde, Hanna había sido enviada de nuevo al campo de mujeres bajo las órdenes de Elisabeth Volkenrath. Cursé una petición oficial para trasladarla a Auschwitz I, pero, en lugar de contestar, se presentó aquí. Estaba como loca, me advirtió de que, si volvía a solicitar a una de sus prisioneras, informaría al comandante, que todo aquello era muy irregular.

—¿Sabes algo de Hanna?

—He lograda verla de lejos. Parece muy cansada, le han rapado de nuevo el pelo, pero creo que está bien. En unos días nos trasladarán.

—¿Trasladar? ¿A dónde nos llevan?

—A campos en Alemania. Algunos partirán en trenes, pero las comunicaciones están muy mal, la mayoría lo hará a pie.

—¿A pie? Es invierno, todo está nevado, no llevan ropa adecuada ni tienen fuerza para resistirlo. Es como firmar la sentencia de muerte de casi todos.

—Al menos, yo iré con Hanna, intentaré que llegue sana y salva a Bergen-Belsen, allí se encerrará a la mayoría de las mujeres.

—Yo también iré —le dije, y traté de ponerme más erguido.

—Imposible. Tienes una pierna rota, tu brazo está mal y te encuentras muy débil. No llegarías ni a las proximidades del campo. Tenemos órdenes de rematar a los que no puedan continuar la marcha.

Lo miré horrorizado, ¿cómo podían separarme precisamente en ese momento de Hanna? Estábamos tan cerca de sobrevivir.

—Debes tener cuidado, me han dicho que, cuando nos vayamos, un grupo de SS vendrá para remataros. No quieren testigos incómodos.

No me importaba mi suerte, lo único que me preocupaba era lo que podía sucederle a Hanna.

—Tus amigos fueron capturados, no llegaron a Cracovia, creí que deberías saberlo. Los ahorcaron en la entrada, ante la vista de todos, para que sirvieran de ejemplo. Tal vez aquella paliza fue providencial. De haber intentado la fuga, los dos estaríais muertos.

Lo miré, asombrado; a veces pensaba que la muerte era un regalo comparado con lo que los vivos teníamos que soportar.

Ritter me entregó un poco de pan ennegrecido y un pedazo minúsculo de queso. Me lo comí con desesperación y después tomé una a una las migas que tenía sobre la sábana.

—Intentaré pasarme de vez en cuando.

—Espera. ¿Tienes algo con lo que escribir?

Ritter sacó de uno de los bolsillos de la guerrera un bolígrafo y tomó de la mesa un papel. Me los entregó y, durante unos minutos, escribí hasta agotar las dos caras del pequeño trozo de papel.

—Por favor, intenta que Hanna pueda leerlo.

—Te lo prometo, amigo —dijo mientras nos abrazábamos. Por alguna extraña razón, tuve el presentimiento de que no volveríamos a vernos, pero intenté tragarme las lágrimas, debía ser fuerte y sobrevivir.

Lo vi alejarse por el pasillo a oscuras. Su figura se confundía con las sombras de la sala, las luces del campo estaban apagadas por miedo a los bombardeos y apenas entraba luz por la ventana. Me sentí como si hubiera hecho un gran esfuerzo. Me tumbé sobre la almohada sucia y ennegrecida e intenté recordar los buenos tiempos, los años en los que todavía la vida parecía un juego y la juventud una fiesta que no terminaría nunca. Los rostros de Eduardo, Mario, Jorge, Felipe, Luis, Ritter y Hanna pasaron por mi mente, sus sonrisas, las aventuras que habíamos vivido en Múnich, los momentos felices y trágicos, que siempre lográbamos ahuyentar con la algarabía de una sonrisa o con un partido de fútbol los sábados por la mañana. ¿Cómo se encontrarían mis amigos del otro lado del mundo? ¿Pensarían en nosotros o simplemente éramos un lejano recuerdo? El rostro de Hanna, con aquella mirada seductora y su fuerza interior, me acompañó hasta que el cansancio logró vencerme y de nuevo mis ojos se cerraron, agotados por el rumor de los enfermos que esperaban en la última parada de la vida, Auschwitz.

CAPÍTULO 36

Auschwitz, 17 de enero de 1945

EL SILENCIO SE APODERÓ DE TODO. La noche anterior, las cocinas aún habían funcionado, todavía estaba en el ambiente el olor a nabos cocidos tan característico de Auschwitz, pero la quietud de aquella mañana no era normal. Logré llegar hasta la ventana y asomarme, había luz en algunas dependencias y divisé que en varias torres permanecían los guardas de las SS. Todo era muy anómalo, nadie nos había traído las pobres gachas que solíamos desayunar ni los médicos habían pasado consulta. Casi todos mis compañeros estaban demasiado débiles para moverse y hacía un frío terrible. La mayoría de los enfermos tenía una fina sábana; los más afortunados, mantas; y unos pocos, camisones o camisas. En pocas horas, la temperatura dentro del pabellón podría ponerse bajo cero. En el exterior, el hielo y la nieve aún lo cubrían todo.

Me acerqué hasta la cama del enfermero de guardia, tampoco estaba. Encima de la cama había un ejemplar abandonado de la Biblia. Lo tomé, junto a su manta, y me acosté, estaba temblando de frío. Tardé en entrar en calor, pero no había otra cosa que hacer sino esperar. Todos pensábamos que los nazis vendrían en cualquier momento y nos rematarían.

Por la noche, las cosas aún parecían tranquilas, miré de nuevo por la ventana y vi todavía guardas y las verjas cerradas. Llevábamos todo el día sin comer, pero aún tenía algo de fuerzas. El hombre que estaba a mi lado, un comerciante eslovaco de origen judío, me miró al regresar a la cama y me preguntó:

—¿Qué está sucediendo?

—Creo que se están marchando —le contesté, congelado de frío.

—¿Marchando? ¿Nos dejan aquí? —preguntó, extrañado.

—Ya no les servimos para nada y tienen prisa.

Al otro lado de la sala, habló un joven llamado Tom, un británico al que habían hecho prisionero. Al parecer, lo habían herido en el transporte y por eso lo habían llevado al pabellón de la enfermería.

—Tenemos que hacer algo por el resto o esta noche se morirán de frío.

La verdad es que estábamos temblando, así que, al final, decidimos buscar más mantas y a los enfermos más graves los acostamos con otros, para que se dieran calor mutuo.

La noche pasó muy despacio, no pudimos dormir, a veces intercambiábamos algunas palabras para que no se nos hiciera tan interminable el tiempo. Cuando vimos salir la luz del sol, nos pusimos algo de ropa y miramos de nuevo por la ventana, ya no había guardias a la vista. Miramos por las calles, pero nada se movía.

—Hay que conseguir comida —dijo el eslovaco.

Nos pusimos toda la ropa que encontramos y nos liamos una manta por el cuerpo. Debíamos de parecer espectros que habían escapado de sus tumbas. Caminamos sobre el suelo helado con una extraña sensación, durante meses, y algunos durante años, estuvimos bajo vigilancia y debíamos pedir permiso para abandonar las barracas, ahora nos movíamos libremente, aunque parecíamos potros recién nacidos, tambaleándonos ante la premura de la vida, que nos obligaba a caminar solos de nuevo.

Llegamos hasta el comedor de las SS. Las mesas estaban volcadas, había manteles rasgados y copas rotas por todas partes. Los llevé hasta una de las despensas, pero las SS se habían llevado casi todo. Comimos unas galletas rancias, sentados en medio de un par de sacos de patatas abandonados.

—Tenemos que llevar comida a los demás, también hay que conseguir una estufa —dijo el eslovaco, que parecía tener la cabeza más despejada que nosotros dos.

Las galletas no nos saciaron, pero al menos engañamos al hambre. En ese momento nos entró una sed terrible, pero no había agua en las cisternas. Salimos a la calle y tomamos nieve limpia para beber. Después cargamos con dificultad los sacos de patatas medio vacíos y recuperamos algunas coles y rábanos que se les habían caído a los nazis. Al llegar a la sala algunos prisioneros estaban despiertos, otros pedían agua desesperados. Tardamos un buen rato en darles de beber a todos, al terminar nos encontrábamos agotados.

—Hay que encontrar una estufa antes de que caiga la noche —dijo el eslovaco.

Salimos de nuevo y yo me acordé de que había una hermosa estufa de leña en una sala de descanso para los guardas. Llegamos hasta la entrada y rompimos con una piedra la ventana, abrimos la puerta y vimos la estufa de hierro macizo. Arrancamos parte del tubo y entre los tres logramos moverla, pero era muy pesada y nosotros estábamos muy débiles. Me dolía el brazo herido y la pierna estaba muy delgada y débil. Al final, después de una hora, llegamos con la estufa al pabellón y la colocamos, pero no podíamos tomarnos ni un respiro, salimos de nuevo por leña.

Era ya pasado el mediodía cuando vimos que prisioneros de otras zonas del campo comenzaban a salir para buscar comida, los enfermos caían en la nieve y morían congelados, otros defecaban por todas partes, al no tener control sobre sus esfínteres. La nieve comenzaba a tiznarse de sangre, heces y cadáveres.

Logramos encontrar leña y calentar la sala. Asamos unas patatas, pero el aroma atrajo a otros enfermos que vagaban desesperados por todas partes. Golpeaban la puerta o intentaban escalar hacia las ventanas.

—Dejémosles pasar —dijo.

—No hay mucha comida, algunos son enfermos de tifus. Los infecciosos estaban en el otro pabellón, defecarán por todas partes y terminaremos todos muertos.

Sus palabras me parecieron crueles, pero sabíamos que tenía razón. Al final, arrojamos unas pocas patatas por la ventana y les dijimos que se alejaran. Con aquel acto, aunque pudiera parecernos egoísta, dábamos por primera vez desde nuestro encierro comida a otros prisioneros. La marcha de los nazis comenzaba a cambiarnos, volvíamos a ser seres humanos y no simples bestias con un deseo obsesivo por sobrevivir.

Pasamos la noche calientes, con el estómago algo más lleno, pero, por la mañana, tres de los compañeros habían muerto. Los sacamos a primera hora, pero no podíamos enterrarlos, pues la tierra estaba congelada, así que los dejamos a un lado e intentamos explorar un poco más.

Los supervivientes habían destrozado muchas salas. Los cadáveres se encontraban por todas partes. La nieve ya no se podía aprovechar para beber y teníamos mucha sed. Fuimos hasta las habitaciones de unos kapos, estaban cerradas con llave. Tom y yo logramos abrirlas a golpes y encontramos un verdadero tesoro. Algo de chocolate, una botella de vodka, zanahorias y pepinos. Nos llevamos todo, pero cuando llegamos cerca de nuestro pabellón vimos a unos SS. Nos extrañó, pensamos que eran algunos rezagados, que estaban escapando de los rusos, pero estábamos equivocados.

Uno de los SS sacó su arma y disparó a bocajarro al delgadísimo prisionero que intentó escabullirse al verlo. Nos escondimos en la buhardilla del pabellón que había servido como prostíbulo de Auschwitz; cuando llegó la noche, los SS se marcharon y bajamos con cuidado hasta la primera planta. Todo parecía en calma. No teníamos luces, pero la nieve reflejaba la luz de la luna. Por las calles había muchos cuerpos semienterrados por la nieve, los SS habían eliminado a la mayor parte de los prisioneros.

Al llegar al pabellón de la enfermería, nos quedamos horrorizados. Las camas se veían cubiertas de sangre y los enfermos estaban con las cabezas tapadas, en un último intento de protegerse, y la estufa se encontraba volcada. Miramos una por una todas las camas, no había supervivientes, el eslovaco estaba muerto en el suelo, junto a las patatas.

—¡Dios mío! —comenzó a gritar, desesperado, Tom.

No entendía por qué se habían molestado en regresar para ejecutarnos. Los nazis no parecían humanos, hasta las bestias eran capaces de dejar escapar a algunas víctimas en sus cacerías.

Trasladamos las cosas al cuarto del médico, no podíamos dormir rodeados de muerte. A la mañana siguiente, sacamos todos los cuerpos y los apilamos. Durante cuatro días más, comimos lo que nos quedaba. Pensamos en caminar por aquel desierto blanco en busca de ayuda, pero en el fondo sabíamos que nuestra única esperanza era que los rusos llegaran a tiempo. Todas las noches, a pesar de mi agotamiento, pensaba en Hanna. ¿Habría sobrevivido a los traslados a los campos en Alemania? Ritter me había prometido que cuidaría de ella, pero nuestras vidas ya no estaban en manos de nadie, si acaso de Dios, que de alguna manera, tras la huida de los nazis, parecía que se asomaba a este desolado y apartado infierno.

CAPÍTULO 37

Auschwitz, 27 de enero de 1945

TOM SE ENCONTRABA AGOTADO, LA COMIDA se había terminado el día anterior y apenas le quedaban fuerzas. Me entregó una nota para su familia, quería que al menos pudieran saber que en los últimos instantes de su existencia había pensado en ellos y que había muerto en paz.

—Por favor, ¿puedes hacer una oración por mí?

—No soy una persona religiosa —le dije, pero sabía que no le podía negar la última voluntad a un moribundo.

—Una corta, creo que estoy en paz con Dios, pero necesito sentir que está cerca.

Me puse de rodillas delante de la cama, Tom me agarró la mano y comencé a orar.

—Dios mío, te pido por el alma de Tom, que tú la guardes con los ángeles, que al menos en la otra vida encuentre la paz que no ha podido en esta.

A medida que oraba, notaba que mi corazón comenzaba a sentir de nuevo, como si algo estuviera derritiendo la gruesa capa de hielo que lo rodeaba. Odiaba a todos los que me habían hecho daño, a los que se lo habían hecho a Hanna. En mi corazón parecía que únicamente había lugar para el desprecio y el aborrecimiento, pero comenzó a invadirme una misteriosa paz.

—Te pido también por Hanna, que podamos vernos pronto y la guardes donde esté. Ayuda a Ritter y a todos los que andan por los caminos helados hacia la libertad o la muerte...

Al abrir los ojos, contemplé el rostro delgado de Tom. Me agradeció la oración con la mirada, ya no tenía fuerzas para hablar. Me fui a la otra cama y me tumbé para esperar la muerte, aquella oración había terminado con mis últimas fuerzas. Me quedé dormido sobre la manta, mientras el frío me invadía, pero era agradable dejarme ir, poco a poco. La muerte puede parecerse al descanso que todos buscamos cuando la vida se convierte en algo insoportable.

Me pregunté para qué había servido todo ese sufrimiento, dónde estaba aquella gloria que nos habían prometido. La mayoría de los jóvenes de mi generación yacían muertos en los campos de batalla o bajo los escombros de las ciudades alemanas. Los himnos habían terminado, los cánticos patrióticos habían enmudecido, los desfiles interminables de banderas ahora los sustituían refugiados y familias aterrorizadas por el avance ruso, las proclamas, los discursos que nos hicieron creer que éramos dioses habían cesado y el silencio ocupaba aquel invierno interminable que había durado doce largos años.

QUINTA PARTE

Ritter

CAPÍTULO 38

Auschwitz, 17 de enero de 1945

LA NOCHE CERRADA NO OPACABA EL suelo brillante nevado. Los prisioneros elegidos para la marcha se habían dividido en dos. Uno de los grupos tenía que llegar a la estación ferroviaria de Gliwice, a unos cincuenta kilómetros de Auschwitz; el otro, en dirección oeste hasta la estación de tren de Wodzislaw, era aún más largo, de setenta y cinco kilómetros. Hanna había sido integrada en el segundo grupo y yo había pedido a mi superior marchar con este hasta Loslau; desde allí no sabíamos cuál sería el destino final.

Los prisioneros comenzaron a caminar por la avenida principal de Birkenau. De cada campo salían los que aún tenían fuerza para caminar. Ya se había producido unos meses antes una evacuación de prisioneros, pero las condiciones climáticas y la forma de transporte iban a ser muy distintas. Las vías férreas de Auschwitz estaban destrozadas, los rusos se encontraban a pocos kilómetros y nuestra misión era llevar a los prisioneros a territorio alemán para que pudieran ser útiles al Tercer Reich.

Al salir por el portalón principal, suspiré aliviado. Después de tantos meses sirviendo en Auschwitz, alejarme de aquel infierno me parecía un verdadero regalo. Observé las columnas de prisioneros fatigados, apenas vestidos con andrajos y con unos zuecos ineficaces para caminar por la nieve. Aun con mi pesado abrigo, la guerrera, la camisa, dos camisetas y unas fuertes botas de invierno, temblaba de frío. Nos encontrábamos al menos a unos veinte grados bajo cero y a mediodía nunca llegábamos a los diez bajo cero.

Me puse a la altura de Hanna. Ella me miró indiferente, no estaba seguro de si me había visto o simplemente intentaba disimular. Muy cerca de ella se encontraba Elisabeth Volkenrath, que no paraba de gritar a todas las prisioneras.

Ernest me había pedido que cuidara de Hanna. Para mí era mucho más que su esposa, era también mi amiga. Su aspecto se había deteriorado mucho en las últimas semanas. Sin apenas comida, en condiciones terribles de frío e higiene, la persona más fuerte y robusta se veía reducida a casi un fantasma. Hasta los más fuertes sucumbían al maltrato físico y psicológico, pero Hanna no había mostrado ningún tipo de debilidad ni se había abandonado, como les sucedía a muchos prisioneros. Siempre había sido una mujer fuerte, decidida y valiente. Desde que la conocimos en Múnich, su personalidad cautivadora nos había conquistado a todos. Ninguno de nosotros era un Don Juan, nuestra experiencia con las mujeres era muy limitada, pero durante mucho tiempo no la vimos como una mujer, para todos nosotros era un miembro más del grupo. Eso cambió en el último año. Ernest, Eduardo y yo caímos prendados por su fascinante personalidad y, aunque durante mucho tiempo pensé que Hanna estaba enamorada de Eduardo, terminó siendo la novia y después la esposa de Ernest. No puedo negar que aquello me atormentó durante un tiempo. Aun cuando la pareja celebró una sencilla ceremonia en Berlín en 1940, fue un trago muy amargo para mí, pero tuve que acostumbrarme. Unos meses después, nuestros trabajos, la guerra y el hecho de que me alistase a las SS terminó de separar nuestras vidas. No fue algo premeditado, pero sabía que ellos nunca aprobarían que me convirtiera en un SS, por eso se lo oculté, pero mis padres insistieron en que diera el paso, para no ir al frente. Al ser licenciado, además podía acceder a un cargo de suboficial y, con la ayuda de un hermano de mi padre, buscar un destino tranquilo en alguna parte de Alemania, pero a veces la vida no es como una la planea.

Mientras caminábamos sin descanso, el campo comenzó a convertirse en una minúscula mota de polvo en la lejanía. Tras unas horas de marcha, los primeros prisioneros comenzaron a caer agotados. Muchos estaban al límite de sus fuerzas y, al tener que añadir a eso el frío y el ritmo agotador, se abandonaban a un lado, sin importarles qué pudiera suceder con ellos.

Una mujer algo mayor se derrumbó a mi lado, dos chicas la ayudaron a incorporarse, pero no podía sostenerse en pie.

—Dejadme —les suplicó.

—Mamá, tienes que continuar —le dijeron levantándola en volandas, pero la mujer volvió a caer a la fría nieve.

—Por favor, ya no puedo más —dijo cerrando los ojos, como si un profundo sueño estuviera comenzando a invadirla, el sueño del que ya nunca llegamos a despertar, la muerte.

Las jóvenes tiraron de sus brazos, pero en ese momento llegó un sargento mayor y empujó a las dos chicas.

—¡Maldita sea, no detengan el paso!

Ellas miraron a la mujer, que se había encogido, como si intentase entrar de nuevo al seno materno. El sargento mayor se giró hacía a mí y me gritó:

—Ya sabe las órdenes, ningún retraso, dispare a esa basura judía.

Lo miré, indeciso, y el sargento mayor sacó su pistola y disparó a la cabeza de la mujer. La nieve se tiñó de granate mientras el resto de los prisioneros continuaba su camino, ni siquiera las dos hijas de la mujer se atrevieron a darse la vuelta.

En ese momento, me vino a la mente la primera persona a la que había disparado. Llevaba un par de meses en Dachau, donde las SS estaba formándome para el servicio, era una noche agradable de verano e intentaba no pensar mucho mientras terminaba la guardia. Escuché unas ramas y miré a mi derecha, me pareció observar una sombra y enfoqué la luz. Un muchacho de quince o dieciséis años corría hacia la parte trasera de uno de los edificios. Le ordené que se detuviera, pero el muchacho se colocó de un salto encima de la valla de ladrillo y estaba a punto de franquearla para perderse entre los árboles cuando disparé mi arma. El estallido me dejó medio sordo; después sentí el olor a pólvora y el fogonazo iluminó la garita casi por completo. Al mirar de nuevo, el chico aún se encontraba en pie sobre la valla, pero, antes de que pudiera disparar de nuevo, su cuerpo cayó hacía el suelo con un golpe seco.

Dos soldados con perros acudieron al lugar de los disparos, los animales se quedaron olisqueando el cuerpo inerte y uno de mis compañeros me sonrió. Intenté disimular la arcada que me subía hasta la boca, pero, en cuanto quité la luz, me asomé a la ventana trasera y vomité. Aquella noche aprendí dos cosas: la primera, que era muy sencillo acabar con la vida de otra persona, y la segunda, que todas tus victimas acuden noche tras noche para recordarte que eres el culpable de su eterna desdicha.

Me adelanté un poco para observar a Hanna, pero ella continuaba mirando el suelo, donde miles de pisadas destruían la blancura de la nieve hasta convertirla en una masa marrón. A medida que aquella inmensa lengua de prisioneros avanzaba, el camino quedaba repleto de todo tipo de utensilios abandonados y cuerpos asesinados en la cuneta. Aquel era el rastro de muerte y desolación del Tercer Reich. Parecía el intento desesperado por no reconocer la derrota, Hitler quería que muriéramos matando, destruyendo lo que aún quedaba del mundo en el que habíamos nacido.

CAPÍTULO 39

En el camino, 19 de enero de 1945

LAS ALDEAS, LOS PEQUEÑOS BOSQUECILLOS ADORMECI-DOS por el frío, los campos cubiertos por la nieve, nos recordaban las vacaciones de invierno. Aquella mañana estábamos a más de veinti-trés grados bajo cero. Algunos de los prisioneros no se habían logrado despertar del sueño inquieto de la noche gélida de enero. Los prisio-neros se refugiaban donde podían, aunque la mayoría descansaba a la intemperie, dejando que la nieve helada los envolviera en un sopor profundo del que ya no eran capaces de despertar. Los mandos nos obligaban a moverlos un poco y, si aún estaban con vida, debíamos rematarlos. Me acerqué a un hombre que debía de ser joven, aunque su aspecto parecía muy deteriorado. Le empujé en el hombro, dio un ligero gemido, saqué mi arma y la puse sobre su cabeza.

«Dios mío», dije en mi mente. No quería hacerlo, pero tenía que cum-plir las órdenes, disparé y el hombre se desplomó en la nieve. Comprobé otros tres cuerpos hasta llegar a un crío, apenas un muchacho.

—¡Levántate! —le dije en tono amenazante.

El crío me miró asustado, sus mejillas rojas estaban hundidas por la delgadez, me recordó a uno de mis hermanos pequeños.

—No puedo mover las piernas —dijo intentando calentarlas con la mano. Levantó un poco el pantalón y comprobé que la piel se había vuelto morada, sus miembros estaban congelados.

Saqué el arma, mientras el chico comenzaba a llorar y después a rezar, cerré los ojos y disparé. Antes del desayuno, había terminado con la vida de cinco personas y, aunque era cierto que la mayoría estaban más muertos que vivos, eso no me tranquilizaba.

Salimos de las afueras de la aldea, el grupo parecía moverse un poco más despacio que el día anterior, a pesar de los golpes y los empujones. Los prisioneros parecían al límite de sus fuerzas.

Atravesamos un río por el puente de hierro del ferrocarril inutilizado. Un par de prisioneros se arrojaron a las heladas aguas, no sé si por terminar con sus vidas o en un desesperado intento de escapar. Suicidarse, morir o continuar con vida ya no significaba casi nada para la mayoría. Muchos prisioneros habían perdido a toda su familia y, a los que todavía les quedaba alguien con vida, dudaban de volver a verlos.

Nuestro superior mandó que descansasen los prisioneros. Se tumbaron en una gran explanada de nieve y se pegaron unos a otros para tratar de entrar en calor. Nosotros nos quedamos de pie, sacudiendo las piernas para que no se congelasen.

—Esto es terrible —se quejó uno de mis compañeros.

—¿Por qué no los dejan morir sin más? —comentó el otro.

—He escuchado rumores de que Himmler los quiere como rehenes, para poder negociar con los aliados. Eichmann les entregó algunos judíos húngaros a los aliados en señal de buena voluntad —dijo uno de los guardas.

—Pero eso es traición —dijo el sargento mayor—, Hitler nos ha pedido que luchemos hasta el último hombre. Si no somos capaces de ganar esta guerra, nos merecemos morir. Los más fuertes sobreviven, los débiles han de morir. En el fondo, admiro a esos pobres diablos, los que vienen con nosotros en esta marcha de muerte son los más fuertes, los más valientes de todos los que hemos eliminado.

Observé que Hanna se apartaba del grupo para ir a orinar entre unos árboles y me acerqué discretamente. Le entregué un pedazo de pan, que devoró en pocos segundos.

—Gracias —dijo levantando la mirada por primera vez.

Su rostro pálido, ojeroso y delgado me dejó preocupado. Ya no tenía fuego en la mirada y sus labios helados eran como los de un cadáver.

Le ofrecí una manta que cargaba en la mochila y se la puso sobre los hombros.

—Ernest me dio esto para ti —le dije al entregarle su nota.

Aquello pareció despertarla de su letargo, tomó el papel con dificultad con sus dedos congelados, lo intentó abrir, pero al final lo guardó en el bolsillo.

—¿Cómo se encuentra? —me preguntó, temblorosa.

—Bien, sobrevivirá.

Ella puso una mueca de desprecio, como si no creyera mis palabras.

—No me digas que no rematarán a los prisioneros enfermos que se queden en Auschwitz.

—Lo intentarán, pero, si los rusos llegan antes de lo previsto, puede que tenga una oportunidad.

—¿Una oportunidad? Sin comida, sin medicinas y enfermo, no durará más de un par de días.

—Le dejé algo de comida —contesté, molesto. No podía entender su pesimismo. Gracias a mi ayuda habían logrado sobrevivir.

—A veces pienso que hubiera sido mejor dejarnos morir. Si Ernest no sobrevive, ¿qué sentido tendrá escapar de este infierno? Aunque lo cierto es que nadie escapa de Auschwitz, penetra en tu alma y la carcome poco a poco, robándote todo lo bello y hermoso que has conocido. ¿Alguien podrá alguna vez curarnos el alma? Imposible, imposible.

—Estás agotada, pero os llevamos a una estación. Parte del viaje será en tren, en el otro campo podrás recuperarte. No creo que la guerra dure mucho más.

Hanna se encogió de hombros y caminó hacia el resto de prisioneras, me encendí otro cigarrillo y estaba a punto de regresar al camino cuando se me acercó Elisabeth Volkenrath.

—¿De qué hablabas con la prisionera? —me preguntó con el ceño fruncido.

—Nada, le ordené que regresara con el resto.

La mujer me puso una mano en el hombro.

—Esa prisionera no es judía, pero es una traidora. La condena por ayudar a presos del Reich es la muerte.

—Dentro de poco, todos nosotros estaremos muertos —le contesté.

Aquellas palabras parecieron golpearle como un latigazo, pero la guardiana sacó de su cinturón un látigo y me dijo:

—Nuestro Führer nos llevará a la victoria, pero si al final el destino quiere que perdamos, me encargaré de matar a todas esas zorras una a una. No sobrevivirán mientras los buenos alemanes mueren en el campo de batalla o aplastados por las bombas de esos asesinos.

—¿No han sufrido ya demasiado? —le dije, asqueado.

—¿Demasiado? No, maldita sea. Todos los enemigos del Reich son peores que bestias salvajes. Si viven, puedes imaginar lo que le harán a nuestra gente. Se vengarán, no perdonarán lo que les hemos hecho. Es mejor que no quede ni uno con vida.

Le di la espalda y la mujer siguió gritando hasta que me uní a mis compañeros. Comenzamos a levantar a la gente y continuamos la marcha. Las nubes taparon el cielo y el viento frío comenzó a sacudirnos, como si intentase terminar con todos nosotros antes de que llegáramos a nuestro destino. Aquel viento helado me ayudó a no pensar, durante todos aquellos años de servicio había intentado anestesiar mi conciencia de mil maneras, pero una y otra vez venían a mi mente todas las terribles acciones que había tenido que presenciar: las torturas, las palizas, la degradación a hombres como nosotros hasta convertirlos en una sombra de sí mismos. No merecíamos sobrevivir, una bala en la sien sería lo único que nos devolvería la cordura, un último tiro de gracia, que permitiera al menos un poco de justicia y me liberara de la pesada carga que llevaba.

CAPÍTULO 40

En el camino, 21 de enero de 1945

ERA DIFÍCIL CALCULAR CUÁNTAS PERSONAS HABÍAN muerto en el camino, pero al menos una cuarta parte de los prisioneros que habían salido de Birkenau habían perdido la vida congelados, agotados o por un tiro en la nuca. Los prisioneros apenas habían probado bocado en cuatro días.

Atravesamos un pueblo, aún nos encontrábamos en territorio polaco. El grupo se paró en seco y corrí hacia la cabecera para ver lo que sucedía. Una docena de prisioneras se peleaba en el suelo y un par de guardas y yo comenzamos a separarlas. Al final vimos a una muchacha con la cabeza rapada, en sus manos tenía una pequeña patata. Entonces las prisioneras comenzaron a correr hacia las ventanas, algunos vecinos arrojaban patatas, zanahorias o rábanos.

—¡Dejad la comida! —les gritamos, pero tenían más hambre que miedo.

Disparamos al aire, después a algunos de los prisioneros, pero al final ordené que lo hiciéramos contra las ventanas, para que dejasen de tirar comida. Uno de los cristales se rompió y una niña rubia se abalanzó ensangrentada al vacío. Las prisioneras la miraron, tristes; el cuerpo de la niña yacía boca abajo, sus trenzas rubias brillaban bajo el sol, mientras que su cuerpo parecía sumergirse entre la nieve derretida por su sangre caliente.

—¡Seguid caminando! —grité mientras apartaba la mirada.

Una mujer salió corriendo de la casa y se tiró sobre la niña moribunda. Algunas prisioneras intentaron acercarse, pero los guardas las empujaron a palos de nuevo a la fila.

—¡Malditos! —gritó la mujer mientras abrazaba el cuerpo de su hija. Después dejó a la niña en el suelo y corrió hasta mí. Comenzó a golpearme en el pecho. Me quedé paralizado, en el fondo deseé que sus puños fueran como puñales que atravesaran mi frio corazón, pero un compañero la apartó y le pegó un tiro.

La vida no valía nada, cada uno de nosotros era un ángel de la muerte, dispuesto a exterminar hasta el último resquicio de humanidad que aún quedara en Europa.

Una chica se cayó a mi lado y su hermana la ayudó a levantarse, pero ella no quería seguir caminando.

—Por favor, déjame —suplicó la mujer.

—No, Alice, tienes que continuar.

Al final la tomó y la colocó sobre su hombro. Aún quedaban dos horas de marcha, pero no dejé de observarla todo aquel trayecto, hasta que llegamos a la estación. Entonces dejó a su hermana con cuidado sobre unas maderas cubiertas de nieve y se derrumbó agotada.

Los trenes nos esperaban vacíos, muchos de ellos eran descubiertos, estaban muy sucios y desprendían un desagradable olor a estiércol. Hanna estaba en uno de los primeros, pero a mí me habían destinado a uno de hombres justo detrás. Teníamos que impedir que saltaran en marcha, aunque la mayoría no tenían fuerzas ni para subir a ellos.

Después de dos horas, logramos que todos se metieran en los vagones. La mayoría tenía que viajar de pie, menos unos pocos que habían logrado sentarse. Tras cuatro horas de viaje, la mayoría se encontraba al límite de sus fuerzas.

Uno de los prisioneros alemanes habló con un joven de origen italiano para que lo dejase sentar en su lugar.

—Te daré cuatro cigarrillos —dijo el alemán, que estaba tan delgado que el uniforme parecía flotar alrededor de él.

El italiano tomó los cigarrillos y le dejó su sitio, la cara del hombre pareció relajarse un poco y se quedó medio dormido. Una hora más tarde, el joven le reclamó que se pusiera en pie.

—Te he pagado por el sitio —se quejó al despertarse.

—¡Maldito alemán! Será mejor que te levantes —dijo el joven al otro prisionero.

El hombre se cruzó de brazos, pero el joven, enojado, se sentó sobre él, y dos de sus amigos le imitaron. Desde donde yo estaba se escuchaban los gemidos del hombre, debajo del peso de los tres jóvenes. Al cabo de una hora, los tres jóvenes se levantaron.

—Creo que está muerto —dijo el que le había prestado el sitio.

—Pues uno menos —dijo otro de ellos. Entre los tres lo tomaron y lo arrojaron fuera del vagón.

—Al menos, este alemán ha pagado por todos ellos —dijo el otro prisionero, orgulloso.

En ese momento me di cuenta de hasta qué punto habíamos deshumanizado a nuestras víctimas. Auschwitz se había convertido en más que una fábrica de muerte, era sobre todo una fábrica de muertos vivientes.

Durante dos días, viajamos lentamente hasta Bergen-Belsen, cada dos o tres horas lanzábamos uno o dos cadáveres por el camino. Antes de llegar, los vagones estaban más holgados y, en algunos, más de la mitad de los prisioneros había muerto.

Berger-Belsen era un hervidero de gente cuando llegamos. Los prisioneros no tenían dónde guarecerse, la mayoría permanecía horas en los pasillos o los patios. El caos parecía reinar por todas partes. Durante días, habían llegado prisioneros de todos los puntos del Reich, verdaderos muertos en vida, que de una manera inexplicable continuaban arrastrando sus famélicos cuerpos por la nieve medio derretida de aquella última parada de los desesperados.

CAPÍTULO 41

Berger-Belsen, 26 de enero de 1945

ME PRESENTÉ ANTE EL COMANDANTE JOSEF Kramer. Lo conocía de su etapa en Auschwitz, era un hombre de aspecto corriente, cabeza algo alargada y frente amplia. Parecía un tipo anodino, un trabajador convertido por las leyes salvajes de la guerra y el Tercer Reich en un verdugo profesional. Era el encargado de las cámaras de gas en Birkenau; ahora, despiadado y frío, gobernaba con mano de hierro Berger-Belsen, que, de poco más de siete mil reclusos, gracias a las marchas, ahora tenía más de sesenta mil. Todo parecía sumido en el caos y muchos guardas escapaban ante el temor de la llegada de los aliados.

—Sargento Ritter Frey, creo que nos han traído de golpe más de diez mil prisioneros. Afortunadamente, han perdido más de mil quinientos por el camino. Esa peste salvaje sobrevive a todo tipo de maltrato —dijo el comandante de manera burlona.

—Hacemos lo que podemos —le contesté.

—Quiero que lleven a las mujeres a uno de nuestros campos provisionales, aquí no entra ni un prisionero más. El subcampo está muy cerca, a unos pocos kilómetros. Es el de Aussenlager Bomlitz-Benefeld, que se dedica a la fabricación de armas. Ahora, todo lo demás es secundario, tenemos que ganar esta maldita guerra. No podemos alojar a todas, tendrán que deshacerse de unas quinientas.

Me quedé mirándolo sin comprender.

—En el campo hay unas fosas abiertas, aprovéchenlas. Que las guardianas hagan la selección. ¿Ha entendido las órdenes?

—Sí, señor —le contesté, con un nudo en la garganta. En cuanto abandoné el pequeño despacho, lo primero que me pasó por la mente fue que tenía que intentar salvar a Hanna como fuera.

Me dirigí a la zona en la que se hacinaban las mujeres, seguían sin tener barracón asignado, pero al menos les habían dado una sopa caliente. Me dirigí directamente a Elisabeth Volkenrath para transmitirle las órdenes. La mujer mandó enseguida formar a las mujeres y, con la ayuda de dos de sus guardianas, comenzó la revisión.

—Tú a la derecha —decía dando a la reclusa con una vara de madera.

Las mujeres corrían hasta un lado o el otro, parecían perrillos asustados, incapaces de enfrentarse o tan siquiera mirar a sus verdugos.

Elisabeth llegó hasta la mujer que se encontraba delante de Hanna y la mandó a la izquierda, que era lo mismo que enviarla a una muerte instantánea. Se paró frente a mi amiga y con su vara le levantó la cara. Pareció recrearse en ella un poco más que en las demás.

—¿Tú estabas en la orquesta?

—Sí, señora —dijo Hanna.

—¿Qué instrumento tocabas?

—Violín, señora.

—No eres judía, ¿verdad?

—No, señora —contestó Hanna con cierta indiferencia, como si ya no le preocupase su destino.

—Pero tu marido es judío.

Hanna se quedó en silencio, la mujer levantó la vara y la golpeó en la cara con todas sus fuerzas. Mi amiga cayó al suelo y allí comenzó a patearla con la cara roja de ira.

—La mujer del comandante te tenía mucho aprecio. Una puta alemana con estudios, una perra casada con un judío, pero te dejaba a sus cachorros. Aquí ya no hay privilegios para perras como tú. A la izquierda —dijo a sus guardianas que la arrastraron y la arrojaron en medio de las mujeres elegidas para morir.

Tuve la tentación de acercarme para auxiliarla, pero no hubiera servido de nada.

La selección continuó. Al terminar, Elisabeth Volkenrath se acercó hasta mí y, con una sonrisa, me dijo:

—¿Ya tiene suficiente gente para matar?

Aquellas palabras escupidas en mi cara me golpearon una vez más la conciencia, pero intenté disimular. La debilidad era un lujo que no me podía permitir. Llamé a una docena de soldados y nos llevamos a las prisioneras detrás del campo, frente a una gran zanja abierta. En el fondo había decenas, si no centenares, de cadáveres retorcidos, nunca había visto nada igual. Las cámaras de gas eran más asépticas, pero aquellos cadáveres con los ojos abiertos y una expresión de terror se quedaron grabados en mi mente para siempre.

Colocamos a las mujeres de diez en diez, disparábamos y sus cuerpos se unían al montón de la zanja. Algunas no morían en el acto y otras pasaban horas agonizando entre cuerpos en descomposición. Después de casi una hora de fusilamientos, prácticamente habíamos terminado el trabajo. Intentaba no pensar, simplemente disparar, colocar un nuevo grupo y volver a abrir fuego, con el único deseo de que se acabara aquella matanza inútil. La mayoría ni siquiera se movía, tampoco lloraban ni suplicaban, estaban demasiado cansadas para protestar, les parecía una especie de liberación, después de tanto sufrimiento. Cuando uno ya lo ha perdido todo, la muerte es el menor de los problemas.

El último grupo era el de Hanna. Colocaron a todas las mujeres, pero les dije a mis hombres que no pusieran en el pelotón de fusilamiento a mi amiga. El cabo me miró extrañado y me dijo al oído:

—¿La conoce?

Asentí con la cabeza y ya no hizo más preguntas. Matamos a las últimas mujeres antes de que anocheciera. Tomé del suelo a Hanna y la llevé con dificultad hasta la enfermería.

—¿Por qué no me dejas morir? —dijo mientras se apoyaba en mi hombro.

Sentí un fuerte dolor en el pecho. Era el corazón, parecía roto en mil pedazos. Acababa de matar a sangre fría a casi un centenar de mujeres y llevaba moribunda a mi amiga a una enfermería que carecía de casi todo.

—Te pondrás bien —le dije tocándole la cara helada.

—Déjame morir. Ya nada vale la pena.

—Cuando estés mejor, cambiarás de opinión —le dije aguantando las lágrimas.

—¿Por qué lloras? ¿Por las mujeres que has matado a sangre fría?

—Tenía que hacerlo —le contesté con la voz entrecortada.

—¿Tenías que hacerlo?

Aquella pregunta se metió en mi mente como una especie de clavo ardiendo, comenzó a dolerme la cabeza y pedí a una enfermera que me ayudara con Hanna. La dejamos sobre una cama, la mujer limpió sus heridas y le dio algo para que se durmiera.

—Está muy débil —me dijo casi en un murmullo.

—Por favor, cuídela —le supliqué.

La enfermera se sorprendió al escucharme hablar. Ningún SS le había pedido nunca nada por favor.

Salí de la enfermería y el aire del exterior me refrescó un poco, caminé hacia los barracones de las SS, pero al final salí del campo y me aproximé a un pequeño bosque. Me apoyé en un árbol y me puse la pistola en la sien. El frío del cañón me alivió en parte el dolor de cabeza. Algunos pájaros revolotearon sobre mí, el sol ya apenas iluminaba, pero el cielo gris aún estaba brillante. Puse el dedo en el gatillo y comencé a apretar suavemente, pero en ese instante recordé mi promesa a Ernest, no podía dejar sola a Hanna.

Me hinqué de rodillas sobre la nieve. Tiré el arma al suelo y me doblé hasta que mi cara toco la tierra helada. Las lágrimas templadas se mezclaron con el hielo del suelo mientras los sollozos me sacudían.

—¡Dios mío, perdóname! —grité con la voz rota. Ya no podía más, me había dicho a mí mismo que no era un asesino, que no era como el resto. No sentía odio hacia aquella gente, ni les habría hecho nada malo. En ese momento en que las justificaciones no son suficientes, cuando el hombre se enfrenta a su conciencia, delante de aquel que todo lo sabe y todo lo ve, lo único que pude hacer fue suplicar la misericordia que no había tenido con las mujeres que acababa de asesinar a sangre fría.

CAPÍTULO 42

Berger-Belsen, 1 de febrero de 1945

HANNA NO HABÍA MEJORADO, A PESAR de que cada día le llevaba un poco de comida y medicinas. Las condiciones sanitarias eran terribles, pero el verdadero problema era que había perdido la esperanza. Cuando un prisionero dejaba de luchar y había muchas razones para dejar de hacerlo, la muerte era la única salida y liberación que le esperaba.

Intenté con todas mis fuerzas animarla, pero cada vez era más difícil. Yo mismo estaba en un estado de tristeza y agitación constante. Auschwitz me parecía ahora un lugar, al menos, razonable, pero lo que sucedía en Berger-Belsen era una carnicería sin sentido.

Escuchábamos cómo cada día cientos de miles de alemanes abandonaban sus casas en el este huyendo del Ejército Rojo. Las grandes ciudades estaban en llamas, y yo llevaba semanas sin saber nada de mi familia. Los aliados habían llegado a la región del Ruhr y la Alta Silesia estaba siendo evacuada. Habíamos escuchado que el 27 de enero los rusos habían llegado a Auschwitz y yo rezaba cada noche para que Ernest estuviera bien.

Aquel día quería animar a Hanna con la posible liberación de su esposo, pensaba que aquello sería capaz de sacarla de su terrible pozo de desesperación.

Entré en la enfermería, el ambiente era de lo más lúgubre. Cada día, varias prisioneras eran seleccionadas para ser eliminadas, otras morían en medio de terribles dolores o por su extrema debilidad.

—Hola —le dije tomándole la mano.

Hanna me miró con sus ojos hinchados y después apartó la cara.

—¿Cómo te encuentras?

Siguió en silencio, entonces comencé a darle las nuevas noticias y le hablé de la posibilidad de que Ernest hubiera escapado con vida. Aquello fue lo único que la hizo reaccionar.

—Los rusos han tardado más de diez días en llegar a Auschwitz. ¿Cómo va a estar vivo? Las provisiones que quedaron imagino que no les sirvieron para más de un par de días; además, estaba enfermo y no podía escapar del campo para intentar salvarse. Me han contado que los SS remataron a los que quedaban atrás. Sé que piensas que tus comentarios pueden animarme, pero la realidad es que ya nada me importa. He llegado al fin. Nunca pensé que la muerte fuera a alcanzarme tan pronto, pero tarde o temprano termina por llevarnos con ella. He sido feliz, tuve una familia que me amaba, unos buenos amigos, y me casé con el mejor hombre de la tierra. ¿Por qué iba yo a sobrevivir? Millones han muerto en esta guerra y yo no soy mejor que ninguno de ellos.

No sabía qué contestar, tampoco me sentía digno de sobrevivir, había hecho cosas terribles y mi conciencia me martilleaba a cada instante. Hanna era inocente, ella sí merecía sobrevivir. Los dos lo merecían, su felicidad tal vez trajese algo de esperanza al mundo.

—Vosotros sois la esperanza. Cuando todo esto termine, ¿quién reconstruirá lo que hemos destruido? Los nazis únicamente eran capaces de arrasar, pero vuestro amor tiene la capacidad de crear.

—Mi cuerpo está muerto, mi alma está cansada. Nunca seré la misma —dijo echándose a llorar.

Le besé la frente sin soltarle la mano y noté cómo dos lágrimas surcaban mis mejillas hasta el cuello del uniforme.

—Por favor, lucha. No me dejes.

—Lo siento, ya no tengo más fuerzas —dijo Hanna recuperando en parte la serenidad.

Me dolía el pecho, sentía que si ella desaparecía ya nada me retendría, cuidarla se había convertido en el pequeño hilo que aún me sostenía en el mundo de los vivos.

—Por favor, ¿puedes leerme la carta de Ernest? Hasta ahora no he tenido fuerzas, pero el tiempo se me acaba.

Hanna se sacó un papel arrugado y sucio del bolsillo y me lo entregó con su mano huesuda y temblorosa. Lo tomé con miedo, tenía la sensación de que aquella era su despedida, una forma de salir de escena. Para ella, aquel triste drama estaba llegando a su fin.

Querida Hanna.

He tenido una vida feliz a tu lado. El amor verdadero es el que nos permite soportar la soledad de la existencia. Llegamos a este mundo desnudos, asustados y confusos; cargados de una soledad que muchas veces no podemos sobrellevar, pero, cuando descubres a la persona que llenará tus días, cuando compartes con ella tu corazón, toda esa tristeza se convierte en alegría. Fuimos amigos durante mucho tiempo, pero yo siempre te amé. Lo hice en silencio, desde la distancia, esperando que tu corazón se encontrase con el mío en el frío yermo de la existencia. Éramos dos almas que vagaban en busca de sentido, pero que al final lograron encontrarse en un momento y un lugar determinados.

¿Qué hubiera sido de nosotros si no nos hubiéramos conocido? El destino nos unió, por eso no puedo responder a esa pregunta, pero desde ese mismo instante mi felicidad quedó unida a la tuya.

Perdimos aquella loca alegría de la adolescencia, nuestros amigos tomaron caminos distintos a los nuestros, llegamos a ese momento en el que los niños se convierten en adultos, llenos de miedo y estupor. Me acuerdo de la primera noche en nuestra casa en Berlín: lloré en silencio sobre mi almohada, atemorizado por el futuro, sintiendo que ya no dependía de nadie, que había roto, en cierto sentido, el lazo que me unía a mis padres. Yo siempre sería su hijo, pero ahora me tocaba a mí lanzarme al desconocido precipicio que es la madurez, cuando la vida pasa de lo que pudo haber sido a lo que será definitivamente. Teníamos muy poco, pero en el fondo era suficiente porque nos teníamos el uno al otro. Luchamos con todas nuestras fuerzas, mientras la realidad que nos rodeaba parecía conspirar en nuestra contra. No somos dueños de nuestro destino, siempre hay cosas que se escapan a nuestro control. La vida no es un juego en el que podamos cambiar las reglas, como dioses caprichosos; cada vez que arrojamos los dados, no sabemos dónde podemos caer.

La guerra comenzó a atenazarnos, la violencia que habíamos vivido a nuestro alrededor comenzaba a destruir todo a su paso. Las ideologías contaminaron a nuestro mundo, prometiendo un paraíso, para el que había que crear antes un infierno. No comprendimos a tiempo que, cada vez que alguien era condenado a sufrir y morir para que Alemania fuera grande, nosotros moríamos en parte con él.

Se nos acabó la suerte después de aquella hermosa excursión a Postdam. En los hermosos jardines de Federico el Grande nos dimos nuestro último beso. Aún no imaginábamos que la felicidad se terminaría bruscamente, pero siempre lo hace.

No me importaron las torturas, la cárcel, el hambre, el frío o los golpes, lo que no podía soportar era tenerte lejos, por eso, aunque suene extraño, fui feliz en Auschwitz mientras te tuve cerca.

Mañana partes de nuevo hacia un futuro extraño, en el eterno viaje de la vida que nos conduce al único destino posible, la tumba. Nuestros verdugos nos arrastran hasta el Hades que han creado con su odio, quieren que nos ahoguemos en la misma ciénaga de violencia y terror en la que ellos terminarán cayendo.

No sé si volveremos a vernos, quiero pensar que el destino vuelva a sorprendernos, porque, donde no llega la esperanza, siempre llega la fe. Nunca he sido una persona creyente, pero pido a Dios que nos volvamos a reunir, si no es en este mundo destruido por la guerra y el fanatismo, en el paraíso verdadero, donde los hombres no son elegidos por su raza ni el color de su piel, sino por tener un corazón puro y ser capaces de amar hasta a sus enemigos.

Soñaré cada noche con volverte a ver, pero, si no despierto, continuaré soñando más allá de las estrellas, esperando el reencuentro de dos almas que hace tiempo se convirtieron en una.

Te amo con todo mi corazón. Te esperaré siempre, ya no soy más que la sombra que proyecta tu cuerpo templado bajo el sol de la primavera.

Tu otra alma.

Ernest Urlacher.

Las últimas palabras aún resonaban en mi boca cuando Hanna me arrebató el papel y lo pegó a su pecho, como si intentase atrapar la esencia de su esposo. Envidié la suerte de mi amigo, aunque fuera un prisionero moribundo en un hospital abandonado de Auschwitz. ¿De qué sirve la vida si nadie anhela verte?

—Gracias —me dijo entre lágrimas.

—Tengo que irme —le contesté.

—A veces nos redimimos de nuestros pecados cuando somos capaces de dar nuestra vida por los demás. Sé que tú la hubieras dado por nosotros. Cuando lleguen las horas oscuras, no te olvides de ello —me dijo, su tono me sonó a despedida.

—Soy un monstruo, Hanna. Ya no hay nada en mí de Ritter, de aquel estudiante tímido que te amó en silencio. He vendido mi alma al diablo por un poco de seguridad y comodidad.

—Todos lo hemos hecho en alguna medida.

—No, vosotros tenéis la salvación asegurada, pero mi alma está podrida, mi corazón frío como el hielo ya no verá nunca más una primavera. Se acabó, se acabó —dije echándome a llorar. Le solté la mano y caminé hacia la calle. Fuera la multitud caminaba sin rumbo, los cuerpos repartidos por todas partes convertían aquel lugar en un cementerio. No importaba si estabas muerto o aún eras capaz de moverte, en el fondo, como muertos vivientes, buscábamos desesperadamente el camino hacia la luz, el túnel que nos condujera a la otra vida, pero hasta esa salida se nos negaba. Encerrados en el limbo del horror, muriendo y matando hasta que alguien nos detuviera, como un caballo desbocado a punto de saltar al abismo.

CAPÍTULO 43

Berger-Belsen, 2 de febrero de 1945

EL COMANDANTE DEL CAMPO NOS REUNIÓ a todos aquella mañana. Estábamos en formación, aunque nuestros uniformes comenzaban a verse descuidados, pasábamos hambre y dormíamos apenas cuatro o cinco horas. La mayoría de nosotros nos encontrábamos al límite de nuestras fuerzas físicas y psicológicas.

—Camaradas, ya sabrán que hace unos días nuestro amado Führer hizo un llamamiento por la radio para que resistiéramos hasta el fin. Ya no tiene importancia perder o ganar la guerra, lo únicamente importante es causar el mayor daño posible a nuestros enemigos. Estamos convencidos de que los soviéticos se revolverán contra sus aliados en cuanto nos hayan eliminado. Los nacionalsocialistas hemos intentado salvar al mundo del comunismo, pero el mundo ha preferido suicidarse y entregarse en manos de Stalin. Cuando hayamos desaparecido, comprenderán que no éramos el problema, éramos parte de la solución.

Josef Kramer puso los brazos en jarras, como si esperara el aplauso de todos nosotros, pero no nos movimos, agotados y asqueados del giro que estaban dando los acontecimientos.

—Se preguntarán por qué conservamos a todos estos parásitos, a esto seudohombres y mujeres. Nuestro querido *Reichsführer-SS*, Heinrich Himmler, cree que nos serán útiles para inclinar la voluntad de los aliados a nuestro favor. Ellos no entienden la limpieza que hemos hecho en Europa, quitando de en medio a degenerados, retrasados, antisociales, judíos y comunistas. Los británicos y los norteamericanos, que han tenido campos de concentración en diferentes momentos de su historia, ahora parecen muy preocupados por esa peste judía. En unos días, nuestro ejército comenzará una operación militar en el Este que detendrá a los rusos, mientras convencemos a los aliados. Su trabajo es muy importante, Alemania sabrá agradecerles todo lo que han hecho por ella. Les pido el último sacrificio, cumplan las órdenes sin vacilar. Entiendo que lo que están viendo cada día pueda afectarles, pero perseguimos un bien mayor que está por encima de los sentimientos y los intereses particulares. Sus servicios pueden cambiar el curso de la guerra. Lucharemos hasta la muerte. *Heil*, Hitler.

Contestamos a coro y nos dirigimos a nuestros quehaceres. Me habían asignado a la vigilancia del Campamento Neutral; dentro de los destinos de Bergen-Belsen, era uno de los mejores. El comandante pensó que, al tener nociones de español, al menos podría ayudar a los prisioneros de aquel campo. No era muy grande, tenía apenas unos cuatrocientos presos de nacionalidades española, latina y turca. Todos ellos eran judíos, pero se intentaba contentar a sus países neutrales con la promesa de que les enviarían a sus ciudadanos capturados. De hecho, se habían producido algunos intercambios, pero la mayoría continuaban encerrados. No vestían uniformes, la comida era escasa, pero continuaban comiendo tres veces al día. En el recinto había ciudadanos brasileños, chilenos, mexicanos, peruanos, cubanos, haitianos, salvadoreños y venezolanos. El mayor número provenía de Argentina, como algunos de mis compañeros de Múnich.

Uno de los líderes del grupo era un rabino argentino llamado Abraham Aberman, un hombre de pelo moreno y barba larga. Siempre vestía un traje oscuro que le quedaba muy grande y guardaba con verdadero amor una pequeña Torá que había logrado guardar durante mucho tiempo.

Aquel viernes, los prisioneros prepararon la celebración del Sabbat. Era la primera vez que lo hacían públicamente desde su captura, ya no temían lo que pudiéramos hacerles, lo único que deseaban era reconciliarse con su Dios.

La ceremonia se realizó en uno de los barracones, pero algunos chivatos nos habían advertido de la ceremonia. Les pedí a mis hombres que no intervinieran, al menos en nuestro turno de guardia. Después me acerqué discretamente a una de las ventanas y observé cómo el rabino se ponía en pie y se dirigía al casi centenar de personas que habían entrado en el pabellón.

—Hemos llegado hasta el nadir de nuestro sufrimiento. Si Dios nos quería castigar por nuestros pecados, los hemos pagado con creces. No hay palabras para describir este horror, como si los labios no pudieran expresar lo que el corazón es incapaz de soportar.

Estamos comidos de piojos, todo está sucio, los cadáveres se amontonan por todas partes, los nazis matan sin descanso día y noche. No tenemos mantas, paja, jergones o unas simples barracas que frenen este frío que nos devora poco a poco. Únicamente nuestros cuerpos nos calientan unos a otros. Muchos no se levantan por las mañanas, el frío ha terminado de asesinarlos. No tenemos sillas, tampoco luz eléctrica, cada noche soñamos con la comida y nos levantamos horrorizados de haber sobrevivido, de pasar un día más en este infierno. Honremos hoy el Sabbat en medio del horror, encendamos las velas, aunque no tengamos la comida apropiada ni nuestras ropas estén limpias, Dios ve nuestros corazones y nuestra tristeza. Dios, *líbranos de nuestros enemigos y* danos la paz.

El rabino se agachó y todo los que estaban celebrando el Sabbat lo imitaron. A continuación comenzaron a dispersarse en paz.

Escuché una voz por detrás y me giré. Un hombre joven me miró con cara asustada, mi uniforme imponía verdadero terror a casi todo el mundo.

—Señor, le ruego que no los denuncie —dijo el hombre sin mirarme directamente. Su acento era extranjero, aunque no hablaba mal alemán.

—*¿De dónde eres?* —le pregunté.

—Soy de Hamburgo —contestó.

—*¿Naciste allí?*

—No, señor. Mi familia vivió en Argentina mucho tiempo, nací en Rosario, pero me enviaron a estudiar hace unos años. Me acusaron de judío y me encerraron en Neuengamme, pero me trasladaron aquí por mi doble nacionalidad.

—Entiendo, yo tuve... bueno, quiero decir, tengo amigos de Argentina. Estudiaron conmigo en Múnich. Salieron de Alemania hace muchos años. ¿Por qué no regresaste?

El joven se quedó pensativo, como si eso mismo se lo hubiera preguntado él muchas veces.

—Por una amiga, me enamoré, queríamos casarnos, pero no pudimos, al final terminé encerrado y...

—Entiendo. Te deseo suerte —le dije mientras me alejaba del barracón.

Toda Alemania estaba llena de esos campos de odio en los que los seres humanos dejaban de serlo, unos pocos se convertían en fieras feroces y otros en sombras descarnadas. Lo peor que habíamos hecho a toda esa gente, aún más grave que torturarlos, robarles la libertad, sus pertenencias y quitarles la salud, fue convertirlos en animales, acostumbrándolos a despreciar el sufrimiento ajeno como nosotros.

La noche llegó muy pronto. Al menos, el viento gélido del norte lograba despejar mi mente y por unos momentos lograba dejar de pensar. En cuanto Hanna muriese, terminaría con mi vida. Era lo mejor que podía hacer. A mi manera, podría llevar a cabo un último acto de justicia.

CAPÍTULO 44

<<<<<<<<<<<<<<<<<<<<<<<<<<<<<<<<<<<<<<<<<<<<<<<<<<<<<<<<

Berger—Belsen, 6 de febrero de 1945

EL CIELO GRIS LLEVABA VARIOS DÍAS anunciando el final. El sol se negaba a salir, aunque en cierto sentido nunca había mucha luz en el campo. En miles de tonos de gris corría la vida de los prisioneros, sin que les alcanzase una claridad total. Aún continuábamos obligándolos a formar durante horas. Los muertos se apilaban sin control por todas partes y habían comenzado a huir guardas. No sé a dónde pretendían llegar. Alemania estaba cercada y dentro de muy poco no tendríamos ningún lugar en el que seguir torturando y matando inocentes.

El comandante nos pedía cada día el exterminio de un pequeño número de personas, la muerte diaria de cientos de prisioneros por hambre y enfermedades no compensaba la falta de comida.

Los prisioneros formados de mi campamento parecían tranquilos, aunque no disimulaban su desidia y agotamiento. No trabajaban, pasaban la mayor parte del tiempo tumbados en sus camastros, esperando pacientemente a que llegasen los aliados y nos dieran nuestro merecido. A veces sentía su aliento en mi nuca, ya olían mi sangre y tenía miedo. La mayoría de los guardas estaban tan asustados como yo y reaccionaban de dos formas: unos se convertían en bestias aún más brutales, otros comenzaban a ser más compasivos, tal vez con la esperanza de que algunos prisioneros pudieran hablar a su favor si algún día tenían que pagar por sus culpas. Todos nos excusábamos en que cumplíamos órdenes, que éramos simples soldados, pero no lo éramos. En el fondo, nos habían preparado para convertirnos en perros rabiosos, en alimañas despiadadas, en una manada de lobos salvajes destruyendo a unos corderos indefensos.

Después de un día agotador, regresé al lecho de Hanna. La enfermera había conseguido que no entrara en las selecciones, pero ya apenas comía, no hablaba y la mayor parte del tiempo dormía. Mientras la observaba inerte, como si la muerte ya le hubiese alcanzado, me preguntaba hasta qué punto deseaba que viviera, para no cumplir mi promesa de quitarme la vida. Tenía miedo a desaparecer, pero tenía aún más miedo a presentarme ante mi Creador y que me juzgara por todas mis maldades. El infierno ya lo había vivido, tal vez como diablo más que como condenado, en Auschwitz.

Hanna estaba tumbada de lado, tenía las manos juntas bajo la cara, su expresión era de paz. Eso me tranquilizaba, al menos no sentía dolores. En cuanto me percibía, se giraba y abría los ojos, un gesto que ya no había hecho en los últimos días. Después extendía una mano fría y seca y me la daba. La tomaba con un nudo en la garganta.

Dicen que los moribundos siempre se despiden antes de partir. Una voz muy débil, que no parecía salir de ella, comenzó a hablar:

—Ritter, ya me queda muy poco. Necesito que cumplas una última promesa.

Comencé a llorar, aunque intenté tragarme las lágrimas y respirar hondo.

—No sé qué más puedo hacer por ti.

—Busca a Ernest, no permitas que la guerra lo engulla como un torbellino...

—No puedo hacerlo, no sé dónde está. Los rusos deben de haber ocupado Cracovia y los alrededores hace semanas —le contesté, confuso.

—¿Me lo prometes? Tienes que verlo para darle un mensaje, un último mensaje.

Me miró suplicante, sus ojos llenos de lágrimas volvieron a sacudirme, ya no parecía la juvenil y siempre alegre chica que conocí en mi juventud. El hambre y la enfermedad la habían convertido en una anciana repentina. Sus años se habían consumido en pocos días, su cuerpo agotado pedía descanso.

—Te lo prometo —dije al fin, aunque enseguida me arrepentí de mi promesa.

—Dile que lo amo con toda mi alma, que siempre lo amaré. No hay ni habrá nunca otro para mí. Pídele que resista, que se limpie las heridas y sea feliz. La única forma de enfrentarse al mal es con una vida plena. Que tenga hijos y les enseñe el valor del respeto a los demás, el secreto del amor, para que nunca más los hombres destruyan a otros hombres por una bandera, una idea o una mentira. Que les cuente lo que ha vivido, esa es nuestra herencia y nuestro legado.

Hanna parecía agotada tras sus palabras. Se incorporó un poco y me abrazó. Noté su cuerpo esquelético y sentí que, de alguna manera, con aquella promesa, estaba intentado salvarme. El nazismo había destrozado la vida de millones de personas, pero también nosotros, los que por miedo o convicción lo habíamos seguido, estábamos vacíos y muertos. Su último triunfo era quitarme lo único que me quedaba, la conciencia y el testimonio de todo lo que había visto y lo que había hecho.

Hanna se tumbó con dificultad, su cuerpo se hundió en la sabana sucia y respiró hondo, después parecía agitada. Llamé a la enfermera, pero, antes de que llegase, recuperó la calma, el sosiego de los que han descansado para siempre del duro trabajo de estar vivos. No quise quedarme hasta que su cuerpo se enfriase, pero no quería que lo arrojaran afuera, con la multitud de cadáveres, pisoteando una vez más su individualidad, como si fuera un fardo de paja seca.

—Que no se la lleven —pedí a la enfermera.

Esperé a que la noche terminara de protegerme de las miradas indiscretas de guardias y prisioneros, llevé una pequeña carretilla y transporté a Hanna hasta un bosquecillo fuera del campo. Su cuerpo ligero me hizo pensar en que el gran peso de su alma ya había ascendido al cielo. Cavé una tumba profunda, tras dos horas bajo la lluvia intensa y lleno de barro, puse su cuerpo con cuidado, envuelto en una sábana nueva. Antes de arrojar la tierra que mantendría su cuerpo alejado del horror que había vivido en los últimos meses, hice una corta oración, más por mí que por ella. Lancé la tierra mojada sobre la sábana blanca hasta que el cuerpo desapareció por completo. Cada palada sentía que bajo aquella tierra negruzca quedaba para siempre el joven que fui, mis sueños y anhelos, pero tenía que cumplir de nuevo una promesa que me ataba a la vida. Por un instante, nos vi a todos nosotros sentados en una cervecería de Múnich, riéndonos del futuro y con la sonrisa inocente de los que todavía no se saben mortales.

CAPÍTULO 45

Berger-Belsen, 15 de marzo de 1945

LAS CIUDADES ALEMANAS COMENZABAN A CAER una tras otra: Colonia, Bonn y Breslau. Todo el mundo parecía enloquecer en el campo. Sin apenas comida, con falta de agua potable, sin electricidad y con el tifus extendiéndose por todos lados, no era extraña la noche en que uno o dos guardias se escabullía e intentaba regresar a su casa o lo que quedase de ella. Hannover estaba relativamente cerca, no hubiera sido difícil esconderse entre la multitud de refugiados que abandonaban todos los pueblos y ciudades del norte y este de Alemania. Aunque le había prometido a Hanna que intentaría buscar a Ernest en Cracovia, esperaría primero al fin de la guerra. En aquel momento, el frente era prácticamente infranqueable, un alemán no hubiera logrado nunca llegar a Polonia sin ser capturado por los rusos. Al comenzar el armisticio, primero iría hasta Dresde y desde allí por Breslavia camino de Cracovia hasta encontrar a mi amigo.

No tenía un plan definido, me había hecho con ropas civiles y aquella misma noche me escaparía caminando hasta Hannover, desde allí intentaría tomar algún transporte hacia el norte. Me tocaba servir de guardia, le dije a mi compañero que descansara un poco y salí en silencio en medio de la noche. Pasé el primer control sin problema y, cuando me encontraba en la zona de personal, tomé una bicicleta, la arrojé por una zona en la que la valla se encontraba dañada y después logré saltar cayendo de bruces en el suelo empapado por la lluvia. Me quité el uniforme, subí a la bicicleta y me dirigí a la carretera principal. Pedaleé durante más de tres horas hasta que divisé los primeros edificios. Llegué agotado, pero había reservado un poco de pan y una salchicha reseca. Me dirigí a la estación de tren, pero el caos reinaba por todas partes. No había trenes al norte, pero cada día llegaban convoyes desde la frontera oriental con gente que escapaba de las hordas rojas. Al salir de la estación, un hombre que me había escuchado intentando comprar un billete a Berlín, mi primera escala para continuar después a Dresde, se me acercó y me puso la mano en el hombro.

—¿Por qué quiere ir a Berlín?

Lo miré algo extrañado, en Alemania hacía años que habíamos aprendido a no confiar en nadie, pero decidí probar suerte.

—Tengo mi familia allí —le dije, y era verdad. Había pensado en encontrarme con ellos antes de continuar al este. Al menos, me quedaría más tranquilo si sabía que se encontraban bien.

—Yo voy hasta Magdeburgo, te será más fácil ir desde allí hasta la capital.

El hombre me llevó hasta una furgoneta destartalada. No le pregunté cómo había conseguido el combustible, ya que hacía meses que estaba totalmente racionado y tan solo los servicios oficiales podían utilizarlo, pero en aquella Alemania sumida en el caos todo se podía comprar y vender.

Nada dura eternamente, los alemanes nos despertábamos por fin del sueño, aunque para muchos fue más bien pesadilla, del Tercer Reich de los mil años. Una vez más, el sueño megalómano de Hitler había devuelto a Alemania el amargo sabor de la derrota. Oficialmente, continuábamos la lucha, algunos más por miedo a la llegada de los rusos que por convicción política. La raza superior era ahora una sombra grotesca, la gente vagabundeaba de un lado para otro, con las ropas raídas y buscando comida con desesperación. Nadie prepararía los campos esa primavera, no habría cosecha y en el verano miles, si no cientos de miles, se unirían a los que habían muerto en el frente o presa de las bombas.

Mientras Europa celebraba su liberación, los alemanes parecíamos muertos vivientes, desorientados después de que la música y la furia dejaran paso al silencio y el miedo. Llevaban años diciéndonos lo que teníamos que hacer y en qué debíamos creer, ya no había brujos que nos anunciaran con sus maléficas profecías nuestro destino grandioso. Los nazis que habían incendiado toda Europa con su odio ahora veían calcinadas las ruinas de su locura, la comunidad alemana estaba disuelta y los estandartes, junto a las esvásticas, están tirados por todas partes. Era triste ver la muerte de un pueblo, sobre todo cuando tú formas parte de él. En la derrota no importaba si odiabas al nacionalsocialismo, los que vagaban por los caminos eran niños con la cara sucia y a los que ya no les quedaban lágrimas, mujeres viudas que apenas podían alimentar a sus bebés desnutridos, ancianos que lo habían perdido todo y parecían vagabundos desesperados.

Nos cruzamos con grupos del ejército que mostraban en sus rostros la fatiga de una guerra inútil que ya estaba perdida. Algunos eran poco más que críos, que hasta hacía unos meses estaban jugando al fútbol o bromeaban con sus compañeros en la escuela; otros eran viejos que apenas podían cargar el fusil y en sus ojos reflejaban la desolación que habían contemplado en las últimas semanas.

Tardamos un día en llegar a las afueras de Magdeburgo. La carretera estaba en parte bombardeada y a veces había que esconderse debajo de los árboles para evitar que los aliados nos lanzaran sus bombas. Hacía unos años, había visitado la ciudad con mis padres, pero apenas la reconocí. Me sorprendieron sus construcciones barrocas, algunos edificios históricos permanecían en pie, pero la mayoría estaban completamente destruidos o con las absurdas y caprichosas formas dejadas por las explosiones.

El hombre detuvo el auto cerca del ayuntamiento y comenzó a llorar.

—¡Dios mío! No había visto la ciudad después del bombardeo de enero —dijo, horrorizado. Apoyó la cara sobre el volante y yo una mano sobre su hombro, intentando tranquilizarlo, aunque el desolado paisaje me hizo estremecer. ¿Cómo estaría Berlín? ¿Se encontraría bien mi familia?

—Mi casa estaba allí —dijo señalando un solar.

—Vayamos al Ayuntamiento, seguro que hay un registro de refugiados —le comenté.

Salimos del coche. El hombre no dejaba de llorar y darse golpes en las sienes.

—Trabajaba en una fábrica de armamento en Hannover, mi familia se quedó aquí. Hace un mes hablé con ellos por última vez, después ya no respondían a mis llamadas. Los de la compañía me comentaron que las líneas estaban dañadas, pero no era eso. Ya no existe mi casa. ¿Estarán bien? —se repetía.

—Seguro que se encontrarán bien. ¿Cuántos son de familia?

—Mi esposa y mis dos hijos de doce y quince años, dos muchachos estupendos, estudiosos, que cuidaban y adoraban a su madre.

—Estarán en algún refugio —le aseguré. La calle estaba arrasada casi por completo, pero el edificio principal aún estaba en funcionamiento. Gente entraba y salía con papeles, pero no había policías en la puerta ni ningún tipo de control.

El interior del edificio estaba desordenado, como si lo hubieran saqueado, pero algunos funcionarios aún atendían detrás de las taquillas con los cristales rotos. Hicimos una larga cola hasta que el hombre fue atendido por un funcionario grueso y calvo, que lo miró con cierta simpatía al reconocerlo.

—Klaus —dijo el funcionario con una ligera emoción.

—Mi casa ya no está en pie, quería saber dónde se encuentra mi familia.

—Bueno, todos los refugiados están siendo atendidos...

El rostro del funcionario comenzó a ponerse muy serio, hasta que se armó de coraje y le dijo al hombre:

—Murieron, Klaus. Lo siento, más de dos mil personas fallecieron en el bombardeo de enero. Estaban en sus casas, no les dio tiempo a ir al refugio.

El hombre comenzó a llorar y se tiró al suelo de rodillas, el dolor parecía atravesarle todo el cuerpo como una sacudida. Me agaché e intenté consolarlo, pero estaba desgarrado y como loco. Unos minutos más tarde, comenzó a calmarse, pero su mente y su corazón estaban ausentes, intentando asimilar lo sucedido. Salimos del edificio y regresamos al coche, sacó las llaves del bolsillo y me las entregó.

—Busca a tu familia —me dijo.

—No puedo aceptarlo.

—Yo no lo necesitaré —me comentó, y en sus palabras pude intuir lo que se le pasaba por la mente. Aquel hombre desolado ya no tenía nada que perder, se alejó por la calle destrozada y desapareció por los escombros en dirección al río.

Arranqué el coche y me dirigí a toda velocidad a Berlín, quería llegar lo antes posible. La tristeza me carcomía y deseaba que el destino hubiera salvaguardado a los míos. Al aproximarme a Berlín, comencé a temblar, miles de personas escapaban de la ciudad y la bella capital de Alemania estaba casi irreconocible, las heridas de la guerra habían desfigurado su rostro y vaciado su alegría.

CAPÍTULO 46

No PUDE LLEGAR CON EL COCHE hasta la calle donde vivían mis padres. Los bomberos y los voluntarios no daban abasto a retirar los escombros y la ciudad se preparaba para el asalto de los rusos, que querían llegar a la capital antes que los norteamericanos. Los civiles parecían conejos encerrados, buscando una salida para escapar del infierno en el que se había convertido la capital. Los bombardeos se sucedían cada día y había muy pocos lugares que no hubieran sufrido estragos. Crucé el río y me dirigí hasta la Friedrichstrasse, mis padres tenían un pequeño piso cerca de la estación de tren, al que se habían mudado hacía un par de años. Me sorprendió ver la estación aún en pie y el puente intacto. Miré al edificio que se conservaba a la perfección y subí los escalones de dos en dos hasta la tercera planta. Respiré hondo antes de llamar a la puerta, después golpeé con los nudillos. Nadie abrió en un buen rato y comencé a ponerme nervioso. Eran poco más de las nueve de la mañana, no era posible que se hubieran marchado tan pronto.

Al final escuché unos pasos, alguien me observaba por la mirilla, abrieron la puerta y vi a mi madre.

—Mamá —grité después de abrazarla.

—Hijo —me contestó ella, emocionada.

No sabían nada de mí desde hacía meses. Tras la salida de Auschwitz, no les había escrito, el servicio postal ya no funcionaba y las llamadas telefónicas eran casi imposibles.

—¡Dios mío, qué delgado estás! —me dijo.

Su rostro se encontraba totalmente arrugado y su pelo blanco sin peinar caía por los hombros. La volví a abrazar y fuimos agarrados hasta el salón. Mi padre leía un periódico antiguo y al verme se levantó y me saludó sin mucho entusiasmo. Después frunció el ceño y pidió a mi madre que preparara un poco de achicoria y un pedazo de pan negro, que era el único que podía encontrarse en todo Berlín.

—¿Qué haces aquí? —me preguntó en cuanto estuvimos solos.

—He venido a veros —le contesté.

—¿Has desertado? ¿Te has vuelto loco? Hay patrullas buscando a desertores y matándolos en plena calle. ¿No has visto los cuerpos ahorcados con los letreros?

Lo miré, indeciso, pero al final me encogí de hombros, aquella era la más pequeña de mis preocupaciones.

—Puedes buscarnos la ruina a todos —insistió.

—Papá, la guerra está perdida. Dentro de unos días, Berlín será tomada.

—¿Sabes lo que dices? Esos salvajes soviéticos nos matarán a todos y violarán a las mujeres, no te pido que lo hagas por Hitler, ese cabo austriaco es el culpable de todo esto, pero sí por tu madre, por las mujeres de tu familia. ¿Qué futuro nos queda si llegan los rusos?

Lo miré, asombrado, aún creía que podíamos resistir a los soviéticos. Las ciudades estaban desoladas, el ejército destruido, pero, como buen alemán, esperaba que la fuerza teutónica resistiera de nuevo a los eslavos.

—Hemos perdido y tendremos que atenernos a las consecuencias —le contesté enfadado.

—Nosotros no hemos hecho nada —dijo muy serio. Su pasado socialista siempre le servía para exonerarse de todas sus culpas. Él era el que me había convencido para ingresar en las SS, para que no tuviera problemas y no fuera al frente. Mi padre había luchado en la Gran Guerra y aún recordaba los horrores del frente, tenía pesadillas y ataques de pánico. Sin saberlo, me había empujado a ingresar en las filas del mismo diablo. Lo único que me mantenía con vida era mi promesa, no sabía qué sucedería cuando le transmitiese a Ernest el mensaje de Hanna.

Escuchamos en ese momento las sirenas de alarma y mi padre se puso en pie de un salto. Mi madre llegó corriendo por el pasillo y antes de un minuto bajábamos por las escaleras del edificio, como la mayoría de los residentes. No habíamos atravesado el umbral del portal cuando las bombas comenzaron a caer. Ya había sufrido algunos bombardeos en Auschwitz, pero aquella tormenta de fuego no tenía nada que ver con las incursiones de bombardeos tácticos en Polonia.

El suelo comenzó a vibrar como si se tratase de un terremoto, un edifico fue alcanzado a pocos metros y, tras la explosión, se escuchó un crujido fuerte y comenzó a desplomarse.

—El refugio está a dos cuadras —gritó mi padre. Yo estaba obnubilado mirando los fogonazos y las llamaradas que nos rodeaban. Había algo hermoso en aquel fuego purificador, como si primero tuviera que destruirse todo para que algo nuevo brotara de las cenizas. La derrota de mi país era la victoria de la humanidad. Todos esos sentimientos contradictorios me dejaban perplejo.

Corrimos por las calles esquivando los cristales rotos que reventaban a nuestro paso. En el suelo había algunos cuerpos inertes y coches calcinados. Apenas habíamos avanzado cuando vi a una mujer intentado desplazar un carrito con dos bebés. Me separé de mis padres y fui a ayudarla.

—¿Dónde vas? —me preguntó, angustiada, mi madre.

En Auschwitz, cada uno velaba por sus intereses y la prioridad, aun la de los guardas, era sobrevivir, no quería que lo aprendido en el campo de concentración fuera lo que guiara mi vida. La mujer me miró agradecida, con su pelo rubio alborotado y la cara roja por el esfuerzo. Tomé a uno de los niños en brazos y ella al otro. Corrimos hacia el refugio, pero un avión voló raso y comenzó a dispararnos con las ametralladoras.

—¿Qué hace? —grité. No entendía por qué disparaba a civiles. ¿Cuál era el objetivo de su misión? Matar a gente y destruir nuestra moral. No era necesario tanto dolor, los alemanes querían la paz, pero temían a los rusos y al endemoniado dirigente que gobernaba Alemania.

Escuché cómo silbaban a mi lado las balas, después me giré y vi a la mujer parada, con el niño aún en brazos, pero cubierta de sangre. Retrocedí, pero al llegar a su altura comenzó a expulsar sangre por la boca y me entregó a su niño en un último esfuerzo, después se desplomó. Los dos niños lloraban en mis brazos, me sentía superado, como si me contemplara desde fuera de mi cuerpo. El avión dio la vuelta y comenzó a disparar de nuevo. Corrí con todas mis fuerzas hasta llegar a la puerta del refugio y bajé las escaleras de dos saltos, llamé a la puerta de hierro y me abrieron. En el interior apenas había luz, un fuerte olor a sudor y orín me revolvió el estómago, me recordaba a los trenes en los que habíamos transportado a los prisioneros. Ahora, toda Alemania sufría las consecuencias de su locura. La guerra nos había igualado a todos, convirtiéndonos en rehenes de nuestra ambición. Mi madre vio los niños y los tomó de mis brazos sin hacer preguntas. Me senté sobre el hormigón y me incliné.

—¡Dios mío! —dije mientras me echaba a llorar.

Las paredes retumbaban, se desprendía polvo del techo y todo el mundo daba un respingo, pero nadie hablaba. Entonces, una niña de poco más de ocho años comenzó a cantar una vieja canción. El resto se unió y por un momento sentí que aún había esperanza para mi pueblo.

Heile, heile Segen,
Morgen gibt es Regen
Übermorgen Sonnenschein
Und da lacht mein Kindelein:
Ist alles wieder gut[4]

---

4. Santa, santa bendición
   Mañana lluvia
   Pasado mañana, sol
   Y mis hijitos ríen:
   Todo está bien de nuevo

CAPÍTULO 47

Berlín, 27 abril de 1945

ESTÁBAMOS ATRAPADOS EN BERLÍN, LOS SOVIÉTICOS lleva-
ban siete días seguidos bombardeando la ciudad. Esperábamos un asalto
inmediato y yo había decidido escapar e intentar llegar a Cracovia. El
ejército de defensa de la ciudad era una mezcla de niños de las Juventudes
Hitlerianas y ancianos que llevaban armas antitanque, mientras la población apenas salía de los refugios. La ciudad era un montón de escombros
y el metro se había convertido en uno de los pocos sitios seguros en los
que refugiarse. No encontrábamos comida ni agua potable. Aún no hacía
calor, pero en cuanto llegase el verano la gente moriría de sed o agotada
por el hambre y el terror, además de las enfermedades que provocarían
los cuerpos abandonados por todas partes. Se escuchaban comentarios
sobre la suerte de los habitantes de los pueblos invadidos en Prusia. Los
rusos sembraban los campos de soldados asesinados, mujeres violadas
y casas quemadas. Saqueaban todo lo que encontraban a su paso y por
ahora lo único que respetaban era a los niños.

A pesar de los llamamientos del ejército, prácticamente ningún
batallón llegó a defender la capital. Todos sabíamos que la rendición
era inminente. Si no lograba salir de la ciudad, me quedaría atrapado y los rusos terminarían con mi vida, sobre todo al descubrir que
era miembro de las SS. Durante la invasión de Rusia, las SS habían
asesinado sin piedad a partisanos, gitanos y judíos. Sus atrocidades
eran tan notorias que algunos mandos del ejército se habían quejado

formalmente a Hitler. Los soviéticos querían cobrarse su deuda de odio y los civiles serían sus víctimas propiciatorias. Me alegré de que mi hermana y mi hermano pequeño no se encontrasen en la ciudad. Aunque franceses, británicos y norteamericanos también cometían sus excesos, comparados con los rusos eran verdaderos ángeles.

Mis padres y yo nos habíamos instalado en una estación de metro cercana a casa. Aquel lugar estaba repleto de gente, en especial mujeres, ancianos y niños. No era cómodo, pero al menos era seguro. Unos colchones finos amortiguaban el suelo duro de hormigón y a veces miembros de la Cruz Roja nos llevaban un poco de sopa. Cada vez que los veía llegar, no podía olvidar los vehículos de la Cruz Roja utilizados por las SS en Auschwitz para transportar el producto químico con que se gaseaba a los prisioneros, o para llevar todo tipo de material robado a las víctimas.

Aquella mañana me había despertado algo más animado. Recogí todas las cosas que llevaba en una pequeña mochila y tomé un poco de pan. Mis padres estaban apoyados el uno en el otro, mientras mi madre jugaba con los gemelos. No habíamos encontrado ni rastro de la familia de la mujer, Berlín era un verdadero caos y dejarlos solos hubiera significado condenarlos a una muerte segura.

—Hoy salgo para Cracovia —les anuncié a mis padres.

—¿Para Cracovia? ¿Te has vuelto loco? —me preguntaron casi a la vez.

—Dentro de unos días, los rusos estarán en el centro de la ciudad. Esto será igual de seguro que Polonia. No tengo nada que perder.

—Al menos, intenta escapar al sur, los norteamericanos son más clementes que los soviéticos —dijo mi padre con el ceño fruncido.

—Nosotros tampoco fuimos muy clementes con ellos cuando los invadimos —me quejé. No soportaba que todavía algunos alemanes usaran aquel lenguaje victimista, como si no nos mereciéramos lo que estaba pasando. Todos nosotros habíamos recibido con vítores a las tropas mientras ocupaban, uno a uno, los estados pequeños que nos rodeaban y aún nos creíamos los futuros amos de Europa.

—Tengo que cumplir una promesa, Hanna me pidió que viera a su esposo y le entregara un mensaje.

No había mencionado a mis amigos en todo ese tiempo. Mi madre se giró, ya había dado de comer a uno de los bebés y comenzaba con el segundo. Al menos había logrado de la Cruz Roja un poco de leche en polvo para ellos.

—Los recuerdo, vivían en Berlín. ¿Qué ha sido de ellos?

No quise entrar en detalles, pero le expliqué que habían sido prisioneros y que, por una casualidad del destino, los había encontrado en Auschwitz. Para ella no significaba mucho. Un campo de concentración era un lugar duro; la propaganda nazi no los había ocultado, pero tampoco mostraba la realidad de las torturas, el hambre, las enfermedades y los asesinatos masivos.

En ese momento escuchamos un ruido fuerte que venía del túnel, parecía el sonido de las olas golpeando sobre las rocas.

—¿Qué es eso? —preguntó mi padre, inquieto.

Miré hacia la oscuridad del túnel y vi agua. Llegaba con fuerza a la estación, superó enseguida la altura del andén y comenzó a arrastrar todo a su paso. Tomé el bebé que descansaba sobre el colchón y con la otra mano ayudé a incorporarse a mi madre. Mi padre tardó un poco más en ponerse en pie. Cuando comenzamos a correr, el agua ya nos llegaba a los talones.

La gente gritaba, todos se dirigían corriendo a la salida del fondo, que enseguida quedó completamente taponada. Muchos llevaban sus pertenencias y los ancianos rodaban escalera abajo, haciendo una barrera casi infranqueable. Me fijé en la puerta de emergencia que había a nuestro lado y la abrí.

—¡Por aquí! —les grité a mis padres.

Enseguida, otras personas se dirigieron hacia la salida de emergencia, mi madre cruzó la puerta y mi padre llegó casi a tocarla, pero en ese momento la fuerte corriente lo derrumbó y se lo llevó hacia el túnel. Tenía al bebé en la mano, el agua me llegaba por la cintura, no sabía qué hacer. Mi padre desapareció en la oscuridad, al igual que medio centenar de personas. Comencé a subir, el agua se elevaba cada vez más, cuando llegué por fin a la salida, una especie de columna de agua salió disparada, cargada con todo tipo de objetos. Mi madre estaba tirada en el suelo, tenía aún el bebé en brazos y lloraba desconsoladamente, la abracé con mi mano libre.

—¡Tu padre, Ritter! Lo hemos perdido —gritaba desconsolada.

No sabía qué decirle, me limité a consolarla, quería pensar que no estaba muerto, pero la fuerza del agua lo habría arrastrado y sacudido hasta ahogarlo. Nos pusimos en pie y caminamos sin rumbo. Se escuchaban los disparos, las bombas y los gritos de los soldados. Ya no nos importaba morir. De alguna manera, nos habíamos rendido, destrozados por la realidad que no hacía más que golpearnos en la cara, cobrándonos a un precio muy alto nuestras culpas.

Al final llegamos a los pies de una iglesia, un pastor y varios feligreses atendían a los que habían logrado salir con vida de los túneles del metro inundados. El reverendo se paró delante de mi madre y la abrazó. Después le entregó los dos bebés a una mujer.

—No tengo palabras para consolarla, pero no se rinda, por favor —dijo el hombre, con el rostro compungido. No había palabras de consuelo. La única liberación era la muerte, pero nuestros instintos nos la negaban una y otra vez, como si para el cuerpo lo único verdaderamente importante fuera sobrevivir, aunque ya no hubiera nada por lo que continuar con vida.

—Tengo que irme —le dije a mi madre, que me abrazó con fuerza, intentando disuadirme.

—¿Regresarás? —me preguntó apartándose un poco.

Las madres tienen a sus hijos con la certeza de que un día los perderán, el tiempo las separa inexorablemente de los seres que más aman en el mundo. Los entregan a la vida con temor, deseando que no crezcan, pero, ante la inevitable separación, lo único que les queda es rogar al cielo que los proteja.

—Sí Dios quiere, regresaré. Me he dado cuenta desde hace tiempo de que nada depende de nosotros, somos como hojas sacudidas por el viento. Nuestro corazón toma decisiones que nuestra cabeza no acepta, pero es el destino el que tiene la última palabra.

Me di la vuelta y comencé a caminar. Me encontraba desorientado, agotado y profundamente triste. Con las manos en los bolsillos de la gabardina, sin dinero, rodeado por un ejército feroz, me dispuse una vez más a desafiar a mi miedo. Recordé en ese instante unos versos de la Biblia que me habían enseñado de memoria: «Nadie tiene amor más grande que el dar la vida por sus amigos».[5]

---

5   Biblia Nueva Versión al Día. Juan 15.13

CAPÍTULO 48

Afueras de Berlín, 1 de mayo de 1945

ME COSTÓ CASI TRES DÍAS LLEGAR a los límites de la ciudad. Las ruinas dejaron paso a los primeros bosques. Durante horas, había evitado primero a los grupos de voluntarios que asesinaban a sangre fría a cualquier hombre al que no vieran con un fusil en la mano, pero también a las tropas rusas que estaban por todas partes. Niños de doce años se convertían en verdaderos verdugos, podía verse el fanatismo brillando en sus ojos. Los monstruos creados por los nacionalsocialistas continuaban sembrando muerte y odio por todas partes. Al atravesar las líneas rusas, me sorprendió que los soldados estaban tan concentrados en la lucha que apenas me prestaron atención. Caminé hacia el este, intentando no pasar por ciudades o caminos concurridos. Tras varios días durmiendo a la intemperie, sin apenas comida y exhausto, encontré un pajar. Aquel lugar me pareció el paraíso. Me quité las ropas empapadas y me tapé con la paja, en unos minutos me encontraba profundamente dormido.

Aquel fue mi último sueño plácido. Me despertaron unas sacudidas bruscas en el hombro, dos soldados vestidos con abrigos gruesos y los característicos cascos soviéticos con la estrella roja me pusieron en pie. Estaba a medio vestir, pero aun así me cachearon. En el campo había aprendido algunas palabras en ruso, por lo que les dije que me rendía y que no me hicieran daño. Los dos soldados me miraron sorprendidos, el hecho de hablar su idioma les pareció curioso. Permitieron que me vistiera y me sacaron hacia el bosque. Por un momento, pensé que todo se había terminado, que me llevarían hasta unos árboles y me pegarían dos tiros, pero se pararon frente a un camión y me subieron a la parte trasera. Allí había otros tres hombres vestidos de civil. Los dos soldados se sentaron en el extremo y golpearon el costado del vehículo. El camión se puso en marcha y nos bamboleamos hasta llegar al camino.

—Hemos tenido suerte, al parecer se ha comunicado por radio la muerte de Hitler y que el nuevo Jefe del Estado es el almirante Karl Dönitz. Eso les ha puesto de buen humor

—¿Hitler ha muerto? —le pregunté, sin llegar a créemelo del todo. Siempre había logrado escapar a todos los atentados que habían hecho contra él, casi pensábamos que era inmortal.

—Sí, creen que se ha suicidado en el búnker. La guerra está a punto de terminar —contestó el hombre con una sonrisa en los labios.

Yo no era tan optimista con respecto a nuestra suerte. Los rusos querían cobrarse venganza y no dudarían en fusilarnos a todos, ya fuera sin juicio o después de uno sumarísimo, en el que sin duda nos declararían culpables. No temía la muerte, casi la deseaba, pero me sentía mal al no haber podido cumplir mi promesa.

Durante una hora, cruzamos caminos secundarios hasta llegar a lo que parecía un campo de concentración. Alrededor había una valla de espinos, varias torres de vigilancia y dentro, barracones. El lugar se asemejaba a un antiguo cuartel militar, de hecho, aún se veían algunas insignias del ejército del aire.

Un policía militar comenzó a tomarnos los datos; primero lo hicieron con mis compañeros de viaje, yo fui el último en pasar.

—Nombre completo, grado del ejército, cuerpo y edad —dijo el hombre sin ni siquiera mirarme.

—Mi nombre es Ritter Frey, soy sargento de las Waffen-SS y tengo veintinueve años.

El hombre levantó la mirada y me dijo en tono despectivo:

—Maldito cabrón, eres un verdugo nazi. Soy de origen judío, ya hemos visto lo que les habéis hecho a esos pobre diablos. Te aseguro que lamentarás no haber muerto de un tiro o en un bombardeo. ¡A la izquierda!

La mayoría de los soldados capturados se encontraban a la derecha, menos un chico joven pelirrojo y yo. Unos soldados se llevaron al resto de prisioneros, pero a nosotros nos dejaron en pie, bajo la lluvia, hasta que amaneció. Después, un par de soldados se acercaron y nos llevaron hasta un barracón próximo. Nos ordenaron que nos desnudásemos, nos raparon la cabeza y nos desinfectaron, nos facilitaron un uniforme de presidiario y después de vestirnos nos acompañaron hasta un barracón medio en ruinas, lleno de goteras. Antes de que entráramos, uno de los soldados comenzó a golpearme con una porra por todo el cuerpo. El dolor era insoportable, pero continuó golpeándome hasta que se le cansó la mano.

—Sois unos asesinos. Por mí, os pegaba un tiro ahora mismo, pero hasta que llegue vuestra hora procuraremos que la poca vida que os queda sea un infierno.

Mi compañero no tuvo mejor suerte, entramos en el pabellón sangrando por la boca y la cabeza y con el cuerpo amoratado. Dos compañeros nos llevaron hasta unos camastros con sábanas sucias y sudadas.

—Veo que os han dado la bienvenida. Habéis tenido suerte, están contentos por la muerte de Hitler, pero más de uno ha llegado agonizante al barracón —dijo un teniente de las SS llamado Oskar.

Me tumbé en la cama dolorido y sudoroso. Tenía la sensación de que de aquella manera se cerraba un círculo. Ya no era el verdugo de Auschwitz, un SS que impedía la fuga de los pobres desgraciados que caían en manos del Tercer Reich, ahora era un prisionero, un número sin nombre que esperaba su muerte. Sabía que me lo merecía, todos nosotros lo merecíamos.

Cerré los ojos y, a pesar del dolor, pude por un instante recordar a Hanna. Aquellos últimos días habían sido infernales, pero, al menos, ahora ella descansaba en paz. Después pensé en Ernest, la última vez que lo vi se encontraba mucho peor que yo. No estaba seguro de que hubiera logrado sobrevivir, pero no perdía del todo la esperanza. Mi vida había terminado, no sentía nostalgia. Le había dado los mejores años de mi vida a un régimen cruel, asesino y despiadado. Mi juventud se había desperdiciado en una torreta de vigilancia, viendo cómo el mal se personificaba a mis pies en las vidas de todos aquellos pobres diablos. Intentaba justificarme, todos lo hacemos muchas veces, pero no tenía duda. Era culpable y merecía morir, era una pequeña pieza del mecanismo de exterminio nazi, pero todas esas partes insignificantes formaban la maquinaria asesina más mortífera de la historia. Pude negarme a actuar, pedir mi traslado al frente, desobedecer, pero era más fácil justificarme, renunciar a mi humanidad, para sobrevivir.

Miré a mis compañeros, parecían tranquilos, sosegados, como si simplemente estuvieran pasando unos días en un campamento de verano. Aquella indiferencia, la simple sensación de que en el fondo nadie era culpable y todos éramos víctimas me daba ganas de vomitar. Una buena acción no podía redimirnos de mil malas acciones. Lo único que podíamos esperar era misericordia, un perdón inmerecido, pero la mayoría de nosotros ni siquiera parecíamos estar arrepentidos de lo que habíamos hecho. Si los rusos no hubieran llegado, la mayoría de nosotros hubiéramos continuado exterminando personas hasta que ya no quedara nadie más que asesinar.

Suspiré e intenté pensar en otra cosa, recordar los viejos tiempos, pero un velo negro cubría mis ojos. La luz de los tiempos felices se había apagado para siempre, mis amigos eran sombras del pasado que nunca regresarían a saludarme, ni siquiera en mis sueños.

CAPÍTULO 49

Campo de prisioneros alemanes, 10 de mayo de 1945

LA RUTINA LO INVADÍA TODO. NOS levantábamos muy temprano, antes de la salida del sol, nos obligaban a formar para la revisión y después regresábamos a nuestros barracones. Mientras no hubiera sentencia no nos obligaban a trabajar, pero la comida era muy escasa. Todos estábamos a la espera de un tribunal militar, aunque no nos habían facilitado los cargos de los que se nos acusaba ni habíamos hecho una declaración oficial. Algunos de mis compañeros comentaban que unos días antes del juicio te llevaban a un edificio fuera de la cerca principal y te golpeaban hasta que firmabas una sentencia de culpabilidad. A mí no me importaba, iba a declararme culpable. Debía pagar por todo lo que había hecho, aunque eso supusiera la muerte.

Una de las sensaciones que nos acompañaba durante todo el día era una gran sed y un hambre feroz. Pensábamos en comida a cada minuto. En algo más de una semana adelgacé diez kilos, a pesar de que, desde mi partida de Auschwitz, mi alimentación había sido deficiente y en los días que estuve escondido en Berlín habíamos pasado hambre, en el campo de prisioneros era mucho peor. Un café amargo por las mañanas, sopas de pollo sin carne, alguna verdura y poco más.

Al principio, todos mis compañeros eran soldados que habían desertado o que se habían rendido a las tropas soviéticas, pero unos días más tarde llegaron algunos civiles con cargos dentro de la administración nazi o incluso políticos conservadores, periodistas o famosos antibolcheviques. Uno de los más curiosos era un abogado acusado de trabajar como espía de los norteamericanos.

Muchos prisioneros no se relacionaban con nosotros por ser exmiembros de las SS. Para la mayoría de la gente, la sola pertenencia era un delito grave, aunque hubiera alemanes que sin pertenecer al partido nazi o las SS hubieran cometidos tantos crímenes como nosotros.

Una de las tardes, mientras intentaba caminar un poco por el patio para agotarme y caer dormido lo antes posible, un hombre de más de sesenta años, de porte marcial a pesar del uniforme de presidiario, se me acercó.

—Hola joven, ¿cómo se llama? —me preguntó muy serio.

—Ritter, señor.

—¿Es de los miembros de las SS? —dijo mientras comenzaba a caminar a mi lado.

—Sí, señor. No es una decisión de la que me sienta orgulloso, pero pertenecí a las SS.

—Todos cometemos errores, yo he tenido una vida larga y le aseguro que he cometido unos cuantos —dijo sonriente.

—Hay muchos tipos de errores, algunos son demasiado graves. He visto y hecho cosas terribles. ¿Por qué está usted aquí?

El anciano se detuvo y se quedó mirando los árboles al otro lado de la alambrada, como si necesitara mirar más allá de la prisión para recordar de qué se le acusaba.

—Estos soviéticos son unos salvajes, tanto o más que los nazis. A veces pienso que están cortados por el mismo patrón. Fui diplomático la mayor parte de mi vida. Cuando los nazis ascendieron al poder, me jubilé. Había visto lo que Mussolini había hecho en Italia e imaginé que sería igual o peor. La mayor parte de mi vida como embajador la pasé en Bélgica, aunque conocí muchos países y tuve varios destinos. Mientras los nazis tomaban el poder me dediqué a seguir viajando y negociar con arte. Al final me quedé encerrado en Berlín desde finales del año pasado. Los soviéticos me han detenido por editar una inocente revista que critica la actuación de los rusos en Alemania. Las palabras siempre irritan a los idiotas —bromeó.

—Lo lamento.

—No lo lamente, ya he tenido una vida plena. A cierta edad deja de tener importancia lo que le pase a este viejo cuerpo. En cambio, usted es joven. Sé que pensará que no merece la pena seguir viviendo, que lo que haya podido hacer es imperdonable, pero le aseguro que no lo es. Los hombres somos inequívocamente imperfectos, a veces, crueles y maliciosos. La salvación consiste en rectificar y buscar el camino que nos devuelva al sitio de partida, al momento en su vida en el que realmente se torcieron las cosas.

—Gracias por sus palabras —le dije justo en el momento en el que llamaron para la cena.

Me dirigí con un plato hasta la fila, pero apenas había llegado cuando se escuchó mi nombre por megafonía. Todos los prisioneros temían escuchar su nombre, pero yo le di mi plato a un compañero y caminé tranquillo hasta el control. Las palabras de aquel anciano habían logrado apaciguarme, como si alguien lo hubiera enviado justo en el momento oportuno.

—¿Es usted Ritter Frey? —me preguntó el guarda.

—Sí, soy yo —le contesté, sereno.

El hombre abrió la verja y me llevó hasta un edificio pintado de blanco, bajamos una escalera y me introdujo en un pequeño cuarto con olor a humedad. Una bombilla colgaba del techo. Recordé las salas en las que me habían obligado a interrogar prisioneros en Dachau y sentí un escalofrío. Ahora estaba justo en el otro lado de la balanza. El destino era a veces sarcástico.

—Sargento Frey, siéntese —dijo un oficial joven. A su lado, dos hombres grandes y fuertes se comenzaron a remangar los uniformes.

—Sí, señor.

—Usted era miembro de las SS, ¿verdad?

—Sí, señor.

El joven oficial levantó la mirada, no parecía un bolchevique salvaje y despiadado, más bien se asemejaba a un noble ruso. Su cara afeitada y aniñada, el cabello corto y pelirrojo y la cara cubierta de pecas le daban un aspecto infantil e inocente.

—¿Dónde ha servido?

—Me adiestraron en Dachau, pero he servido en dos campos más, el último en Auschwitz.

—¿Auschwitz? —preguntó, interesado, el ruso.

—Sí, señor.

El hombre apuntó algo en el informe y después dijo muy serio:

—¿Qué crímenes cometió allí?

—¿Crímenes? Mi trabajo era muy simple, debía cumplir mis turnos de vigilancia. La única vez que participé en el interrogatorio de un preso fue en Dachau. Intenté cumplir mi deber, pero sin causar ningún mal a nadie. En las marchas que tuvimos que hacer hasta campos en el interior de Alemania rematé a varios prisioneros agonizantes, algo de lo que no me siento orgulloso...

—Es un esbirro del Tercer Reich, perteneció a su camarilla de cachorros arrogantes. No era un simple alemán o nazi, era uno de los perros adiestrados para morder y asesinar. ¿Va a decirme que no participó en crímenes de guerra?

—Colaboré con el régimen y fui uno de los guardas de los campos de concentración, pero nunca cometí ningún crimen —le dije, algo molesto.

—¿No colaboró en la eliminación de personas? ¿No mató a civiles inocentes?

—Una vez, en el campo de Alemania me obligaron a fusilar a unas prisioneras enfermas, pero no podía negarme. Eran las órdenes —le expliqué.

—Es usted absolutamente despreciable, un criminal de guerra, y merece la muerte.

El hombre estuvo algo más de cinco minutos escribiendo, después puso delante de mí un papel en ruso y me dijo:

—¿Está de acuerdo con la declaración?

—No entiendo el ruso.

—¿No entiende el ruso? He puesto exactamente lo que ha confesado. Tendrá una declaración, un abogado y un juicio, más de lo que ustedes hicieron con nuestros camaradas capturados. Les hicieron morir de hambre, los humillaron y después los mataron como a ratas. Si fuera por mí, lo mataríamos a palos ahora mismo —dijo el joven oficial cambiando la expresión del rostro.

No contesté, tomé el papel y lo firmé. El hombre parecía molesto, como si hubiera preferido que me declarara inocente, para tener una buena excusa para darme una paliza.

—Su juicio será en unos días, le aseguro que pediremos la pena máxima. La gente como usted es mejor raerla de la faz de la tierra —dijo el oficial. Después se levantó, los dos forzudos me tomaron por los brazos y me sentaron en una silla. No esperaba el primer golpe, pero media hora después me encontraba inconsciente en una celda de aislamiento. Al despertar, tenía dolores por todo el cuerpo y un brazo roto. Por la mañana, me sacaron de la celda y regresé al campo. Ya todo había terminado, en unos días me juzgarían y ejecutarían.

Caminé con dificultad hasta mi barracón, me tumbé en el camastro y estuve un rato orando. Llevaba sin hacerlo desde el bombardeo de la casa de mis padres. Al principio no sentía nada, únicamente un inmenso vacío y la sensación de que había desperdiciado mi vida, además de usarla para dañar a otros. Pero, tras un rato, un profundo arrepentimiento me hizo llorar. Ya no había más justificaciones, era el único culpable y, aunque no podía reparar el daño causado, rogué a Dios que me perdonase. Desde aquel día hasta el juicio noté una especie de alivio, los días que antes me parecían una larga condena se volvieron luminosos y sosegados. No hay nada mejor que estar en paz con tu conciencia. Me reunía con otros por las tardes para meditar y escuchar a un pastor al que habían encerrado por condenar la violencia soviética contra mujeres y ancianos. Estaba preparado para morir, intenté que mi vida regresara a aquella tarde antes de salir de Múnich. Volví a ser el tímido pero alegre Ritter, el joven que disfrutaba con las pequeñas cosas de la vida. Algunos domingos pudimos jugar al fútbol y me dejaron escribir a mi madre. El tiempo que me quedaba no era mucho, pero durante aquellos cortos días me sentí más vivo que en los últimos cinco años.

CAPÍTULO 50

Campo de prisioneros alemanes, 18 de mayo de 1945

AUNQUE AÚN NO SE HABÍA PRODUCIDO mi juicio, me encontraba preparado para morir, pero un fantasma del pasado apareció aquella tarde cerca de la alambrada. El balón corrió hasta uno de los lados y corrí a recogerlo. Al agacharme, escuché mi nombre y, al levantar la vista, me quedé boquiabierto.

—¡Dios mío! —exclamé, como si hubiera visto una aparición.

—Ritter, pensé que eras tú, pero no lo podía creer —dijo Ernest con una sonrisa. Vestía ropas de civil, estaba más grueso y su pelo peinado a un lado le hacía parecer más joven.

—¿Estás vivo? —dije sin medir mis palabras. Me encontraba emocionado, confuso y aturdido.

—Los últimos días en Auschwitz fueron muy duros. La gente moría de hambre y de frío. Logramos llevar una estufa a la enfermería, pero unos SS regresaron y mataron a muchos de los supervivientes. Las pocas provisiones que nos quedaban se agotaron y vi morir a mis compañeros. Yo mismo perdí el conocimiento, lo recuperé dos semanas más tarde en una enfermería que habían habilitado los rusos. Nos quedamos en Auschwitz hasta los primeros días de abril, después me trajeron al hospital que está en aquel edificio —dijo señalando una antigua sede de la Gestapo.

—No me lo puedo creer —dije de nuevo. Era un milagro que los dos hubiéramos sobrevivido.

—¿Cuánto tiempo llevas detenido? —me preguntó.

—Desde finales de abril. Estoy pendiente de juicio, pero ya conozco la sentencia —le dije, algo triste. A pesar de hacerme a la idea de mi ejecución, no podía evitar un temor reverente a morir.

—¿Te sentenciarán a muerte? —preguntó, sorprendido.

—He pertenecido a las SS, además he sido guardia de varios campos de concentración. Los rusos no se andan con remilgos. Si fuera por ellos, ya me habrían pegado un tiro en la nuca.

—Eso es terrible —dijo Ernest llevándose las manos a la cabeza.

—Debo pagar por mis errores —contesté.

—Nos ayudaste, y a otros prisioneros también les salvaste la vida, no eres un criminal de guerra —me dijo acercándose un poco más a la alambrada, como si intentase aproximarse una vez más a mí.

—Lo he asumido y estoy en paz —le contesté.

—No es justo —dijo, y comenzó a llorar.

Me conmovió su rostro inocente, la justicia era muy relativa. No había sido nunca persona cruel o despiadada, pero sí un cobarde que se limitó a obedecer, aunque las órdenes fueran crueles o criminales.

—Bueno, no somos dueños de nuestro destino. La prueba evidente es que estamos aquí, cerca de Berlín, juntos y vivos —le dije para animarlo.

—Es un verdadero regalo volver a verte, todos los días te observaba desde la ventana y me preguntaba si eras tú realmente.

—Soy yo —bromeé, para intentar calmar un poco a mi amigo.

—He solicitado información sobre Hanna. Sé que la trasladaron a Bergen-Belsen, pero los últimos días en ese campo fueron un verdadero caos. Los guardas se rindieron al ejército norteamericano. Al parecer, destruyeron los archivos, esos cobardes querían ocultar sus crímenes, pero ¿cómo ocultar una masacre como aquella? Los buldóceres tuvieron que enterrar las montañas de cuerpos. Cada noche sueño con ella e intento seguir teniendo fe, pero...

Ernest se echó a llorar. Me partía el alma verlo sufrir así y además ser portador de malas noticias. Dudé por un momento, tal vez era mejor que viviera siempre con la esperanza de volver a verla. La muerte de las personas queridas, cuando se produce en la lejanía, siempre nos deja la sensación de que han partido a un viaje del que algún día regresarán. Enseguida me di cuenta de que debía contarle la verdad, se lo había prometido a Hanna en su lecho de muerte.

—Yo estuve con Hanna hasta el último momento. Estaba muy débil y desanimada, el viaje hasta el campo fue agotador y no soportaba estar lejos de ti. Después del maltrato de una guardiana me ordenaron que la fusilásemos, pero logré ocultarla en la enfermería. Tenía la esperanza de que se recuperaría, pero ya no podía más. Su vida se había consumido, lo único que aún pervivía era su alma. Me pidió que le leyera tu carta y se emocionó al escuchar tus palabras, después me pidió que te transmitiera un mensaje.

Ernest se quedó mudo. Me miraba fijamente, su rostro mostraba incredulidad, pero al final comenzó a llorar de nuevo, aunque aquellas lágrimas eran distintas. Hanna formaba parte de su corazón, su muerte suponía para él un dolor insoportable. Se tocó el pecho y se inclinó hacia delante, como si intentara sobrellevar una dura carga.

—Me pidió que te dijese —comencé a contarle entre lágrimas— que te amaba profundamente, que nunca había amado a nadie como a ti, que el tiempo que estuvisteis juntos la hiciste inmensamente feliz, que hubiera deseado tener un hijo tuyo y devolver a la vida tanta felicidad. Te amaba con toda su alma. Eres un hombre afortunado.

Los sollozos de mi amigo me dejaron sin aliento, me maldije por no haber hecho más por los dos, por haber sido incapaz de lograr que su felicidad continuara para siempre.

—También me pidió que continuaras viviendo, que tuvieras una familia, que esa era la forma de vencer, de conseguir que este mundo sea un lugar mejor. Que no permitieras que los nazis te robaran también eso, el futuro.

—¿Sufrió? —me preguntó, desesperado.

—No, se marchó en paz.

—¿Por qué tuvo que morir ella? Era una de las mejores personas que he conocido, no consiguieron doblegarla...

—Siempre resistió, y se fue cuando decidió que era el momento —le contesté, abrumado.

—Gracias por contármelo —dijo entre sollozos. Yo me sentía como un miserable, un maldito cobarde que merecía morir. Muchos de los mejores, de las personas verdaderamente virtuosas, de los que habían intentado resistir al mal, estaban muertos. Los cobardes como yo continuábamos vivos, aunque hubiera sido a costa de que los mejores murieran en nuestro lugar.

—Lo siento —contesté de nuevo.

—No te rindas, por favor —dijo mientras se alejaba.

Ernest estaba en el otro lado de la alambrada, en el lugar de los hombres libres. Yo siempre me había encontrado en el lado equivocado, creía que era libre, pero era esclavo de mis temores y siervo de unos amos despiadados que me pidieron todo, para devolverme las migajas. La libertad no estaba fuera de las rejas, no se encontraba al otro lado del alambre de espinos, eso lo había comprendido demasiado tarde. Ahora que mi muerte se aproximaba y que me había convertido en prisionero, me sentía verdaderamente libre. Por fin me había liberado de la carga de la culpa, del precio incalculable del miedo, ya no tenía temor, podía ser yo mismo de nuevo y esperar con sosiego la última hora, el último minuto antes de cruzar el velo y encontrarme ante la gran incógnita que la humanidad lleva planteándose miles de años.

CAPÍTULO 51

Corte Militar, Berlín, 27 de mayo de 1945

LOS JUICIOS MILITARES SOLÍAN SER MUY rápidos. Se leía la declaración, después, un fiscal militar leía los cargos, el abogado alegaba algún atenuante, el acusado se declaraba culpable y se anunciaba la sentencia. Esa sentencia que no se podía recurrir y era aplicada de inmediato. Los presos que tenían sentencia firme ya no regresaban a nuestro campo, eran destinados a Sachsenhausen y allí cumplían la condena o eran fusilados. Los enterraban en una tumba anónima o, si había demasiados, en una fosa común y el expediente era archivado. Los miembros de las SS con graduación superior a cabo eran condenados a muerte, los que habían cometido crímenes de guerra eran condenados a muerte, los que habían asesinado o torturado a prisioneros eran condenados a muerte. El resto tenía que cumplir de diez a veinte años de trabajos forzados, que era una especie de sentencia de muerte retardada. En muchos sentidos, un pelotón de fusilamiento era mucho más rápido e indoloro.

Me dieron un traje para que fuera al juicio. Mi madre me había escrito una carta unos días antes para darme ánimos. Yo no la quería entristecer, pero le contesté que esperaba la muerte y que además la merecía. Las madres son incapaces de ver la maldad de sus hijos; para ellas, son siempre esos seres inocentes que salieron de su seno.

Me llevaron en una furgoneta con otros cuatro reos. Estábamos atados los unos a los otros por una cadena larga, que no paraba de vibrar y que nos impedía disfrutar en silencio del paisaje. El mundo es mucho más bello cuando tus ojos han estado en presencia de hermosos paisajes. Llegamos a un antiguo edificio de la Gestapo en Berlín. Me sorprendió que los rusos no tuvieran la delicadeza de utilizar otros lugares, al menos para aparentar una justicia distinta a la que había tenido el Tercer Reich, en la que el poder judicial era una burla más del régimen.

Nos bajaron y caminamos con dificultad hasta las escalinatas. No había mucha gente por la calle y Berlín parecía una ciudad muerta. Continuaba completamente destruida, pero, al menos, las principales avenidas habían sido limpiadas, tenía luz eléctrica en muchas partes y ya no había aviones lanzando bombas por doquier.

No le había avisado a mi madre del día y la hora del juicio, para que no fuera a verme. No quería que la última imagen que tuviera de mí fuera encadenado y arrastrado a un juicio militar. A veces, la muerte en la lejanía era mucho más llevadera, casi invisible.

Nos sentaron en unos bancos en el lado derecho, no había apenas público: unos periodistas con uniforme ruso, un par de abogados principiantes que querían escuchar la jerga judicial, el fiscal con sus ayudantes y nuestro abogado, un anciano de lentes redondas y totalmente calvo. No se dirigió a nosotros al entrar, demostrando lo poco que importaba nuestro caso, aunque imaginé que hablaba ruso, por lo que tampoco hubiéramos podido entenderlo.

Dos guardas, uno a cada lado, nos custodiaban y, al entrar el juez, nos pusimos todos en pie. Llevaba una toga negra sobre el uniforme ruso, estaba muy grueso y lucía un mostacho negro y puntiagudo. Se sentó y, con un sonido sordo, todos lo imitamos.

Se hizo el juicio rápido a mis compañeros. Tras la sentencia, cada uno de ellos fue desencadenado y llevado por dos soldados hacia una puerta lateral, seguramente a la espera de un transporte. Aquel día era de condenas a muerte, porque los otros tres fueron sentenciados a la pena máxima de forma inmediata.

—Sargento Ritter Frey —dijo el fiscal. Me puse en pie.

—Sí, señor.

—Puede sentarse. Este tribunal del pueblo lo acusa de crímenes de guerra, crímenes contra la humanidad y asesinato de varios prisioneros. Sirvió en varios campos, pero únicamente cometió estos delitos en los dos últimos campos, tras su servicio en Auschwitz, en el campo de Birkenau y en Bergen-Belsen. Usted mismo firmó la declaración en la que se confiesa culpable. ¿Es cierto?

—Sí, señor.

—No tenemos más preguntas.

El fiscal se sentó y mi abogado se puso en pie, pensé que se limitaría a ratificar mi declaración, pero tomó varias hojas y se acercó al juez. Después regresó hasta su mesa y comenzó a hablar:

—Mi defendido, Ritter Frey, pertenecía al Partido Nacionalsocialista desde 1933. Fue miembro de las SS desde 1941, sirvió en ellas como soldado y fue ascendido a cabo. Sus destinos fueron de guardia de campo de concentración. Ningún prisionero hasta este momento ha presentado ninguna acusación particular contra él. No consta que actuase de manera cruel o criminal con los presos.

El juez comenzó a moverse con impaciencia, yo miraba al abogado, sorprendido. Hablaba en un correcto alemán y parecía que estaba haciendo algo por defender mi causa.

—Su cliente se ha declarado culpable de crímenes contra la humanidad —dijo el juez mirando la declaración.

—Mi defendido estaba sometido a mucha presión, se sentía culpable por haber servido al fascismo y contribuido al horror de los campos de exterminio. Tengo testimonios, que acabo de entregarle, que hablan del comportamiento de Ritter Frey durante su servicio en los campos citados —dijo el abogado, muy serio.

El fiscal se puso en pie, confuso, casi nunca se producía un cambio en un juicio sumarísimo. En cierto sentido, era una representación de legalidad, pero el resultado y las sentencias estaban decididos de antemano.

—¡Protesto, camarada juez!

El magistrado se puso las lentes y comenzó a leer los testimonios. Después levantó la vista y dijo al abogado.

—¿Ese testigo está en la sala?

—Espera fuera —contestó el abogado.

—Hágalo pasar.

Se abrieron las puertas y me giré. Ernest, acompañado de un comandante del ejército rojo, entró por el pasillo central hasta llegar al estrado. El juez saludó al comandante y el testigo pasó a una silla al lado del juez. Un soldado le tomó juramento.

—¿El fiscal quiere interrogar al testigo? —preguntó el juez.

—No, señoría —contestó el fiscal con el ceño fruncido.

Mi abogado se puso en pie y caminó hasta mi amigo Ernest, que no dejaba de mirarme sonriente.

—¿Puede decirnos su nombre?

—Sí, señor. Mi nombre es Ernest Unlacher, natural de un pueblo cercano a Berlín.

—Señor Unlacher, usted sufrió prisión en Auschwitz. ¿Cierto?

—Sí, después de un paso breve por otro campo.

—¿Por qué fue detenido?

—Me acusaron de sedición, al ayudar a un grupo de estudiantes opositor al régimen nazi. Me declaré judío, aunque nunca he practicado dicha religión, para que no me ejecutasen inmediatamente. También detuvieron a mi esposa Hanna.

—¿Qué relación tiene con el acusado?

—Fuimos compañeros de clase en Múnich y buenos amigos.

—Se conocían antes de llegar al campo, ¿verdad?

—Sí, señor —dijo Ernest algo nervioso. No sabía si nuestra relación previa podía perjudicarnos.

—¿Qué sucedió en el campo?

—Ritter me ayudó desde el principio, buscó un lugar en el que pudiera sobrevivir a las duras condiciones de Auschwitz. También ayudó a mi esposa, a la que asistió hasta su muerte.

—Podríamos decir que el sargento Frey les salvó la vida.

—Sí, señor. Nos ayudó a sobrevivir poniendo en riesgo su propia integridad, pero no fuimos los únicos. Sabemos que ayudó al menos a una veintena de personas. A algunos les facilitó comida, a otros los sacó del pabellón 11 de Auschwitz, donde se torturaba y mataba a los presos. Colaboró en la fuga de parte de la plantilla de camareros y cocineros del comedor de las SS. Nunca fue afecto a la ideología nazi, se afilió al partido por miedo y obligación, todos los estudiantes universitarios lo hicieron. Entró en las SS porque no quería ir al frente, no deseaba una guerra —dijo Ernest mirando fijamente al abogado.

—Nuestro ejército lo encontró en muy mal estado en Auschwitz, lo cuidó y le ayudó a buscar a su esposa.

—Sí, señor.

—¿Piensa que este hombre le salvó la vida?

—Sí, señor —contestó con los ojos húmedos.

—Gracias —dijo el abogado, después se giró y miró al juez—. Camarada juez, el sargento Ritter Frey perteneció a las SS, fue guarda de varios campos, sin duda, su comportamiento es deplorable y lo condenamos, pero no es un criminal de guerra. El sargento Frey es un producto del fascismo, una víctima de un sistema perverso que esclaviza al hombre, le roba su dignidad y lo convierte en un esclavo de amos crueles y perversos. Pedimos que el camarada juez tenga en cuenta todos estos atenuantes.

—Puede retirarse el testigo —dijo el juez.

Se hizo un silencio incómodo, por primera vez en mucho tiempo, aquel hombre vestido de negro, acostumbrado a condenar y ejecutar de antemano a todos sus acusados, se quedó pensativo. Después me miró directamente a los ojos y dijo con un tono severo:

—Sargento Frey, es usted culpable de pertenecer a las SS, de formar parte de la maquinaria represora del Tercer Reich. Sus malas decisiones lo han traído hasta este tribunal, su puesto le colocó en una posición de poder sobre víctimas inocentes, pero de alguna manera pretendió no actuar contra ellas de forma abusiva, no añadir más sufrimiento a su tortura, y arriesgó su vida por salvar a algunos. Esas acciones no le exoneran de sus delitos, pero hacen que este tribunal sea menos severo a la hora de dictar sentencia. Tenía firmada una sentencia inmediata de muerte, mañana mismo habría sido fusilado al amanecer, pero no voy a entregar esa sentencia. Por los delitos cometidos y en función de mi cargo, en nombre del pueblo ruso, lo condeno a cuatro años de cárcel. Cumplirá su condena en Alemania. La sentencia se hará efectiva hoy mismo y tendrá efecto inmediato —dijo el juez, después levantó la sesión y se fue por la puerta de atrás de la sala.

No me dejaron acercarme a Ernest, me había salvado la vida, pero aún me encontraba confuso. No me sentía preparado para vivir, ya había decidido morir. En aquel momento comprendí que es más fácil morir por tus culpas que vivir con ellas.

CAPÍTULO 52

Sachsenhausen, 27 de mayo de 1949

UN FUNCIONARIO ME LLEVÓ HASTA LA puerta principal, atravesé el edificio amarillo y caminé por la explanada hasta llegar a la segunda puerta. A mi izquierda estaba la antigua casa del comandante del campo nazi, ahora vivía el director del centro penitenciario ruso. El guarda me abrió la última puerta, giré a la derecha y comencé a caminar por la alameda. Al llegar al fondo, me dirigí hacia el pueblo, pero antes de tomar el camino vi un coche aparcado y con el motor encendido. Un hombre descendió de él y caminó hacia mí. Al principio no lo reconocí. En cuatro años, había cambiado mucho, su pelo rubio era ahora canoso y llevaba un bigote fino sobre sus labios. Vestía de manera elegante, un traje de corte inglés, con unos zapatos negros lustrosos. Se acercó con los brazos abiertos y me dijo:

—Hola Ritter, llevaba mucho tiempo esperando este momento.

Nos abrazamos en aquel sitio solitario, a pocos metros del terrible lugar en el que tanta gente había sufrido. Mi aspecto era desastroso, estaba muy delgado, el pelo rapado y unas profundas ojeras negras en mi rostro pálido y arrugado.

—Hola, Ernest —le contesté, sorprendido en parte. Nos habíamos escrito en varias ocasiones, pero no esperaba que estuviera allí para recibirme.

—No pude darte las gracias en persona aquella vez —dije muy serio, mientras tomaba mi maleta pequeña y la colocaba en el maletero de su Mercedes.

—No tenías nada que agradecerme, únicamente dije la verdad.

Me abrió la puerta y después corrió a su asiento.

—¿Cómo te encuentras? —me preguntó mientras arrancaba el coche.

No sabía qué contestarle. Aquellos años habían sido muy duros, muchos de mis compañeros habían muerto por maltratos, enfermedades o desnutrición. Los guardianes, en general, eran brutales con nosotros. No todos eran rusos, algunos eran viejos comunistas deseosos de vengarse de sus antiguos verdugos.

—He sobrevivido —dije con media sonrisa.

—Que no es poco.

—¿Qué tal estás tú? —le pregunté.

Me ofreció un cigarrillo y lo encendí con el mechero del coche.

—Bueno, no me puedo quejar. Vivo en el Berlín occidental, bajo mandato norteamericano, trabajo para una multinacional de los Estados Unidos y estoy casado, tengo un hijo llamado Eduardo.

—¿En serio? —dije, sorprendido.

—Sí, mi esposa espera otro, al que pienso llamar Ritter.

—Estás loco, es un nombre horrible.

Ernest se rio a carcajadas y, por primera vez en muchos años, yo también lo hice.

—¿Has viajado alguna vez en avión? —me preguntó. En ese momento no entendí bien la pregunta.

—No.

—Bueno, pues siempre hay una primera vez —me dijo mientras tomábamos la carretera principal a Berlín.

El cielo nublado de mayo se abrió de repente y un sol brillante iluminó el camino. Mientras miraba por la ventanilla Berlín comenzó a crecer en el horizonte, hasta que nos engulló por completo y nos convirtió de nuevo en dos tranquilos berlineses tratando de pasar desapercibidos entre la masa de habitantes que intentaba vivir, simplemente vivir.

EPÍLOGO

Guadalajara (México), 29 de mayo de 1949

PROMETIMOS VOLVER A VERNOS DIEZ AÑOS más tarde, creo que la mayoría lo había olvidado hasta que recibieron los billetes de avión y una escueta nota en la que les decía:

Tenemos que echar un último partido de fútbol antes de que nuestros cuerpos viejos no nos lo permitan.

Eduardo Collignon.

Jorge, Felipe y Luis fueron los primeros en llegar desde Argentina y Chile. Estaban gordos, algo calvos, pero tan alegres como siempre. Aquella mañana esperábamos a Ritter y Ernest, que habían volado primero a Londres y desde allí a la ciudad de México. Su vuelo a Guadalajara había sido muy corto, pero imaginaba que estarían agotados.

Mientras charlábamos en el salón, escuchamos el timbre, Mario se levantó y corrió hasta la puerta, escuché voces y me puse en pie con una sonrisa en los labios. Mi juventud regresaba a mí, como una brisa en un sofocante y largo verano. Estaba casado con una mujer maravillosa, era un empresario de éxito, pero aún recordaba los días peligrosos y emocionantes que había vivido en Alemania, cuando el mundo que conocíamos comenzó a desmoronarse de repente. Aquella generación quiso destruirlo todo para hacerlo todo nuevo. Nos prometieron la gloria, qué diablos.

Ernest y Ritter entraron con Mario. Alfonso, Felipe y Luis comenzaron a abrazarlos en cuantos los vieron. Yo me quedé quieto; a veces, la vida hay que observarla con algo de perspectiva antes de lanzarse a disfrutarla, ser conscientes del momento, para saborearlo todo plenamente.

—Eduardo —dijo Ernest mientras se dirigía hacia mí con una sonrisa.

Lo abracé con fuerza, con el temor de que no fuera real. Había escuchado tantas cosas que ahora me costaba reconocer en aquellos hombres adultos a mis viejos amigos.

—Sabéis que prometimos aquel día en Múnich que volveríamos a vernos pasados diez años. Ahora estamos aquí, somos unos supervivientes —dije en un perfecto alemán.

Ritter se abrazó a nosotros y poco a poco formamos una piña, hasta que, como si fuéramos un equipo de rugbi, comenzamos a proferir viejos gritos de guerra.

—¡Qué carajo! ¿Tenéis piernas para un partido? —les pregunté con los ojos llenos de lágrimas.

Todos sonrieron y entonces vi sus verdaderos rostros, sus caras de niños golpeadas por el tiempo, la guerra y la muerte. Todos sonrieron y entonces fui feliz de nuevo.

FIN

ALGUNAS ACLARACIONES HISTÓRICAS

EDUARDO Y MARIO COLLIGNON SON PERSONAJES reales. Estos dos hermanos mexicanos originarios de Guadalajara (México) estudiaron en Universidad Tecnológica de Múnich. Eduardo obtuvo el título de Ingeniería Química en 1939, un día antes del estallido de la Segunda Guerra Mundial. Mario, después de hacer parte de sus estudios de preparatoria en Alemania, fue enviado, por seguridad, a Estados Unidos para continuar sus estudios. Los hechos narrados de las vidas de ambos hermanos son reales, aunque se han añadido algunos episodios ficticios.

El encuentro de Eduardo y Mario con Adolf Hitler es real. Eduardo era el presidente de la Asociación de Alumnos Latinoamericanos en Múnich e intercedió por sus compañeros que estaban sufriendo el acoso de las SA. También conocieron los hermanos Collignon a Benito Mussolini, aunque se cree que fue en una visita que ambos hicieron a Italia, y no en el viaje de Mussolini a Múnich.

Los acontecimientos históricos sobre la ascensión de Hitler al poder, el incendio del Reichstag, la quema de libros, las Olimpiadas en Berlín o la Noche de los Cristales Rotos son reales y su narración está basada en testimonios directos de testigos.

Ernest Unlacher y Ritter Frey son dos personajes reales, aunque se han cambiado sus nombres. Los hechos que se narran en este libro sobre sus vidas son ciertos. Ambos estuvieron en Auschwitz y vivieron los horrores del campo de exterminio. Ernest sobrevivió hasta la liberación del campo por los rusos, gracias a la ayuda de su amigo Ritter.

También es cierto que Ritter logró escapar de una muerte segura gracias al testimonio de su amigo Ernest ante el tribunal militar ruso.

Lo amigos latinos de Eduardo y Mario son ficticios, aunque se inspiran en compañeros y amigos que pudieron tener durante su estancia en Alemania.

Algunos personajes secundarios son inventados, como la señora Chomsky, el padre Schult o el profesor Newman, aunque las cosas que les sucedieron están basadas en experiencias de otras personas reales.

Hanna es un personaje ficticio, aunque, al parecer, Ritter y Ernest sí discutieron por una mujer durante su etapa de estudiantes y Eduardo tuvo que mediar entre ellos.

Thomas Wolfe estuvo en las Olimpiadas de 1936 en Berlín. Los lugares que se describen en la novela sobre la ciudad son verídicos, así como y los personajes secundarios. También es real el polémico partido entre la selección de Austria y Perú en las Olimpiadas de Berlín.

Los hechos narrados en Auschwitz están basados en testimonios de supervivientes. Desde la apisonadora que aplastó a uno de los prisioneros hasta el camarero que se coló por el techo del restaurante de las SS, el partido de fútbol en el campo o muchos de los personajes de las SS.

La historia de la casa del comandante del campo Höss, su esposa e hijos está inspirada en el testimonio de dos de sus criadas, pertenecientes a los Testigos de Jehová. Lo que comento sobre la persecución a este colectivo es verídico.

Las marchas de las muertes descritas en la novela son reales y muchos de los hechos que se narran están inspirados en testimonios de los supervivientes. También está basado en testimonios reales lo descrito sobre otros campos de concentración donde vivieron los personajes.

El encuentro entre todos los amigos después de la Segunda Guerra mundial es cierto, aunque se produjo en Alemania y no en México.

La historia de Eduardo y Mario representa la de muchos latinoamericanos que vivieron en Europa en el turbulento periodo de entreguerras y durante la Segunda Guerra Mundial. Al menos cincuenta y ocho latinoamericanos fallecieron en los campos de concentración y otros muchos a causa de la guerra.

CRONOLOGÍA

30 DE ENERO DE 1933

El presidente Hindenburg nombra canciller a Adolf Hitler, líder del Partido Nacional Socialista Alemán de los Trabajadores.

27-28 DE FEBRERO DE 1933

El Reichstag, edificio del Parlamento alemán, se quema en circunstancias misteriosas. El gobierno nazi califica el hecho de acto de terrorismo.

28 DE FEBRERO DE 1933

Adolf Hitler convence al presidente Hindenburg para invocar una cláusula de emergencia en la constitución de Weimar. El decreto suspende las provisiones relativas a los derechos civiles que había en la constitución alemana.

22 DE MARZO DE 1933

Las SS, la guardia personal de Adolf Hitler, construyen un campo de concentración a las afueras de la ciudad de Dachau para encarcelar a opositores políticos.

23 DE MARZO DE 1933

El Parlamento aprueba la Ley de Habilitación que permite a Hitler imponer una dictadura en el país.

1 DE ABRIL DE 1933

El Partido Nazi organiza un boicot contra los negocios judíos.

10 DE MAYO DE 1933

El Partido Nazi organiza la quema pública de libros escritos por judíos, miembros de la oposición política e intelectuales disidentes.

30 DE JUNIO - 1 DE JULIO DE 1934

En la «noche de los cuchillos largos» se asesina a la cúpula de las SA.

2 DE AGOSTO DE 1934

Muere el presidente Hindenburg.

7 DE OCTUBRE DE 1934

Las congregaciones de los Testigos de Jehová de toda Alemania declaran su neutralidad política, pero esto no evitará que sean perseguidos por el régimen.

1 DE ABRIL DE 1935

El gobierno nazi ilegaliza la organización de los Testigos de Jehová.

15 DE SEPTIEMBRE DE 1935

El gobierno nazi aprueba la Ley de Ciudadanía del Reich y la Ley para la Protección de la Sangre y el Honor de los Alemanes. Las «leyes raciales» de Núremberg convirtieron a los ciudadanos judíos en verdaderos parias en su tierra.

AGOSTO DE 1936

Se inauguran los Juegos Olímpicos de Berlín con la participación de atletas y espectadores de todo el mundo. Los Juegos Olímpicos se convirtieron en un éxito para la propaganda del estado nazi.

12 - 13 DE MARZO DE 1938

Las tropas alemanas invaden Austria.

30 DE SEPTIEMBRE DE 1938
Las potencias de Gran Bretaña, Francia, Italia y Alemania firman el Pacto de Múnich, forzando a Checoslovaquia a ceder buena parte de su territorio a Alemania.

9 - 10 DE NOVIEMBRE DE 1938
En la llamada *Kristallnacht* (la noche de los cristales rotos), los nazis queman sinagogas, destruyen negocios judíos y matan al menos a noventa y una personas.

1 DE SEPTIEMBRE DE 1939
Las tropas alemanas invaden Polonia, dando comienzo a la Segunda Guerra Mundial.

20 DE MAYO DE 1940
Las SS construyen el campo de concentración de Auschwitz (Auschwitz I) a las afueras de la ciudad polaca de Oswiecim.

31 DE JULIO DE 1941
Hermann Göring nombra a Reinhard Heydrich, director de la Policía de Seguridad y del SD (Servicio de Seguridad), jefe de grupo de las SS encargado de tomar medidas para llevar a cabo la «Solución Final» a la cuestión judía.

3 DE SEPTIEMBRE DE 1941
Las SS lleva a cabo sus primeros experimentos de exterminio por gas, utilizando por primera vez Zyklon B en el campo de concentración de Auschwitz, contra prisioneros rusos.

15 DE SEPTIEMBRE DE 1941
El gobierno nazi decreta que los judíos mayores de seis años y residentes en Alemania tienen que llevar una estrella de David de color amarillo.

26 DE NOVIEMBRE DE 1941
Las SS construyen un segundo campo en Auschwitz, al que denominarán Auschwitz-Birkenau o Auschwitz II.

20 DE ENERO DE 1942

Se celebra la Conferencia de Wannsee, en la que oficiales nazis de alto nivel se reúnen en una villa a las afueras de Berlín para coordinar la aplicación de la «Solución Final».

4 DE MAYO DE 1942

Las SS llevan a cabo la primera selección de víctimas para el gaseamiento en Auschwitz-Birkenau.

31 DE MAYO DE 1942

Las autoridades alemanas abren el campo de trabajos forzados de I. G. Farben en Auschwitz III.

15 DE MAYO - 9 DE JULIO DE 1944

La gendarmería húngara, bajo la supervisión de los oficiales de las SS, deporta a casi 430.000 judíos de Hungría a Auschwitz.

6 DE JUNIO DE 1944

El día D da comienzo a la reconquista de Europa por los aliados.

6 DE OCTUBRE DE 1944

En Auschwitz-Birkenau, los *Sonderkommandos*, que integran a los prisioneros encargados de las cámaras de gas y crematorios, se rebelan y explotan el crematorio IV y matan a los guardias. Alrededor de 250 prisioneros participan en la rebelión y mueren en la batalla contra las SS.

25 DE NOVIEMBRE DE 1944

Las SS comienzan a destruir las cámaras de gas y los crematorios de Auschwitz-Birkenau.

17 DE ENERO DE 1945

Al ver la proximidad de las tropas soviéticas, las SS evacúan a los prisioneros de Auschwitz, haciéndolos marchar a pie hacia el interior del Reich alemán. Las evacuaciones se denominaron las «marchas de la muerte».

27 DE ENERO DE 1945

Las tropas soviéticas liberan a unos 8.000 prisioneros que aún quedaban en Auschwitz.

30 DE ABRIL DE 1945

Hitler se suicida en su búnker de Berlín y delega su poder en un militar.

7 - 9 DE MAYO DE 1945

Las fuerzas armadas alemanas se rinden incondicionalmente en el oeste el 7 de mayo y en el este el 9 de mayo.

2 DE SEPTIEMBRE DE 1945

Japón se rinde. La Segunda Guerra Mundial ha terminado.

AGRADECIMIENTOS

NOS PROMETIERON LA GLORIA ES UNA historia que descubrí en la Feria Internacional del Libro de Guadalajara (México) en diciembre del 2016. Alfonso Collignon, director de *Charlando con la cultura* y conocido periodista, me contó brevemente la historia de su padre y su tío en los años treinta del siglo pasado en Alemania. Alfonso me estaba entrevistando sobre mi novela *Canción de cuna de Auschwitz* y, al presentarse tarde Ismael Cala, que era su próximo entrevistado, me narró aquella vivencia familiar. Enseguida comprendí que la vida me estaba regalando de nuevo una novela increíble. Unos meses más tarde, regresé a Guadalajara y, en una agradable cena con Alfonso y Tatiana Nogueira, me describió algunos nuevos detalles sobre la historia de Eduardo y Mario y me facilitó información sobre el tema. Algunas de las imágenes que contiene este libro también han sido cedidas amablemente por él.

Muchas gracias, Alfonso, por el regalo de una historia familiar como esta. Seguro que tu padre y tu tío han esbozado más de una sonrisa al ver sus vidas narradas en un libro.

El viaje a Berlín para documentarme fue también un regalo de mi esposa Elisabeth, que con su compañía y amor es el alma de todos mis libros.

Algunos libros históricos como *3.0* me ayudaron a ambientar el texto y crear el contexto adecuado para los personajes.

Agradecer a los equipos de HarperCollins Español, HarperCollins México y HarperCollins Ibérica por su excelente trabajo y amor a mis libros.

Agradecer a Paola Luzio y Carlos Liévano, pues gracias a su insistencia para que fuera a Guadalajara con su editorial conocí la historia de Eduardo y Mario.

Mi profundo agradecimiento a Larry Downs por apoyar este proyecto y permitir que historias como esta sean conocidas por el gran público.

Por último, agradecer a mis lectores de todo el mundo por seguir confiándome algunas horas de su vida para que pueda narrarles estas bellas historias. Es por todos ellos por lo que escribo y me dedico al noble oficio de unir palabras.